Prix du Meilleur Polar des lecteurs de POINTS

Les éditions POINTS organisent chaque année le Prix du Meilleur Polar des lecteurs de Points.

Pour connaître les lauréats passés et les candidats à venir, rendez-vous sur

www.prixdumeilleurpolar.com

Arni Thorarinsson est né en 1950 à Reykjavík, où il vit actuellement. Après un diplôme de littérature comparée à l'université de Norwich en Angleterre, il travaille pour différents grands journaux islandais. Il participe à des jurys de festivals internationaux de cinéma et a été organisateur du Festival de cinéma de Reykjavík de 1989 à 1991. Ses romans sont traduits en Allemagne et au Danemark.

DU MÊME AUTEUR

Le Temps de la sorcière
Métailié, 2007
et « Points Policier », n° P2016

Le Dresseur d'insectes
Métailié, 2008
et « Points Policier », n° P2255

Le Septième Fils
Métailié, 2010
et « Points Policier », n° P2726

Arni Thorarinsson

L'ANGE DU MATIN

ROMAN

Traduit de l'islandais
par Éric Boury

Éditions Métailié

TEXTE INTÉGRAL

TITRE ORIGINAL
Morgunengill

Published by agreement with Forlagid, www.forlagid.is

ISBN 978-2-7578-3707-8
(ISBN 978-2-86424-890-3, 1re publication)

Conte populaire.

Voilà une formule intéressante. Qui porte en elle comme un goût de mensonge. Ou de superstition.

Histoire du peuple.

Croyance populaire est également une expression intéressante. En quoi les gens croient-ils ? En une chose aujourd'hui, une autre demain ? À moins que les croyances ne perdurent, identiques, siècle après siècle, génération après génération ?

Il était une fois deux hommes partis sur la lande pour y ramasser des simples. Une nuit, ils étaient allongés tous les deux sous la tente. L'un dormait, l'autre veillait. Le second vit tout à coup le premier ramper vers l'extérieur et le suivit, sans toutefois parvenir à courir assez vite pour ne pas se laisser distancer. Son compagnon obliqua vers le glacier. L'autre aperçut alors une géante assise à califourchon sur le sommet. Elle tendait les bras, puis les ramenait à chaque fois sur sa poitrine afin d'attirer l'homme. Il courut droit dans les bras de la géante qui l'emporta avec elle en bondissant.

L'année suivante, des gens montèrent au même endroit sur la lande pour y cueillir des herbes. Il les rejoignit, passa un moment avec eux, mais se montra austère et taciturne. Les gens lui demandèrent en quoi il croyait et il leur répondit qu'il croyait en Dieu.

La deuxième année, il revint les voir alors qu'ils ramassaient leurs simples sur la lande. Il ressemblait tellement à un géant qu'ils prirent peur. Ils lui demandèrent en quoi il croyait, mais il ne leur répondit rien. Cette fois-là, il ne s'attarda pas.

La troisième année, il revint à nouveau les voir. Il était alors devenu un véritable géant, imposant et menaçant. Quelqu'un se risqua toutefois à lui demander ce en quoi il croyait. Il répondit qu'il croyait en « Trunt, trunt et aux trolls des montagnes » avant de disparaître. Après cela, on ne le vit plus. Du reste, personne n'osa aller ramasser des simples à cet endroit plusieurs années durant.

Peut-être connaissaient-elles ce conte populaire. Mais aucune d'elles n'avait reconnu les géants lorsque, après être apparus sous leurs yeux, ils les avaient emmenées avec eux.

Les géants eux-mêmes étaient-ils conscients d'être devenus des géants ?

1

Un mercredi matin au début de janvier

J'arrive trop tard. Si le temps est le moyen qu'a trouvé la nature pour éviter que tous les événements se produisent simultanément, il n'est pas très efficace. Je ne disposais pas d'assez de temps. Peut-être était-ce une question de secondes, ou peut-être de minutes. Mais, conformément à une loi implacable, j'arrive trop tard.

Alors que je quitte tranquillement la maison jumelée que j'occupe dans le quartier de Hlidahverfi, je n'ai pourtant pas l'impression que le temps me manque. Mon haleine sort de ma bouche pour s'élever dans l'air glacial et immobile de la ville d'Akureyri. C'est la preuve indéniable que je respire, avec les volutes de vapeur afférentes et tout le bataclan. Mes jambes m'obéissent et me transportent, lentement mais sûrement, jusqu'à mon poste de travail sur la place de l'Hôtel de Ville. Toute chose est encore conforme à mes plans, au vœu que j'ai formulé en silence et à la résolution personnelle que j'ai prise lorsque nous sommes entrés d'un bond avec ma fille Gunnsa dans la nouvelle année. Mes vieux parents n'ont pas voulu tenter leur chance, du reste, ils auraient hypothéqué leur futur si, comme nous, ils étaient montés sur cette chaise pour faire le grand saut à cloche-pied au risque de se casser une jambe en se réceptionnant. Dans ce genre de situation, mieux vaut reculer que sauter.

Il suffit d'y croire un peu pour envisager les sommets des Sulur, Kerling, Hlidarfjall, la lande de Vadlaheidi et les montagnes qui cernent le fjord d'Eyjafjördur, ainsi qu'Akureyri et son Pollur comme les géants tutélaires de la ville, les anges gardiens donnés par mère nature. Mais dans la pénombre matinale de ces premiers jours de l'année, peu de choses viennent confirmer cette croyance, si ce n'est la foi elle-même.

Les lampadaires projettent à peine leur clarté pâlotte sur l'environnement immédiat : immeubles, entrepôts, usines et bâtiments à usage de bureaux. L'allée piétonne qui longe la rue Skardshlid et traverse le pont enjambant la rivière Glera avant d'entrer dans la rue Glerargata est loin d'offrir la plus jolie vue de la charmante capitale du Nord. Mais je vais devoir m'en contenter pour me bâtir un futur et faire ce que les experts nous conseillent : chercher le positif au sein du négatif, se battre pour remporter la victoire y compris dans la défaite, voir les ouvertures au bout des impasses et la lumière au fond de la plus noire des nuits. Et ainsi de suite. En général, je ne suis pas très doué pour me bercer d'illusions sans avoir ingurgité un verre d'alcool et je n'ai aucune idée de la raison pour laquelle, en ce moment, je me satisfais entièrement de la déliquescence.

L'esprit occupé par ces considérations, je marche d'un pas léger dans le petit matin. À l'angle des rues Glerargata et Eyrarvegur, je croise une vieille femme qui n'est pas de cette humeur. Elle jure et maugrée tout ce qu'elle sait dans son coin. Je ne me laisse pas décontenancer et pose un pied sur la chaussée pour traverser.

– Hé, vous, là-bas, me crie-t-elle alors. Vous travaillez bien au *Journal du soir*, n'est-ce pas ?

Et moi qui m'imaginais ne pas être un visage connu.

– Euh, oui, dis-je alors que je maudis en silence la politique du droit à l'image appliquée par mon journal.

Elle me fait signe de me retourner. Rien ne m'oblige à lui obéir, mais je m'exécute quand même.

– C'est tout simplement insupportable ! s'exclame-t-elle, cramponnée à son sac à main comme à une arme devant son épais manteau noir. Il y a longtemps que tout ça est insupportable !

– Vous avez tout à fait raison, mais auriez-vous en tête quelque chose d'un peu plus précis ?

Elle se tient debout à l'angle de la rue : petite, élégante, ses cheveux gris couverts d'un bonnet rouge.

– C'est toujours la même histoire.

– Hmm.

– Oui, je trouve que vous devriez attirer l'attention des gens sur la question. Votre devoir est d'écrire sur cet enfer !

– Eh bien, je pourrais l'envisager si je savais de quoi il s'agit exactement.

Mon interlocutrice semble subitement comprendre quelque chose.

– Oh, pardonnez-moi ! Je sors juste de chez moi.

Elle pointe sa main gantée vers le vieux quartier d'Oddeyri.

– Je vais chez ma fille pour garder mes petits-enfants.

Elle désigne de son index les immeubles du quartier des Hlidar.

Je piétine dans le froid et frotte mes paumes nues l'une contre l'autre.

– Et là, au beau milieu du trottoir, j'aperçois un chariot de la poste, tout seul, abandonné.

– Ah bon ?

– Oui, il était renversé sur le côté et le courrier était éparpillé un peu partout. Aucune trace du facteur, rien du tout !

– C'est en effet bizarre.

– Bizarre ? rétorque-t-elle. Non, ça n'a rien de bizarre. C'est tout bonnement un scandale. Encore un de ces fichus scandales. Maudites privatisations !

Elle me dévisage.

– Mais vous ne vous souvenez peut-être pas de l'époque où nous possédions un service postal digne de ce nom ?

– Je me rappelle Postur og simi, l'entreprise d'État des Postes et Télécommunications. Et je crois me souvenir que tout le monde n'en était pas franchement satisfait.

Mon interlocutrice hausse les épaules.

– Possible ! En tout cas, les privatisations n'ont rien arrangé. On nous a spoliés. Tout ce qu'on possédait a été remis entre les mains des petits copains de nos politiciens pour quelques miettes de pain. Ils ont saccagé les services publics, fermé les bureaux de poste en province, augmenté les tarifs, empoché les bénéfices en nous laissant le bec dans l'eau. Les banques, les Télécoms et…

Je sens que mon impatience va grandissant face à ces propos éculés.

– Eh bien, la poste n'est pas dans ce cas-là. Il s'agit encore d'une entreprise publique, même si elle a été transformée en société par actions.

– C'est uniquement parce que les copains du privé ne peuvent pas en tirer assez de profits. Là, ce n'est pas gênant de faire payer tout le monde. Maintenant que tout est par terre et que tout est naze, comme dit mon petit-fils.

Elle secoue la tête.

– Une fois que tout ce qui pouvait s'effondrer s'est cassé la figure, ces salauds ne se gênent pas pour nous laisser au milieu du champ de ruines.

– Ne devrions-nous pas tout simplement faire de notre mieux pour nous y épanouir ? conclus-je tandis que je m'apprête à traverser.

– Eh bien, on le ferait si on n'avait pas sur les bras les politiciens islandais, les banquiers islandais, les fonctionnaires islandais, les hommes d'affaires islandais…

– Pour résumer, si on était débarrassés des Islandais en général…

– Dites-moi, jeune homme, je me demande vraiment où est votre sens de la justice et de l'équité ? rétorque-t-elle, agacée. Sur quoi, elle s'en va aussi sec, sans même attendre ma réponse.

Ce facteur aurait-il renoncé à terroriser les gens en remplissant leurs boîtes aux lettres de factures et autres courriers administratifs ? Aurait-il eu l'intention de dénoncer la situation sociale en éparpillant aux quatre vents l'ensemble de ces condamnations à mort ? Son acte est-il le signe qu'il baisse les bras ou, au contraire, celui d'une exigence de justice ?

Quelle qu'en soit la raison, elle est suffisante pour que j'obéisse à l'exhortation de mon interlocutrice. Je m'engage donc sur la rue Eyrarvegur et descends vers le quartier de Tangi. Cela dit, ma bonne vieille curiosité aurait suffi à me faire agir.

Les piétons sont peu nombreux, pour ne pas dire absents. Quelques voitures sortent des rues qui donnent sur le Pollur, ce bras de mer au fond du fjord, presque entièrement fermé par la langue de terre d'Eyri. Les faisceaux des phares viennent éclairer par intermittence ce quartier légèrement à l'écart de la ville, où richesse et pauvreté se côtoient dans les hangars, les jardins, les passages et les maisons en bois ou en pierre dont certaines datent d'avant 1900. Les bâtisses les plus cossues ont été autrefois occupées par l'aristocratie que constituaient les armateurs et les commerçants, ainsi que l'ancien siège de la société Granufelagid, sur le front de mer et la rue Strandgata. Je médite sur les contrastes offerts par la langue de terre d'Eyri, où deux classes opposées voisinent : d'un côté, les élus, ceux qui ont façonné et continuent de façonner notre société – de l'autre, ceux qui les ont choisis. J'aperçois alors le chariot rouge de la poste. Conformément à la description de mon interlocutrice, il est renversé sur le côté. Un tas de lettres jonche le trottoir où elles sont sans doute tombées pendant la chute. Je balaie les lieux du regard. Il n'y a personne dans les parages. Des lumières brillent aux fenêtres de quelques-unes des maisons environnantes. Au loin, on entend le ronronnement atténué de la circulation. Quelque part sur l'estran, il y a le rire des mouettes.

Que faire ? Je m'agenouille et commence à rassembler le courrier : factures, injonctions administratives ou bancaires, journaux, magazines et brochures de toutes sortes. Je ne peux quand même pas laisser tout ça ici. Heureusement, il n'y a pas un souffle de vent et les lettres n'ont pas été dispersées.

Je mets le tas dans la sacoche fixée au chariot qui porte le symbole de l'entreprise : le cor de la poste stylisé et la devise *Tout le paquet*. Puis je relève le chariot. Et si certaines de ces lettres avaient été volées ? S'agit-il d'un vol délibéré visant des courriers précis ? Et au terme duquel le voleur aurait laissé tout le reste en l'état ?

Je sors mon portable de la poche de ma doudoune, je compose le 118 et demande le numéro de la poste d'Islande à Akureyri. On me met en relation avec le centre de tri et de distribution de la rue Nordurtangi.

– Bonjour, je m'appelle Einar. Je voulais vous signaler du courrier abandonné.

L'homme qui prend la communication me demande ce que j'entends par là. Je m'explique en lui indiquant le lieu. Il semble très surpris et me prie de lui lire quelques-unes des adresses sur les enveloppes. Je m'exécute. Il se contente de quelques *hum* en guise de réponse.

– Qui est le facteur chargé de ce secteur ? Où est-il donc ?

– Bonne question. Nous allons voir ça et nous vous envoyons une voiture immédiatement. Cela ne vous gêne pas de patienter jusqu'à son arrivée ?

Je lui promets d'attendre et m'allume une cigarette. En moins de temps qu'il ne faut pour le dire, une voiture rouge et jaune arrive sur les lieux avec à son bord deux employés, en uniforme assorti aux sacoches de la poste. Il semble que mon rôle s'achève là dans la petite aventure du chariot rouge et du courrier en perdition. Je continue ma route sur la rue Nordurgata à travers le quartier d'Eyri, en direction de la rue Strandgata.

Mais voilà, mon rôle ne s'arrête pas là. Je m'interroge sur l'histoire qui se cache derrière l'événement et j'envisage de rédiger une brève sur ce que cette femme a nommé le « scandale » au moment où j'entends des bruits bizarres dans une ruelle entre deux maisons. Ils me font d'abord penser à des couinements ou aux gémissements d'un animal blessé. Au fur et mesure que j'approche, ils se transforment en halètements et en cris étouffés, sortis d'une gorge humaine.

Au pied d'un appentis délabré gît une ombre vêtue du pull-over rouge de la poste et d'un jean noir. Âgée d'une trentaine d'années, la femme couchée à terre porte autour du cou une écharpe en laine grise qu'elle agrippe à deux mains, sans parvenir à la desserrer. Son visage est bleu et d'une pâleur presque cadavérique, ses yeux exorbités ; terrifiés. Sa bouche grimace de douleur, sa langue est gonflée. Elle tente désespérément d'aspirer l'oxygène. Je m'agenouille à côté d'elle. L'écharpe semble indénouable. Elle étouffe. Le nœud est si compact que je ne parviens pas à le défaire. On dirait celui d'une cravate qui aurait été serré à l'extrême, et sur lequel on en aurait fait deux autres. Le froid ne me facilite pas la tâche. Elle se met brusquement à gigoter dans tous les sens et laisse échapper d'affreux râles. J'inspecte les environs où j'aperçois quelques tessons. J'en attrape un avec lequel je me mets à couper la laine en prenant bien garde à ne pas trancher la gorge de la malheureuse. Je parviens enfin à sectionner les mailles et à la libérer. Au moment où ses voies respiratoires s'ouvrent, elle est prise de suffocation. Sa poitrine se soulève et s'affaisse à toute vitesse, puis les choses se calment.

Désemparé, je réfléchis à la suite. Les parages sont déserts. Mais j'entends toujours ces couinements indéterminés qui, les premiers, ont capté mon attention. J'attrape mon portable pour appeler les secours. Tandis que je leur communique les informations nécessaires, je regarde cette femme qui prononce quelques syllabes entrecoupées de halètements. Sa voix est étrange, mais j'ai l'impression qu'elle murmure : « Il… m'a parlé… sans me parler vraiment. Il… m'a parlé… depuis… une autre… direction. »

Puis elle ferme les yeux et perd connaissance.

Elle éprouvait une joie authentique. Son père la conduisait à l'école. Cela n'avait rien d'habituel et tenait plutôt de l'exception. Elle ne montrait toutefois pas son bonheur et se contentait de sourire intérieurement. Elle le regardait, assis au volant, grave et silencieux. Elle remarqua que les jointures de ses doigts étaient blanches. Elle posa sa main sur son bras droit, d'un geste si léger qu'elle pensait qu'il ne le remarquerait pas. Mais il lui adressa un regard, un sourire un peu triste – sans doute avait-il la tête ailleurs. Au moment où la jeep bleue arriva devant l'école, elle détacha sa ceinture, l'embrassa sur la joue et descendit. Sa joie s'évanouit d'un coup pour laisser place à une angoisse familière.

– Hélas ! Elle est décédée à l'hôpital régional, m'annonce le commissaire principal d'Akureyri.

Le combiné plaqué à l'oreille, en regardant par la fenêtre du placard qui me sert de bureau, j'ai l'impression que la façade lézardée d'en face me rit au nez.

– Mais... mais... mais, enfin, Oligisli, j'ai fait tout ce que j'ai pu.

– Oui, et tu n'as rien à te reprocher.

– Je suis arrivé trop tard.

– Écoute, Einar, ce n'est pas comme si tu avais eu rendez-vous avec elle. Tu n'es pas responsable de la mort de cette femme.

– Mais, alors, que... ?

– Ils l'ont perdue pendant le transfert en ambulance. Ils ont essayé de la ranimer plusieurs fois, en vain. En revanche...

Il s'interrompt.

– Quoi donc ?

– En revanche, nous venons d'ouvrir une enquête. Autant dire qu'il est exclu qu'elle ait elle-même fait ce nœud à son écharpe. C'est tout à fait inconcevable. Et d'autres éléments indiquent qu'elle a été agressée.

Je me lève de ma chaise.

– Tu veux dire qu'il s'agit d'un meurtre ?

– Tout doux. L'enquête débute. L'autopsie prendra du temps. Je suis encore sur les lieux, mais je ne vais pas tarder à rentrer au commissariat. Passe me voir, ne serait-ce que pour faire ta déposition, c'est nécessaire.

J'enfile ma doudoune en vitesse, je prends mon briquet et mes cigarettes et je passe devant l'accueil où Asbjörn et Joa discutent à mi-voix.

– Joa, dis-je, il faut que tu ailles tout de suite à Nordurgata pour prendre quelques photos de la police en plein travail sur une scène de crime. Et si tu voulais bien me déposer au commissariat en passant. Je suis sans voiture pour raisons de santé.

Une fois que je leur ai raconté l'affaire et le rôle que j'y ai joué, le directeur de notre agence d'Akureyri m'interroge.

– Tu as pris une photo ?

– Comment ça, une photo ?

– Eh bien, de cette femme. Sur les lieux. Enfin, tu y étais, c'est toi qui l'as découverte.

– Mais je n'avais pas d'appareil.

Il s'entête :

– Tu n'aurais pas pu, au moins, en prendre une avec ton portable ?

Je sens l'agacement monter en moi.

– Dis donc, Asbjörn ! Je me suis servi de mon portable pour appeler les secours. J'avais autre chose à faire que d'installer cette femme pour lui tirer le portrait. Je devais surtout lui porter assistance. Puis j'ajoute en marmonnant dans ma barbe : on peut dire que j'ai réussi.

Asbjörn frotte sa bedaine contre le comptoir.

– Bon. Ok, ok...

– Qu'est-ce qui te prend de parler comme Trausti Löve, maintenant qu'on est enfin débarrassés de lui ?

Il lève les bras au ciel en signe de reddition.

Joa sourit malicieusement, elle entre dans le labo photo et en ressort avec son matériel.

– Tu trouves vraiment que j'ai failli à mes devoirs professionnels ? dis-je à Asbjörn, peu avenant.

Il passe une main sur son visage bouffi.

– Hein ? Mais non, mais non. Des devoirs, nous en avons tellement, nous en avons un sacré paquet. Il me lance un regard et imite Sylvester Stallone : « *Ya gotta do what ya gotta do.* »

L'agitation règne au commissariat de la rue Thorunnarstraeti. Trois adolescents complètement raides se rebellent face aux policiers présents dans le hall. Quatre adultes, sans doute les parents, prennent fait et cause pour les jeunes et réprimandent vertement les fonctionnaires.

– Vous n'êtes qu'un ramassis de voyous ! s'écrie une femme. Ça, on en a eu la preuve pendant la Révolution des casseroles !

Étant plus ou moins devenu un habitué des lieux, je me dirige sans avoir de comptes à rendre vers le bureau d'Olafur Gisli Kristjansson. Debout à la porte, il surplombe l'une de ses collègues que je connais de vue et à qui j'adresse un signe de la tête. Il me demande de la suivre pour qu'elle prenne ma déposition et me dit de revenir le voir ensuite. Je m'exécute consciencieusement.

Olafur Gisli est devant son ordinateur et fronce les sourcils derrière ses grosses lunettes quand je reviens m'asseoir face à lui.

– Voilà une bien étrange affaire, dit-il en se reculant sur sa chaise tout en passant la main sur son crâne rasé.

– Les choses commencent-elles à s'éclaircir ? Qu'est-il arrivé à cette femme ?

– Eh bien, cela n'est pas destiné à la publication, mais l'enquête préliminaire indique qu'elle aurait tenté de ramper jusqu'à la maison, mais elle n'est pas arrivée plus loin que cet appentis.

– A-t-elle dit autre chose avant de mourir dans l'ambulance ? D'autres mots que ceux qu'elle m'a murmurés ?

Il avance son menton.

– Non, elle n'a pas repris connaissance. Et ce qu'elle t'a dit…

– « Il… m'a parlé… sans me parler. Il… m'a parlé… depuis… une autre… direction. »

– Oui. Tu es sûr d'avoir bien entendu ?

– Je ne peux pas être sûr à cent pour cent. Mais c'est ce que j'ai cru entendre. Elle avait une voix étrange et plutôt inaudible.

– Eh bien, ces paroles sont elles-mêmes étranges. Qu'est-ce que ça peut bien vouloir dire ?

Le visage anguleux d'Olafur Gisli est grave et pensif. Nous gardons le silence quelques instants.

– Ai-je besoin de le préciser ? me demande-t-il.

– Quoi donc ? Que rapporter ses paroles dans mon article nuirait aux intérêts de l'enquête ? Non, il est inutile de le préciser.

Il affiche un sourire.

– Tu commences à être sacrément rodé, Einar.

– Tu sous-entends que je ferais passer les intérêts de l'enquête avant mon devoir d'information ?

Son sourire s'élargit, dévoilant l'espace entre ses incisives.

– Eh bien, je veux que toi et tes hommes découvriez l'assassin et je me garderai de compliquer les choses, dis-je. En résumé, elle a été étranglée avec son écharpe ?

– Conclusion prématurée. Et si cette écharpe est l'arme du crime, il se peut également qu'elle appartienne à l'assassin.

– Comment s'appelle-t-elle ? Ou plutôt, s'appelait-elle.

– Agla Sigridur Bernhardsdottir. Elle avait trente-deux ans. Tu peux publier son nom dans l'édition de demain. Nous avons déjà contacté ses proches. Ça n'a pas été bien compliqué. Elle n'avait pour toute famille qu'une vieille tante maternelle paralysée, qui vit dans une maison de retraite à Reykjavik. Ses parents, quant à eux, sont morts depuis plus de dix ans.

– Vous avez trouvé des indices ? Tu crois que le criminel a voulu voler une lettre ou un paquet qu'elle transportait dans son chariot ? Que c'est un vol de courrier qui a mal tourné ?

– Il est trop tôt pour ce genre d'hypothèse. Mais sur le trottoir au pied de la cabane, nous avons trouvé un iPod que nous sommes actuellement en train d'examiner.

– Ah bon ? Et que contenait-il ?

– Un tube en anglais. Une chanson que je ne connais pas.

Il sourit à nouveau.

– Je préfère les trucs islandais. Les bons vieux titres islandais.

– Et il n'y avait qu'une seule chanson ? En général, les gens stockent un tas de morceaux sur ces appareils.

– Oui, on m'a dit ça. Enfin, nous allons continuer à l'examiner.

– Je me pose une question, dis-je. Le premier bruit qui a attiré mon attention ressemblait à un couinement, presque un grésillement. Et même si j'étais concentré sur cette femme, j'ai eu l'impression que ce bruit ne s'est jamais arrêté tout le temps que j'étais là-bas.

Le commissaire se penche en avant sur son bureau.

– Eh bien, justement, il a continué.

– Tu vas me dire ce que c'était ?

– Oui, je suppose. Ce grésillement provenait de l'appareil auditif d'Agla Sigridur, elle l'a perdu ou il est tombé de son oreille pour une raison ou une autre. On l'a trouvé là, juste à côté, entre le trottoir et l'appentis, et il continuait de grésiller.

– Un appareil auditif ?

– Eh oui, voilà pourquoi la question n'est pas de savoir quelle chanson se trouve sur cet iPod. Au fait, comment appelle-t-on ces machins en islandais, des baladeurs numériques, non ?

– Euh, oui, dis-je, déconcerté. Mais dans ce cas quelle est la question ?

– La malheureuse était sourde. En tout cas, elle souffrait d'une grave déficience auditive. La question est donc : à qui appartient ce truc ?

2

Mercredi, fin d'après-midi

La mort est ce qui vous arrive lorsque vous êtes pris par d'autres projets. Un matin au début de cette année, toutes mes bonnes résolutions se voient balayées face à ce malencontreux détournement des propos de John Lennon.

Je suis occupé à bâtir le canevas de mon article concernant l'affaire de la factrice quand mon portable émet un bip. Un texto de Gunnsa vient de me parvenir. *Seras-tu en ville sam. s. ?* Je n'avais aucun projet dans ce sens. Mais la question de ma fille me réjouit. Cette petite chérie aurait-elle l'intention d'inviter son papa à quelque divertissement à Reykjavik ?

Les échanges par SMS m'agacent. Pourquoi ne m'appelle-t-elle pas ?

– Pourquoi tu ne me téléphones pas au lieu d'envoyer un message ?

C'est la question que je lui pose en retour lorsque je la rappelle.

– Je trouve plus sympa d'entendre ta voix que de lire un SMS. Et puis, ça te permettrait de me demander en direct si je suis là samedi soir plutôt que de me forcer à décoder ce *sam. s.*

– C'est beaucoup moins cher d'envoyer des SMS, répond Gunnsa. Le fond sonore m'indique qu'elle est entourée de gens. En plus, j'étais en cours et je ne pouvais pas t'appeler. J'y retourne d'ici quelques minutes. Alors, tu seras en ville ?

– Eh bien, je n'avais fait aucun projet dans ce sens, mais je pourrais très bien…

– Je peux organiser une soirée chez toi avec Raggi ?

J'espère de tout mon cœur qu'elle ne perçoit pas ma déception quand je soupire.

– Ahhh…

– Il n'y aura que quelques copains de classe. Raggi a demandé à Runa, mais, avec son mec, elle reçoit des gens à dîner. Quant à maman, elle n'a pas osé me dire oui sans obtenir l'autorisation de son demeuré de mec qui lui a répondu qu'il était hors de question qu'on le prive de télé un samedi soir.

– Ah bon ? Il a pris le pouvoir à la maison ? Gulla ne m'a pourtant jamais laissé le faire !

– Maman se comporte avec lui comme si elle était sa mère. C'est un vrai gamin et elle cède à tous ses caprices. Alors, papa, qu'est-ce que tu en dis ? Tu es notre seul espoir.

Je me sens revivre.

– Bon, puisque vos mères et leurs copains réagissent comme ça, puisque je suis votre seul espoir, je dis simplement : je vous en prie, faites. Mais il faudra que vous soyez soigneux, que vous fassiez attention à mes verres en cristal, à ma porcelaine, à mes tableaux et à mes meubles de famille.

– Ha, ha, ha ! Ne t'inquiète pas, nous te rendrons ton palais dans un état étincelant. Merci, papa. T'es génial !

– Voilà un qualificatif qui me convient ! Je crains que ta mère ne soit pas du même avis.

– Elle ne te connaît pas vraiment tel que tu es. Depuis que tu as arrêté de boire. Et de jouer au dur.

– Runa non plus ! dis-je.

Elle éclate de rire.

– Mais je ne suis pas sûre que tu fasses un bon petit copain ! Là, c'est une autre histoire !

– Exact, ma petite Gunnsa ! Allez, vous pouvez faire votre soirée.

Le souvenir terrifiant de l'unique fois où je suis parvenu à chasser mes parents de leur domicile du quartier des Hlidar pour y organiser une fête avec mes copains de lycée s'évanouit bien vite face à l'idée que je suis… génial. Et de toute manière, mon antre en sous-sol dans le quartier de Thingholt est déjà dans un état chaotique. Je ne dois pas oublier d'appeler cette bonne vieille Solveig qui habite à l'étage du dessus pour la prévenir de la tempête imminente.

Je tape quelques caractères sur mon clavier. Les bras m'en tombent. Je ne me souviens pas qu'on m'ait dit un jour que j'étais génial. Bonne nouvelle ! Super scoop ! Tu n'es pas trop emmerdant.

Mais génial ?

Ça, jamais.

L'écran de mon ordinateur me renvoie le visage d'un homme qui sourit béatement et a la ferme intention de ne pas s'arrêter.

Mais aujourd'hui la plupart de mes projets se voient contrariés.

– Mon cher Einar, il faut qu'on règle ça dès demain matin.

J'ai freiné des quatre fers. Je me suis efforcé de dépeindre la mort de la factrice comme un sujet vendeur sur lequel il fallait mettre le paquet sans tarder. Je savais naturellement que ça ne servait à rien. Quand notre chef de la rédaction commence sa phrase par « Mon cher Einar », la bataille est perdue d'avance. Une fois encore, me voilà forcé de regarder la vérité en face : je ne suis pas maître du monde, du temps, du cours des planètes, de l'État, des banques, de ceux qui m'entourent ; je le suis d'ailleurs tout juste de moi-même.

– Guffi ne pourrait pas se charger de cette maudite interview ? ai-je suggéré à Hannes au téléphone. Il est bien plus au courant que moi des questions financières, de la crise, de l'effondrement de notre économie et de toute cette merde.

– Malgré le respect que je dois à Guffi, le problème est justement qu'il connaît trop bien ces affaires, ou disons plutôt, cette affaire. Il est chroniqueur économique avec ce que cela suppose de qualités et de défauts. De plus, il est complètement débordé parce qu'il assure l'intérim au poste de rédacteur en chef jusqu'à ce qu'on trouve une solution durable. Cette interview n'est pas et ne doit pas être de nature économique.

Deux heures plus tard, nous sommes assis l'un face à l'autre au siège du *Journal du soir* à Reykjavik. Il fait claquer ses bretelles rouges sur son torse pour donner du poids à ses paroles, ses longues jambes posées sur le plateau de son bureau sculpté.

– Ce que nous voulons, c'est une interview personnelle. Le témoignage honnête d'un des acteurs principaux du jeu de massacre qui a mis notre société sens dessus dessous. Un homme qui a accompli de grandes choses, mais qui les a faites incroyablement mal. Le paradoxe mérite le détour.

Dans l'avion qui m'emmenait à Reykjavik, j'avais avalé un Coca et mâchouillé un chewing-gum dans l'espoir de chasser le mauvais goût que j'avais dans la bouche. Une interview personnelle d'Ölver Margretarson Steinsson est à peu près la dernière chose que j'ai envie de faire en tant que journaliste. Pas seulement parce que là où il est passé, il n'a laissé que terres brûlées et dettes atteignant des dizaines, voire des centaines de milliards qui, après l'effondrement de notre économie, retombent sur les débiteurs et, pour finir, sur les contribuables. Pas seulement parce qu'il a fait partie de ceux qui voulaient gober l'ensemble du pays et, si possible, du monde, sans avoir le premier sou en poche pour le faire. Pas seulement non plus parce que ce satané bonhomme a racheté la moitié des parts de la maison d'édition du *Journal du soir* il y a quelques années, qu'il a installé ce petit coq de Trausti Löve au poste de rédacteur en chef à la place de ce pauvre Asbjörn, et qu'il pensait le promouvoir au poste de chef de la rédaction une fois qu'il en aurait évincé Hannes. Non, le personnage d'Ölver m'est tout bonnement fort peu sympathique. Peut-être suis-je victime de mes préjugés. Je ne l'ai rencontré qu'une seule fois, à l'occasion du cocktail organisé par le journal après qu'Ölver en est devenu l'actionnaire principal. Et j'ai dû avaler plus d'un verre pour survivre à ces réjouissances. Après qu'Hannes avait fait les présentations, je me suis permis quelques saillies bien senties sur les hommes d'affaires islandais et les nouveaux Vikings. Ce qui m'a exaspéré au plus haut point, c'est qu'avant d'aller voir ailleurs, Ölver m'a répondu avec un hochement de tête condescendant et un sourire que j'avais sans doute raison. J'ai trouvé que c'était là l'exemple criant d'un déni de réalité. Quand il s'est éloigné, j'ai remarqué qu'il avait une crotte de chien collée à la semelle d'une de ses chaussures Gucci. La réalité parlait d'elle-même. Voilà le principal souvenir que je garde de ma première et dernière rencontre avec Ölver Margretarson Steinsson.

– Il faut que tu comprennes que nous tenons un scoop, martèle Hannes. Contrairement à la plupart, si ce n'est à la totalité des protagonistes de cette crise, Ölver n'a jamais fait entendre sa voix dans la presse. En réalité, il s'est toujours montré plutôt réticent avec les médias.

– Réticent avec les médias ?! dis-je. Il veut en être le propriétaire, pas s'y exprimer.

Hannes se lève et secoue la cendre de son cigare, tombée depuis longtemps sur son jean.

– Pour la plupart des gens, l'homme est un mystère. C'est ça qui rend cette interview intéressante, crois-moi, ce sera très vendeur.

– Hannes, ça pue la merde à des lieues. Premièrement, ce type est le principal actionnaire du journal. Ce simple fait montre qu'on nage en plein conflit d'intérêts et qu'en même temps il y a collusion.

– Il n'est pas le principal actionnaire du journal, il ne l'est plus, objecte le rédacteur en chef, représentant les petits porteurs qui, tous ensemble, possèdent les autres cinquante pour cent des parts de l'entreprise. Tu oublies que les parts d'Ölver se sont littéralement évaporées. C'est la banque qui en est désormais propriétaire, comme de bien des choses. Il voulait vendre ses actions, mais n'a pas réussi à le faire avant que tout ne s'effondre. Il a réagi trop tard.

Il n'est pas le seul, me dis-je.

Hannes s'avance vers la fenêtre, son cigare à demi consumé à la main. À chacune de nos entrevues, il m'apparaît plus fatigué. Ses cheveux en bataille sont désormais entièrement gris.

– Et pour l'autre affaire, où en sommes-nous ?

Il secoue son visage allongé aux traits marqués.

– Nous aborderons les questions d'éternité plus tard. Nous devons d'abord régler celle du rédacteur en chef. Je te laisse jusqu'au week-end pour y réfléchir, mon cher monsieur.

– C'est tout réfléchi. Il y a longtemps que je t'ai dit ce que j'en pense.

Il m'adresse un regard sévère.

– Cette position t'est tout bonnement interdite. Nous devons plus que jamais nous serrer les coudes, nous tous qui défendons et avons à cœur les intérêts du *Journal du soir*. Nous devons lutter. Nous devons nous battre comme des lions. Personne ne doit faillir ni se déclarer hors-jeu.

Il ouvre la fenêtre, rallume son mégot et rejette la fumée dans la tempête qui s'abat sur Reykjavik et nous cache le mont Esja. En réalité, cette montagne est en grande partie durablement dissimulée par un phallus de béton et de verre qui se dresse, totalement vide, tel le vestige d'un *coitus interruptus* en version économique.

– Il y a une chose que j'aimerais bien savoir, Hannes.

Je me lève pour m'approcher de lui.

Qui a eu la brillante idée de cette interview ? C'est Ölver ?

Il garde le silence et fait tourner son cigare entre ses lèvres boudeuses.

– C'est pour servir ses intérêts qu'il a sollicité cette interview, dis-je. Il veut nous utiliser.

– C'est notre directeur de la publication qui a joué les intermédiaires, concède-t-il finalement. J'ai très peu de relations avec Ölver, je les ai toujours limitées autant que j'ai pu. Mais il est proche d'Hermann. Je crois que l'idée de cette interview vient plutôt de lui que d'Ölver.

– Pourquoi ?

– Hermann Gudfinnsson est un drôle de type, je ne t'apprends rien. Je ne te dirais pas que je le comprends totalement, je ne comprends pas les gens qui assassinent leur conjoint dans un accès de jalousie puis qui trouvent la rédemption dans la foi. Les gens qui considèrent les Saintes Écritures comme aussi réjouissantes que les meilleurs des scoops. Mais Hermann est plus complexe que ça. C'est aussi un homme d'affaires avisé qui dirige le journal avec beaucoup de discernement et de sens pratique. À mon avis, il pense qu'il faut qu'Ölver se confesse face à la nation afin d'obtenir la rédemption et de se réconcilier avec ses compatriotes. Je crois aussi qu'il considère que l'aveu de ses péchés et cette réconciliation pourraient être bénéfiques pour l'ensemble de notre nation. Je suppose que c'est sous ce jour qu'il a présenté les choses à Ölver.

Je ne peux m'empêcher de secouer la tête pour manifester ma consternation.

Hannes en rajoute une couche pour parfaire le tableau.

– C'est d'ailleurs Hermann qui a suggéré que tu te charges de cette interview. Comme tu sais, il garde un excellent souvenir de celles que tu as faites de personnages peu sympathiques et au passé trouble.

– Pff, dis-je, me rappelant cette expérience dont je vous ai parlé dans ma chronique intitulée « Lune bleue ».

– Mais nous nous fichons parfaitement de tout ça.

Hannes s'étire et me fixe de son regard tranquille.

– Ce qui nous importe, c'est que tu t'acquittes correctement de cette mission et que notre journal se vende par tombereaux. Qu'il y ait conflit d'intérêts ou pas. Qu'il y ait collusion ou pas. Tu ne voudrais quand même pas que d'autres profitent de cette manne à notre place ?

– Si ça peut te consoler, sache que les tentatives des nouveaux Vikings et des banquiers pour s'attirer la compassion en accordant des interviews aux médias ont toutes lamentablement échoué, m'assure Sigurbjörg. Toutes semblent avoir été écrites par des scénaristes experts selon un canevas théâtral où la sincérité n'est qu'une façade, l'humilité uniquement destinée à dissimuler le désespoir et les remords, une tentative pitoyable de justification.

Nous nous tenons sous le porche, devant le siège du *Journal du soir*. J'ai réussi à convaincre celle qui m'a remplacé à la rubrique des faits divers à Reykjavik de m'accompagner sous cette neige qui vole de toutes parts pendant que je m'offre une cigarette.

– En effet, dis-je, mais tu devrais quand même comprendre que la rédaction de ce genre d'interview n'a rien du boulot rêvé.

– Tu es responsable des questions, et non des réponses, objecte Sigurbjörg.

Elle est grande, ses jambes sont interminablement longues. Elle remonte le col de son manteau noir et frappe ses pieds sur le sol.

– Mais on se retrouve avec les réponses et les questions sur les bras. Le rôle de l'intermédiaire est insupportable. Mais bon, j'arrête de me lamenter. J'aurais de loin préféré consacrer mon temps à l'histoire de cette factrice dans le Nord.

Puis je lui relate les événements de la matinée. Elle m'écoute avec attention.

– Eh oui, convient-elle, voilà qui m'a l'air nettement plus intéressant que les séries de vols avec effraction, le trafic de drogue, la prostitution et la violence qui nous sautent à la figure dès qu'on s'occupe de la rubrique des faits divers.

Son sourire est aussi éclatant que d'habitude, mais il a un peu perdu de sa fraîcheur. Après six mois de travail pour le *Journal du soir*, la fatigue s'est installée autour des yeux sur son joli visage.

– Oui, je suppose qu'il faut se contenter de ce qu'on a, dis-je en écrasant mon mégot dans le cendrier à côté de l'entrée. Qui saurait dire pendant combien de temps on l'aura ? J'ai bien peur que cet endroit finisse par aller droit dans le mur, comme tant d'autres.

Sigurbjörg me lance un regard et s'apprête à remonter en salle de rédaction.

– Arrange-toi pour rester dans le Nord aussi longtemps que possible, suggère-t-elle.

– Malheureusement, je n'imagine pas qu'on nous accorde ce luxe encore bien longtemps. Je suppose que Joa ne tardera plus à être mutée à Reykjavik. Hannes m'a confié que le service photo manquait tellement de personnel que j'allais devoir tirer le portrait d'Ölver moi-même.

– On rogne sur tous les services et jusqu'à la moelle, déclare-t-elle en rentrant. Ça ne m'étonnerait pas que je sois emportée par la prochaine bourrasque. Tu sais que Valgeir a été licencié à l'automne dernier ?

– Non, je l'ignorais, dis-je en remontant l'escalier avec elle. Mais alors, qui a pris la suite de sa rubrique « À pas de Sioux » ?

– Hannes lui-même.

Voilà une chose qui m'a tout à fait échappé dans ma retraite d'Akureyri. Valgeir, ce vieux limier était certes plus ou moins devenu une antiquité, du reste, il n'était pas franchement à l'aise en informatique. Mais il en connaissait un rayon dans bien des domaines, il avait une solide expérience, une vision synthétique et tenait parfois des propos délicieusement perfides dans nos colonnes.

– Trausti trouvait que Valgeir n'était plus assez sexy, commente Sigurbjörg avec un sourire éteint.

La nouvelle me fiche un coup. Puisque Hannes a accepté le licenciement de son plus vieux copain au sein du journal, il ne reste plus rien de sacré. Je me dis qu'il faudra que j'appelle Valgeir à l'occasion. J'adresse un signe de tête à Lolo la Brune, à son poste au standard, et je prends la direction du service économique où travaille Guffi.

– Console-toi en pensant que les journalistes jeunes et séduisants ont plus de chance de survie que les vieux croulants. Du reste, ils coûtent moins cher, dis-je à Sigurbjörg en guise d'au revoir.

– Jusqu'au moment où ils font des enfants, conclut-elle, en s'asseyant au bureau que j'occupais jadis, et qui est désormais le sien.

– Papa, je t'en prie. Laisse-moi prendre ces photos !

Gunnsa engloutit la dernière bouchée de son hamburger et se penche par-dessus la table.

– Tu sais bien que je fais de super photos !

– Elle n'arrête pas de me dire qu'elle adorerait devenir journaliste, commente Raggi avec un sourire malicieux.

– Juste pour voir ! supplie-t-elle en donnant un coup de coude à son petit ami. Ça serait vraiment sympa d'essayer.

– Ah, ma petite Gunnsa…

Je jette quelques regards aux tables voisines dans le restaurant Grillhusid. Je n'y vois personne susceptible de me tirer d'embarras. Quelle idée d'aller déplorer face à ces deux gamins toutes les coupes sombres et les restrictions de personnel auxquelles le *Journal du soir* est confronté ? D'un autre côté, je suis piètre photographe et j'ai déjà fort à faire avec l'interview elle-même quand j'interroge quelqu'un.

– Je vais y réfléchir, dis-je. Mais il est peut-être un peu tôt pour te choisir une profession, tu ne crois pas ? Après tout, tu n'as que seize ans.

– J'en aurai bientôt dix-sept.

Elle secoue sa tête blonde.

– Et quoi ? On n'a pas le droit de réfléchir ?

– Je ne recommanderais pas le métier de journaliste à quiconque, à moins d'avoir affaire à un masochiste ou à un accro au stress.

Raggi affiche un large sourire.

– Einar, qui te dit qu'elle n'est pas un peu les deux ?

Ma fille dissimule derrière ses deux mains le joli visage noir de son petit ami.

– N'écoute pas ce qu'il raconte. Comment peux-tu parler comme ça alors que tu ne vis que pour ton boulot depuis toutes ces années ?

J'avale ma dernière frite.

– Ma Gunnsa chérie, on ne doit pas vivre pour son travail. Pas plus qu'on ne doit vivre pour l'argent. On doit vivre pour vivre. S'il y a une seule chose dont je puisse t'assurer, c'est bien celle-là.

Elle m'adresse un regard perplexe.

– Vivre pour vivre ? C'est-à-dire ?

Je tourne ma langue dans ma bouche, à court de réponse.

– Par exemple, ne pas négliger ses enfants. S'occuper de ses parents. Être gentil avec les autres.

Gunnsa secoue la tête.

– Enfin, papa ! Arrête un peu ton char, sois pas chiant comme ça. Il faut quand même bien faire quelque chose dans la vie. Autant que ce soit un truc sympa et intéressant !

Je m'efforce d'imposer le silence à ma mauvaise conscience.

– Tu ne crois pas ? poursuit-elle. Se battre pour la justice ? Chercher la vérité ? Ce n'est pas ça, le journalisme ?

– Mouais, peut-être dans le meilleur des cas. Mais en général il s'agit surtout de ménager la chèvre et le chou.

J'ai l'impression qu'elle médite sur ma dernière observation pendant que je règle la note. Son projet ne me dit rien qui vaille. Ça ne suffit pas qu'elle ait hérité de moi et de sa mère, Gulla, les gènes de l'alcoolisme ? Je préfère ne pas me poser la question, et m'abstiens plus encore d'y répondre. Même s'il est arrivé à Gunnsa de franchir certaines limites avec la bière, elle l'a fait bien moins souvent que moi, autant que je sache. Mais je ne sais peut-être pas tout.

– À quelle heure commence votre soirée, samedi ? dis-je alors que nous regagnons la voiture que le *Journal du soir* m'a procurée pour m'acquitter des nouvelles tâches qui m'attendent à Reykjavik puisque mon tacot est resté dans le Nord. Gunnsa et Raggi ont eu une sacrée frayeur quand je les ai appelés en fin d'après-midi pour leur dire que j'étais arrivé à Reykjavik. Cela impliquait-il que leur petite fiesta tombait à l'eau ? Oh que non ! Ce n'est pas mon genre de promettre un local puis de me dérober sous prétexte que j'aurais besoin d'un abri.

– Vers huit heures, répond Raggi.

– Et quand puis-je me permettre de rentrer à la maison ? À quel moment prévoyez-vous la fin des réjouissances ?

Les tourtereaux échangent un regard.

Raggi :

– Au plus tard vers deux heures ou peut-être…

Gunnsa :

– Peut-être plutôt vers trois heures.

– Je vais donc devoir trouver un endroit où passer la nuit jusque-là.

– Pourquoi pas chez ta copine ? suggère Gunnsa avec un sourire narquois tandis qu'elle s'installe à la place du passager et que Raggi monte à l'arrière.

– Laquelle ?

– Celle que tu as rencontrée pendant ta cure. Ou plutôt ta parodie de cure, enfin, peu importe.

– C'est terminé entre nous, dis-je en démarrant. Margret avait besoin d'une autre cure. Peut-être qu'elle y est allée. Peut-être pas. Peut-être qu'elle est encore en pleine fiesta.

– Une surprise-partie ? me renvoie cette bonne vieille Solveig en tournant vers moi son oreille la plus vaillante.

– Oui, une petite fête que ma fille et son ami organisent chez moi, au sous-sol, dans la soirée de samedi.

Je tenais à vous prévenir un peu à l'avance. Il y aura sans aucun doute du bruit jusque tard dans la nuit.

Le visage ridé de ma voisine s'illumine en un sourire amical. Debout à sa porte du premier étage, vêtue de sa vieille blouse achetée chez Hagkaup, elle semble vaciller sur ses jambes.

– Il y a belle lurette que je n'entends plus ce que je n'ai pas envie d'entendre, mon petit Einar. Et ces temps-ci, je n'ai pas envie d'entendre grand-chose.

– Dans ce cas, vous n'aurez pas besoin de vous exiler, contrairement à moi.

– Où voudriez-vous que je m'exile ? Je n'ai plus personne. Tous ceux que je connaissais sont morts.

– Vous avez tout de même une fille... Dites, elle vit à Isafjördur, si je ne m'abuse ? Il se trouve que j'ai séjourné dans cette charmante bourgade pour enquêter sur un fait divers récent.

Solveig hoche la tête et agite ses cheveux gris.

– Je ne vais pas aller la déranger à cause d'une surprise-partie que je n'entendrai pas. D'ailleurs, j'aurais bien de la peine à me rendre dans les fjords de l'Ouest, même si je le voulais.

– Ah bon, vous ne lui avez pas rendu visite pour les fêtes de fin d'année, comme d'habitude ?

Ma remarque semble l'emplir de tristesse.

– Ah, c'est que la santé déraille plus ou moins. Je ne me sens plus assez solide pour aller là-bas.

En réalité, je ne sais presque rien à propos de Solveig et ce, en dépit des nombreuses années passées sous le même toit. Je sais qu'elle est veuve, qu'elle a environ soixante-quinze ans et qu'elle a une fille qui vit à Isafjördur. Elle est patiente, gentille et infiniment tolérante à mon égard. J'en sais bien moins sur sa vie que sur sa conception de l'existence, fortement marquée par le bon sens islandais d'autrefois, lequel est en voie de disparition. Depuis mon exil d'Akureyri, il m'est arrivé de penser avec nostalgie à cette femme et à nos rencontres qui avaient le plus souvent lieu dans la buanderie quand je faisais ma lessive, qu'elle venait étendre la sienne ou inversement. J'aurais bien sûr dû me fendre d'un coup de fil pour prendre de ses nouvelles.

– Quel dommage ! Enfin, nous avons tous nos mauvais jours, dis-je.

Solveig se soutient d'une main au cadre de la porte. Je l'ai toujours connue voûtée, mais j'ai l'impression qu'elle s'est encore tassée et qu'elle se ratatine.

– Pouvez-vous me dire, mon cher ami, pourquoi les gens ne peuvent pas mourir quand ils le veulent ?

– Eh bien…

– Chacun peut s'offrir n'importe quoi pour peu qu'il en ait les moyens, sauf la mort. Pourquoi donc ?

– Cela m'échappe à moi aussi.

– Les gens peuvent choisir absolument tout, à part leur naissance et leur propre mort. Est-ce que ça *make un sens*, comme disent les mômes ?

– Non, ça n'a aucun sens, je conviens, un œil sur ma montre.

« Il est presque six heures et demie, déclara son père à la porte de sa chambre. Tu sais ce que ça signifie. » Elle soupira sans répondre, attrapa la télécommande et changea de chaîne pour regarder Hannah Montana *sur Disney. Elle avait surtout envie de pleurer. Elle en avait eu envie toute la journée, à chaque heure de cours, à chaque récréation. Mais elle ne l'avait pas fait. Ils n'auraient pas le plaisir de la voir verser des larmes. Elle sentait que son père continuait à la regarder depuis l'embrasure. Pourquoi ne pouvait-elle pas vivre une double vie comme Hannah Montana ? Ne pouvait-elle pas devenir une pop star en secret ? Pourquoi tout*

avait-il changé à ce point ? Était-ce à cause de ce que les gens disaient ? Son père était reparti au salon. Elle s'approcha de la porte pour la refermer, puis augmenta le volume de Hannah Montana *et mit son casque sur ses oreilles pour regarder le journal télévisé sur son ordinateur.*

Dans l'ouest du pays, un groupe d'individus constitué d'Islandais et d'étrangers a été interpellé aujourd'hui dans le cadre d'une opération de grande envergure menée par la police contre le crime organisé. D'après nos sources, les individus, au nombre de huit, sont soupçonnés principalement de proxénétisme, de trafic de drogue, de blanchiment d'argent ainsi que d'un grand nombre de cambriolages, commis pour la plupart dans des maisons d'été désertes. L'un des membres de la commission de liquidation d'une des banques en faillite est accusé de délit d'initié avec l'ancien propriétaire de l'établissement. Le nombre de sans-abris atteint presque les deux cents dans la région de la capitale. « Ils constituent un groupe très disparate », affirme un expert. Douze entreprises de BTP au bord de la faillite. Des voleurs de carburant arrêtés pour excès de vitesse. Une crème antirides produite à partir de *skyr*[1] islandais remporte un franc succès auprès des touristes.

Le bombardement du journal télévisé de la soirée m'a engourdi au point de m'assommer. Il est pourtant important d'adopter un point de vue positif et de penser à autre chose, mais pourquoi faut-il toujours que cette ombre vienne noircir l'horizon ? Enfin, ça m'a quand même drôlement amusé d'assister au retour de ce sex-symbol qu'est Trausti Löve, ancien rédacteur en chef

1. Le *skyr* est une sorte de fromage blanc maigre et très épais à base de lait écrémé. (*Toutes les notes sont du traducteur.*)

du *Journal du soir*, à son poste de présentateur à la télé, et de le voir lutter pour conserver son calme, agacé par de multiples problèmes techniques.

J'essaie de me concentrer sur la préparation de l'interview d'Ölver Margretarson Steinsson et je relis les notes que Guffi m'a passées. Puis je range le tout et j'opte pour un réveil aux aurores demain matin afin de continuer. J'ouvre mon ordinateur sur la table basse pour retravailler le brouillon de mon article sur l'affaire de la factrice dans le Nord. Il en a bien sûr été question dans tous les bulletins d'infos, mais ces derniers étaient indigents, on n'y apprenait pas grand-chose. Je jette à nouveau un œil à ma montre. Je peux maintenant appeler Olafur Gisli, ça ne me servirait à rien d'attendre plus longtemps.

Je n'ai même pas le temps de composer le numéro du commissaire principal d'Akureyri que j'entends un bip dans le combiné. Quelqu'un m'appelle au même moment.

– Einar à l'appareil.

– Oui, bonsoir, annonce une douce voix masculine. Ici, Floki Hreinn Jonsson.

Je ne parviens pas à resituer le nom.

– Bonsoir.

– Je vous appelle au sujet de l'interview qu'Ölver M. Steinsson accorde demain matin au *Journal du soir*. Je suis son secrétaire général et je souhaitais vous demander s'il doit avoir en tête certains points précis.

– Certains points précis ?

– Oui, en d'autres termes, doit-il se préparer ?

– Il serait utile qu'il me dise la vérité et cela ne nécessite aucune préparation.

Bref silence.

– Merci bien. À demain matin.

Les gars du Nord n'ont pas beaucoup progressé au cours de l'après-midi.

– L'enquête n'en est qu'à ses débuts, déclare Olafur Gisli, occupé à mastiquer ses côtelettes. Nous n'avons retrouvé aucun témoin oculaire. Personne ne s'est manifesté. Les habitants du quartier affirment n'avoir rien remarqué. Les collègues d'Agla Sigridur ne nous ont pas fourni le moindre indice. Nous commençons juste à interroger les gens et n'avons pas encore réussi à contacter tout le monde. Nous lançons un appel à témoin pour éclaircir ce qui s'est passé. Cette brave dame que tu as croisée ne nous a pas appelés. Tu ne sais vraiment pas qui elle est ?

– Je ne sais d'elle que ce qu'elle m'a dit : elle vit dans le quartier d'Eyri et elle partait garder les enfants de sa fille dans l'un des immeubles, de l'autre côté de la rue Glerargata. Ou peut-être de l'autre côté du boulevard Hörgarbraut. Je ne saurais dire exactement dans quelle direction elle pointait son doigt.

– J'espère qu'elle se fera connaître dès demain, quand elle verra l'avis que nous avons lancé et qu'elle apprendra la suite des événements. Sinon, nous serons forcés de rassembler des hommes pour faire du porte à porte dans tout ce maudit quartier.

Le commissaire s'emporte subitement.

– Le problème c'est que nous ne disposons pas des moyens humains nécessaires, après toutes les coupes sombres imposées par les grands génies de Reykjavik !

– Agla Sigridur était mariée ?

– Non, elle était célibataire et sans enfant.

– Oligisli, j'essaie de me rappeler si d'autres marques d'agression étaient visibles sur elle, à part cette écharpe serrée au maximum. Vous avez trouvé quelque chose ?

– En fait, oui. Elle a apparemment reçu un coup qui lui a fait exploser la rate et a entraîné une importante hémorragie interne. Nous connaîtrons la cause précise du décès après le week-end.

– Autre chose ?

– Sa ceinture était défaite, son pantalon tombait sur ses hanches sous son pull de factrice.

– Viol ? Ou tentative de viol ?

– L'examen préliminaire n'a révélé aucune trace de viol. Mais cela pourrait indiquer qu'il y a eu tentative. Tu n'écris rien de tout ça à ce stade de l'enquête.

– Et l'écharpe, c'était la sienne ?

– Oui, ses collègues le confirment. Ils l'ont vue la porter.

– Et ce nœud ? On aurait dit un nœud de cravate par-dessus lequel on en avait fait deux autres. À moins qu'il ne s'agisse d'une sorte spéciale ? Un nœud de marine ? Ou l'un de ceux qu'on apprend chez les scouts ?

– Non, on partage ton opinion sur ce point. Ce nœud n'a rien de particulier.

– Autre chose ?

– Eh bien, j'ai la réponse à ta question fort intéressante sur le contenu de ce baladeur numérique.

– Ah oui ?

– Je n'y connais rien, mais le spécialiste en musique pop de la police d'Akureyri affirme qu'il s'agit d'une chanson américaine à succès intitulée *Angel of the morning*.

– Ça ne me dit rien non plus. Tu es sûr que c'était le seul morceau en mémoire ?

– Oui, le seul et unique. L'appareil est flambant neuf. Sans doute son propriétaire a-t-il voulu faire un essai avec cette chanson et il n'a pas eu le temps d'en charger d'autres.

– Et aucun des voisins n'a déclaré que c'était le sien ? Des gamins ou des habitants du quartier ?

– Pas pour l'instant.

– Des empreintes digitales ?

– Oui, oui. Mais aucune qui figure dans nos fichiers.

– Il est aussi possible qu'une personne passant par là ait simplement laissé tomber cet appareil de sa poche. Je devrais peut-être mentionner ce détail dans mon article et inciter le propriétaire à se manifester auprès de la police.

Olafur Gisli s'accorde un instant de réflexion.

– Eh ! Pourquoi pas ? Ce serait drôlement commode si on pinçait l'agresseur simplement parce qu'il veut récupérer son baladeur, non ?

Une fois que j'ai pris congé et expédié mon article, une autre question fort intéressante surgit dans mon esprit : comment une personne presque sourde peut-elle déclarer avoir entendu quelqu'un lui parler « depuis une autre direction » ?

3

Jeudi

– Ce type-là, c'est un vrai salaud ?

– Ce serait peut-être aller un peu loin, ma petite Gunnsa. C'est un homme, naturellement, comme tout le monde.

Elle bâille.

– Mais il est responsable de la crise ? Il est partie prenante de toute cette corruption ?

Je bâille également.

– En effet. Même s'il n'était pas propriétaire d'une grande banque à laquelle il aurait fait payer tout ce qu'il achetait. Lui et ses sociétés apparaissent dans le grand rapport d'enquête du Parlement, que ce soit pour des emplois fictifs ou pour des contributions mirifiques versées à divers hommes politiques. Mais tâche de lui témoigner un respect total et d'agir en professionnelle. Nous sommes des hôtes qu'il reçoit chez lui et nous représentons le journal. Tu es photographe, donc tu prends des photos, point. End of story.

Hier, tandis que nous déjeunions à Grillhusid, nous avons discuté de l'effondrement de l'économie et de la crise. Il a été question de la responsabilité des politiques, de celle des banques et des hommes d'affaires, de celle de tout un chacun. J'ai bien senti que Gunnsa s'efforçait de comprendre le pourquoi et le comment de tout ça. Raggi n'a pas dit grand-chose, mais ses yeux noirs et pétillants d'intelligence montraient clairement qu'il n'en pensait pas moins. Derrière la joie de vivre et l'insouciance qu'ils affichent tous les deux se forme peu à peu une pensée personnelle sur les choses sérieuses de la vie, je dirais même une conscience politique.

– Cette nouvelle Islande dont tout le monde parle, de quoi s'agit-il précisément ? m'a demandé Gunnsa.

J'ai souri et pointé mon index dans leur direction. Je ne suis pas sûr qu'ils aient trouvé ça drôle.

Il est presque huit heures. Je m'éloigne de l'appartement situé sur le boulevard Haaleitisbraut. C'est le domicile de Raggi et de Runa, sa mère, et Gunnsa habite ici pour ainsi dire depuis plusieurs mois.

– Comment iras-tu au lycée une fois qu'on aura terminé ? dis-je tout en tournant à gauche sur le boulevard Miklabraut. D'opaques ténèbres matinales cernent les véhicules qui se dirigent doucement, traversant le fin voile de neige qui recouvre la terre, vers les entreprises et sociétés, à tout le moins, celles qui n'ont pas fermé. Peut-être le seul avantage du chômage est-il qu'il fait peu à peu diminuer les encombrements dans les rues.

– Runa et Raggi passeront me prendre après, me répond-elle tandis qu'elle tripote son appareil. Nom de Dieu, ce que j'ai hâte d'avoir ma voiture.

– Mmh.

– Et mon appartement, renchérit-elle, les yeux fixés sur la vitre du passager derrière laquelle défilent les rangées d'immeubles.

– Ton appartement ?

– La vie chez maman est insupportable depuis que son crétin a emménagé. Quant à Runa, son mec ne tardera plus à venir habiter avec elle, ce n'est qu'une question de temps. Et là, Raggi et moi, on ne pourra plus rester avec eux, même si le gars de Runa n'est pas aussi méga débile que celui de maman. Nous envisageons de louer un petit appart.

Je fais non de la tête.

– Vous êtes tous les deux trop jeunes et c'est au-dessus de vos moyens.

Elle me défie du regard.

– Tu as l'intention de te mettre à parler comme Runa et ma mère ?

– Les temps sont durs, ma Gunnsa chérie. Attendons un peu et voyons comment les choses évoluent. Je ne sais pas combien de temps je vais devoir rester à Reykjavik, mais je possède tout de même ce petit trou en sous-sol. Certes, il est trop petit pour que nous puissions y habiter tous les trois. Mais réfléchissons tranquillement à la question.

Elle me dépose une bise sur la joue. Nous longeons en silence le boulevard Hringbraut avant de nous engager dans la rue Hofsvallagata. Je tombe littéralement de sommeil. Je me suis réveillé à six heures et demie pour préparer cette maudite interview, mais je n'arrivais pas à me concentrer. Depuis des années, j'écris sur cette société qui oscille entre rêves de grandeur et autodestruction, complexe d'infériorité et mégalomanie. Dois-je m'étonner d'osciller un peu moi-même ?

Je me gare à proximité d'une vieille bâtisse cossue de Vesturbaer, le quartier ouest. Peinte en blanc, elle est répartie sur trois niveaux et ornée d'une haute avancée en son milieu, soignée, belle et bien entretenue avec son toit de tuiles, son garage double et sa véranda ouverte sur un grand jardin. La véranda est plongée dans l'ombre et, en surplomb, on aperçoit une terrasse déserte. Le temps où on y organisait de grandes fêtes clinquantes semble bel et bien révolu. Mais peut-être n'est-ce là qu'une situation provisoire, un cessez-le-feu entre deux guerres de pouvoir en Islande, qui ne durera que jusqu'aux prochaines réjouissances.

Derrière les barreaux de la grille repose un grand arbre de Noël déplumé qui attend d'accomplir son dernier voyage. Les grands trembles du jardin tendent leurs branches vers le firmament.

Nous gravissons l'escalier de pierre qui monte en arc de cercle vers la porte en chêne massif et l'éclairage discret du perron. Les rideaux sont tirés aux fenêtres à petits carreaux derrière certaines desquelles on devine de la lumière. Sur les murs, des macarons indiquent que les lieux sont surveillés. Des caméras sont installées au-dessus du garage et du porche. Tout cela n'a pas suffi à préserver la maison qui, comme bien d'autres propriétés appartenant aux responsables de la crise, a essuyé des projections de peinture et d'autres formes de protestation de la part d'activistes en colère.

Le ding-dong de la sonnette est exactement semblable à celui de n'importe quelle maison. Au bout de quelques instants, un homme élancé et maigre, âgé d'une quarantaine d'années, nous ouvre la porte en grand. On dirait un spaghetti vêtu d'un costume gris bien coupé et amidonné, assorti d'une chemise bleue au col ouvert. Il a une petite bouche et un petit menton, mais la mâchoire forte et les pommettes hautes. Son visage a quelque chose d'étrangement asymétrique. D'épais sourcils bruns soulignent son expression grave.

Dès que nous sommes dans le vestibule, il tend la main, d'abord à Gunnsa, puis à moi.

– Permettez-moi de me présenter : Floki Hreinn, je suis le secrétaire général d'Ölver, annonce-t-il d'une voix douce, presque mielleuse. Soyez les bienvenus.

Un escalier impressionnant dessert les étages supérieurs depuis l'entrée. Floki Hreinn nous conduit au salon, à gauche et face à moi, j'aperçois une immense cuisine. Le salon n'est que l'un des trois que comporte la maison. Les murs sont peints en blanc du sol au plafond.

Les meubles correspondent au style et à l'époque de construction de la bâtisse ; ce sont des antiquités valeur sûre et un peu rococo, tandis que les tableaux sont un conglomérat contemporain de couleurs, composé par un artiste que je ne saurais nommer.

– Ölver est au téléphone à l'étage, précise son bras droit. Ce ne sera pas long. Puis-je vous offrir quelque chose pendant que vous l'attendez ? Un café ? Un thé ?

Je consulte Gunnsa du regard et je secoue la tête.

– Vous n'auriez pas un Coca ? s'enquiert ma photographe.

Floki Hreinn se dirige droit vers la cuisine. Évidemment qu'il a du Coca.

– Promenons-nous donc un peu pendant que nous en avons l'occasion, dis-je à ma fille dans un murmure. N'hésite pas à prendre quelques photos tant qu'il n'y a personne pour te l'interdire.

Je retourne dans le vestibule et j'observe les lieux. À l'intérieur de la cuisine, j'aperçois Floki Hreinn qui ouvre le réfrigérateur. Gunnsa me suit et photographie tout ce qui lui tombe sous les yeux. Une jolie brune aux cheveux longs, âgée d'une trentaine d'années, vêtue d'un jean et d'un pull islandais sort de la cuisine. Elle crie quelque chose par-dessus son épaule. J'ai l'impression qu'elle a un accent étranger.

– Ok, répond une voix de petite fille.

La jeune femme entre dans la pièce à droite du vestibule sans nous accorder la moindre attention, ni à Gunnsa ni à moi. Il me semble qu'il s'agit d'une sorte de bibliothèque ou peut-être d'un bureau.

Au moment où Floki Hreinn arrive, un grand verre de Coca à la main, une voix profonde retentit au sommet de l'escalier.

– Bonjour ! Veuillez me pardonner de vous avoir fait attendre.

Ölver Margretarson Steinsson descend rapidement les marches, en chaussettes, et me tend la main. J'entends Gunnsa qui mitraille.

– Bonjour, répète-t-il. Sa poignée de main est ferme et sèche. Il toise ma photographe sur laquelle il s'attarde un certain temps. Elle se présente et le salue. Je constate qu'elle a du mal à afficher sur son visage l'expression adéquate. On dirait qu'elle est étonnée de voir qu'Ölver est d'une apparence tout à fait banale : c'est un homme petit et rondouillard, âgé d'une cinquantaine d'années. Il a le visage carré, le nez épaté, les cheveux gris coupés en brosse et des lunettes sans monture. Il porte un costume en velours côtelé brun et un chandail noir à col roulé. Le sourire qu'il adresse à Gunnsa est plutôt bienveillant.

– Je note que le personnel du *Journal du soir* rajeunit. C'est une bonne chose. Il faut donner sa chance à la génération montante.

Quelque chose a changé chez Ölver depuis la première et unique fois que je l'ai vu. Il s'est laissé pousser la barbe. Essaierait-il de se cacher ? En tout cas, cela lui donne plus d'allure. Cela dit, il n'est pas le genre d'homme sur lequel on se retournerait dans la rue. Je ne remarque sur son visage ni rides d'inquiétude ni cernes d'insomnies ou de remords.

– Nous devons nous occuper des photos tout de suite, dis-je. C'est…

– Papa ! Une gamine, sans doute âgée de neuf ou dix ans, sort de la cuisine en courant. C'est toi qui vas me conduire à l'école ?

Elle attrape la main d'Ölver.

– Non, ma petite Magga, pas aujourd'hui. Je dois d'abord parler avec ce journaliste.

Il me désigne d'un signe de la tête.

– Permettez-moi de vous présenter Margret Bara, ma fille.

Je lui tends ma main qu'elle attrape timidement, fraîchement. Comme son père, elle a le visage carré, et elle est très mignonne, avec ses cheveux clairs coupés court, son pull-over rouge, son pantalon noir ajusté et ses chaussures de sport à bandes blanches. Ses yeux bleus sont à l'affût. La réponse d'Ölver semble l'avoir déçue.

– Salut ! lance Gunnsa.

Margret Bara se permet un sourire, mais ne lâche pas la main de son père.

– Bon, déclare-t-il, comment voulez-vous procéder ?

Je lui propose de commencer par prendre quelques clichés de lui dans le salon.

– Reste avec Agnes en attendant, dit-il à la petite qui fait brièvement une mine contrariée avant d'entrer dans la bibliothèque.

Nous pénétrons dans le salon et Gunnsa mitraille tout ce qu'elle peut, plans rapprochés, plans d'ensemble. Ölver paraît détendu, mais prend garde à conserver un air sérieux.

– Vous voulez peut-être une photo avec Magga ? suggère-t-il à Gunnsa.

– Absolument, répond-elle.

– Serait-il possible d'avoir un portrait de famille avec votre épouse et votre fille ? dis-je.

Ölver baisse les yeux un instant.

– Nous sommes en train de divorcer, déclare-t-il à voix basse. Elle ne vit plus ici.

La nouvelle ne s'est pas ébruitée. S'ensuit un bref silence gêné. Puis, Floki Hreinn va chercher Margret Bara qui semble nettement plus apprécier d'être prise en photo que son père. Assis côte à côte sur le canapé, ils font semblant de parler tous les deux pendant que ma photographe s'acquitte de sa besogne.

Au terme de la séance, Gunnsa engage la discussion avec la petite qui se met subitement à rayonner.

– Tu ne veux pas rester avec Agnes jusqu'à ce qu'elle t'emmène à l'école ? suggère Ölver. Ensuite, maman passera te chercher après les activités dans l'après-midi, elle te conduira à ton cours de danse et passera t'y reprendre après.

– Je préférerais parler avec la photographe, répond la gamine.

– C'est que je dois partir à l'école moi aussi d'ici un quart d'heure, plaide Gunnsa avec un sourire.

Dès qu'elles se sont retirées dans la cuisine, Ölver me confie :

– Tous ces événements la perturbent beaucoup.

Je ne sais pas vraiment si par ces « événements », il réfère à la séparation, au reste ou à tout autre chose.

– Me permettez-vous de mentionner votre divorce dans mon article ?

Je m'assieds dans l'un des fauteuils et pose mon dictaphone sur la table basse. Floki Hreinn s'installe à distance, à côté du piano droit, les jambes croisées.

– Pas dans les détails, par égard pour ma femme et Magga.

Ölver prend place face à moi et regarde par la fenêtre la poudreuse qui s'épaissit peu à peu dans le ciel et se mue graduellement en une tempête de neige.

Enfin, il faut quand même dire la réalité.

Et « La réalité dépasse la fiction », c'est écrit dans le chapeau du *Journal du soir*. J'en ai un exemplaire sur les genoux dans le vol de fin d'après-midi vers Akureyri, mais je n'arrive pas à me concentrer sur ma lecture. Le dictaphone que j'ai au fond de ma poche contient trois heures des confessions d'un homme qui s'est présenté à moi comme un garçon islandais tout à fait banal, élevé dans le quartier des Melar à Reykjavik par une mère célibataire, secrétaire dans une compagnie d'assurances, mais qui sombrait dans l'alcool par intermittence et avait fini par boire jusqu'à en mourir, une dizaine d'années après avoir perdu son emploi. Son père, paysan dans la province du Sudurland, avait fondé une nouvelle famille alors qu'Ölver n'était âgé que de trois ans. L'homme se souciait peu de son fils. Il l'avait pris deux étés chez lui, à la campagne, à l'époque où il avait huit ou neuf ans, mais avait si clairement fait sentir au gamin qu'il n'était pas à sa place que ce dernier avait catégoriquement refusé d'y retourner par la suite. Il préférait encore végéter chez sa mère. Il préférait encore supporter le défilé des hommes, son alcoolisme et ses comportements indignes. Il préférait la liberté que lui offrait la négligence de sa mère.

C'était cela qui avait déterminé le chemin qu'il avait pris ensuite. Ce n'était au départ qu'un sentiment plus ou moins inconscient qui peu à peu s'était transformé en une résolution inébranlable : jamais plus il ne supporterait de vivre dans l'insécurité. Il avait fait tous les petits boulots possibles pendant le collège et avait réussi à être admis au lycée. Ses excellents résultats scolaires lui avaient permis d'obtenir une bourse universitaire pour aller étudier le commerce et l'Histoire aux États-Unis. Il avait profité de son séjour en Amérique pour nouer des contacts et se constituer un réseau. Il avait obtenu un emploi très bien payé au sein d'une grande entreprise, avait joué en bourse et était rentré au pays cinq ans plus tard, les poches bien remplies. Il avait investi, au début de manière mcsurée et prudente dans une chaîne de magasins qui avait le vent en poupe. Il s'était marié et avait divorcé au bout de trois ans, s'était remarié et avait eu une petite fille. Il avait acheté un appartement qu'il avait revendu, puis une maison qu'il avait revendue, puis d'autres appartements et d'autres maisons, eux aussi revendus, toujours avec une forte plus-value.

En réalité, il aurait très bien pu en rester là. S'il avait arrêté à cette époque, ni lui ni les siens n'auraient eu besoin de travailler pour le restant de leurs jours. Mais la lutte qu'il livrait contre sa peur du lendemain s'était désormais transformée en une forme d'addiction au jeu et à l'adrénaline. Il ne pouvait pas ni ne voulait arrêter. Il avait continué à acheter toujours plus de biens immobiliers, d'entreprises et de sociétés de toutes sortes, à l'exclusion des banques, mais il disposait d'un accès privilégié à ces établissements grâce à certains de ses « amis ». Quand tout cela avait cessé de l'amuser, il s'était mis à investir à l'étranger, à acheter des actions, des obligations et des sociétés. Plus les fonds qu'il y consacrait étaient importants, plus leur valeur diminuait à ses yeux. Il achetait tout ce qui lui venait à l'esprit. Il lui semblait que c'était pour ainsi dire une question de devoir. Ce faisant, il s'était perdu lui-même, avait oublié ses origines et jusqu'à ses objectifs fondamentaux. Cela, il n'en avait pris conscience qu'au moment où il avait perdu tout ce qu'il avait amassé. Alors, il avait aussi perdu la plupart de ceux qui étaient devenus ses amis ou lui faisaient des courbettes à l'époque de son ascension. Alors, il avait perdu le respect de la nation, de même que cette reconnaissance sociale qui lui importait tant. Alors, il avait non seulement perdu sa femme, mais également ses maîtresses.

– Mais quel est votre rapport personnel à la consommation ? À tout ce luxe ?

– Évidemment, je me suis jeté là-dedans à corps perdu. Je ne me refusais absolument rien. Cette maison-là, une autre en Espagne, deux voitures, une maison de campagne…

Il avait coupé court à son énumération.

– Cela dit, je considère m'être montré très généreux avec mes proches.

Il avait adressé un regard à Floki Hreinn qui semblait ailleurs.

– Sans parler de mes dons aux associations caritatives et culturelles. La plupart d'entre nous les subventionnions beaucoup.

– La plupart d'entre vous, c'est-à-dire ?

Il avait affiché un sourire malicieux.

– Nous, les milliardaires. Les anciens riches.

– Quelle part de vérité y a-t-il dans l'opinion répandue selon laquelle « vos » activités débordantes auraient eu pour moteur la consommation d'alcool et de stupéfiants ?

– C'est vrai dans certains cas, m'avait-il répondu sans hésiter. Mais ça ne vaut pas pour moi. En ce qui me concerne, l'élément moteur n'avait rien à voir avec ça. Cela dit, j'étais à peine maître de mes actes. J'espère vous avoir expliqué tout cela de mon mieux.

Le parcours de l'homme qui se réclame de sa mère et de son père jusque dans son nom, Margretarson Steinsson, c'est-à-dire à la fois fils de Margret et fils de Steinn[1], n'est peut-être pas commun, mais la plupart des éléments qui le constituent ont quelque chose de familier, pour ne pas dire d'exemplaire. À l'exception d'un détail. Quand je lui ai demandé la première chose qu'il avait eu envie d'acheter quand il en avait eu les moyens, il m'a répondu, après une brève hésitation, la seule de toute notre conversation :

– La ferme de mon père.

Ça m'a un peu déconcerté.

– Pourquoi ?

1. La chose est peu banale en Islande. Le deuxième nom des Islandais n'est pas un nom de famille, il est formé en accolant le suffixe *-son* (-fils de) ou *-dóttir* (-fille de) au prénom du père : c'est l'usage le plus courant. Beaucoup plus rarement, on choisit d'accoler ces mêmes suffixes au prénom de la mère. Utiliser les deux est exceptionnel.

– Il y vivait encore avec sa famille, mais la banque avait confisqué ses terres pour éponger ses dettes. Je les ai donc rachetées à la banque.

– Et que sont devenus votre père et sa famille ?

– Ils vivent toujours là-bas. En revanche, les terres sont retombées dans l'escarcelle de la banque.

En réalité, je n'avais pas eu besoin de lui poser beaucoup de questions. Il s'était exprimé, me semblait-il, avec honnêteté et sans dérobades, sans s'épargner, ni lui ni les autres. Quand je lui avais demandé ce qu'il ressentait, sachant que ses actes avaient nui à nombre de gens, aux intérêts de ses clients et de ses partenaires commerciaux, de ses concurrents, des banques et, plus encore, à ceux des contribuables, il m'avait répondu qu'il n'était pas plus responsable de la cupidité et de l'aveuglement que du déni de ses compatriotes. Mais qu'en revanche, il assumait la responsabilité de sa propre cupidité, de son aveuglement et de son déni. Il m'a semblé discerner dans sa réponse un soupçon familier de condescendance.

– Et qu'en est-il de vos dettes bancaires qui se chiffrent en milliards et sont tout bonnement effacées alors que le commun des gens est traqué pour quelques malheureux millions ?

– Ce sont les banques elles-mêmes qui jugent de leur intérêt en la matière. Mais je comprends bien que les gens trouvent ça injuste.

– Merci pour votre bienveillance et votre ouverture d'esprit. Et maintenant ? Où en sommes-nous ? avais-je poursuivi.

Il avait haussé les épaules.

– Je l'ignore. Je suis actuellement en liquidation judiciaire et sous le coup de toutes sortes d'enquêtes. Je ne sais absolument pas ce qu'il me reste. Tout cela n'est plus de mon ressort. La seule chose que je peux essayer de faire, c'est d'exhumer l'homme que j'étais autrefois. Je m'efforce d'exhumer Dieu. Peut-être que j'essaie simplement de retrouver Dieu au fond de moi.

Voilà, je tenais le titre de mon article.

Mais avais-je pour autant une image de la réalité, cette réalité qui dépasse la fiction ?

Il m'avait prié de transmettre ses salutations à Hermann Gudfinnsson si je le voyais. Mais je ne le vois pas. Assis devant mon ordinateur dans ce placard qui porte l'appellation de bureau et donne sur Radhustorgid, la place de l'Hôtel de Ville, je regarde mon dictaphone et je bats la mesure sur le bord de la table avec un stylo. Je me sens soulagé d'être revenu à Akureyri plutôt que d'être resté à Reykjavik pour rédiger cette interview. Il y a là-bas comme qui dirait de l'électricité dans l'air, et ça m'agace. Je suis également en proie à une étrange sensation d'irréalité après la matinée passée dans cette bâtisse du quartier Ouest. Je repense à Ölver Margretarson Steinsson sur son canapé et à Floki Hreinn Jonsson, assis sur sa chaise à côté du piano droit. Ils me rappellent des acteurs comiques d'antan : l'un est petit et bien en chair, l'autre long et sec. Mais ils n'ont pas été très drôles, du reste, ils n'ont même pas essayé.

Il est cinq heures passées et la nuit noire est tombée depuis longtemps. Asbjörn est remonté voir son épouse Karo, son chien-chien Snulli et peut-être sa fille Asbjörg. Joa est partie retrouver sa petite amie Heida, éditrice et rédactrice en chef au *Courrier d'Akureyri*. Dans le quartier de Hlidahverfi, mon épouse Snaelda m'attend, patiente. Je l'imagine occupée à lisser son plumage jaune et à picorer d'un geste élégant sa barre de céréales dans sa cage pour écourter l'attente. Mais elle va devoir se passer de moi encore un bon moment. Il me reste à écrire une brève pour demain sur le meurtre de la factrice et je dois commencer la rédaction de mon interview. Elle ne peut pas me passer un coup de fil pour me reprocher mon retard. C'est à la fois l'inconvénient et l'avantage d'être une perruche.

Les choses n'avaient pas empiré, pas plus qu'elles ne s'étaient améliorées. Les autres continuaient d'agir comme si elle n'existait pas. Cela durait depuis des mois. Un jour, tout avait radicalement changé. Elle n'avait aucune idée de la raison pour laquelle ce bouleversement avait eu lieu ce jour-là plutôt qu'un autre. Brusquement, ses amies cessèrent de courir à sa rencontre comme à leur habitude. Quand elle tenta d'engager la conversation avec elles, elles se détournèrent et s'en allèrent. Deux semaines plus tard, elle les avait invitées à son anniversaire. On lui avait permis de décorer l'ensemble de la maison, de commander des pizzas et de transformer le salon en cinéma. Sa mère et sa grand-mère attendaient à la cuisine. Son père était en voyage à l'étranger. Elle avait attendu, attendu longuement, interminablement, jetant de temps à autre quelques regards aux fenêtres, tout en essayant de penser à son anniversaire de l'année précédente où ses parents l'avaient autorisée à offrir à ses meilleures amies un voyage d'une journée à Copenhague qui s'était couronné par une fête d'anniversaire au parc d'attractions de Tivoli. Il n'y avait pas eu assez de place pour tout le monde. Mais aujourd'hui personne ne venait. Cette nuit-là, elle s'était endormie en sanglotant. Non parce qu'elle se lamentait à ce point sur son sort, mais car sa mère, prise d'une crise de nerfs, avait fracassé les verres et les tasses sur les murs de la cuisine. Grand-mère avait appelé un médecin qui avait fait une piqûre à la jeune femme afin qu'elle puisse trouver le sommeil. Puis grand-mère s'était mise à pleurer. Cela avait donné le coup de grâce à la pauvre petite. Le monde, dans son ancienne version, s'était effondré. Et il continuait de s'écrouler. Elle se trouvait maintenant dans une pièce inconnue, dans un appartement tout aussi inconnu. Elle reconnaissait sa mère qui, debout dans cette nouvelle cuisine, préparait un plat de lasagnes et s'efforçait d'afficher un optimisme enjoué. Mais elle voyait bien qu'elle n'était pas heureuse. La photographe qui avait discuté avec elle dans la matinée l'avait traitée en adulte, elle lui avait montré qu'elle existait et que ce qu'elle avait à dire avait de l'importance. Peut-être tout redeviendrait-il comme avant. Peut-être que bientôt tout serait à nouveau comme avant.

– Tout le monde est d'accord pour dire qu'Agla Sigridur était une employée courageuse et consciencieuse. Elle avait un sens aigu des responsabilités. Jamais elle n'aurait laissé son courrier à l'abandon dans un lieu désert sans y être absolument forcée.

Cette déclaration de Kari Kolbeinsson, supérieur hiérarchique d'Agla Sigridur à la poste d'Islande d'Akureyri est la seule chose que je parviens à tirer de lui quand j'arrive enfin à le joindre par téléphone. Il n'a aucune idée de la raison pour laquelle celle qui travaillait sous ses ordres depuis six ans a été retrouvée entre la vie et la mort à deux cents mètres environ de son chariot. Elle était arrivée au travail tôt le matin, à l'horaire habituel, s'était comportée tout à fait normalement, puis était sortie faire sa distribution à l'heure.

Le commissaire principal n'a pas franchement de temps à me consacrer.

– Nous avons un mal de chien à empêcher cette petite société de perdre complètement les pédales, débite-t-il, excédé. En réalité, nous sommes tout bonnement en faillite. Quand la police est en faillite en plus de tout ce qui l'est déjà… Bref, je ne te dirai donc rien pour l'instant à part ça : nous avons reçu un appel anonyme auquel je ne suis pas sûr qu'on doive donner suite.

– Anonyme ? C'est-à-dire ?

– Eh bien, quelqu'un a appelé notre standard depuis un numéro de portable dont nous essayons de trouver le propriétaire. L'individu a refusé de décliner son identité, mais il affirme avoir aperçu un homme qui portait un vêtement à capuche courir le long de la rue Nordurgata au moment où tu as découvert cette jeune femme.

– Ah bon ?

– Est-ce que tu portais une capuche ce matin-là ?

4

Vendredi

RETROUVER DIEU AU FOND DE LUI

Dès que j'ai achevé mon œuvre retraçant le destin d'Ölver Margretarson Steinsson, j'envoie le texte à l'adresse flokihreinn@olver.is, en m'abstenant d'y joindre le titre. Je leur donne une heure pour relire.

Je ferme la porte de mon placard, j'ouvre la fenêtre, m'allume une cigarette et consulte les photos de Gunnsa sur l'espace de travail. Elles sont loin d'être mauvaises et, en tout cas, nettement meilleures qui si je les avais prises moi-même. Nous disposons en outre de quelques clichés envoyés par le secrétaire général, mais Elisabet Bergsdottir, l'épouse en partance, n'apparaît sur aucun d'entre eux.

Le téléphone sonne.

– Eh bien, mon cher monsieur, déclare Hannes. Où en sommes-nous ?

– Au point où Ölver a reçu l'interview pour relecture. J'espère qu'il respectera ce dont nous étions convenus : il ne change rien, à moins qu'il ne s'agisse d'un véritable malentendu. Je n'ai pas envie d'avoir à tergiverser avec ce bonhomme.

– Tu es satisfait du résultat ?

– Surtout soulagé d'en avoir terminé. Je m'accorde un instant de réflexion. J'ai eu l'impression qu'il jouait cartes sur table. Cela dit, les hommes comme lui gardent toujours quelques atouts dans leur manche, non ?

Le rédacteur en chef me répond par un marmonnement. Je lui relate l'interview dans les moindres détails en lui faisant part des thèmes abordés et du titre.

– Pas mal. Et en première page, on met quoi ?

– Eh bien, j'ai envisagé quelque chose comme : DIVORCÉ ET RUINÉ, IL CHERCHE DIEU. Ne serait-ce pas à la fois d'une grande profondeur psychologique et suffisamment vendeur ?

J'ai l'impression qu'Hannes hésite.

– Non, répond-il en traînant longuement sur le mot. À mon avis, on risque de dépasser les bornes. On pourrait peut-être trouver une formule plus… disons un peu plus modérée.

– Que dirais-tu de : À PEINE MAÎTRE DE MES ACTES. Est-ce une formulation suffisamment neutre et irresponsable ?

– Je suis preneur, mon cher monsieur. Je suis preneur.

– Ölver m'a prié de transmettre toutes ses salutations à Hermann. Tu t'en occupes ?

Je fais les cent pas à l'angle des rues Glerargata et Eyrarvegur pour essayer de me réchauffer. Le froid qui s'est intensifié me mord de toutes parts. Je finis par renoncer et par monter dans mon tacot, garé à proximité. Mes résolutions quant à une vie saine se voient mises entre parenthèses pour des raisons indépendantes de ma volonté et certaines pressions venues de l'extérieur.

J'ai réussi à grand-peine à arriver ici juste avant neuf heures et demie, c'est-à-dire au lieu et à l'heure mêmes où j'ai croisé cette femme furieuse, avant-hier. Rien ne me dit toutefois qu'elle passe par là tous les jours. Peut-être ne fait-elle un saut chez sa fille qu'en certaines occasions particulières, en cas d'imprévu, maladie, courses… Mon portable sonne. C'est Sigurbjörg qui est en train d'écrire un article sur l'intervention musclée d'un encaisseur dans une maison du quartier de Grafarvogur. Cette fois-ci, l'intéressé ne s'est pas servi d'une batte de base-ball mais de couteaux et il a menacé le maître des lieux à l'aide d'une arme à feu.

– J'aimerais bien m'occuper de thèmes un peu plus civilisés, déplore-t-elle. Ça commence franchement à me déprimer, tout ça. Nom de Dieu, qu'est-ce que je ne donnerais pas pour qu'on m'invite à une conférence de presse précédant l'ouverture d'une exposition !

Puis elle me demande comment s'est passée l'interview avec Ölver. Je la lui retrace dans les grandes lignes sans quitter des yeux la rue Eyrarvegur.

– À part ça, je ne suis pas près de moucher la chandelle.

– Ah bon, t'es enrhumé ?

– Mais non ! Je fais le pied de grue depuis un bon moment en espérant voir passer mon témoin de l'autre jour, mais ça s'éternise. Je suppose que je devrais éviter les expressions argotiques avec les gens qui sortent de la fac, comme toi.

Nous discutons de l'affaire de la postière. Sigurbjörg s'attarde sur un détail auquel je n'ai pas vraiment accordé d'attention.

– *Angel of the Morning* ? répète-t-elle dès que je lui parle de la chanson présente sur l'iPod.

– Ça te dit quelque chose ?

Soit elle est dubitative, soit elle a la tête ailleurs.

– Non, je ne crois pas, répond-elle finalement. À moins que le titre ne renvoie à moi au moment du réveil.

– Ah ? Ah bon ? Serais-tu un authentique ange du matin ?

Son rire à l'autre bout du fil est un peu forcé.

J'envisage de poursuivre cette conversation avec quelques répliques bien senties quand je vois arriver celle que j'attends.

– Excuse-moi, Sigurbjörg, nous allons devoir remettre cette rafraîchissante discussion à plus tard. La dame est là.

Je raccroche, puis descends de voiture en vitesse.

– Veuillez m'excuser, dis-je en m'approchant d'un pas pressé. Vous vous souvenez de moi ?

Elle place son sac à main devant elle, comme pour se protéger, mais abaisse sa garde dès qu'elle me reconnaît. Je lui explique que la police est à la recherche de personnes susceptibles de jeter la lumière sur le décès de la factrice.

Elle me dévisage, surprise.

– Ce n'est pas moi qui vais éclairer votre lanterne. Je n'ai été témoin de rien du tout. J'ai simplement vu le chariot renversé et le courrier éparpillé autour. Enfin, ce qui est arrivé à cette pauvre femme est affreux, bien sûr.

Elle renifle avec élégance.

– Et moi qui me répandais en injures sur ces satanées privatisations !

– Allons, l'erreur est humaine, ça peut arriver à tout le monde. J'ai suivi votre conseil et j'ai retrouvé cette jeune femme, pas très loin de son chariot. Malheureusement, je suis arrivé trop tard. Elle était déjà entre la vie et la mort. Mais la question que j'avais envie de vous poser, et la police aussi, c'est si vous avez vu quelque chose ou quelqu'un dans les parages qui pourrait avoir un lien avec ce qui est arrivé à la postière.

Elle semble se creuser la tête.

– Non, je ne me souviens de rien. J'allais simplement chez ma fille pour garder les petits. Comme maintenant. D'ailleurs, je suis en retard. Je n'ai croisé personne, sauf peut-être quelques voitures.

– Vous rappelez-vous quelle sorte de voitures ?

Elle consulte sa montre.

– Aïe, comment voulez-vous qu'on garde ce genre de détail en mémoire ? Je passe par là tous les matins et les journées finissent par se confondre les unes avec les autres.

– Mais cette journée-là est un peu particulière. À cause de cette histoire de courrier et de postière.

– Certes, certes, mais ça, je ne le savais pas avant de tomber sur ce chariot abandonné. Enfin, puisque vous me cuisinez comme ça, je me souviens d'une monstrueuse jeep bleue de frimeur qui roulait à toute vitesse en direction du quartier de Tangi. J'ai aussi croisé une petite camionnette jaune avec des inscriptions ou le logo d'une entreprise sur le côté. Attendez, ah oui, je crois que j'ai également vu un petit véhicule rouge, mais notez bien que je n'y connais rien en voitures. Depuis qu'ils ont arrêté la fabrication de la Coccinelle chez Volkswagen.

– Et vous souviendriez-vous des numéros d'immatriculation ?

Mon interlocutrice me toise avec une impatience grandissante.

– Vous ne seriez pas complètement siphonné ? Vous croyez que les gens s'amusent à mémoriser les plaques des voitures qu'ils croisent pendant leurs allées et venues en ville ?

Elle pointe son index vers les véhicules qui passent sur la rue Glerargata.

– Essayez donc de vous rappeler toutes ces immatriculations. Si vous n'êtes pas déjà totalement givré, vous le serez d'ici dix minutes.

Je me contente de lui sourire et lui demande si je peux prendre son nom pour que la police puisse la contacter. Elle soupire, me dit s'appeler Bergthora Benediktsdottir et me donne son numéro de portable. Sur quoi, elle s'en va d'un pas pressé.

Je retourne m'asseoir au volant de mon tacot et j'envoie à Olafur Gisli un texto avec le nom et le numéro de portable de Bergthora. Puis je me dirige vers le centre de tri de la poste d'Islande, situé rue Nordurtangi. Au bout de quelques minutes, j'approche du fjord glacial. Le long bâtiment large aux allures de hangar, de couleur rouge et portant le logo de la poste, se trouve à l'arrière d'une imposante construction blanche sur laquelle on peut lire Notastödin Oddi, Filets à pêche Oddi. L'entrée principale se fait côté façade. Je me gare sur le côté où trois employés grelottent dans leurs uniformes, deux femmes et un homme qui fument à côté d'une porte d'acier ouverte qui semble destinée à accueillir les réceptions. En m'approchant, j'aperçois à l'intérieur de grands chariots remplis de paquets de toutes sortes ainsi que des étagères où le courrier est trié en fonction de l'adresse du destinataire. Je me présente en leur expliquant que je cherche à rassembler des informations sur la défunte Agla Sigridur. La nouvelle de la semaine les a manifestement bouleversés. Les trois collègues confirment les dires de leur supérieur, Kari Kolbeinsson : il n'y avait rien d'inhabituel en ce mercredi matin et le comportement d'Agla Sigridur était parfaitement normal.

– Comment était-elle, habituellement ?

– Kata, c'est toi qui la connaissais le mieux, déclare l'homme à l'une des deux femmes.

La grande blonde forte et âgée d'une trentaine d'années hoche la tête.

– Cette chère Aggasigga ne disait pas grand-chose. Son handicap l'empêchait de participer aux discussions. Elle ne parlait pas clairement, elle accentuait bizarrement les mots, enfin, ce genre de choses.

– Mais à quel point entendait-elle vraiment ?

– Ça, on ne l'a jamais su. Elle savait lire sur les lèvres. Il suffisait de faire attention à ne pas se tourner ni mettre sa main devant sa bouche.

– Des tas de gens qui ne la connaissaient pas s'imaginaient qu'il fallait lui parler assez fort, glisse son collègue.

– En tout cas, cette chère Aggasigga était quelqu'un de bien, reprend Kata. Comme je viens de vous le dire, elle n'était pas toujours capable de participer à nos discussions, mais elle arrivait toujours à l'heure…

– Et toujours de bonne humeur. Elle était toujours joyeuse, glisse le collègue.

– Même si elle était plutôt réservée, en retrait, un peu solitaire…

Kata s'interrompt.

– Ce qui l'intéressait le plus, c'étaient les livres. Je sais qu'elle passait ses jours de congé à Amtsbokasafn, la bibliothèque municipale.

– Quel genre de littérature lisait-elle ?

Elle hausse les épaules.

– Elle lisait de tout. Je ne saurais vous dire exactement.

– Connaissez-vous des détails de sa vie privée ? Avait-elle des amis en dehors du travail ? Peut-être même un petit ami ?

Tous trois secouent la tête.

– Un amoureux ? renvoie Kata. Non, pas que je sache. Mais elle avait en tout cas un ami proche. Il se prénomme Jens et, comme elle, il est malentendant. Je sais qu'il partageait son intérêt pour la lecture. Ils allaient souvent tous les deux à la bibliothèque.

– Jens ? Quel est le nom de son père ?

Les trois collègues échangent un regard.

– Elle ne nous l'a jamais dit, répond Kata. Il lui est simplement arrivé de nous raconter qu'elle avait fait telle ou telle chose avec Jens pendant le week-end, enfin, ce genre de trucs.

Celle des deux femmes qui n'a pas dit un mot éteint sa cigarette.

L'homme s'apprête à repartir.

– On doit se remettre au travail, déclare-t-il.

– Juste une dernière chose : Agla Sigridur vous aurait-elle parlé de difficultés pendant sa tournée ? De gens qui l'auraient importunée ?

Ils s'accordent un instant de réflexion.

– Non, je ne crois pas, répond Kata. Rien de particulier. Les facteurs sont confrontés à toutes sortes de phénomènes. Des chiens méchants, des mégères hargneuses, des ivrognes, des adolescents mal embouchés. Mais je ne me rappelle rien en particulier.

Ölver M. Steinsson est satisfait de votre texte, mais souhaiterait qu'un détail soit supprimé. Il s'agit de celui concernant les terres de son père dans le sud du pays, et qu'il avait rachetées. Il est disposé à fournir une autre réponse à votre question concernant sa première acquisition si vous le désirez. Avec tous mes remerciements pour votre fructueuse collaboration passée et à venir. Floki Hreinn.

Ce courriel expédié depuis l'adresse flokihreinn@olver.is m'attend sur mon ordinateur quand j'arrive à mon bureau, un peu avant midi. Alors comme ça, il est disposé à fournir une autre réponse à ma question ? Et quoi ? La réalité et la vérité seraient-elles déplaçables ? Transférables ? Négociables ? J'envoie ma réponse sur-le-champ :

Tant qu'il ne s'agit pas d'un malentendu de ma part, je ne saurais donner suite à votre requête. Nous avons passé un accord oral dans ce sens en ce qui concerne les modifications éventuelles à apporter à cette interview. Et cet accord fait force de loi, comme n'importe quel contrat. Avec tous mes remerciements pour votre fructueuse collaboration. Einar.

Je boucle l'article, puis m'occupe des photos et du renvoi en première page. Je transfère à Hannes une copie des échanges de courriels entre Floki Hreinn et moi en ajoutant qu'en fin d'après-midi, j'aurai rédigé pour les pages actualités de l'édition du week-end un profil d'Agla Sigridur Bernhardsdottir, une factrice malentendante qui pourrait bien avoir été une personne nettement plus intéressante qu'Ölver Margretarson Steinsson.

J'essaie ensuite d'appeler Olafur Gisli sans parvenir à le joindre. Je trouve dans la presse du jour le faire-part de décès d'Agla Sigridur. Elle y est présentée comme une « amie chère ». Le faire-part est signé de Jens Tryggvason. Histoire de voir, je l'appelle après avoir trouvé son numéro dans l'annuaire. Étant donné la situation, je ne suis pas sûr que quelqu'un entende la sonnerie et, par conséquent, y réponde. Mon opinion n'est fondée que sur la vaste méconnaissance que j'ai de ce domaine.

– Vous imaginez bien sûr que le journal en langue des signes diffusé à la télé est le truc typique pour les sourds et malentendants ? me demande-t-il. Ou encore pour les vieux qui vous lancent des « hein ? » à tout bout de champ ?

– En fait, j'ai toujours trouvé que la langue des signes était un mode d'expression assez beau, dis-je en me penchant en avant afin qu'il puisse mieux m'entendre.

– Ne perdez pas de vue que dix pour cent de la nation souffre de problèmes auditifs et que la moitié de ces gens devrait être appareillée, même si les caractéristiques et les causes du handicap sont multiples.

Son appartement est sobre et propre. Il est assis face à moi dans le salon aux meubles gris et bon marché dont les murs sont décorés d'une quantité de photos représentant des fleurs.

Jens Tryggvason a trente-cinq ans, il est rasé de près, a les tempes dégarnies et au sommet du crâne se dessine une lune cernée par des cheveux bruns. Son nez d'aigle imposant est le détail le plus frappant de son visage triste. Ses oreilles portent chacune un appareil auditif discret. Dans son jogging bleu, il a l'air fort et musclé, et m'affirme être juste rentré de la salle de sport.

– J'ai dû attendre aujourd'hui pour sortir, je ne m'en sentais pas la force après le décès d'Aggasigga. Le choc a été terrible.

Je lui demande pourquoi c'est lui qui a signé le faire-part de décès, et non la tante que la jeune fille avait à Reykjavik.

– C'est une vieille femme qui vit dans une maison de retraite et elle ne s'est pas sentie capable de s'occuper de tout ça. Aggasigga était célibataire et n'avait aucun proche susceptible de signer ce faire-part. Il n'y avait que moi.

Il m'explique qu'Agla Sigridur a perdu ses deux parents à peu d'intervalle quand elle avait une vingtaine d'années et qu'ensuite elle a vécu seule dans leur ancien appartement.

– Comment l'avez-vous rencontrée ?

– Par le biais de l'association des malentendants. Nous sommes tout de suite devenus très amis. En réalité, je suis resté enfermé ici à pleurer sans arrêt depuis deux jours. Et s'il y avait une chose sur laquelle Aggasigga était intransigeante, c'est qu'il ne faut pas s'isoler. Ni à cause du chagrin. Ni à cause du handicap. Ni à cause du chômage. Si on s'enferme, on voit tout en noir et la situation devient impossible. Rien n'arrêtait Aggasigga. C'est elle qui m'a poussé à trouver un travail. Je livre le *Gratuit* tous les matins. Je ne me suis pas senti capable… pas senti la force d'aller travailler après… cette chose-là… jusqu'à ce matin.

Je lui fais remarquer qu'il s'exprime d'une manière bien plus « habituelle » que sa défunte amie. Il me répète que la surdité et les problèmes d'audition se manifestent de diverses manières.

– Aggasigga et moi avons, ou plutôt avions tous les deux un problème dans le conduit qui mène de l'oreille externe à l'oreille interne. Mais son handicap était plus important que le mien. Mon appareil m'aide à amplifier des sons qu'autrement, j'aurais du mal à entendre. Il aidait aussi Aggasigga, mais elle savait aussi lire sur les lèvres et pratiquait la langue des signes. Je n'ai pas eu autant besoin de ces compétences. En réalité, personne n'est capable de définir avec précision la manière dont la surdité de quelqu'un se manifeste, si ce n'est l'intéressé lui-même.

– Pouvait-elle écouter de la musique ?

– Elle pouvait écouter, oui, mais n'entendait pas grand-chose. Elle adorait le rythme et on allait parfois danser tous les deux à la discothèque Sjallinn. Il marque une pause avant d'ajouter : on devait toujours rentrer tôt. Avant que tout le monde ne soit soûl et que les choses ne s'emballent. Là, il n'y avait plus moyen pour nous de rester sur la piste ; on ne faisait que gêner les autres. Aggasigga s'intéressait beaucoup à la musique et elle avait énormément lu sur la question. En fait, elle lisait pratiquement tout ce qui lui tombait sous la main et on allait presque tous les jours à la bibliothèque.

Jens ouvre l'album posé sur les tables gigognes à côté du fauteuil et me montre une photo de lui en compagnie d'Agla Sigridur. Assis côte à côte sur le canapé de ce même salon, on les voit tous deux plongés dans la lecture. Elle, dans celle d'un recueil de poésie et lui, d'un roman policier.

– Cette photo, c'est vraiment nous, précise-t-il, les yeux fixés sur l'image tandis que les larmes se mettent à couler le long de ses joues.

– Qui est-ce qui l'a prise ? dis-je après lui avoir laissé le temps de se remettre.

– C'est moi, répond-il en s'essuyant les yeux. J'avais mis le retardateur. Je suis un vrai dingue de photo, ajoute-t-il, l'index pointé sur celles qui couvrent les murs de fleurs.

– Elle a apparemment été étranglée à l'aide d'une écharpe grise. Vous l'avez vue la porter ?

– C'est moi qui la lui ai offerte en cadeau de Noël, il y a quelques semaines.

Je le dévisage d'un air inquisiteur.

– Vous étiez très proches ? Je veux dire, vous étiez un peu plus que de simples amis ?

Les yeux de Jens semblent à nouveau sur le point de s'emplir de larmes.

– On était très amis. Ma femme, qui n'est pas malentendante, m'a quitté il y a un an et demi. Aggasigga m'a aidé à affronter la colère, la déception et la tristesse. Mais on n'était pas… enfin… on n'était pas…

– Amants ?

Il secoue la tête.

– Peut-être… Peut-être qu'on aurait pu… Mais ce n'est pas arrivé. Et ça n'arrivera pas.

– Elle avait quelqu'un d'autre ?

Il secoue à nouveau la tête.

– Quelles relations avait-elle avec ses parents de leur vivant ?

– Elles étaient excellentes, autant que je sache. Ils ont dû changer de vie lorsque, alors qu'elle était encore petite, son handicap a été découvert. Aggasigga tenait à être une adulte indépendante et refusait d'être à leur charge. Elle ne voulait pas leur causer plus de soucis.

– De soucis ?

– Elle m'a expliqué qu'ils étaient obligés d'avoir deux appartements, avec toutes les charges que cela suppose.

Aggasigga fréquentait l'école de Vesturhlidarskoli à Reykjavik, établissement qui a par la suite été intégré à l'école de Hlidaskoli et qui propose une pédagogie adaptée aux sourds et aux malentendants, avec enseignement de la langue des signes et ce genre de choses. Magnea, sa mère, habitait donc à Reykjavik avec elle tandis que Benni, son père, qui était métallier, travaillait comme un esclave ici, à Akureyri, pour qu'ils puissent se permettre ça. Dans son malheur, Aggasigga a eu la chance, comme nous tous, d'arriver à un moment où les méthodes et les équipements avaient radicalement changé. L'époque où la langue des signes était interdite et où on enfermait les malentendants dans des institutions pour débiles mentaux, théâtres de sortes d'abus, était révolue. Mais elle en a quand même bavé, surtout pendant l'adolescence et jusque vers ses vingt ans, elle a abusé de l'alcool et ne savait pas ce qu'elle voulait. Quand elle a perdu son père et sa mère, elle a complètement tourné la page.

Je prends le risque de mettre en péril les intérêts de l'enquête policière.

– Si Aggasigga vous avait dit : il… m'a parlé sans me parler vraiment. Il… m'a parlé depuis une autre… direction, comment comprendriez-vous ça ?

Le visage de Jens affiche un étonnement qui me semble authentique.

– Alors là, je n'en ai aucune idée. Je ne vois pas du tout où vous voulez en venir.

– Cela a sans doute à voir avec sa surdité. Vous voulez bien réfléchir à ces propos ? Peut-être comprendrez-vous plus tard ce qu'elle a voulu dire. Vous auriez une idée de la personne qui a pu lui faire ça ?

– Une espèce d'ordure de…

Jens se lève et s'avance vers le coin cuisine pour se servir un verre d'eau fraîche au robinet.

– La police m'a déjà posé cette question. Mais j'ignore la réponse. Un détraqué qui a profité de sa supériorité physique. Une saloperie.

Sa mère lui avait promis que bientôt tout rentrerait dans l'ordre. Pas dans le même ordre, mais dans l'ordre quand même. « Oui, et moi, alors ? » s'était-elle inquiétée. « Tout va s'arranger. Ça va passer. Ton père et moi allons régler nos problèmes. Nous choisirons la garde alternée. Je passerai te prendre après mon travail et tu dormiras chez moi cette nuit, puis tu seras chez papa pendant le week-end. Tu ne veux pas que papa et maman passent leur temps à se disputer, n'est-ce pas ? Au revoir, ma chérie et fais de ton mieux à l'école. » Cela, elle s'y était véritablement employée et elle avait réussi. Jusqu'à ce que tout soit chamboulé. Et les adultes, ne devaient-ils pas, eux aussi, faire de leur mieux ? La veille au soir, elle avait posé cette question à sa mère qui lui avait répondu : « Tu es tellement mûre pour ton âge, ma chérie. Ne pense donc pas trop aux adultes. Ça ne fera que te donner mal à la tête. Et ne laisse personne te dire que tu n'es pas intelligente ou belle. Tu seras toujours ma petite fille, la plus intelligente et la plus belle de toutes. » La gamine s'était efforcée de garder cette phrase à l'esprit tout au long de la journée. Mais elle n'y était pas vraiment parvenue. Par deux fois en deux heures de cours, elle s'était déconcentrée et n'avait pas su répondre à une question du professeur. Les autres s'étaient moqués d'elle et l'enseignant les avait réprimandés en leur disant qu'on ne se moquait pas des plus faibles. Tout à coup, elle faisait partie des faibles. La petite avait regardé le professeur, elle avait perçu sa bienveillance froide, son hostilité ou son mépris, soigneusement dissimulés derrière son sourire compatissant. Une fois de plus, elle avait failli fondre en larmes. Elle avait hâte de retrouver Hannah Montana le soir à la télévision.

Je me méfie tellement de tout et de tout le monde que je ne peux m'empêcher d'avoir des doutes sur la fiabilité de mon dernier interlocuteur. Il reste qu'en général les larmes ne mentent pas. À moins que Jens Tryggvason ne soit un acteur hors pair.

Olafur Gisli donne suite à mon message vers quatre heures alors que je suis plongé dans la rédaction du profil d'Agla Sigridur.

– Toujours rien de neuf, me dit-il. Et c'est mauvais signe. Si au cours des deux jours qui suivent ce genre d'événements, on ne trouve aucun indice probant, nos chances de résolution rapide de l'enquête diminuent considérablement.

– Et ce correspondant anonyme, cet homme à la capuche ?

– Il est toujours anonyme, l'homme à la capuche l'est aussi, il n'a pas non plus de visage, on n'a que cette capuche, marmonne-t-il, exaspéré.

Ainsi s'achève notre conversation et je peux terminer mon article. Au moment où je l'envoie, je remarque que j'ai reçu un courriel d'Hannes qui, en général, préfère le téléphone :

Hermann est passé me voir tout à l'heure en me disant qu'il avait reçu un coup de fil d'Ölver à cause de votre petit différend. Notre ancien actionnaire principal a suggéré à notre directeur de la publication de consentir à quelques efforts. Voici la réponse d'Hermann : la vérité fera de vous des hommes libres. Je propose que nous nous rencontrions ici dimanche afin d'aborder la question du rédacteur en chef.

Je suis allongé de tout mon long sur le canapé du salon, Snaelda est perchée sur mon col de chemise. Nous regardons un divertissement islandais où les invités comme le présentateur, pour rayonnants qu'ils soient, n'ont malheureusement pas grand-chose à raconter. Je laisse tomber, je remets Snaelda dans sa cage malgré ses protestations, puis je nettoie les vestiges de nos retrouvailles sur mon col. Je suis en train de me brosser les dents quand le téléphone retentit.

– J'ai entendu dire que tu sortais un scoop demain matin, déclare une voix rauque et sensuelle que je n'ai pas entendue depuis longtemps.

– Non, pas possible ! Salut, Magga ! Quelle bonne surprise !

– N'est-ce pas ?

– Mais comment sais-tu ce qui sera publié dans la presse demain matin ?

Margret Karlsdottir éclate de rire.

– On ne dévoile pas ses sources, vois-tu !

– Certes, mais tu es avocate et pas journaliste.

– Une information confidentielle n'en reste pas moins confidentielle, Einar, objecte mon ancienne maîtresse, qui était tellement soûle ou sous emprise la dernière fois que je l'ai eue au téléphone que je n'ai pas compris un traître mot de ce qu'elle m'a raconté.

– Je te trouve bien mystérieuse. Alors, quoi de neuf de ton côté ?

– Une ou deux petites choses. Tu n'as aucun voyage de prévu à Reykjavik ?

J'hésite à lui répondre. Suis-je prêt à me remettre avec Margret ?

– En fait, oui, dis-je, balayant mes réticences. J'y vais demain.

– Tu ne voudrais pas qu'on se voie ?

– Eh bien…

– Oui, je sais. Mais j'ai simplement envie d'avoir une petite discussion avec toi.

Peut-être est-ce le coup de téléphone de Margret qui m'inspire, peut-être est-ce tout autre chose. Mais avant de me mettre au lit, je m'installe à mon ordinateur et trouve sur Internet la chanson américaine qui débute par une ensorcelante intro où la guitare se mêle à un instrument à vent jusqu'au moment où une sublime voix féminine s'élève et chante :

There'll be no strings to bind your hands
not if my love can't bind your heart...

5

Samedi

Maybe the sun's light will be dim
and it won't matter anyhow.
If morning's echo says we've sinned,
well, it was what I wanted now.
And if we're the victims of the night,
I won't be blinded by light.

Le chant d'amants qui se séparent au point du jour, parce qu'ils ont été victimes de la nuit et que leur péché les exempte de toute obligation.

Just call me angel of the morning, angel
just touch my cheek before you leave me, baby.

Hier soir, cette chanson, surtout sa partie centrale, me disait vaguement quelque chose et, en me documentant un peu, j'ai lu qu'elle avait été écrite par Chip Taylor, qui a également composé *Wild Thing* et connu son premier succès avec le groupe Merrilee Rush and the Turnabouts en 1968. Je l'écoute maintenant en boucle sur mon baladeur numérique. Autour de moi, dans l'avion qui vole vers Reykjavik, je note qu'un grand nombre de passagers est occupé à lire dans le *Journal du soir* l'interview d'Ölver Margretarson Steinsson, l'homme qui essaie de retrouver Dieu au fond de lui-même.

– Je m'envole pour l'étranger en fin d'après-midi et je serai absente un certain temps. Je voulais te voir avant.

– Tu y vas pour raisons professionnelles ?

Assis dans la cuisine de l'appartement design et propret de Margret, je balaie du regard le quartier de Laugaras. Par pitié autant que par bienveillance, elle m'autorise à fumer par la fenêtre entrouverte. On voit encore çà et là quelques bougies de l'Avent et quelques décorations de Noël aux arbres même si les festivités sont bel et bien terminées. Les gens s'efforcent de prolonger la fête et de goûter la joie le plus longtemps possible.

Elle avale une gorgée de café.

– Oui. Je passe d'abord par Londres et ensuite, ce sera le Luxembourg.

– Ah bon ? Et tu prévois peut-être une petite escale à Tortola au retour ? On dirait bien que tu travailles pour un certain procureur chargé d'enquêter sur la faillite des banques. Serais-tu en train de remonter la piste du fric des nouveaux Vikings jusqu'aux paradis fiscaux ?

– Dans une certaine mesure…

Son imposante poitrine se pose sur la table à chaque fois qu'elle se penche en avant. Je ne parviens pas à en détacher mon regard, d'ailleurs, tout porte à croire que ce pull-over violet décolleté a été conçu dans ce but précis.

– Cela dit, je ne travaille pas pour le procureur. Notre cabinet a été chargé de la liquidation judiciaire d'une société en faillite. Ma tâche consiste entre autres à retrouver la trace de certains paiements, de transferts de fonds et de créations de filiales à l'étranger. Voilà le travail dont j'ai été chargée.

– Les procédures de liquidation judiciaire étaient censées éradiquer la corruption dans les banques et les entreprises, dis-je. Au lieu de ça, j'ai l'impression que toute cette artillerie est devenue la plus puissante machine à corruption du pays. Le moins qu'on puisse dire est que tu œuvres pour le bien de la nation, Magga.

– Chacun voit midi à sa porte !

– Et de quelle société s'agit-il ?

Margret affiche l'un de ses sourires sensuels et mystérieux. Elle attrape l'édition du week-end sur le rebord de la fenêtre et l'ouvre devant moi.

– Tu t'occupes du cas d'Ölver ? dis-je, étonné.

– Einar, pouvons-nous encore avoir des relations de confiance ? Bien que nous ayons sans doute cessé d'entretenir un autre type de relations ?

– Évidemment.

– Lögmaeli, le cabinet d'avocats qui m'emploie, est l'un des rares à n'avoir jamais travaillé pour les sociétés d'Ölver à l'époque où tout allait pour le mieux.

– Est-ce par ce biais que tu as été mise au courant pour l'interview ?

– Ça se pourrait. Nous sommes en relation avec les avocats d'Ölver et dans notre profession tout le monde se connaît plus ou moins. Nous en savons long sur les tâches que se voient confier les uns ou les autres, autant sur les intérêts qu'ils doivent préserver que sur leur vie privée.

Je balance mon mégot par la fenêtre et m'installe face à elle.

– Et cette interview, tu l'as lue ?

D'un coup de tête, Margret écarte sa frange brune et bouclée de son front.

– Oui, eh bien… Disons qu'elle est aussi honnête que peut l'être une autojustification parfaitement calculée.

– En tout cas, il s'est montré franc sur sa vie privée. Son couple, ses parents et tout ça. Il a même reconnu ses infidélités sans que je lui pose la moindre question à ce sujet.

Elle sourit d'un air malicieux.

– Ölver ne serait pas humain s'il n'avait pas succombé à quelques-unes de ces groupies pour nouveaux Vikings.

– Elles étaient si nombreuses que ça ?

– Tu n'imagines même pas le nombre de donzelles qui sortaient en troupeau au B5 ou dans ce genre de terrains de chasse à la mode pour y attraper un col blanc version 2007. Tu n'imagines pas combien de femmes rêvent d'avoir accès à une quantité illimitée de fric, au pouvoir et à des mecs qui ont le goût du risque. J'en connais une qui ne pouvait prendre son pied avec son mari que lorsqu'elle l'imaginait en Björgolfur Thor, en Jon Asgeir ou en Ölver[1]. Même les directeurs de banque avaient leur chance avec ce genre de filles, c'est dire !

– Eh bien, dis donc, ces types-là étaient de vraies bombes sexuelles !

Elle laisse éclater un rire rauque.

– Si ces gars avaient besoin d'un brin de détente après une journée chargée en gros contrats, Totenham Hotspur arrivait à la rescousse.

– Totenham Hotspur ? dis-je, avant de comprendre aussitôt ce qu'elle veut dire.

– Tout cela t'échappe, Einar. L'apparence n'a aucune importance. Bernard Madoff est bien connu pour avoir une quéquette minuscule, non ?

– Mais ces femmes-là, c'était plus ou moins des putes, pas vrai ?

– Si elles vendaient leur corps en baisant des cols blancs, on peut dire que toute la société s'est, elle aussi, plus ou moins vendue, non ?

Je n'ai aucune réponse à cette question-là.

– Et les mecs, tu crois qu'ils valent mieux ? poursuit-elle. Quand je picolais, que je me camais et que je sortais,

1. Les deux premiers de la liste sont des hommes d'affaires islandais réels et connus.

j'en ai vu et j'en ai connu, des types qui essayaient de faire avaler n'importe qui à leur sujet. Ils se présentaient comme des hommes d'affaires friqués brassant des milliards, ici ou à l'étranger, simplement pour lever des minettes. Rien de tel qu'une bonne grosse jeep ou un jet privé pour compenser une petite bite.

– C'est incroyable !

– Pas plus que d'autres fléaux qui ont ravagé la nation.

– Les mariages de ces hommes se sont souvent soldés de la même manière que pour Ölver. Par un divorce.

– Tu crois que c'est plutôt à cause de l'infidélité des maris ou parce que, dès lors qu'ils ont perdu leurs biens, ne serait-ce que partiellement, ce qui leur restait ne suffisait plus à leurs épouses ?

– *Come on !* dis-je. Ce que tu peux être cynique, Magga ! On peut envisager que les épouses aient été dégoûtées par l'hypocrisie et la duplicité de leurs compagnons, autant en affaires que dans leur vie privée, non ?

– Possible, répond Margret. Peut-être dans certains cas.

– Et pour Ölver ?

– Elisabet est une belle femme, dotée d'une forte personnalité. Mais elle est loin d'être un ange, pas plus d'ailleurs que l'homme qu'elle a épousé.

– Loin d'être un ange, ah bon ? Je repense à la chanson *Ange du matin*. Il faut être mort pour être un ange, n'est-ce pas ? Je n'en suis pas un. Et toi ?

Elle secoue vigoureusement la tête et m'adresse un grand sourire.

– En résumé, tu as conservé ton boulot chez Lögmaeli, c'est ça ?

– J'ai dû me battre. Il a fallu que je retourne faire une cure express, une fois de plus, répond-elle d'un ton grave. Einar, ce dont je voulais surtout discuter avec toi, c'est de ce truc-là : je sais que tu m'as appelée lorsque j'ai rechuté et je n'étais pas en état de me faire comprendre ni d'entendre ce que tu me racontais. Je crois que si je suis retombée, c'est parce que je manquais totalement de confiance en moi et que j'avais besoin d'être rassurée. Or, tu ne pouvais pas et tu ne voulais pas me procurer la sécurité qui me manquait, alors…

– Magga, dis-je, j'avais parfois l'impression qu'au fond de toi tu voulais que je tombe moi aussi pour que le sermon des anciens alcooliques puisse venir me sauver. Comme si ces formules toutes faites étaient les seules capables de nous procurer sécurité et confiance en nous. A-t-on besoin de quoi ou de qui que ce soit pour nous sauver ? Ne devons-nous pas tout simplement nous débrouiller tout seuls ?

– Si, convient-elle en posant sa main sur la mienne, c'est exactement la conclusion à laquelle je suis parvenue. Je n'avais pas le droit d'exiger que tu me procures cette confiance en moi et cette sécurité. C'est au fond de moi que je devais les trouver.

Je ne sais pas vraiment quoi dire, mais je pose tout de même mon autre main sur la sienne.

– Et je te demande pardon de t'avoir agressé ainsi quand tu étais à Isafjördur. Je le regrette infiniment. À cette époque, j'étais incapable de t'expliquer ce que je ressentais.

Après une brève hésitation, je lui réponds :

– Je suis heureux qu'on puisse enfin discuter de tout ça avec honnêteté et sans sombrer dans le cynisme.

– Dans ce cas, on peut continuer à être amis, au moins ça ?

Elle esquisse un petit sourire.

– Tu as quelqu'un dans ta vie ?

Je balaie l'idée d'un revers de main.

– Et toi ?

– Soyons amis, conclut-elle.

Après avoir nettoyé, récuré et briqué ma tanière en vue de la petite fête organisée par ma fille, je rassemble le linge sale accumulé dans la bassine de la salle de bain pour l'emmener à la buanderie. J'y croise Solveig, vêtue de sa blouse bleue. Elle achève d'étendre sur le fil deux grands soutiens-gorges un peu jaunis et a du mal à conserver son équilibre dans la manœuvre.

– Permettez-moi de vous aider, ma chère Solveig, dis-je en plaçant une pince à linge sur le fil.

– Merci, mon petit. Depuis quelque temps, la moindre tâche est une épreuve insurmontable.

J'enfourne ma lessive dans le lave-linge.

– Vous n'avez pas oublié la fête que ma fille Gunnsa organise ce soir avec son petit ami, n'est-ce pas ?

Elle me renvoie un regard bienveillant.

– Mais non, mais non. Je me souviens très bien de celles que ma chère Alda Sif organisait quand elle allait encore au lycée. À cette époque-là, j'avais l'oreille tellement fine que j'entendais le vacarme entre les étages. Mais il n'y a plus de danger. Oh que non, aujourd'hui, pas de danger !

Je me relève, délaissant ma machine à laver.

– Alda Sif ? Vous êtes en train de me dire que votre fille est la commissaire principale de la ville d'Isafjördur ?

Solveig s'avance d'un pas chancelant vers la porte.

– J'en ai bien peur, en effet.

– Mais… mais… enfin, j'ai fait sa connaissance là-bas cet hiver parce qu'on m'y a envoyé pour enquêter sur un fait divers.

– Eh bien, marmonne-t-elle, une main posée sur le montant pour se soutenir, elle ne m'en a pas parlé. Mais ils ne viennent que rarement ici, elle et le petit. Autant dire jamais. Enfin, on se parle quand même de temps en temps au téléphone.

– En tout cas, elle ne m'a pas dit que vous étiez sa mère.

Solveig rit comme une petite fille.

– Nous sommes une toute petite nation. Beaucoup, beaucoup plus petite que nous le croyons. Ou que nous le voudrions.

Gunnsa et Raggi arrivent les bras chargés de bière et de snacks. Je ne peux résister à mon envie de passer un coup de fil à Isafjördur. C'est le petit Grimsi, mon collègue, livreur du *Journal du soir*, qui décroche au domicile qu'il partage avec sa mère. Il se souvient bien de ce journaliste venu troubler la quiétude des habitants de la bourgade en enquêtant sur une affaire criminelle que j'ai développée dans ma série d'articles intitulée *Le Septième Fils*.

– Tu sais, Arngrimur, ta grand-mère Solveig et moi sommes voisins, ici, à Reykjavik, depuis des années ? On vit dans la même maison.

– Non, je croyais que vous habitiez à Akureyri, répond Grimsi, ce gamin hors pair âgé de dix ans, un peu perdu, comme bien d'autres, et qui refuse qu'on l'appelle Grimsi.

– Eh bien, disons que j'ai deux domiciles, enfin, pour l'instant. À part ça, comment ça va ? Quoi de neuf ?

– Ben… tout va bien.

– Tu livres toujours le *Journal du soir* et le *Gratuit* ? Et l'école, tu t'en tires bien ?

– Oui, oui. Sauf que le *Gratuit* n'est plus distribué en porte à porte.

– Tu perds là une flèche à ton carquois.

Le petit Grimsi est désarçonné.

– Quelle flèche ? Quel… carquois ?

– Ce n'est qu'une vieille expression. Une expression un peu désuète. Dis-moi, est-ce que ta mère est à la maison ?

– Non, elle est au travail.

– Ok. Eh bien, passe-lui le bonjour de ma part. Depuis la maison de ta grand-mère.

– Ok. Dites bonjour à mamie pour moi. Bye !

« Essaie de lui proposer une activité sympa ce week-end, déclara sa mère dans l'escalier. Une activité que tu pourrais pratiquer avec elle. » La petite venait d'arriver dans le vestibule. Elle entendit son père répondre : « Et vous, qu'est-ce que vous avez fait ? Vous avez regardé la télé ? J'espère juste que tu t'arranges pour qu'elle ne voie pas les informations. C'est ma seule exigence. » Sa mère soupira. « Tu ne pourrais pas t'arrêter un peu de travailler, juste le temps que les choses se calment ? Te passer un moment de toutes ces conférences par téléphone et de ces réunions ? Et pourquoi pas de tes maîtresses ? » Son père gardait le silence, il s'apprêtait à refermer la porte. « Pourquoi, reprit sa mère, es-tu allé exposer tes fonds de culotte crasseux à la nation entière ? Les hisser comme des drapeaux sur des mâts à la une des journaux ? C'était pour m'humilier ? Par provocation ? » Alors, son père ferma la porte. Le soir, il essaya de lui parler, de lui demander comment ça allait à l'école, bref, les choses habituelles. Il l'autorisa à commander une pizza. Pendant un moment, il resta à regarder la télé au rez-de-chaussée avec elle en lui laissant choisir la chaîne. Mais quand elle avait mis l'émission satyrique Spaugstofan *où quelques comiques tournaient l'actualité en dérision, il s'était levé pour aller à la bibliothèque. Son portable sonnait sans relâche. Il ne prit que quelques rares appels, à voix basse. Plus tard dans la soirée, alors qu'elle était couchée, la petite entendit quelqu'un sonner à la porte. Des éclats de voix lui parvinrent depuis le rez-de-chaussée. Elle quitta sa chambre à pas de loup pour rejoindre le vestibule et vit*

son père parler avec un homme debout sur le perron. « Si vous ne partez pas d'ici, j'appelle la police », déclara le maître de maison. « Vas-y donc, espère d'ordure, rétorqua l'homme, furieux. Ça serait sûrement toi et pas moi que les flics emmèneraient ! Vendu ! Criminel ! Espèce de sale escroc ! Attends un peu ! » Son père referma la porte et elle remonta les marches quatre à quatre.

– Je suis condamné à traîner dans les bars jusqu'à trois heures. C'est ce qui était convenu.

– Comment peux-tu supporter ça sans avaler la moindre goutte ?

– Ça fait mal, mais on s'y habitue, lui dis-je à l'oreille.

– Moins de risque d'être en proie à la mauvaise *confiestance* le lendemain matin, me répond-elle avec un sourire.

La mauvaise *confiestance* ? J'en connais un rayon là-dessus grâce à ma longue expérience, même si c'est la première fois que j'entends le mot.

Sigurbjörg Björnsdottir observe la foule grandissante et la consommation croissante d'alcool autour de nous. Le volume de la musique augmente également au fil de la soirée, conformément à une conception commerciale répandue dans la branche de la restauration : plus la musique décolle, plus les clients picolent.

Nous venons de manger tous les deux, c'était mon idée, chez Thorvaldsen, c'était son choix. Le repas était plutôt bon, mais maintenant qu'il est terminé, la bande des endimanchés tirés à quatre épingles devient un peu trop effervescente à mon goût. Ici, on fait son marché pour la nuit quoi qu'il en coûte. Et ça coûte bonbon.

Nous avons discuté de l'interview d'Ölver Margretarson Steinsson qui a fourni du carburant en quantité suffisante pendant toute la journée aux journaux télévisés, aux médias Internet et à la blogosphère. Les réactions se répartissent en plusieurs groupes : certains pensent que mon interlocuteur a fait montre d'un courage et d'une honnêteté supérieurs à tous les autres nouveaux Vikings, d'autres affirment que l'image que l'interview donne de ces gens constitue un témoignage terrifiant de la décadence engendrée par l'abondance, d'autres encore disent qu'il s'agit d'une serpillière mouillée lancée à la figure des honnêtes citoyens qui se retrouvent à payer les conséquences et les dettes, le quatrième groupe considère qu'il s'agit d'une tentative indigne de la part du *Journal du soir* pour jeter de la poudre aux yeux de la population et susciter de la compassion envers les actes impardonnables d'Ölver, le cinquième considère qu'il s'agit d'une manœuvre commerciale et méprisable destinée à enrichir notre journal sur le dos du malheur d'un homme et affirme que la publication de sa photo en compagnie de sa petite fille n'est que le signe le plus évident de cette mesquine bassesse. Quant au sixième et dernier groupe, il claironne que le *Journal du soir* a été instrumentalisé par son actionnaire principal. Aucune de ces réactions, y compris dans leurs versions nuancées, ne m'ont étonné. Elles étaient prévisibles avant même la publication de mon interview. Là-dessus, Sigurbjörg et moi sommes parfaitement d'accord.

– Alors, dis-je en parcourant les lieux du regard. Vois-tu quelqu'un qui serait à ton goût pour la nuit ?

Elle sort subitement de ses gonds.

– Je ne suis pas venue ici pour aller à la chasse, Einar.

Quand je l'ai appelée, plus tôt dans la journée pour lui demander si elle était libre ce soir, elle m'a immédiatement répondu que oui. Je ne sais pas exactement pourquoi cette idée m'est venue, mais j'imagine que j'ai tout bêtement envie de mieux la connaître.

– Excuse-moi, c'était censé être une plaisanterie. Quelque chose ne va pas ?

Depuis le début de notre conversation, Sigurbjörg a plusieurs fois perdu le fil. J'ai eu l'impression qu'un truc la troublait. Mais elle ne m'a pas laissé le loisir d'explorer. Pendant le repas, j'ai essayé d'en apprendre un peu plus sur sa vie privée, dont je me suis rendu compte que je ne la connaissais pas du tout en dépit de six mois d'une collaboration plutôt proche.

Elle s'en est tirée par des pirouettes.

– Je suis comme je suis.

– Tu n'as jamais été en couple ?

– Pourquoi cette question ?

– Eh bien, tu sais presque tout de moi, y compris mes histoires avec les femmes, mais moi, je ne sais rien de toi. Tu trouves ça équitable ?

– On ne peut plus équitable, a-t-elle répondu avec un sourire ironique avant de se détendre légèrement. Bien sûr que je suis sortie avec des gars. De temps à autre. Mais à chaque fois que les choses ont commencé à se gâter, j'ai pris mes distances. Ça ne me dit pas. Pas pour l'instant. Je me suis jetée à corps perdu dans mes études de journalisme, puis dans le journalisme lui-même. Et je me sens entièrement satisfaite. J'ai d'ailleurs bien l'impression que c'est aussi ton cas. Disons, plus ou moins.

Ensuite, elle m'a parlé de sa grand-mère et de son grand-père, ses plus proches parents, qui l'ont prise chez eux encore petite, après le décès de sa mère. J'ai perçu toute la tendresse et le respect qu'elle éprouvait pour ces gens. Je ressens quelque chose de semblable à son égard, quelque chose qui grandit en moi, mais qui n'est sans doute pas tout à fait comparable. J'ai déjà éprouvé ce genre de sentiments pour elle. Et ce soir, ils sont plus forts. Je n'ai pas la moindre idée de la manière dont je dois réagir, des suites que je dois leur donner. J'ignore si je dois leur en donner une. Par conséquent, je ne leur en donne aucune.

Un type soûl comme une barrique et vêtu d'un costume trois pièces amidonné arrive derrière elle et la serre dans ses bras en braillant à tue-tête la chanson diffusée par la sono :

What if God was one of us
Just a slob like one of us…

Sigurbjörg m'adresse un regard suivi d'un hochement de tête. Il est temps de rentrer à la maison.

6

Dimanche

– Rien n'est plus vendeur que le péché, mon cher monsieur, si ce n'est sa découverte, le moment où il est démasqué.

– Je ne te le fais pas dire, Hannes.

– L'édition du week-end est épuisée dans tout le pays. Et même si les réactions sont comme ci ou comme ça, il fallait s'y attendre. D'ailleurs, les plus choqués sont ceux qui ont lu cette interview avec la plus grande gourmandise. C'est toujours comme ça.

– Voilà qui réjouit le cuisinier. Surtout maintenant que les finances sont à un niveau tellement bas que vous avez dû vous séparer de Valgeir.

Le profil anguleux du chef de la rédaction s'assombrit.

– En effet. Ça ne m'a pas amusé du tout. J'ose à peine repenser à ce licenciement.

Debout à la fenêtre du bureau d'Hannes, nous rejetons notre fumée sur Reykjavik. La ville est tranquille en ce dimanche matin. Il fait encore nuit noire, l'air glacial est immobile. Les parents sont peut-être partis faire en tour en voiture pour acheter une glace à leurs petits. Les oiseaux de nuit cuvent leur vin ou se réveillent, pleins de mauvaise *confiestance*. Quelques malheureux sont à la tâche dans la salle de rédaction, occupés à arracher les mauvaises herbes qui empliront l'édition de lundi.

– Ölver a donné des nouvelles ? dis-je.

– Pas à moi.

– Et notre directeur de la publication ?

– Hermann est en train de compter les billets, enfin, je suppose.

– À moins qu'il n'assène à ses ouailles de la congrégation chrétienne de Ljosid son sermon dominical sur tout le mal que les Écritures disent du matérialisme.

Nous nous adressons un rictus complice.

– La vie est un délicieux paradoxe, mon cher monsieur. Il semble bien que la Création ait été conçue dans ce sens.

Hannes balance le mégot de son cigare par la fenêtre, s'approche de son bureau, s'appuie les fesses sur le bord, bras et jambes croisés.

– Bon, reprend-il, et si nous parlions de ce qui nous amène ici.

– Je n'ai pas changé d'avis, Hannes. Je refuse ce poste de rédacteur en chef !

Il me fusille du regard.

– Tout d'abord, je n'en ai aucune envie et je ne pense pas que je serais un bon chef. Tu me connais. Je suis aussi mauvais pour donner des ordres aux autres que pour obéir à ceux qu'ils me donnent.

– Et alors, tu n'as jamais essayé ! Tu ne t'en sens vraiment pas la fibre ?

– Eh bien, le gène du désir de célébrité n'a pas été identifié chez moi. Si j'ai vraiment des compétences dans cette profession, elles ne me serviront à rien dans un poste de direction.

– Un meilleur salaire.

– Possédez la sagesse, parce qu'elle est meilleure que l'or ; et acquérez la prudence, parce qu'elle est plus précieuse que l'argent. C'est ce que dit le *Livre des proverbes*.

Hannes pousse un profond soupir.

– Ah, je t'en prie, ne t'avise pas de te transformer en Hermann !

Je m'installe sur la chaise face à lui.

– Vous n'avez vraiment personne d'autre en vue ? Que ce soit en interne ou à l'extérieur du journal ?

– Nous n'avons pas les moyens de nous offrir des plumes de paons venues d'ailleurs. Encore heureux, aurais-je envie de dire.

– En effet ! Nous n'avons pas besoin d'un autre Trausti Löve. Mais que dirais-tu de Guffi ? C'est un journaliste sérieux et appliqué. C'est agréable de travailler avec lui. Ne t'a-t-il pas rendu drôlement service depuis le départ de Trausti ?

Hannes semble pensif.

– Euh… oui, répond-il. Mais ce sont les solitaires comme toi et moi qui sont les plus utiles en journalisme, Einar. Guffi est un bon père de famille. Il ne peut pas tout sacrifier pour son boulot. Il préfère travailler aux horaires de bureau. Et ce n'est pas compatible avec un poste de rédacteur en chef. Il faut pour ça des types qui ont des couilles et l'appétit qui va avec vingt-quatre heures sur vingt-quatre. Des gars dingues d'ambition et, en même temps, très intelligents.

– Oui, pas des dingues d'ambition uniquement pour eux-mêmes, mais surtout pour leur journal. Ai-je besoin de mentionner le nom de Trausti dans ce contexte ?

– Ce n'est pas nécessaire.

– Dans ce cas, je m'en abstiens.

– D'autre part, nous ne pouvons pas nous passer de Guffi, de tous ses contacts et de son expérience pour la rubrique économique. De nouveaux scandales éclatent tous les jours, voire plusieurs fois dans la même journée.

Je me décide alors à évoquer une idée qui me trotte dans la tête depuis un certain temps, à tout le moins depuis hier soir.

– Que dirais-tu de Sigurbjörg ?

La surprise se lit sur le visage du chef de la rédaction. Il garde un moment le silence.

– Si je me souviens bien, tu n'as pas franchement sauté de joie quand Trausti lui a confié la rubrique des faits divers à ta place. Tu t'es offusqué de voir qu'on donnait à une gamine à peine sortie de la fac de journalisme une rubrique aussi importante.

– C'est vrai, tu as raison. Mais ce n'étaient que des préjugés. C'est une excellente journaliste, sans doute la meilleure avec qui il m'ait été donné de travailler. J'imagine qu'avec un peu de temps, elle deviendrait le meilleur rédacteur en chef que nous ayons jamais connu.

– Avec un peu de temps, dis-tu ? Le problème c'est que le temps est justement ce qui nous manque. Nous discuterons du pourquoi plus tard. Sigurbjörg n'a même pas trente ans. Elle est trop jeune.

– Eh bien, dans ce cas précis, il me semble que, pour une fois, céder au jeunisme n'attesterait pas d'une imbécile vue à court terme. Ce n'est pas l'âge de Trausti qui a fait de lui un rédacteur en chef plus compétent. On pourrait en dire autant de notre ami Asbjörn, même s'il était quand même nettement meilleur.

– L'âge n'est pas le plus important, ce qui compte, c'est l'intelligence et l'expérience.

– Tu n'aurais pas oublié de mentionner les couilles ?

– Ton idée au sujet de Sigurbjörg est intéressante. Mais dis-moi, mon cher monsieur, depuis quand penses-tu avec ta queue ?

À la télévision, quelques intellos dissertent sur la manière dont les diverses collusions existant au sein de cette société de clans familiaux et de bandes ont conduit la nation à enfreindre la loi et à perdre ses repères moraux. Peu de choses les rassemblent si ce n'est leur suffisance.

Assis sur mon canapé, je pense à nouveau au *Livre des proverbes*, encore étourdi par cette soirée loin de chez moi en compagnie de Sigurbjörg. Et je suis encore tout étonné de l'état de mon appartement. Quand j'ai franchi la porte à trois heures passées cette nuit, je me suis senti dans la peau d'un acquéreur potentiel. Je n'aurais pas hésité à acheter ce bien, si je n'en avais déjà été entièrement propriétaire, ayant remboursé tous mes crédits. Le sol avait été aspiré, les meubles astiqués, la vaisselle rangée dans les placards, la salle de bain récurée. Je vous le dis et je le pense : si vous voulez bénéficier d'un toilettage en grand de votre domicile, il pourrait s'avérer utile d'inviter quelques lycéens triés sur le volet à y organiser une soirée. Triés sur le volet, voilà les mots-clés.

J'appelle Gunnsa. Elle est encore vaseuse. Hier soir, les hôtes et leurs invités sont descendus en ville où, malgré leur trop jeune âge, ils ont réussi à se faire admettre dans un bar en manque de clientèle. Les tourtereaux sont rentrés chez Runa vers cinq heures du matin. Je les remercie d'avoir ajouté une plus-value à mon appartement grâce à leurs soins.

– Ça va de soi, papa. Qu'est-ce que tu crois ?

Au lieu de répondre à la question de ma fille, je déclare :

– Quant à tes photos publiées dans le journal, elles sont du tonnerre.

– Ça va de soi. Qu'est-ce que tu crois ?

– Hmm… Ça ne t'a pas fait plaisir de voir écrite noir sur blanc la mention *Photos : Gudrun Einarsdottir* ?

– Si, si, c'était vraiment cool.

– Je dois t'avouer que je n'en étais pas peu fier.

Sur ce, je la remercie de sa collaboration et lui demande si elle et Raggi ont quelque chose de prévu.

– Non, en fait, non. Pas vraiment. Je dois faire mes devoirs et ce soir, nous sommes invités à manger par Runa.

– Avec son mec ?
– C'est clair. Et toi, tu repars dans le Nord ?
– Pas aujourd'hui. Hannes m'a demandé de rester en ville au moins jusqu'à demain. Nous devons nous voir au journal pour discuter de certaines questions.
– Génial !
– Non, les réunions de crise ne sont jamais géniales. Le couperet des restrictions budgétaires scintille.
– Ah, c'est nul !

On décrit parfois la déficience auditive comme un « handicap invisible ». Ce qui est certain, c'est que très peu de gens comprennent vraiment les conséquences complexes de ces déficiences. D'ailleurs, il est difficile pour un individu qui entend parfaitement de se représenter un monde où les sons et les bruits sont absents.

Dès notre naissance, nous baignons dans une ambiance sonore. Une ouïe normale nous permet d'apprendre à l'interpréter, d'apprendre à produire et à décoder un ensemble de signes sonores qui, graduellement, constituent les fondements de la communication : le langage articulé. Notre oreille est entraînée à contrôler la puissance de notre voix et notre prononciation, à percevoir les signaux d'alarme et à puiser une foule d'informations dans notre environnement.

« À percevoir les signaux d'alarme. » Je tombe en arrêt sur ces mots, écrits par un spécialiste reconnu. Agla Sigridur Bernhardsdottir était-elle incapable de percevoir lesdits signaux d'alarme ?

Une déficience, même mineure, est susceptible de retarder l'acquisition du langage et d'entraver la parole chez l'enfant. Une déficience accrue à l'âge adulte peut être source d'un véritable handicap social, être à l'origine d'un état dépressif, souvent corollaire de l'isolement grandissant dû au handicap. Face aux difficultés de communication, nombre de malentendants optent pour cet isolement qu'en même temps ils redoutent.

Le téléphone vient interrompre ma séance de lecture documentaire sur le Net. C'est la commissaire principale d'Isafjördur qui m'appelle pour répondre à mon bonjour de la veille.

– Eh bien, moi non plus, je n'en savais rien ! déclare Alda Sif Arngrimsdottir. Maman m'avait pourtant bien parlé d'un homme adorable et doux qui occupait l'appartement du sous-sol. Mais comment diable aurais-je pu faire le rapprochement avec vous ?

Elle éclate de rire, ce qui ne lui est pas souvent arrivé à l'époque où nous nous battions comme des chiffonniers dans les fjords de l'Ouest, plus tôt cet hiver. Il faut préciser que les intérêts d'une enquête policière vont rarement de pair avec ceux du journalisme, ce n'est pas un scoop.

– En effet, je ne vois pas comment vous auriez pu établir le moindre lien ! Quant à moi, tout ce que je savais, c'est que Solveig avait une fille qui vivait à Isafjördur, à qui elle rendait parfois visite, surtout à l'occasion des fêtes de fin d'année.

– De plus, je ne serais jamais allée mêler mon travail et cette enquête pour meurtre à ma vie privée et à ma famille.

– Oh, ça non ! Votre mère m'a confié qu'elle ne s'était pas senti la force de vous rendre visite à Noël dernier pour raisons de santé. J'ai l'impression qu'elle décline à vue d'œil.

– La pauvre, c'est l'âge. Le pire, c'est que je ne prends jamais le temps de venir la voir à Reykjavik.

– Toujours autant de travail pour la police ?

– Nettement moins depuis que vous avez quitté les lieux.

« On va faire un tour en voiture ? Tu n'as pas envie d'une glace ? » lui demanda son père. Elle opta pour un grand cornet trempé dans une sauce au chocolat et lui, pour un milk-shake à la fraise. Assis dans la jeep bleue devant la boutique du glacier de Skeifan, ils se régalaient tout en discutant. Mais là, c'était différent, ils parlaient vraiment, ils communiquaient comme elle le désirait depuis si longtemps. « Je sais que tout cela n'est pas facile pour toi », déclara son père. « Pour toi non plus », observa-t-elle. « Mais moi, je suis adulte. Ou plutôt, je suis censé l'être. Enfin, peut-être qu'on ne le devient jamais vraiment », rectifia-t-il. « Ah, tu crois ? s'étonna la petite. Moi, j'ai vraiment hâte de l'être. » « Pourquoi ? » s'enquit-il. « Parce qu'on fait ce qu'on veut », dit-elle. Ils roulèrent jusqu'au cap de Seltjarnarnes, descendirent jusqu'à l'îlot de Grotta et marchèrent vers le phare. « Est-ce que les autres enfants te font des misères à l'école ? » interrogea son père. « Pas tant que ça », le rassura-t-elle. « Le harcèlement est une chose très laide », déclara-t-il. Elle avait plusieurs fois entendu ce mot : harcèlement, et pensait savoir ce qu'il signifiait. « Papa, est-ce que toi, c'est du harcèlement que tu subis ? » Il la regarda avec un sourire un peu triste. « Je ne sais pas vraiment comment appeler ça, ma chérie. » Puis, il la serra dans ses bras, tendrement. « Mais quand j'avais ton âge, j'en ai été victime », reprit-il. « Comment ça ? » « Tu sais le surnom que les autres me donnaient ? » « Non. Ils t'appelaient comment ? » « Ils me surnommaient le Cube », répondit-il. Elle éclata de rire et le sourire de son père se fit plus joyeux. C'était un beau dimanche.

– Solveig, dis-je en frappant une nouvelle fois à la porte du premier étage. Solveig !

Aucune réponse. J'ai eu l'idée de passer lui faire un petit bonjour après la conversation avec sa fille. Elle a dû s'allonger, me dis-je. Dès que je redescends au sous-sol, j'entends mon portable qui bipe. J'ai reçu un texto de Margret Karlsdottir :

Bien arrivée à Ldn. Heureuse de t'avoir revu. Prends soin de toi.

Je lui réponds aussitôt :

Merci à toi aussi. N'oublie pas le pauvre type qui se nourrit de tuyaux si tu tombes sur qqch de juteux.

Aux alentours de six heures du soir, j'appelle Olafur Gisli au téléphone. Il s'attaque à un gigot d'agneau en compagnie de Mme Sirry. Il m'apprend que l'enquête concernant la postière progresse, mais dans une direction indéterminée. Et ajoute que je ne dois rien publier.

– En dehors de ce Jens, il semble qu'Agla Sigridur ait surtout entretenu des relations avec ses collègues de travail à la poste ainsi qu'avec les employés et visiteurs de la bibliothèque municipale d'Amtsbokasafn. Cela constitue donc un cercle plutôt restreint. Nous devons nous intéresser d'un peu plus près à tous ces gens.

Je lui parle de l'article que j'ai lu sous la plume de ce spécialiste de l'audition.

– Nous avons également interrogé des experts et le détail que tu mentionnes a été évoqué.

– Ont-ils réussi à décoder la phrase étrange qu'elle m'a dite ?

– Ils ont uniquement souligné qu'elle éprouvait sans doute des difficultés à comprendre ce qu'on lui disait, à savoir qui lui parlait et à quel moment. Ils n'ont pas pu nous en dire plus.

– La question capitale n'est-ce pas de savoir si l'agression était préméditée ou si elle a croisé la route d'un type violent qui s'en serait pris à elle ? En d'autres termes, est-ce que cette violence était dirigée contre elle ou s'est-elle trouvée au mauvais endroit au mauvais moment ?

– C'est l'une des nombreuses interrogations auxquelles nous sommes confrontés.

– Et sa situation financière ? Vous avez trouvé quelque chose d'intéressant là-dessus ?

– Nous avons examiné tout ça, évidemment. Elle n'avait aucun compte épargne qui aurait pu susciter la convoitise. Elle occupait l'appartement de ses parents dont elle était propriétaire et dépensait très peu d'argent. Il y a peu de chances qu'elle ait été agressée pour un mobile financier.

– Tu ne trouves pas étonnant qu'aucun passant ni aucun voisin n'ait remarqué quoi que ce soit ? Que personne n'ait rien vu, rien entendu, ni cris ni éclats de voix ?

– Eh bien, comme tu sais, il faisait encore nuit, on n'y voyait pas grand-chose, il faisait froid, les rues étaient presque désertes et il n'y a pas toujours du monde partout, les gens ne passent pas leur temps à épier derrière leur fenêtre. Cependant…

– Oui ?

– Il n'est pas totalement exclu qu'Agla Sigridur ait été prise à bord d'une voiture, étant donné que son chariot était renversé. Le conducteur l'aurait emmenée sur une distance plus ou moins longue avant de la jeter dehors, à proximité de l'endroit où tu l'as découverte.

Je m'accorde un instant de réflexion.

– Ce n'est pas impossible.

– Mais à ce stade de l'enquête, ce n'est qu'une éventualité.

– Tu as interrogé Bergthora Benediktsdottir ? Elle m'a dit qu'elle avait vu plusieurs véhicules.

– Oui, nous l'avons contactée. Les descriptions qu'elle nous a fournies des véhicules en question ressemblent un peu à l'avenir de la nation islandaise. Nous sommes dans le flou le plus total.

– Et ce Jens ? Je l'ai rencontré et je ne suis pas bien sûr qu'on puisse se fier entièrement à son témoignage. Il m'a dit que c'était lui qui lui avait offert l'écharpe qui a servi à l'étrangler.

– Soit, répond le commissaire principal. Mais cela ne prouve en rien sa culpabilité, je dirais plutôt le contraire. Il a déclaré qu'il avait distribué le *Gratuit* ce matin-là avant de se rendre à la salle de sport. Il ne semble pas manquer de témoins pour corroborer ses dires. Enfin, il pourrait très bien s'être éclipsé un moment. Et il connaissait la tournée de son amie, le chemin qu'elle empruntait et ses horaires, tout comme, du reste, les autres employés de la poste. Cela dit…

Il ménage une seconde pause rhétorique.

– Cela dit, l'ex-femme de Jens a porté plainte contre lui pour violences conjugales il y a deux ans. Mais bon, elle s'est rétractée.

– Ah ?

– Cela dit…

– Encore ?

– Cela dit, notre cher Jens n'a pas de voiture.

Je réfléchis aux diverses possibilités et me rends compte que nous n'en avons exclu aucune. Or aucune d'elles n'est manifestement la bonne.

– Bon, c'est pas tout ça, conclut Olafur Gisli, il faudrait que je m'occupe de ce petit agneau.

J'entends en fond sonore une voix féminine lui répondre quelque chose.

– Mais non, ma petite Sirry. Je ne parlais pas de toi. Pas encore.

7

Lundi matin

– Allô !

– Vous êtes bien Einar ?

– Oui, c'est moi.

– Bonjour. Ici Arngrimur, je vous appelle depuis Isafjördur.

La politesse du petit Grimsi est un peu solennelle. Je viens d'entrer dans le bureau d'Hannes en vue de notre réunion de crise quand je reçois cet appel inattendu.

– Bonjour à toi. Alors, quoi de neuf ?

– Je n'arrive pas à joindre grand-mère au téléphone. Je l'ai appelée hier et elle n'a pas décroché. J'ai essayé deux fois ce matin et elle n'a pas répondu non plus.

Assis les pieds posés sur son bureau, Hannes semble impatient.

– Je suis allé frapper à sa porte hier, dis-je, et elle ne m'a pas ouvert non plus. J'ai supposé qu'elle s'était assoupie.

Grimsi ne sait pas quoi me répondre.

– Bon, tu ne veux pas que j'aille voir ce qu'il en est ?

– Si, ça serait super, renifle-t-il.

Nous nous quittons et je compose le numéro de fixe de Solveig qui, pour autant que je sache, n'a pas de portable. Je laisse sonner. Personne ne décroche.

– Hannes, nous allons être forcés de reporter notre réunion à plus tard. Je dois aller vérifier que ma voisine n'a pas de problème. C'est la crise ici et c'est la crise là-bas.

– Fais vite, mon cher monsieur.

Je saute dans le véhicule que m'a prêté le journal et fonce à tombeau ouvert vers le quartier de Thingholt.

Voyant que mes coups à la porte située sur le palier entre le premier étage et le sous-sol demeurent sans réponse, j'actionne la poignée. C'est fermé à clé. Je redescends à mon appartement pour sortir de la maison. J'avance jusqu'à l'angle et j'emprunte l'escalier extérieur que se partagent Solveig et le couple qui vit sous les combles, lequel est parti en voyage aux îles Canaries après Noël et n'est pas encore revenu. Je sonne à l'autre porte de Solveig qui ne répond toujours pas. Je me déchaîne sur la sonnette, en vain. Cela ne me dit rien qui vaille. J'actionne la poignée et la porte s'ouvre.

– Solveig ! C'est Einar ! Tout va bien ?

Mais tout va mal. Allongée sur le côté dans l'entrée, les jambes nues, vêtue de sa blouse bleue achetée chez Hagkaup, elle baigne dans une flaque d'urine. En lui soulevant la tête, je découvre du sang séché sous ses cheveux gris. Je vérifie sa respiration. Elle est très faible, mais Solveig est vivante.

J'attrape mon portable et j'appelle les secours pour la seconde fois en l'espace d'une semaine. J'ai une boule dans la gorge qui rend mon élocution difficile. Quand j'ai raccroché, je m'essuie les yeux d'un revers de manche et détaille les lieux. Un guéridon gît par terre, renversé, à proximité de la vieille dame. Des vieux bas usés et des écharpes dépassent d'un tiroir et un pot de fleurs est brisé sur le sol.

Bordel de merde !

Je jette un œil dans les autres pièces et dans la cuisine. Tout est sens dessus dessous. Sur les murs, on voit les traces laissées par des tableaux qui ont disparu. Des papiers sont jetés en tas sur un vieux bureau. Les tiroirs sont ouverts. Le gros poste de télévision a été ôté de son support et posé à même le sol.

Je suis brusquement submergé par la tristesse et le désespoir.

– Ma chère Solveig, ce n'est vraiment pas juste, dis-je à haute voix à cette femme qui ne m'entend pas.

Elle souriait intérieurement. Cela continuait de l'amuser de savoir que son père avait été surnommé le Cube. Sans doute l'aurait-elle plaint s'il n'en avait pas ri lui-même. Dans la soirée, alors qu'ils mangeaient le poisson qu'il venait de faire griller sur la véranda, emmitouflé dans sa doudoune, elle lui demanda s'il avait souvent pleuré lorsqu'il avait le même âge qu'elle. « Seulement quand j'étais tout seul. » « Et toi, tu pleures souvent ? » « Parfois, mais seulement quand je suis seule. » « Tu sais, reprit-il, à chaque fois que je pleurais, je me disais que je ne laisserais jamais personne m'appeler le Cube quand je serais grand. » « Et maintenant, il y a encore des gens qui t'appellent comme ça ? » Il se mit à sourire : « Non, plus personne ne me donne ce surnom, mais on m'en donne beaucoup d'autres. » Alors qu'elle sortait son maillot de bain et sa serviette de son sac de cours dans les vestiaires de Sundlaug Vesturbaejar, la petite piscine en plein air du quartier Ouest, elle se disait qu'elle appréciait beaucoup ces moments où son père s'adressait à elle comme si elle comprenait les choses, et non comme s'il fallait qu'il l'aide à les comprendre ou qu'au contraire, il voulait s'arranger pour qu'elle ne les comprenne pas. Ces moments où elle avait l'impression que ce qu'elle lui disait avait de l'importance. Elle avait toujours hâte de se retrouver dans le bassin. Là, il était facile de plonger la tête sous l'eau pour s'y cacher. Mais aujourd'hui elle avait envie d'avoir la compagnie des autres, elle avait envie d'être gaie.

– J'ai réfléchi à ta suggestion, mon cher. Malheureusement, elle ne fonctionne pas.

– Ma suggestion ? Laquelle ?

Hannes me toise derrière son bureau.

– Tu as perdu les pédales ou quoi ?

En effet, je perds les pédales et il y a de quoi. Après avoir découvert ma voisine inanimée, j'ai l'impression qu'un mur s'est élevé entre moi et la réalité. Solveig a été admise au service des soins intensifs, inconsciente, mais encore en vie. Le médecin m'a expliqué qu'elle souffrait d'un traumatisme crânien. Peut-être même d'une hémorragie cérébrale. Elle a, en outre, plusieurs côtes cassées et sans doute une méchante pneumonie.

– Mais c'est comme ça, c'est tout, a-t-il ajouté. Quand une personne âgée est victime de ce genre d'accident, qu'elle souffre de fractures multiples, se retrouve inconsciente pendant des heures voire une journée entière, l'expérience nous enseigne que tout peut arriver. Il faut, hélas, s'attendre au pire.

– Oui, Hannes, pardonne-moi. Tu voulais parler de ma suggestion à propos de Sigurbjörg, c'est ça ?

– Exact, et le moment est mal choisi.

– En résumé, elle est trop jeune et n'a pas assez d'expérience, dis-je, l'esprit encore occupé par ma brave Solveig. Les policiers venus sur les lieux m'ont annoncé qu'ils allaient ouvrir une enquête en ajoutant qu'à première vue, il était impossible de dire si c'était la maîtresse de maison ou une personne étrangère qui avait mis l'appartement dans cet état chaotique.

– Ce n'est pas la raison principale. Sigurbjörg est passée me voir ce matin pour me demander un congé sans solde de quelques mois.

Voilà qui me remet enfin les pieds sur terre.

– Hein ? dis-je, surpris. Quoi ? Elle est malade ? Elle est enceinte ?

Une sensation désagréable m'envahit à cette seule idée.

– Enceinte ? Cela dépend de la manière dont on envisage les choses, répond Hannes. Disons qu'elle projette d'écrire un livre.

La colère éclate brusquement en moi. Cette décision est presque une trahison. Comme ça, Sigurbjörg se dérobe au moment où on aurait le plus besoin d'elle. Pourquoi ne m'a-t-elle pas parlé de ce projet au restaurant samedi soir ? Je vois maintenant pourquoi elle m'a, par moments, semblé absente.

– Un bouquin ? Et sur quoi donc ?

Le chef de la rédaction balaie ma question d'un revers de main.

– Je ne lui ai pas demandé, d'ailleurs, quelle importance. Je n'ai ni voulu ni pu refuser sa requête. Elle sollicite un congé sans solde, ce qui soulagera naturellement nos finances.

– Et, bien sûr, elle n'est pas remplacée ?

Il secoue la tête.

– Nous devons nous débrouiller avec ce que nous avons. Puisque ta décision me semble irrévocable, je te propose une nouvelle solution que voici : Asbjörn revient à Reykjavik, en tout cas, pour un temps, et il réintègre son ancien poste de rédacteur en chef.

Les mots me manquent, mais j'ouvre quand même la bouche dans l'intention de répondre quelque chose.

– Et, poursuit-il, je souhaite que tu puisses l'assister. Comme nous le savons tous les deux, Asbjörn est très bon et consciencieux en ce qui concerne la gestion, mais son nez de limier est parfois un peu bouché. Il manque aussi de témérité et de flair. Vous serez complémentaires.

– Tu sous-entends que, moi aussi, je reviendrais à Reykjavik ? Et que c'en serait fini de notre agence d'Akureyri ?

– En l'état des choses, oui. Disons, pour l'instant. C'est à Reykjavik et dans sa région que se situe le point névralgique de l'actualité, pas en province. Même si nous ne devons pas négliger nos obligations envers les lecteurs de province ni sous-estimer l'importance des événements qui s'y déroulent, nous n'avons plus les moyens de maintenir une agence indépendante dans le Nord. Il nous faut regarder la réalité en face. Notre succursale d'Akureyri ne sera pas fermée pour l'éternité. Nous considérons qu'il ne s'agit là que d'une situation provisoire, en attendant que notre société de publication et la société elle-même reprenne ses marques et ses armes. Mon idée, soutenue par Hermann, consiste à mettre en location nos locaux de la place de l'Hôtel de Ville et à débuter une collaboration avec le *Courrier d'Akureyri*. Ainsi, nous aurions une base et pourrions coopérer avec notre concurrent autant pour ce qui est du contenu que des services aux abonnés et aux annonceurs. Nous réaliserions de grosses économies. Tu continuerais à être mobile et à te rendre sur les lieux de l'actualité. Tu serais libéré des broutilles, des concerts de musique de chambre, des kermesses caritatives, des querelles d'urbanisme, des problèmes financiers que connaît l'institution scolaire, de la politique municipale, sans parler de la fameuse Question du jour. En échange, tu aiderais Asbjörn à son poste de rédacteur en chef en cas de nécessité, mais tu ne serais pas forcé d'assister aux réunions de rédaction tous les matins. Alors, mon cher, qu'en penses-tu ?

– Eh bien, pour l'instant, j'essaie de digérer tout ça, dis-je en me levant pour aller m'allumer une cigarette à la fenêtre. Je ne nierai pas qu'en dépit de nos vieilles querelles, l'idée qu'Asbjörn puisse voir son honneur restauré est loin de me déplaire. Mais qu'avez-vous prévu pour Joa ?

– Joa ? Elle serait notre correspondante permanente dans le Nord où elle s'occuperait aussi bien des photos que du reste. Elle s'en est très bien tirée pendant ton absence. Et j'imagine que sa collaboration avec Adalheidur Heimisdottir, directrice de la publication et éditrice du *Courrier d'Akureyri*, fonctionnera aussi bien que leur relation amoureuse.

– Hé, je ne te le fais pas dire !

Plus je réfléchis à la proposition d'Hannes, plus je me rends compte à quel point elle est la meilleure solution étant donné l'étroite marge de manœuvre dont nous disposons.

– Combien de temps ai-je pour réfléchir à tout ça ?

– Tu n'en as pas du tout, me répond-il du tac au tac. Si cette solution convient à tous les intéressés, mon cher, elle entre en vigueur dès maintenant. Nous n'avons pas de temps à perdre.

En début d'après-midi, tous les points importants sont réglés. Hannes s'est entretenu avec Asbjörn, qui a sauté de joie à la nouvelle de son retour en grâce ; il a parlé à Joa, qui s'est montrée reconnaissante de pouvoir rester dans le Nord auprès de sa petite amie, ainsi qu'à Heida elle-même, qui s'est en plus réjouie à la perspective de cet apport de nouveaux bénéfices autant qu'à celle d'un regain d'activité. Les prochains jours, ils régleront avec Hermann les détails techniques et définiront le volet financier de l'accord de coopération entre le *Journal du soir* et le *Courrier d'Akureyri*.

À cause de la tempête qui sévit dans les fjords de l'Ouest, tous les vols en provenance et à destination d'Isafjördur sont annulés. Alda Sif a eu un choc quand je l'ai appelée depuis la chambre que sa mère occupe au service des soins intensifs. Elle m'a assuré qu'avec le petit Grimsi, ils prendraient le premier avion, lequel est encore cloué au sol. J'appelle l'hôpital pour prendre des nouvelles de Solveig. Son état est stationnaire. J'appelle la police de Reykjavik pour me tenir au courant de la progression de l'enquête. Elle est au point mort.

Je parcours du regard la salle de rédaction à la recherche de Sigurbjörg, mais ne la vois nulle part. Son congé sans solde a sans doute déjà pris effet.

Je m'installe à son bureau qui était autrefois le mien, et dont je suppose qu'il l'est redevenu, puis j'essaie de me concentrer sur l'affaire de la postière. J'ai l'impression que les événements se bousculent et se télescopent. Une fois encore, le temps se dérobe.

J'appelle Olafur Gisli. De son côté aussi, pas mal de choses se bousculent. En dehors de l'enquête sur le meurtre de la factrice, le centre-ville a connu deux agressions pendant le week-end, une fête où circulait de la drogue a été écourtée par la police qui a également fermé un bar pour cause de bagarre rangée et d'autres menues infractions.

– Vous avez interrogé l'ex-femme de Jens Tryggvason ?

– Oui, elle est venue au commissariat ce matin pour faire une déposition. Elle s'appelle Stefania Isaksen, son père vient de Norvège, c'est d'ailleurs là-bas qu'elle a passé son enfance et sa jeunesse. Sa connaissance de l'islandais est limitée, mais elle m'a raconté que leur couple était voué à l'échec dès le début. Ils n'avaient aucun point commun et la communication ne passait pas. L'une de leurs disputes a déraillé. Il y était question d'argent, elle reprochait à Jens son immobilisme qui consistait à traîner à la maison plutôt que d'aller chercher un emploi. Elle m'a expliqué qu'elle s'est montrée agressive et qu'elle a essayé de l'humilier, entre autres choses, à cause de son handicap. Il l'a poussée contre un mur et lui a donné des coups de pied alors qu'elle gisait sur le sol. Une fois le choc et la colère passés, elle a retiré la plainte qu'elle avait déposée contre lui. Le couple a essayé de continuer à vivre ensemble pendant quelques mois avant de divorcer, dans d'assez bonnes conditions, étant donné la situation.

– Le décrit-elle comme étant d'une nature violente ?

– Pas vraiment. Elle le présente plutôt comme quelqu'un de méfiant qui manque d'assurance et souffre d'une forte tendance à se replier sur lui-même.

– J'ai cru comprendre que ce genre de comportement était fréquent chez les sourds et malentendants. Tu as rayé Jens de la liste des suspects ?

– La liste des suspects ? Elle n'est pas bien longue ! Ou disons plutôt qu'elle l'est tellement qu'elle n'a pas de fin. Nous allons convoquer Jens bientôt pour qu'il fasse une nouvelle déposition.

– Et le placer en garde à vue ?

– Je ne vois aucun motif de le faire, en tout cas, à ce stade de l'enquête.

Lolo la Rousse lève la tête de son standard téléphonique.

– Hé, salut, me lance l'une de mes anciennes maîtresses de l'époque où je souffrais bien souvent de mauvaise *confiestance*. Hannes te cherche. Il voudrait que tu passes le voir.

J'entre dans le Bossanova, le couloir qui abrite les bureaux des huiles du journal et je frappe à la porte entrouverte du chef de la rédaction. De son cigare éteint, il m'invite à entrer.

– Hermann vient de m'appeler du centre-ville, annonce-t-il. Il semble que la fille d'Ölver Margretarson Steinsson ait disparu.

8

Lundi après-midi

– Disparu ? Tu veux dire qu'elle s'est perdue ? Ou qu'elle a fait une fugue ?

– J'ai dit disparu. Il semble qu'elle ait disparu.

– Il semble qu'elle ait disparu ?

Hannes roule des yeux.

– Nom de Dieu, ce qu'il y a comme écho dans ce bureau !

Je me laisse tomber sur la chaise face à lui.

– Excuse-moi, mais j'essaie juste de comprendre ce qui se passe.

– Eh bien, on n'en sait pas plus.

– Et comment Hermann a-t-il appris ça ?

– Il était en réunion au domicile d'Ölver quand l'ex-femme de ce dernier a téléphoné, dans tous ses états. Elle attendait sa fille depuis un bon moment devant Sundlaug Vesturbaejar, la piscine du quartier Ouest. Il n'y avait pas école aujourd'hui, la petite est allée nager et on est sans nouvelle d'elle depuis. Leur réunion a été reportée et Hermann m'a appelé pour me communiquer la nouvelle. Il va de soi que nous ne publions rien dans nos colonnes tant que cette histoire n'est pas éclaircie, contentons-nous de rester vigilants. Cela dit, on lance des avis de recherche pour des gamins pratiquement chaque semaine.

– Certes, mais en général ils concernent plutôt des adolescents qui fuguent après une dispute avec leurs parents ou leurs frères et sœurs. Et c'est assez souvent lié à l'alcool, aux stupéfiants, aux débordements hormonaux et à la rébellion due à leur âge. Or cette gamine n'a que dix ans. Je l'ai rencontrée quand je suis allé interviewer Ölver. Elle s'appelle Margret Bara.

– Et tu l'as trouvée équilibrée ? me demande le chef de la rédaction.

– Plutôt, oui. Elle avait l'air très proche de son père. Ou plus exactement : elle semblait avoir grand besoin de son attention et ne voulait pas le lâcher. Mais bon, il n'y a rien d'exceptionnel à ça. On s'en est rendu compte à quel moment ?

– Lorsque sa mère est venue la chercher, je suppose.

Hannes consulte sa montre.

– Il y a peut-être deux heures, voire un peu plus.

Je me lève.

– Dans ce cas, il n'y a sans doute pas de quoi s'alarmer. Peut-être qu'elle a oublié que sa mère devait passer la prendre, qu'elle est rentrée chez elle à pied, qu'elle a traîné, qu'elle s'est arrêtée chez une de ses camarades ou je ne sais quoi. La police est au courant ? Un avis de recherche officiel a été lancé ?

– Non, pas encore. Ce sont les parents qui l'ont cherchée eux-mêmes, ils ont passé des coups de fil un peu partout. Ils sont morts de trouille, parce qu'ils connaissent leur fille et que cela ne lui ressemble pas.

– Si je comprends bien, il est encore un peu tôt et on attend ? Je ne cherche pas à en savoir plus auprès de la police ?

– Non, pas pour l'instant. Une chose encore : le téléphone portable de la gamine est éteint et c'est très inhabituel.

Une désagréable impression me poursuit tout l'après-midi, dont la majeure partie est consacrée à des réunions avec Hannes, Guffi ainsi qu'à des contacts téléphoniques avec Asbjörn, depuis le nord du pays. La passation de pouvoir est prévue pour demain. Alors, le nouvel ancien rédacteur en chef arrivera d'Akureyri par les airs pour prendre ses fonctions. Guffi est visiblement soulagé d'être débarrassé de tout ce cirque et des problèmes de gestion liés à la pénurie de personnel. Il peut maintenant à nouveau se tourner vers ses articles économiques irresponsables et ses responsabilités familiales.

Vers quatre heures, je reçois un appel d'Alda Sif. La météo a brusquement changé dans les fjords de l'Ouest. Elle vient d'atterrir à l'aéroport de Reykjavik avec Grimsi. Nous décidons de nous retrouver à l'hôpital, au chevet de Solveig. Je perçois dans sa voix une dureté qui n'est pas sans me rappeler nos premières entrevues à Isafjördur, un ton qui laissait entendre sans ambiguïté que je n'y étais ni bien vu ni précisément le bienvenu. Au fil de nos échanges, nous avions trouvé une forme d'équilibre et nous nous étions séparés bons amis. Mais maintenant…

Toujours en soins intensifs, Solveig est dans un état stationnaire. Debout à côté de son lit, nous regardons tous les trois ce corps usé, branché à toutes sortes d'appareils et perfusé. Sous son masque à oxygène, sa respiration est lourde et graillonneuse. Le personnel infirmier nous explique que le pronostic vital est toujours engagé.

Nous quittons la chambre et Alda Sif me confie qu'elle aimerait bien voir un médecin afin d'obtenir quelques précisions.

– Ta grand-mère est une femme très bien.

J'attends avec Grimsi dans le couloir. Il me semble très affecté.

– Espérons qu'elle s'en remettra, dis-je, histoire de meubler.

Il abaisse la capuche de son pull-over noir, laissant apparaître sa chevelure rousse en bataille. L'inquiétude se lit au fond de ses yeux bleus.

– Elle allait bien la dernière fois que vous l'avez vue ?

Alda Sif nous rejoint, svelte, ses cheveux roux attachés en queue de cheval, l'air résolu, vêtue d'un jean et d'un pull gris sous sa doudoune verte.

– Elle était plutôt en forme, dis-je au gamin alors que nous marchons vers l'ascenseur. Je l'ai croisée dans la buanderie, samedi dernier. Nous avons discuté d'une fête que ma fille organisait dans mon appartement, une soirée, avec son petit ami. Ça ne l'a pas inquiétée du tout.

Alda Sif me fusille du regard.

– Il y avait une fête chez vous samedi soir ?

J'appelle l'ascenseur.

– Oui, j'ai autorisé ma fille Gunnsa à inviter quelques camarades de lycée.

– Le médecin m'a laissé entendre qu'il est possible que ma mère soit restée inanimée sur le sol pendant vingt-quatre heures. À quel moment cette fête s'est-elle terminée ?

– Quand je suis rentré chez moi, vers trois heures du matin, dans la nuit de dimanche. Tout s'est très bien passé.

– Très bien passé ? Comment le sauriez-vous ?

Sa remarque ne me dit rien qui vaille.

– J'ai pu le constater, c'est tout. Les lieux étaient d'une propreté irréprochable. C'est aussi ce que m'a dit Gunnsa et je la crois. Ils n'ont fait que boire un peu de bière, discuter, écouter de la musique et ce genre de choses.

Je m'efforce de prendre l'observation d'Alda Sif avec légèreté, eu égard à Grimsi, mais j'ajoute tout de même :

– Qu'est-ce que vous insinuez ?

– Je n'insinue rien. Je me demande simplement si cette petite fête n'aurait pas déraillé et si quelqu'un ne serait pas monté chez ma mère. Ces gamins, ils ont quel âge ?

Que fait donc cet ascenseur de malheur ?

– Eh bien, Gunnsa et Raggi ont seize ans, bientôt dix-sept. Pour les autres, je ne sais pas, mais je suppose qu'ils ont à peu près le même âge.

– À peu près ? Et ils ont consommé de l'alcool en parfaite illégalité ! C'est le genre de truc qui peut dérailler complètement, déboucher sur de la violence et toutes sortes de choses.

Quand elle me regarde, il me semble voir les vagues de colère gondoler son visage.

– Le fait que les lycéens n'attendent pas d'avoir atteint l'âge légal pour consommer de l'alcool ne devrait pas nous étonner, ni vous ni moi. Mais ne vous inquiétez pas…

– Que je ne m'inquiète pas ! ? Ma mère est en soins intensifs !

L'ascenseur arrive enfin. Je suis furieux pour Gunnsa, Raggi et leurs amis, même si je dois avouer qu'en ce qui concerne ces derniers, je ne les connais ni d'Ève ni d'Adam. Je m'efforce de ne pas exploser. Je me dis que je pourrais rétorquer à Alda Sif que je ne suis pas plus irresponsable en tant voisin qu'elle en tant que fille.

Je constate que l'inquiétude de Grimsi est grandissante. Lorsque nous entrons dans l'ascenseur, j'appuie sur le bouton du rez-de-chaussée, debout entre la mère et le fils.

– Alda Sif, dis-je à voix basse. Je comprends très bien que vous soyez inquiète pour votre mère. Mais de là à mettre sur le dos de ces gamins…

Elle me coupe à nouveau la parole.

– Et j'ai cru comprendre aux propos que vous m'avez tenus autant qu'à ceux de la police que le chaos qui régnait dans l'appartement tendrait à indiquer qu'il y a eu effraction et agression.

– Espérons qu'ils ne tarderont pas à tirer ça au clair, dis-je. Mais essayons de garder notre calme.

– Ils le feront, rétorque-t-elle d'un air buté. Je vais aller voir là-bas et, croyez-moi…

– Vous avez une solide formation et une longue expérience en tant que policière, dis-je en quittant l'ascenseur. Je suis sûr que vous adopterez un point de vue professionnel. Je me souviens que vous m'avez mis en garde contre les déductions hâtives pendant que vous meniez cette enquête dans les fjords de l'Ouest. Je suppose que vos mises en garde s'appliquent à vous autant qu'à autrui.

Je salue chaleureusement Grimsi avant de rejoindre ma voiture. Dès que j'ai pris place au volant, je compose le numéro de Gunnsa d'une main tremblante.

– Salut, papa ! me répond-elle d'une voix enjouée et limpide.

– Ma Gunnsa chérie, j'ai juste une question : est-il possible qu'un ou plusieurs des camarades que vous aviez invités samedi soir soient montés chez Solveig au premier étage ?

– Hein ?

– Si je te demande ça, c'est simplement parce que, ce matin, je l'ai retrouvée chez elle inanimée, gravement blessée, et que son appartement était sens dessus dessous. Elle est peut-être restée comme ça toute une journée. Voilà pourquoi la police et les proches de Solveig me posent des questions sur votre petite fête. Je voulais simplement être sûr.

J'entends au son de sa voix qu'elle est troublée.

– Non, personne n'a quitté ton appartement, j'en suis certaine, sauf le temps d'aller aux toilettes.

– Tu es sûre à cent pour cent qu'aucun d'entre vous ne se serait absenté un peu plus longtemps et qu'il aurait pu se balader ?

Elle se met subitement en colère.

– Dis donc, papa, serais-tu en train d'insinuer qu'on nous soupçonne de nous être introduits chez Solveig et de l'avoir agressée ?

– Non, non, non. C'est une question qui a été soulevée. Évidemment, j'ai répondu par la négative, mais je voulais avoir confirmation de ta bouche. Je préfère être sûr.

– Enfin, papa ! Qu'est-ce que tu crois ?

La jeune fille s'adressa à elle en l'appelant par son prénom. Elle leva les yeux sous la douche. « Comment connais-tu mon prénom ? » Les seins de son interlocutrice lui semblaient énormes. « J'ai vu une jolie photo de toi dans le journal ce week-end », répondit-elle avec un sourire. La gamine était heureuse que quelqu'un l'ait reconnue, heureuse que quelqu'un s'intéresse à elle, quelqu'un d'autre que son père. Et que quelqu'un lui sourie. Personne d'autre ne lui avait parlé de cette photo parue dans le journal. « Et toi, comment tu t'appelles ? » « Alla, avait-elle répondu, appelle-moi simplement Alla. » La petite n'en était pas certaine, mais elle avait l'impression d'avoir déjà vu cette Alla quelque part. Peut-être à la piscine. Pendant qu'elle s'essuyait et qu'elle se rhabillait, elle se disait que le vent semblait vouloir tourner, qu'enfin il lui arrivait une aventure agréable. Elle mit son sac à dos et Alla se précipita pour l'aider. Quand elle sortit retrouver le froid et l'obscurité hivernale, Alla la suivit et lui demanda : « Tu veux venir chez moi regarder un DVD ? » Elle s'accorda un instant de réflexion. « Ma mère doit venir me chercher », répondit-elle. « Ce n'est pas grave, la rassura Alla, nous l'appellerons dès que nous serons à la maison. Elle n'aura qu'à passer te prendre là-bas à la fin du film. » « Tu as beaucoup de DVD *? » interrogea la gamine alors qu'elles traversaient la rue Hofsvallagata. « Un tas, qu'est-ce que tu préfères ? »* « Hannah Montana. » *« Hannah Montana ? Celle qui mène une double vie ? » « Oui. J'ai vu beaucoup d'épisodes de la série, mais je n'ai jamais vu le film. Tu ne l'aurais pas ? » Alla lui adressa un grand sourire. « Si, je l'ai. Et j'en ai beaucoup d'autres. » Elles continuèrent à discuter de cinéma et de feuilletons télévisés. Alla prenait des raccourcis, elle parlait sans cesse et, en un rien de temps, elles étaient arrivées sur la place de Laekjartorg, en plein centre-ville. « Où est-ce que tu habites ? » demanda la gamine. « Juste à côté. On va jouer à un petit jeu », proposa Alla. « Lequel ? » « Colin-maillard », répondit-elle. « C'est un jeu vidéo ? » interrogea la petite. « Non, ce n'est pas un jeu vidéo » répondit Alla en lui cachant les yeux d'une main dès qu'elles eurent traversé la rue Laekjargata et qu'elles se retrouvèrent en contrebas du bâtiment du Conseil d'État, juste à côté des statues de ces deux hommes célèbres. « Tu ne vois pas où je t'emmène et quand on sera arrivées, tu devras deviner à quel endroit nous sommes. » La petite sentait qu'elles gravissaient une côte. Elles continuèrent et tournèrent deux fois, d'abord à gauche, puis à droite. C'était un jeu amusant. Elle se dit qu'elle ne devait pas oublier d'appeler sa mère dès qu'elles arriveraient chez Alla. Elle entendit une seconde voix déclarer : « Tout va bien ? » On lui passa autour de la tête une écharpe qu'on lui noua sur les yeux. « Tu as bien fait attention aux caméras de surveillance ? » Alla répondit, agacée : « Oui, oui, oui ! » Quelqu'un la poussa dans un trou qu'elle pensait être une porte. Des mains prirent le relais et la conduisirent dans une pièce. Quelqu'un lui attrapa la main pour lui* *faire monter un escalier qui grinçait. On ne desserra l'écharpe qui lui bandait les yeux que lorsqu'elle arriva au premier étage.*

Il fait de son mieux pour garder son calme, mais il a le souffle court et la voix tremblante tellement il est tendu.

– Vous ne devez absolument rien publier pour l'instant. Absolument rien.

Ölver remue sur son canapé. Sur la table basse face à lui se trouve un téléphone portable qu'il ne quitte pas des yeux, comme s'il s'agissait d'une bombe à retardement. Je vois les traces de sueur gagner du terrain sous les manches de sa chemise blanche. Son assurance s'est totalement volatilisée.

Je regarde Hannes qui, assis dans le fauteuil à côté de moi, se contente de joindre ses mains par intermittence, avec une expression indéchiffrable. Il m'a téléphoné et proposé d'assister à cette réunion de crise, suggérée par Hermann. Notre directeur de la publication n'est toutefois pas présent, du reste, cette réunion ne concerne en rien la politique éditoriale globale.

– La réalité n'est pas négociable, dis-je. Si votre fille a réellement disparu ou qu'elle s'est perdue, ce qui serait bien sûr terrible, le devoir du journal est d'en parler.

Ölver me dévisage comme si j'étais le diable en personne. Il sort son téléphone. Debout à côté du piano droit, les mains derrière le dos et pâle comme un mort, Floki Hreinn s'approche de lui, prend l'appareil, appuie sur une touche et me le donne. L'écran affiche :

Tu ne contactes pas les flics. La vie de ta fille en dépend.

– Quand avez-vous reçu ce SMS ? dis-je en tendant le portable à Hannes.

– Vers dix-huit heures, répond Floki Hreinn, un œil sur sa montre. Il y a environ deux heures. Le même message a été envoyé à Elisabet.

– Elle est en route, précise Ölver. Nous devons régler ça au plus vite. Je ne veux pas qu'elle soit mêlée à cette réunion avec la presse. Elle a eu sa dose.

– Qu'avez-vous répondu à ce texto ?

– Que nous respecterions cette exigence, évidemment.

– Vous connaissez le numéro depuis lequel il a été envoyé ?

– Oui, soupire Ölver, c'est celui de ma fille Magga.

Floki Hreinn retourne se poster à proximité du piano, sa place de prédilection.

– Ensuite, le téléphone de la petite a été éteint, déclare-t-il. En fait, il était éteint dès son départ pour la piscine.

Ölver essuie la sueur de ses paumes sur son pantalon en velours noir avant de se lever.

– Je ne sais vraiment pas quoi vous dire. Dois-je croire que le journal dont j'ai été l'actionnaire principal s'apprête à nuire à mes intérêts ?

– Nuire à vos intérêts ? dis-je. Ne s'agit-il pas plutôt de ceux de votre fille ? De sa vie et de son intégrité ?

Le visage empourpré et ruisselant de sueur, Ölver s'affaisse lentement sur le canapé.

– Évidemment, rétorque-t-il, les yeux baissés, tandis qu'il tripote sa barbe clairsemée. Ne vous avisez pas de déformer mes propos en une heure aussi grave !

Hannes fait glisser le téléphone jusqu'à Ölver sur la table basse.

– Allons, messieurs, déclare-t-il d'un ton posé, nous sommes confrontés à une situation épineuse. Je suis d'accord avec Einar pour dire que le premier devoir de notre journal est d'informer ses lecteurs. Mais le problème est plus complexe car nous sommes au courant de cette histoire uniquement parce que le directeur de la publication du *Journal du soir* est venu ici pour discuter de questions financières et de l'avenir auxquels je tiens à souligner que toi, Ölver, ne prendras aucune part. Ce qui complique encore les choses c'est qu'il est visiblement de l'intérêt de Margret Bara que cette histoire ne s'ébruite pas pour l'instant. Certes, on peut imaginer qu'il s'agit d'une simple plaisanterie, mais il est tout aussi envisageable que l'affaire soit autrement plus sérieuse. Ni Einar ni moi ne connaissons le fonctionnement au sein de votre famille.

– Nous avons passé des coups de fil partout !

Ölver lève les bras au ciel, dévoilant les auréoles de sueur sous ses aisselles.

– Comment faut-il dire les choses aux gens de votre espèce ?

En effet, me dis-je, comment faut-il parler aux gens de notre espèce ?

– Pour toutes ces raisons, poursuit Hannes, imperturbable, il est souhaitable que notre journal attende demain pour réétudier la question. Une fois que sera écoulé ce délai au cours duquel nous laisserons prévaloir les valeurs morales et le sens de l'éthique face à nos intérêts propres qui exigeraient la publication immédiate de cette information dans nos pages, nous reconsidérerons notre position et aviserons.

Ölver le dévisage, ahuri.

– Et que signifie exactement ce charabia ?

L'expression d'Hannes s'assombrit. Il se lève.

– Cela signifie tout simplement, mon cher monsieur, que le *Journal du soir* aura l'exclusivité de cette nouvelle si elle est encore d'actualité demain. C'est assez clair ?

J'échange un regard avec le chef de rédaction au moment où nous sortons dans le froid pour remonter dans nos voitures.

– Quoi donc ? Le méchant flic serait-il en désaccord avec le gentil quant à la méthode ? me lance Hannes avant de prendre un cigare.

J'observe les branches des trembles qui se tendent vers les étoiles devant le domicile d'Ölver Margretarson Steinsson. La lune d'ivoire nimbe la ville d'une clarté glaciale.

– Non, en fait, je trouve ta position justifiée. Peut-être que toute cette histoire n'est qu'une plaisanterie, un canular, comme tu dis. Dans ce cas, il vaut mieux y aller doucement. Et si c'est plus sérieux que ça, nous avons encore plus de raisons d'y aller doucement. Tu sais bien que j'ai fait mon Trausti Löve plus par nécessité que par envie.

– Parfait, mon cher, conclut Hannes. Si cette affaire est sérieuse, elle sent mauvais. Nous en reparlerons au débriefing demain matin. D'ailleurs, les piscines n'attirent-elles pas toutes sortes de gens bizarres ? Des pervers de tout poil ?

– En effet, dis-je. Malheureusement, comme par exemple des pédophiles.

9

Mardi matin

« N'ouvre les yeux que lorsque je te le dirai », déclara Alla. La petite n'osait pas lui désobéir. L'incertitude et le doute se muèrent en terreur. Elle avait accordé sa confiance à Alla sans la connaître. Elle avait eu envie de compagnie, d'autre chose que ce que lui procuraient son père et sa mère, lesquels constituaient rarement une véritable compagnie pour elle. C'est à cela qu'elle pensa quand elle sentit quelqu'un lui ôter son sac, lui ligoter les chevilles et lui passer les mains derrière le dos pour les lui attacher. Et maintenant on lui mettait un bandeau devant les yeux à la place de l'écharpe. Le jeu de colin-maillard n'était-il pas terminé ? Le ronron étouffé de la circulation lui parvenait depuis l'extérieur. Elle entendit des froissements et des bruits de pas à proximité, mais personne ne prononçait un mot. L'air sentait la poussière et le moisi. On l'attrapa sous les bras pour l'asseoir sur le sol en parquet, les mains liées derrière le dos. Alla murmura : « Prends son portable dans sa poche. » Un froissement. Quelqu'un d'autre répondit : « D'accord. » Puis il y eut des bruits de pas, l'escalier se mit à grincer, un instant, le ronron de la circulation augmenta. Silence. Un silence épais, profond et terrifiant. Elle était seule. Elle avait faim. Elle avait froid. Et elle avait envie de faire pipi.

– Des terrains de chasse pour pervers ? Les piscines ?

Asbjörn secoue la tête, manifestement consterné.

– Tu es trop naïf, monsieur le rédacteur en chef, dis-je.

– C'est quand même triste de voir que des gens détournent un lieu destiné aux esprits sains dans des corps sains pour en faire le théâtre des actes les plus répugnants qui soient.

– Tu as parfaitement raison, mon cher, convient Hannes, les détournements et les abus transforment nombre de choses en leur contraire.

– Puis-je me permettre de prendre cet exemple, dis-je : il y a peu de temps encore, les gens considéraient les banques comme le lieu adéquat où mettre leur argent en toute sécurité. Ils n'avaient pas imaginé que les établissements en question étaient dirigés par des pillards.

Il n'y a pas foule à la réunion concernant la disparition de Margret Bara Ölversdottir. Étant donné la situation, il a semblé raisonnable de garder cette affaire pour nous. Et ladite situation n'a pas évolué au moment où j'entre, vers neuf heures et demie, accompagné d'Asbjörn, dans le bureau d'Hannes.

Un peu plus tôt, les employés malmenés et de moins en moins nombreux de la rédaction ont levé leurs visages fatigués de leurs bureaux et de leurs ordinateurs pour célébrer le retour de l'ancien rédacteur en chef. Asbjörn rayonnait comme un soleil, il a fait quelques révérences et prononcé un discours solennel dans lequel il affirmait « avoir hâte de s'attaquer aux tâches urgentes qui attendent notre journal avec la collaboration de l'ensemble de ses excellents employés, en cette période aussi passionnante que difficile. En cette période de pression accrue exercée par le pouvoir sur les médias, cette période d'abus politiques et de pénurie financière, le *Journal du soir* a plus que jamais un rôle capital à jouer. J'entends consacrer toute mon énergie à ce que notre journal remplisse ce rôle au service du citoyen de ce pays, tellement malmené par les intérêts politiques ou économiques partisans».

Asbjörn m'avait adressé un large sourire.

– Je bénéficierai d'un grand soutien en la personne d'Einar qui m'assistera, et avec lequel j'ai fructueusement collaboré à la diffusion de notre journal dans le Nord et le reste du pays. On ne change pas une équipe qui gagne, eh oui, *you don't break up a winning team*, comme on dit à l'étranger. Ha, ha, ha !

Les applaudissements n'avaient pas été précisément nourris, mais sincères.

Nous voici maintenant tous les deux face au chef de la rédaction et la joie du rédacteur en chef vient de tomber à l'eau dans le petit bain.

– Je me suis un peu documenté sur la question hier soir et ce matin, dis-je. Il est évident que la police et les experts s'inquiètent de plus en plus de l'éventuelle présence de délinquants sexuels dans les piscines. Le personnel de ces établissements a été formé afin de pouvoir repérer plus facilement les signaux d'alarme et de pouvoir réagir correctement s'il a des soupçons. Tu dois garder à l'esprit, Asbjörn, que les piscines sont des lieux où les gens sont pratiquement nus en public sans pour autant courir le risque d'être appréhendés. Les enfants islandais s'y rendent assidûment. Sous l'eau chaude des jacuzzis, dans le bruit ambiant et derrière les nuages de vapeur, on peut cacher toutes sortes d'attouchements et d'avances sexuelles.

– Pauvres petits, déclare Asbjörn, pensif. En réalité, ils ne sont nulle part à l'abri. Que ce soit chez eux, au sein de leur famille ou chez leurs proches, dans la rue ou dans leur quartier.

– Ou encore sur le Net.

– Non, et on n'est même pas certains qu'ils soient en sécurité à l'école.

Hannes se tait depuis un moment et regarde par la fenêtre.

– Les enfants sont extrêmement vulnérables, déclare-t-il. Ils représentent des proies faciles pour ceux qui veulent abuser de leur confiance et de leur position de faiblesse. Cela dit, nous ne savons pas si, en l'occurrence, c'est le cas. Et nous sommes forcés d'envisager que l'identité de son père joue un rôle dans cette affaire. J'ai moi-même eu du mal à trouver le sommeil, envahi par une idée similaire.

– Tu veux dire que la gamine aurait été confrontée à une expérience, à des sollicitations ou ce genre de choses au domicile de son père ? Et que cela l'aurait conduite à fuir ?

– Non, mon cher, je n'envisage pas cette éventualité, même si nous ne pouvons pas l'exclure, bien sûr.

– Margret Bara devait passer les prochains jours chez sa mère, Elisabet Bergsdottir, qui est venue la chercher à la piscine de Vesturbaer. On peut aussi imaginer qu'elle n'a pas voulu aller chez elle et qu'elle a fugué. J'ai eu l'impression qu'elle était très attachée à son père, même si je ne connais pas toute l'histoire et que je ne l'ai pas vue en compagnie de sa mère. Qui sait si cette dernière n'a pas rencontré un autre homme que Margret Bara n'accepte pas ou dont elle fuirait la compagnie ?

Asbjörn hausse les épaules.

– Qui sait ? Qui sait quoi que ce soit au juste ?

– Le texto a été envoyé aux deux parents, déclare Hannes. On les a tous deux dissuadés de contacter la police, faute de quoi, la vie de leur fille était en danger. Nous ne pouvons pas exclure que la gamine ait envoyé ces messages elle-même, peut-être avec l'aide du ou de la camarade chez qui elle se cache.

– Peut-être qu'elle a voulu imiter un truc vu à la télé ou dans un film, avance Asbjörn. Ou encore sur le Net.

– Le problème, dis-je. C'est que je ne vois pas comment j'irais explorer toutes ces pistes. Il n'est pas inutile de les recenser, mais tant que l'événement demeure secret pour la police, et raison de plus, pour tout le monde, on ne peut pas faire grand-chose. N'est-ce pas, Hannes ?

Le chef de la rédaction lève son index, l'approche du téléphone, enclenche le haut-parleur et compose un numéro inscrit sur un pense-bête.

– Floki Hreinn à l'appareil.

– Ici Hannes, du *Journal du soir*. Nous sommes en réunion de rédaction. La petite est réapparue ?

– Non. Ölver m'a autorisé à vous dire que la police a été prévenue. Elisabet voulait le faire dès hier soir et Ölver a fini par y consentir ce matin. Après consultation de nos avocats et autres conseillers, nous avons préféré ne pas attendre plus longtemps.

– Bonjour, ici Einar, dis-je. L'enquête de la police progresse ?

– Malheureusement, non. Ölver et Elisabet sont toujours au commissariat.

– Nous vous faisons confiance, déclare Hannes, pour que les autres médias n'aient pas vent de cette histoire avant demain matin, après la parution de notre journal. On était d'accord sur ce point hier soir.

Floki Hreinn garde un instant le silence.

– C'est ce dont vous étiez convenus avec Ölver. J'ignore si la police le respectera. En revanche, nous avons souhaité que l'ouverture de l'enquête ne soit pas dévoilée à la presse, en tout cas pour l'instant. Cela n'a rien à voir avec vous, mais avec les menaces proférées dans ces SMS.

Asbjörn se redresse sur sa chaise.

– Ici Asbjörn, rédacteur en chef, annonce-t-il, fier comme un paon. Le téléphone de Margret Bara est-il toujours éteint ?

– Oui.

– Dans ce cas, la police ne peut pas le faire localiser, note le rédacteur en chef, tout heureux d'étaler ses connaissances en technologie.

– Einar vous contactera pour se tenir au courant des développements, conclut Hannes avant de raccrocher.

Il m'adresse un clin d'œil.

– Dire que nous sommes obligés de recourir à ce porteur de serviette comme intermédiaire, commente le chef de rédaction en sortant un épais cigare d'un tiroir.

– Tu ne pourrais pas te procurer le numéro du portable d'Ölver auprès d'Hermann ? Il n'est pas facile à dégoter. Par exemple, Guffi ne l'a pas.

– Je vais voir. Pour l'instant, tu fais les premiers pas et commences le travail. Nous traiterons cette affaire demain dans nos pages si rien ne se passe aujourd'hui qui l'empêche.

Je me lève en même temps qu'Asbjörn.

– Et où on en est avec le meurtre de la postière dans le Nord ? dis-je.

Le chef de la rédaction met son cigare à la bouche et le fait tourner entre ses lèvres pour l'humecter.

– Tu te tiens au courant par tes propres moyens. En cas de nécessité, tu peux confier l'affaire à Joa. C'est toi qui vois, mon cher.

Le poster de Cameron Diaz a atterri dans la corbeille à papier. Les ultimes vestiges du règne de Trausti Löve dans le bureau du rédacteur en chef s'effacent au profit d'une énorme photo de la cellule familiale, placardée en grand format sur le mur. Au premier plan, on voit le chien-chien Snulli. Il est assis, pattes écartées, aux pieds d'Asbjörg Sigrunardottir, fruit d'une précédente relation datant de l'époque où Asbjörn faisait ses études à Akureyri. La jeune fille a le même âge que ma petite Gunnsa. En surplomb, on voit le menton allongé de l'épouse, Karolina, à côté de laquelle se tient le mari bien en chair et au sourire radieux.

– Tu ne la trouves pas superbe ? me demande Asbjörn dès qu'il a fixé le dernier morceau de ruban adhésif.

– Vraiment sublime, dis-je. Alors, quelles nouvelles du Nord ? Ils font leurs bagages ?

Asbjörn pose ses mains sur ses larges hanches et inspecte la photo au mur.

– Non, malheureusement. Karo ne veut pas revenir à Reykjavik, elle trouve qu'on ne peut pas imposer à Snulli de vivre dans l'incertitude et dans le chaos. En fait, je suis d'accord avec elle.

– Je comprends bien. Pour ma part, je ne peux pas non plus infliger un tel traitement à Snaelda.

– Ne t'inquiète pas. Karo s'occupera de la perruche. Quant à Asbjörg, elle continue de vivre chez sa mère, bien sûr. Elles vont sans doute beaucoup me manquer toutes les deux, mais j'essaierai d'aller dans le Nord de temps à autre, le week-end, par exemple.

Il recule de deux pas.

– Regarde, me dit-il, les yeux larmoyants, toujours fixés sur sa famille. Ils ne sont pas superbes ?

– Oui, superbes. Mais cela ne gêne pas Karo que tu aies repris ton ancien poste à Reykjavik ?

– Pas du tout. Elle soutient son époux.

Ça dépend de la situation, me dis-je.

– Elle a été choquée par la manière dont j'ai été traité quand ils ont engagé Trausti. Mais rira bien qui rira le dernier. Ha, ha ! N'est-ce pas, Einar ?

Je n'ai toutefois aucune envie de rire lorsque je m'installe à mon bureau. Je me demande ce que je dois faire et dans quel ordre. J'aurais aimé pouvoir m'entretenir avec Sigurbjörg. Où diable est-elle donc passée ? Et pourquoi ne me contacte-t-elle pas ? Je regarde le téléphone, grommelle intérieurement, puis j'ouvre le tiroir. Au sommet de la pile de papiers qu'elle a rangés là avant de partir en congé repose une petite photo dénuée de cadre sur laquelle on voit une jeune femme qui n'est ni belle ni laide. Ses cheveux bruns ont subi un brushing, elle est vêtue d'une veste à épaulettes, à la mode des années 80. Je me souviens avoir déjà vu cette photo fixée à un coin de l'écran d'ordinateur de Sigurbjörg.

Je descends sous le porche pour m'allumer une clope. Debout et tremblant de froid sous l'avancée, j'appelle ma source la plus accessible dans la police de Reykjavik, mon Nounours Numero Uno.

– Je ne sais rien de cette affaire, me répond Andrés, mon copain d'enfance du quartier des Hlidar, qui occupe un poste de commissaire adjoint.

– Mais tu es au courant ?

– Oui, et quelqu'un en a été chargé.

– Qui ça ?

– Hmm…

J'ai l'impression de voir le sourire narquois d'Andrés à l'autre bout du fil.

– Ah non, je t'en supplie, ne me dis pas qu'il s'agit de Jonas.

– Je n'ai rien dit…

Je fais mon signe de croix, puis je prends congé.

Quand je remonte en salle de rédaction, je réfléchis à la situation. Ölver et compagnie ont consulté des avocats et d'autres conseillers, nous a précisé Floki Hreinn. Je dispose d'une source d'information secrète que je dois tenter de mettre à profit. Je rédige un courriel où j'explique les grandes lignes de l'affaire et je l'envoie à l'adresse margretk@loegmaeli.is. Puis j'expédie à Margret un bref texto où je lui demande de lire le mail que je viens de lui faire parvenir et de me communiquer son sentiment. J'appelle ma fille.

– Ma Gunnsa chérie ?

– Je suis encore soupçonnée d'avoir agressé et dévalisé une vieille dame ? interroge-t-elle d'un ton froid, quelque peu cinglant.

– Non, non. Je ne crois franchement pas.

– Ah ? Franchement ? Tu ne crois pas ?

– C'était juste une connerie. N'y pense plus.

– Que je n'y pense plus ? Hors de question !

Je parviens à couper court en changeant de conversation et en lui exposant une autre affaire.

– Cela doit rester confidentiel. N'en parle à personne, pas même à Raggi.

– Mais que se passe-t-il donc ? dit-elle. Il suffit que je croise quelqu'un pour que le ciel lui tombe sur la tête ou quoi ?

– Bonne question ! Gunnsa, tu es restée avec Margret Bara dans la cuisine chez Ölver pendant qu'elle attendait qu'on la conduise à l'école. De quoi avez-vous parlé ?

– On a tué le temps.

– Mais de quoi avez-vous discuté ?

– De quoi ? répète-t-elle. Ben, de l'école et tout ça. Je l'ai laissée regarder mon appareil photo. Nous n'avons pas passé beaucoup de temps ensemble.

– Que t'a-t-elle dit à propos de l'école ?

– Qu'elle se sentait angoissée à l'idée d'y aller. Elle m'a dit qu'avant elle avait plein de copines et de copains, mais que maintenant tout avait changé. Les autres gamins ne lui parlent plus. Je lui ai demandé pourquoi. Elle m'a répondu qu'elle ne savait pas. J'ai eu l'impression qu'elle était très seule.

Ils remontèrent la voir. Elle ignorait combien de temps avait passé depuis leur départ, mais il s'en était écoulé suffisamment pour qu'elle se retrouve toute mouillée. Elle avait pleuré toutes les larmes de son corps. Elle avait fait pipi dans sa culotte. Elle avait hurlé, appelé son père puis sa mère et finalement crié à l'aide, simplement à l'aide. Mais personne n'avait répondu à ses appels de détresse. Quand ils arrivèrent finalement, elle tremblait comme une feuille, autant de froid que de désespoir. Elle ignorait combien ils étaient, mais se sentait étrangement soulagée de constater que quelqu'un était là. Elle ignorait s'ils venaient la secourir ou lui faire du mal. Mais elle était soulagée de ne plus être seule. Elle préférait craindre quelqu'un plutôt que d'avoir peur, plongée dans la solitude, les ténèbres et le silence. « Elle a pissé dans sa culotte, commenta une voix. Putain, c'est dégueulasse ! On doit lui trouver un pot ou un seau. Qui sait quand elle aura envie de chier ? » « Je descends voir », répondit une autre voix. La gamine rassembla ses forces et son courage pour demander : « Qu'est-ce que vous allez me faire ? Je veux rentrer chez moi ! Je veux rentrer chez moi ! » « Tais-toi, la petite », ordonna Alla. Elle perçut une vague odeur de nourriture. « Donne-lui le hamburger », déclara une troisième voix. Elle sentit soudain qu'on lui enfonçait dans la bouche un morceau de pain et de la viande juteuse. Elle l'avala machinalement mais s'étrangla, tant elle avait la gorge sèche. Elle toussa jusqu'à ce qu'on lui présente une paille sortie d'un gobelet en plastique par laquelle elle aspira du Coca. Elle l'avala goulûment, comme s'il en allait de sa vie. Puis elle se remit à manger le hamburger. Celui qui était descendu remonta en disant : « J'ai trouvé une espèce de boîte à merde et j'ai fait un saut à la boutique pour acheter du papier hygiénique, des gâteaux secs et du Coca. Il ne faudrait pas qu'elle claque ici. » Alla répondit en riant : « En tout cas, pas pour l'instant. Nous restons en bas jusqu'à dix heures. Si tu as besoin de quelque chose, appelle-nous, sinon, tais-toi. » Elle entendit leurs pas s'éloigner dans l'escalier. Jusqu'à dix heures ? pensa-t-elle. Quelle heure pouvait-il bien être ? Cela l'inquiétait de savoir que son père et sa mère se faisaient du souci. Parfois, leur inquiétude se manifestait par de la colère et des réprimandes. Une nouvelle angoisse l'envahit brusquement : à son retour à la maison, elle allait avoir un sacré sermon.

– Nous progressons très peu et n'avons toujours, hélas, aucune idée du mobile, m'annonce avec un soupir le commissaire principal d'Akureyri, Olafur Gisli Kristjansson, quand je le joins par téléphone. Apparemment, personne n'aurait eu le moindre motif de nuire à cette malheureuse. Tout le monde la décrit comme inoffensive et pétrie de qualités. Nous pensons avoir exploré tous les lieux qui constituaient son environnement quotidien. Nous avons interrogé le personnel de la bibliothèque municipale d'Amtsbokasafn, ceux qui la connaissaient le mieux au sein de l'association des malentendants et des handicapés, ses voisins et ainsi de suite. Malheureusement, aucun élément susceptible d'éclaircir cette affaire n'est apparu.

– Je suppose que vous avez les conclusions définitives quant à la cause du décès. Mort par strangulation, n'est-ce pas ?

– Quand l'agresseur a étranglé Agla Sigridur, il lui a en même temps enfoncé un genou dans le ventre, ce qui a causé un éclatement de la rate. C'est l'hémorragie interne qui a entraîné la mort.

– Et Jens Tryggvason est lavé de tout soupçon ?

– Il est venu ici pour faire une seconde déposition et s'en tient à ses premières déclarations. Il a un alibi que nous avons vérifié et, semble-t-il, aucune raison d'avoir voulu nuire à Agla Sigridur. Mais nous continuons bien sûr d'étudier son cas et celui d'autres personnes.

– Et ce téléphone portable depuis lequel le commissariat a reçu un appel signalant le fameux homme à la capuche ?

– Nous avons maintenant le numéro, mais le dernier propriétaire enregistré est parti à l'étranger et ne sera de retour qu'en milieu de semaine prochaine.

– Qui est-ce ?

– Einar, ne compte pas sur moi pour te le dire. Ce n'est pas parce que je te raconte un certain nombre de choses que je te dévoile tout.

– Dans l'intérêt de l'enquête ?

– Laisse-nous faire notre travail. Nous avons pour cela des gens formés et entraînés.

Je m'autorise un petit trait d'humour.

– Et qui progressent à pas de géant !

– J'ai autre chose à faire que de répondre à tes petites piques, rétorque-t-il. Et encore moins à tes provocations.

Il me semble bien que l'un des collègues d'Oligisli qui officie à Reykjavik ne me laisserait pas m'en tirer à si bon compte. Jonas Palsson m'aurait sans doute déjà coffré pour outrage à un représentant de l'ordre.

J'appelle le service des soins intensifs pour prendre des nouvelles de Solveig. Elle est toujours sous respiration artificielle, en attendant que l'hémorragie cérébrale soit jugulée. On s'efforce par ailleurs de soigner sa pneumonie. J'envisage de passer un coup de fil à Alda Sif, mais je ne parviens pas à m'y résoudre. On ne peut pas constamment se laisser marcher sur les pieds.

Steinn Ölversson, paysan de son état, est domicilié à la ferme de Fagraholl, de l'autre côté de la lande d'Hellisheidi. Il m'est venu à l'idée que Margret Bara est peut-être partie à l'aventure pour aller chez son grand-père à la campagne. Peut-être a-t-elle pris un bus ou fait du stop. Je ne sais même pas si le vieil homme entretient avec elle la moindre relation. Et je vois encore moins quelles raisons Steinn aurait d'envoyer des SMS de menaces à son fils ou à son ex-belle-fille. Et puisque Ölver affirme qu'il a téléphoné partout pour essayer de savoir où se trouve sa fille, je suppose qu'il a également contacté son père. Je prends toutefois le risque d'appeler.

Une voix masculine chevrotante me répond. D'après le registre de la population, Steinn est âgé de soixante-douze ans.

Je me présente, lui expose la raison de mon appel et lui demande s'il saurait où se trouve sa petite-fille.

Je l'entends qui inspire profondément.

– C'est quoi, cette histoire ? me demande-t-il. Je ne sais rien de cette gamine et j'exige que la presse me laisse tranquille.

Sur ce, il me raccroche au nez.

Décidément, rien ne va. Je ne vois rien de mieux à faire que d'aller fumer une autre cigarette. Mon portable émet un bip alors que je descends l'escalier. Margret Karlsdottir vient de m'envoyer un texto :

Et ils exigent une rançon de 20 milliards.

10

Mardi après-midi

La nuit avait été sombre et affreusement glaciale. Elle s'était endormie en pleurs, mais avait été plusieurs fois réveillée par les battements de son cœur, si forts qu'elle avait l'impression qu'il allait exploser. Les murs de la maison craquaient. Parfois, elle entendait comme de petits couinements. Était-il possible que ce soient des cris de souris ? Par moments, l'écho lointain d'un klaxon ou d'un moteur lui parvenait. Pourquoi était-elle ici ? Son père et sa mère ne s'inquiétaient-ils pas ? N'étaient-ils pas à sa recherche ? N'y avait-il personne qui pense à elle ? À part ceux qui lui donnaient à manger, à boire et lui faisaient faire ses besoins ? Après son réveil, ils étaient venus s'acquitter de toutes ces tâches. Un sandwich, du Coca. D'abord, elle n'avait pas pu faire caca sous leurs yeux dans la boîte. Elle avait poussé et poussé, mais rien ne venait. « Elle ne peut faire ça que dans des chiottes en porcelaine et sur une cuvette en or », s'était esclaffée Alla. Ensuite, elle était parvenue à faire abstraction de leur présence et de cette boîte infâme. Maintenant, ils se parlaient très peu. Elle pensait qu'ils devaient être quatre : il y avait Alla et trois autres. Ils ne s'appelaient jamais par leurs prénoms. Tous étaient sortis. Le temps passait avec lenteur dans l'obscurité qui régnait derrière le bandeau qui lui couvrait les yeux. L'un ou l'autre d'entre eux remontait de temps à autre pour s'occuper d'elle. Elle avait l'impression que des heures entières s'écoulaient entre chacun de leurs passages. Puis, ils revinrent tous les quatre et lui apportèrent un autre hamburger. Elle supposa que c'était le soir. Qui sont-ils ? Que veulent-ils ? Que leur ai-je fait ?

– Comment avez-vous obtenu cette information ?

Ce n'est qu'à l'heure du café que je parviens à joindre Floki Hreinn. Il se montre poli et posé comme à son habitude, mais le ton de sa voix est empreint de surprise, voire de méfiance.

– Cela, je ne vous le dévoilerai évidemment pas, dis-je. Mais vous, comment s'y sont-ils pris pour vous faire parvenir leurs exigences ?

Bref silence.

– Je vous rappelle au plus vite.

Assis à mon bureau, je fixe le texto sur mon portable. Une rançon de vingt milliards ? Putain de bordel de merde ! C'est sérieux ? Je commence à me demander si la première réaction d'Hannes à la nouvelle de la disparition de Margret Bara n'était pas la bonne. Il ne peut s'agir que d'une plaisanterie, d'un canular. Une blague cynique destinée à Ölver, et qui est en rapport avec sa ruine financière et ses dettes colossales. J'entre dans le Bossanova où je frappe à la porte d'Asbjörn. Puis nous allons tous les deux voir Hannes et je leur annonce la nouvelle.

– Tu tiens ça de source sûre, mon cher ?

– Je crains que oui. D'ailleurs, le porteur de serviette n'a pas démenti cette information.

– Voilà une nouvelle des plus surprenantes qui signale un tournant dans la criminalité et l'évolution de la société islandaise.

– Oh que oui ! Il y a encore quelques années, notre nation ignorait qu'il puisse exister des sommes atteignant plusieurs centaines, voire plusieurs milliers de milliards. Pendant des décennies, nous nous sommes contentés de parler de millions et de millionnaires. En fait, c'est seulement quand on a commencé à mentionner l'existence de dettes que les simples milliards se sont transformés en centaines et en milliers de milliards. Avant ça, il était très rare d'entendre parler de sommes pareilles.

Hannes laisse éclater un rire caverneux.

– Nous n'avons appris leur existence qu'au moment où nous avons dû les payer. Les payer en tant que dettes contractées par d'autres que nous.

Asbjörn se balance d'avant en arrière en se passant la main sur les joues.

– Je ne comprends pas la différence qu'il y a entre cinq et cinq cents milliards, pas plus d'ailleurs que celle entre cinq cent et cinq mille. J'ai cessé de comprendre tout ça entre le premier et le cinquième milliard. Quand on a atteint des sommes qui dépassent de loin celles qu'une personne normale pourrait dépenser en toute une vie et même avec l'ensemble de ses ancêtres depuis l'époque de la Colonisation, eh bien, je ne comprends plus. Aujourd'hui, on a l'impression que la moitié des banquiers ou des hommes d'affaires traînent derrière eux des dettes grosses comme ça, dit-il en secouant sa tête ébouriffée.

– Cela dit, mon cher, objecte Hannes, la plupart de ces dettes retombent sur les citoyens, les contribuables.

– Les contribuables ? renvoie Asbjörn. C'est-à-dire, ceux qui contribuent, qui paient pour les autres.

– Devons-nous en tirer la conclusion que la vie d'un homme ou d'un enfant serait évaluée à vingt milliards ?

Ma propre question me donne la chair de poule.

– Eh bien, ça dépend. Soit Ölver est prêt à payer cette somme, soit il ne l'est pas. C'est la loi de l'offre et de la demande, mon cher monsieur. La loi du marché.

Je frissonne de plus belle.

– Mais a-t-il cet argent ? Autrement que sous forme de dettes ?

– Excellente question ! Cela dit, tu sais aussi bien que moi que ceux qui ont reporté leurs dettes sur le dos de leurs concitoyens sont soupçonnés d'avoir caché une grande partie de leurs biens.

– Ça ne m'étonnerait pas que, d'ici peu, Floki Hreinn nous appelle de la part d'Ölver pour exiger qu'on n'écrive pas une ligne de cette histoire dans notre édition de demain.

Hannes s'accorde un instant de réflexion.

– On ne pourrait pas accéder à leur demande. C'est une information importante. Nous publierons tout ce que nous avons dès demain.

Cette fois-ci, mon pressentiment s'avère fondé. Floki Hreinn me téléphone alors que je retourne à mon bureau. Il en appelle à notre sens des responsabilités et à notre compassion. Je lui réponds en lui exposant quelques arguments assez joliment emballés dont le contenu peut se résumer en ce mot : désolé.

– Il vaut mieux pour tout le monde que nous traitions cette information en collaboration plutôt qu'en opposition avec vous. C'est à vous de choisir.

Il place sa main sur le combiné, mais je l'entends parler à mi-voix.

– Nous ne voulons bien sûr nuire à personne dans une situation déjà difficile et sensible, dis-je, mais nous ne pouvons vraiment pas faire l'impasse sur cette histoire. Nous n'en avons pas le droit.

Il continue de s'entretenir avec son interlocuteur, la main toujours posée sur le combiné.

– Que voulez-vous savoir ? demande-t-il. Je tiens à vous préciser qu'Ölver écoute notre conversation.

– En premier lieu : prenez-vous au sérieux cette demande de rançon pour Margret Bara ?

– Oui.
– Comment allez-vous réagir ?
– Il serait imprudent de répondre à cette question.
– Est-ce la police qui vous dictera votre conduite ?
– Nous la contactons à chaque fois que nous le jugeons nécessaire. Mais nous ne pouvons pas renoncer à notre liberté de prendre nos décisions de manière indépendante. Il s'agit de l'enfant d'Elisabet et d'Ölver. Ils agiront en leur âme et conscience après avoir consulté leurs avocats et, évidemment, la police.
– Et que pensent-ils faire ?
– Je viens de répondre à votre question.
– Certes, mais en l'éludant. La rançon exigée est astronomique. Est-il envisageable qu'elle soit versée ?
– Même réponse, je ne vous dirai rien de plus.
– Vous a-t-on communiqué un délai quant au paiement ?
– Cette demande de rançon nous est parvenue par texto, envoyé depuis le portable de Margret Bara. Sa nature et son montant sont tels que nous avons besoin d'un peu de temps pour l'étudier. Voilà ce que nous avons répondu aux ravisseurs. Nous supposons que le délai et les autres conditions nous parviendront ultérieurement. Nous ignorons quand.
– Auriez-vous une idée de la ou des personnes qui sont à l'origine de tout cela ?
– Je ne peux rien vous dire là-dessus.
– L'une des premières choses qui vient à l'esprit quand un enfant disparaît, c'est qu'il a pu rencontrer quelqu'un sur le Net, sur les réseaux comme Facebook, par exemple. Une personne qui aurait réussi à l'embobiner en se faisant passer pour quelqu'un d'autre.
– Et l'une des premières choses que nous avons entreprises a été de vérifier l'ordinateur et la navigation Internet de Margret Bara. Nous n'y avons rien trouvé

de suspect, mais la police continue d'examiner ce volet, tout comme d'autres.

– Êtes-vous assurés que Margret Bara est vivante ?

Tout à coup, j'entends comme un bruit de froissements à l'autre bout du fil.

– Ici Ölver, annonce la voix du père, qui parle si près du combiné que les poils de sa barbe crissent contre le plastique. Vous pouvez écrire de ma part que nous espérons que la vie de cette enfant innocente sera épargnée et qu'elle sera bien traitée. Nous supplions celui qui est derrière cette ignominie de faire preuve d'humanité.

– D'humanité, tiens donc ? observe Asbjörn. Ölver n'est pas connu pour en faire preuve dans ses relations, qu'il s'agisse de ses concurrents, de ses partenaires commerciaux, de ses opposants ou de qui que ce soit, d'ailleurs.

– Qu'en dit la police ? me demande le chef de la rédaction que nous venons de rejoindre dans son bureau pour décider de la marche à suivre.

– J'ai tenté à maintes reprises de contacter Jonas Palsson. Il ne répond à aucun de mes messages. J'ai eu le porte-parole de la police au téléphone et il a plutôt mal réagi à ma requête. J'ai interrogé plusieurs de mes nounours ; ils ne savent rien. Cette affaire est traitée dans un cercle très restreint. Je ne crois pas que nous obtiendrons quoi que ce soit de ce côté-là aujourd'hui.

– Dans ce cas, nous publions ce que nous avons. Tu rédiges l'article immédiatement, mon cher. Nous disposons d'une photo de la petite, elle a été prise pendant l'interview d'Ölver, elle illustrera ton texte.

– Jonas t'en voudrait-il encore de lui avoir soufflé une conquête à la fac de droit, il y a plus de dix ans ? s'enquiert Asbjörn avec un sourire en coin.

– Le temps est une étrange créature, monsieur le rédacteur en chef. Par exemple, il est faux de dire qu'il guérit toutes les blessures. En outre, Jonas Palsson est un emmerdeur et un vrai petit coq. Mais ce connard est bon enquêteur.

Asbjörn se lève péniblement de sa chaise.

– Eh bien, je me demande comment ça va se finir pour cette pauvre gamine. Vous vous rappelez cet avocat finlandais qui a enlevé la fille d'un milliardaire l'an dernier ? Si je me souviens bien, il a demandé une rançon de plus de cinq cents millions de couronnes et elle lui a été versée. Il a gardé la petite en otage pendant deux ou trois semaines.

– Oui, dis-je en me levant également. On l'a retrouvée saine et sauve et son ravisseur a été arrêté le jour même. Mais comment Ölver Margretarson Steinsson pourrait-il rassembler vingt milliards ?

– Le pays tout entier dispose-t-il de cette somme en billets ? s'alarme Asbjörn, les bras levés au ciel. Est-ce qu'elle entrerait dans une valise ou faut-il la transporter par camion ? Le système bancaire ne risque-t-il pas de s'effondrer à nouveau si tout cet argent est retiré d'un coup ? C'est incompréhensible. C'est un truc que je n'arrive pas à concevoir.

Elle avait l'impression de se retenir depuis une éternité. Ils se moquèrent d'elle avant de lui donner un hamburger et du Coca. Ce devait être le soir. Elle les supplia de la relâcher. Elle leur demanda plusieurs fois ce qu'ils voulaient. L'un d'eux lui répondit : « Nous voulons la justice. » « Et peut-être aussi autre chose », ajouta Alla. « En quoi pourrais-je vous aider ? demanda-t-elle, candide. Je suis tellement petite. » Plusieurs d'entre eux éclatèrent de rire avec Alla. Elle n'était pas sûre qu'ils aient ri tous les quatre. Mais ce fut la seule réponse qu'elle obtint. Elle les supplia de détacher les cordes à ses chevilles et à ses poignets, ça lui faisait très mal. Elle s'était blessée à l'un des poignets en s'asseyant sur la boîte. Ils lui avaient détaché les mains pour qu'elle puisse s'essuyer. C'était une libération. Puis, ils les avaient rattachées. L'un des gars expliqua qu'ils ne pouvaient pas ôter ces cordes car ils ne pouvaient pas rester la surveiller de jour comme de nuit. Elle leur demanda d'ôter le bandeau qui lui couvrait les yeux. Elle avait peur du noir et ses yeux lui faisaient mal. L'un des gars suggéra : « On pourrait faire ça et lui mettre une capuche, non ? » « Pourquoi ? » lança Alla. « Peut-être demain », dit un autre gars. « Demain ? s'inquiéta Margret Bara. Combien de temps je vais rester ici ? » « T'en fais pas, répondit le troisième type. Ça ne fait que commencer. »

Le soir est tombé lorsque je mets le point final à mon article traitant du premier véritable rapt d'enfant de l'Histoire islandaise. J'informe Hannes et Asbjörn que j'en ai terminé et je descends fumer pendant qu'ils relisent mon texte. Au-dessus de la ville recouverte de neige, la lune apparaît par intermittence à travers les nuages. Dans leurs voitures couvertes de dettes, les gens rentrent pour retrouver un domicile dont ils n'ont pas fini de payer les traites. J'ai quand même de la chance, me dis-je, au moins, je n'ai aucun crédit.

Cette sensation de liberté ne parvient toutefois pas à éloigner une forme d'incertitude qui me ronge l'esprit. Toutes les valeurs se sont effondrées autour de nous. Il n'y a plus rien de sacré. On dirait que cela ne pose aucun problème de faire n'importe quoi, y compris les actes les plus immoraux et malsains.

– Salut ! me lance une voix alors que je rejette ma fumée vers le Tout-Puissant.

Sigurbjörg Björnsdottir se tient à côté de moi. Vêtue d'un manteau noir, d'une grosse écharpe et d'un bonnet en laine, elle me sourit, mais son visage habituellement si frais et désirable est marqué par la fatigue et l'inquiétude.

Je lui réponds d'un hochement de tête sans prononcer un mot. Je sais qu'il est stupide de ma part de me sentir vexé, mais je n'arrive pas à maîtriser la chose pour l'instant.

– C'est toi que je suis venue voir, précise-t-elle. Je voulais avoir une petite conversation avec toi.

Je ne maîtrise pas non plus la froideur abrupte de ma réponse.

– Tiens donc !

– Je tenais à te présenter mes excuses pour ne pas t'avoir parlé de ce congé, mais les choses sont allées si vite.

Je fais de mon mieux pour me détendre.

– Ah bon ? Que t'est-il arrivé exactement ?

Les yeux baissés, elle laboure la neige avec ses bottes.

– Je…

Elle hésite.

– Disons que j'ai tout à coup eu envie de me consacrer à autre chose. Je ne voulais plus écrire sur le temps présent. J'ai besoin qu'il me laisse un peu en paix, qu'il m'accorde quelques vacances. J'ai compris que j'en avais ma claque de toute cette criminalité, de ces horreurs, de cette corruption et du pessimisme ambiant. J'ai envie de me plonger dans une autre époque.

Elle a un air empreint d'une douce tristesse que je ne lui avais jamais vu. Je comprends très bien ce qu'elle veut dire. Je ne suis pas loin d'être hanté par le même genre de réflexions. Mais je n'ai pas la moindre idée des suites que je pourrais bien leur donner. Je ne peux me retenir de lui poser la question :

– Mais enfin, Sigurbjörg, pourquoi maintenant ? Au moment où le journal doit se battre pour sa survie ? Au moment précis où nous devrions plus que jamais nous serrer les coudes ?

Elle m'adresse un sourire.

– Tu parles comme tous ces hommes politiques minables que nous avons élus pour nous gouverner et auxquels nous faisons confiance pour défendre nos intérêts : la nation doit être unie. Nous avons besoin de cohésion plutôt que de division. Ensuite, toute cette bande qui a été la première à s'abreuver au pis des milliardaires fait exactement le contraire de ce qu'elle préconise.

– Je ne te parle pas des politiques ou du peuple islandais. Je te parle de nous.

– Mais ne sommes-nous pas une image de tout cela en modèle réduit ?

Peut-être, me dis-je. Mais peut-être pas.

– Tu avais envie de te plonger dans une autre époque. Alors, c'est quoi ce livre que tu prévois d'écrire ?

– Une sorte de biographie, répond-elle sans cesser de piétiner la neige. Une biographie qui traite d'une autre époque, où la morale et les valeurs étaient différentes.

– Et sur qui ?

Elle lève les yeux vers moi.

– Il s'appelle Rikki et jouait dans le groupe des Rokkhundar, les Chiens du Rock.

Je ne parviens pas à dissimuler mon étonnement.

– Rikki des Rokkhundar ? Tu écris la biographie d'un rockeur vieux comme Hérode et tout décrépit ? Comment diable une idée pareille a-t-elle pu germer dans ta tête ?

– Elle y a germé, c'est tout. Et j'ai eu envie de me lancer.

Ma surprise se mue peu à peu en consternation.

– Et tu crois que tu vas vendre ça ? Encore une histoire ponctuée de beuveries et bourrée de drogue sur le prétendu âge d'or des Sixties et des Seventies ? Les conquêtes féminines ? Les tubes ? Grandeur et décadence d'une star du rock ? Que vois-tu donc d'intéressant dans tout ça ?

– En réalité, je m'en fiche un peu. Mais je vais le faire plutôt que de rester à trimer ici à la rubrique des faits divers. Mon éditeur croit à ce projet.

– Tu as déjà trouvé un éditeur ?

– L'idée m'est venue ce week-end, j'en ai immédiatement touché mot à Gulli chez Bokakastali, le Château à livres, et il s'est montré enthousiaste.

– Il fait d'ailleurs partie de cette génération, dis-je.

– Gulli a discuté avec Rikki qui lui a demandé un petit délai de réflexion avant d'accepter. Nous nous sommes déjà mis au travail. Je suis sûre que l'aventure sera passionnante.

– Oui, je vois. Passionnante, tu dis ?

– Einar, tu es toi-même fan du rock de la grande époque. Enfin, c'est que je croyais.

– Les classiques du rock restent les classiques du rock. Mais pour ce qui est des rockeurs de la grande époque, c'est une autre affaire.

Sigurbjörg pose sa main gantée sur mon épaule.

– Je tiens absolument à ce que nous restions en contact. J'ai envie de pouvoir discuter avec toi, de pouvoir te soumettre certaines choses. Et, bien sûr, je reprendrai mon poste au journal dès que j'aurai mené ce projet à bien.

Les sentiments que je nourrissais ont tout à coup disparu : colère, vexation, peine, que sais-je ? Tiens, et pourquoi pas le complexe de l'éconduit ?

– Ok. Si tu m'autorises en contrepartie à te soumettre d'autres choses.

Elle me dépose un baiser aérien sur la joue.

– Comme ça, nous serons sur un pied d'égalité.

– Mais, crois-moi, ce n'est pas demain la veille que tu seras nommée rédactrice en chef, dis-je avant de lui raconter le retour du fils prodigue depuis la lointaine Akureyri.

Les titres principaux du journal de la soirée sont les suivants : « Une enquête vient d'être ouverte concernant des transferts de fonds suspects d'un montant de cent milliards. » « Les associations caritatives ont distribué des vêtements et de l'aide alimentaire à environ cinq cents familles au cours de cette semaine. » Ce menu réjouissant m'assure au moins d'un fait : aucun média n'a découvert l'enlèvement de Margret Bara Ölversdottir.

Je me dis que je vais me coucher tôt, mais j'entends qu'on frappe à la porte entre la buanderie et l'escalier permettant d'accéder aux étages. Je vais ouvrir et découvre Alda Sif Arngrimsdottir face à moi.

– Bonsoir ! Suis-je toujours accusé d'avoir gravement négligé votre mère tandis que ma progéniture s'occupait de l'agresser et, tant que nous y sommes, de la dévaliser ?

Elle me semble un peu embarrassée.

– Non. J'étais en état de choc et plus bouleversée que je ne saurais dire.

– Je comprends. Ce n'est pas grave. Alors, comment va Solveig ?

– Il n'y a pas la moindre évolution, malheureusement.

– Mais qu'en est-il de la police ou disons plutôt de vous, puisque vous vous confondez avec elle ? Vous en savez davantage ?

– Maman se serait apparemment cognée contre le guéridon de l'entrée. On n'en connaît pas la cause. Peut-être s'agit-il d'une agression. Peut-être a-t-elle été victime d'un étourdissement. Sa porte d'entrée n'était pas fracturée. Voilà pourquoi la question s'est posée de savoir si quelqu'un n'était pas entré chez elle en prenant ce chemin-là, explique-t-elle, l'index pointé vers l'escalier qui monte de la cave jusqu'au rez-de-chaussée.

Il est possible qu'elle n'ait pas fermé cette porte-là à clé, qu'elle ait oublié de mettre la sécurité quand elle est rentrée, après ses courses.

– Et les fenêtres ? Est-ce que quelqu'un aurait pu s'y glisser ?

– Aucun indice ne va dans ce sens. D'ailleurs, elles sont plutôt hautes et difficiles d'accès. Mais bon, ce n'est pas complètement exclu.

– Et qu'ont-ils emporté ?

– De la vieille argenterie, des bijoux, des tableaux, mais sans valeur financière. Et diverses broutilles, il me semble.

– Le poste de télé était posé à même le sol. Le ou les cambrioleurs ont sans doute renoncé à l'emmener avec eux. N'est-ce pas ?

Elle hausse les épaules.

– Cela dit…

– Quoi donc ?

– Tous les comptes en banque de ma mère ont été vidés. Il ne reste plus rien dessus.

11

Mercredi matin

Ils entrèrent un à un dans la pièce. Elle les entendit déplier un journal. « Wow ! » s'exclama l'un des gars. « Putain, renchérit un autre, c'est affreux. » « Pas forcément, observa Alla, ça ne fait que leur mettre un peu plus la pression. » « Mais, reprit celui qui venait de jurer, tu es certaine que personne ne vous a remarquées sur le chemin jusqu'ici ? » Alla éclata de rire : « Non, personne n'a remarqué quoi que ce soit ! Les gens rentraient chez eux. Qui veux-tu qui ait remarqué des filles comme nous ? Allez, mets-la sur le pot et donne-lui son hamburger. » Le troisième type n'avait pas encore ouvert la bouche. Elle commençait à connaître leurs voix. Elle était assise sur la boîte quand elle l'entendit déclarer : « Envoyons-leur le message. On leur fixe un délai et on les avertit qu'il vaudrait mieux pour eux qu'ils arrêtent de faire les cons. Que sinon, elle est morte. » Une fois encore, la gamine avait honte de faire ses besoins devant eux comme un bébé. Et elle ne pouvait pas s'empêcher de repenser à ce que l'un des types avait dit la veille : « Nous voulons la justice. »

– Alors, je ne vous l'avais pas dit ?

– Non, pas possible ! Brandur ! Bien le bonjour, quelle bonne surprise et quel honneur d'avoir de vos nouvelles.

– De même, l'ami.

– Quel temps il fait, là-haut ?
– Satanée tempête qui empêche les avions de voler. Mais je ne vous l'avais pas dit ?
– Quoi donc ?
Ces dernières semaines, il m'est arrivé de penser à Brandur Brandsson, brigadier-chef à Isafjördur. Sa voix rauque et sombre me rappelle une fois encore qu'il ne suffit pas de penser à ceux qui nous sont chers, mais qu'il faut aussi le leur faire savoir.
– Ne vous ai-je pas dit qu'ici, c'est le diable qui mène la danse ?
– Oui, vous m'avez dit ça, parmi bien d'autres maximes.
Notre conversation dans sa maison jaune typique et couverte de tôle ondulée dans le vieux centre d'Isafjördur me revient en mémoire.
– Et maintenant ça y est, poursuit l'impénitent vieux bougon qui m'a témoigné plus de bienveillance que quiconque pendant mon séjour dans l'Ouest. Nous voilà maintenant en enfer et ce que vous imaginiez ne jamais voir se produire en Islande vient d'arriver.
– Je n'ai pas été aussi surpris par l'effondrement de l'économie que vous semblez le croire. J'ai quand même plutôt bien suivi l'évolution de notre société.
– L'effondrement de l'économie n'est qu'un aspect des choses. J'ai devant moi la feuille de chou dans laquelle vous écrivez.
Je jette un œil à la une du *Journal du soir* sur mon bureau, entièrement barrée par l'inscription guerrière :

ENLÈVEMENT DE LA FILLE D'UN DES NOUVEAUX VIKINGS
– LES RAVISSEURS RÉCLAMENT UNE RANÇON
DE VINGT MILLIARDS

À côté de mon article figure la photo prise par Gunnsa du père et de sa fille, Ölver et Margret Bara.

– Ah oui, dis-je. Les kidnappings. Je me rappelle que vous m'avez prévenu que tout ce qui arrivait ailleurs arriverait aussi ici.

– Et qu'il faudrait un miracle pour nous sauver !

– Exact. Le Sauveur, avec un grand S.

– Mais peut-on s'y attendre, reprend Brandur, venant d'une nation effondrée de l'intérieur, une nation qui a vendu tout ce qui faisait d'elle une société civilisée, qui a cédé au diable en l'accueillant à bras ouverts ? Peut-on espérer qu'elle soit maintenant capable d'accueillir le Sauveur ?

– Je l'ignore, mon cher Brandur. Ne devons-nous pas toujours garder l'espoir ? Même celui qui ne possède rien conserve tout de même l'espoir. Ne devrions-nous pas au moins l'espérer ?

Brandur me répond par un grommellement.

– Je suis trop vieux pour espérer que vienne l'espoir. Mais bon, je vous appelais aussi pour une autre raison. Nous avons appris avec mes collègues que la mère de notre commissaire principale a été agressée et que c'est vous qui l'avez découverte.

– Agressée ? Disons qu'en tout cas, elle a reçu un choc à la tête. Pour le reste, je l'ai découverte parce que je suis son plus proche voisin depuis de nombreuses années.

– Oui, je vous ai raconté, quand vous étiez ici, qu'Alda Sif n'avait pas le temps de s'occuper de son fils à cause de son carriérisme. C'est encore plus vrai quand il s'agit de sa vieille mère. Mais bon, elle s'est montrée plutôt avenante avec moi ces dernières semaines.

– Hmm…

J'avoue que je me demande où va nous entraîner cette conversation. Brandur se racle la gorge.

– Eh bien, poursuit-il, voyez-vous, j'ai compris à quel point il est important d'avoir de bons voisins.

– Ah bon ?

– Comme vous savez, je suis un célibataire endurci. Et…

Il hésite un instant.

– Et je vis toujours seul, ici, dans ma chaumière. Sauf quand vous êtes venu pour habiter là-haut, au poulailler, cet hiver.

– Et j'en ai été très heureux, Brandur. Je tiens une fois encore à vous remercier pour votre hospitalité et votre patience.

– Je vous en prie, cher ami. Tout le plaisir était pour moi. Je voulais… je voulais vous dire, parce que j'ai oublié de le faire à votre départ, que vous êtes toujours le bienvenu ici. Si un jour, vous en aviez assez de ce torchon où vous travaillez et de toutes les horreurs que vous voyez à Sodome, sachez que vous êtes toujours le bienvenu chez moi.

– Merci de tout cœur, dis-je, éberlué. Je n'oublierai pas cette gentille proposition quand j'en aurai ma claque.

– Je suppose que je dois aussi m'attendre à ça.

– À quoi donc ?

Je l'entends renifler une dose de tabac à priser.

– À mourir tout seul et à ce qu'on me trouve seul, évidemment au bout d'un certain temps parce que personne ne s'inquiétera de mon absence, à part, peut-être, cette fichue pointeuse. Je me demande comment je serai habillé quand on me trouvera.

– Einar !

– Einar, que se passe-t-il ?

– De quoi es-tu soupçonné ?

– Est-ce que ton article est un canular ?

Les policiers se fraient un chemin pour me conduire à leur quartier général de la rue Hverfisgata à travers la foule de mes collègues de la radio, de la télévision et des autres organes de presse écrite ou des médias Internet, qui ont dérogé à leur habitude de ne pas lever le cul de leur chaise, de leur écran ou de leur téléphone, et sont, pour une fois, allés jeter un œil dehors. Je n'ai pas l'habitude qu'on me colle des micros ou des caméras en plein visage alors que je ne suis pas coiffé et que ma tenue vestimentaire est des plus négligées. Je ressemble à ces accusés hagards qui font de leur mieux pour dissimuler leur visage à la sortie du panier à salade qui les conduit vers le destin que leur réserve le système judiciaire. J'espère bien que ma mère ne verra pas la scène aux informations pendant le dîner. Je ne dois pas oublier de l'appeler pour la prévenir.

Juste après ma conversation avec Brandur, ils sont venus à deux à la rédaction, habillés en civil, et m'ont poliment prié de les accompagner au commissariat. J'aurais été étonné qu'ils ne le fassent pas, dirais-je. Lolo la Rousse me regarda, ahurie, tandis que je passais devant son standard, encadré par ces deux hommes. J'ai pointé mon index dans la direction du bureau d'Hannes. Elle m'a répondu d'un hochement de tête avant de décrocher son téléphone.

Tous les bulletins d'information et les médias sur Internet parlent du scoop du *Journal du soir*. Il n'y est pas question de grand-chose d'autre que du rapt de Margret Bara. Hannes et Hermann ont fait procéder à un second tirage, lequel est également épuisé. À une époque, je m'en serais nettement plus réjoui qu'aujourd'hui.

Mon téléphone a rompu le silence dans la voiture qui nous emmenait au commissariat. Hannes m'a appelé pour me demander si je souhaitais être accompagné par l'avocat du journal. Je lui ai répondu que pour l'instant, ce n'était pas nécessaire.

– Tâche d'être aussi coopératif que possible, mon cher.

Dans le couloir, j'aperçois Andrés, mon Nounours Numero Uno, qui fait semblant de ne pas me voir. Je l'ignore également. On me conduit à une salle d'interrogatoire et on m'abandonne seul devant une table où j'attends un bon quart d'heure. La porte s'ouvre et Jonas Palsson, mon commissaire favori à la Criminelle, entre dans la pièce, suivi par deux hommes. Le premier sent le flic, le second l'avocat.

Jonas s'installe face à moi en se donnant un air important et les deux autres, à sa gauche et à sa droite. Il écarte d'une main la boucle blonde qui lui retombe sur le front et sort un chewing-gum à la nicotine de la poche de sa veste en cuir noir pour se le mettre dans la bouche. Puis il commence à me fixer.

Je l'imite.

On n'entend rien d'autre que le tic-tac de nos montres.

Je décide de m'amuser un peu, histoire de tuer le temps, et je chantonne d'une voix enfantine :

Si j'étais grand chanteur, je chanterais un poème,
Il y aurait le soleil, le printemps, mon pays et mes gens,
Il y aurait le soleil, le printemps, mon pays et mes gens.

Mais c'est pour ma maman qu'est mon plus beau poème,
Elle me tient par la main, sa douceur me protège,
Elle me tient par la main, sa douceur me protège.

Les deux hommes assis de part et d'autre de Jonas se mettent en arrière sur leurs chaises et se regardent, interloqués. Jonas demeure impassible et mastique son chewing-gum avec une intensité redoublée tout en continuant de me fixer.

– Ah, ma chanson ne vous plaît pas ? dis-je. Dans ce cas, je vais en tenter une autre :

Dieu m'a donné des oreilles, et maintenant j'entends,
Dieu m'a donné des yeux, et maintenant je vois…

Jonas lève la main.

– Stop, stop, stop !

J'affiche une mine dépitée.

– Donc, vous ne me gardez pas pour la prochaine sélection ?

– La prochaine sélection, c'est-à-dire ?

– Bah, de la compétition, enfin ! C'est pas vous, le jury de l'émission *La Nouvelle Star* ?

Les comparses de Jonas sourient en catimini. Quant à lui, il se cramponne désespérément à son cruel manque d'humour.

– Einar, tu n'es qu'un idiot. Tu as toujours été et tu seras toujours un idiot.

Je feins d'être vexé, blessé dans mon amour-propre.

– Ah, ben voilà, je comprends mieux maintenant la raison pour laquelle on m'a amené ici. Jonas, pourquoi tu ne m'as pas dit tout de suite qu'on participait à un concours de crétins ? Dans ce cas, je me serais contenté de vous fixer.

– Dis donc… commence-t-il.

– Et tu aurais pu m'épargner cette ridicule mise en scène devant le commissariat. Je ne suis pas idiot au point de ne pas comprendre que l'ensemble de la presse n'était là à grelotter de froid en m'attendant que parce que vous l'avez convoquée. Au cas très peu probable où tu aurais cherché à m'humilier publiquement sous prétexte que j'ai été le premier à sortir cette info, permets-moi de te dire que le *Journal du soir* n'aurait pas pu rêver de meilleure publicité que celle que tu viens de lui offrir.

Il fronce les sourcils, exaspéré.

– Tes méthodes sont bien connues et n'ont besoin d'aucune publicité. Tu n'as donc pas conscience que les intérêts de l'enquête sont gravement menacés par ton coup d'éclat d'aujourd'hui ?

– J'ai tenté de joindre la police de façon répétée dans le cadre de cette affaire et personne ne m'a répondu. Notre rédaction a réfléchi et décidé que votre silence et votre refus de collaborer ne sauraient entraver le journal dans son devoir d'information. C'est à vous de préserver les intérêts de l'enquête, pas à nous. Et si vous considérez que la meilleure façon de les préserver est de faire un doigt d'honneur à la presse, c'est votre responsabilité.

Jonas abat violemment son poing sur la table.

– Arrête tes conneries ! Ce que je veux savoir, ce sont tes sources.

– Et à part ça ?

– Tu ne comprends donc pas que la vie de la gamine est en jeu ?

– Est-il possible que le fait que la police ignore mes sources mette en danger la vie de cette petite ? Oh que non, Jonas ! Sa vie est menacée parce que, au lieu de faire ton travail, tu perds ton temps à des conneries comme celles-là.

– Ça ne t'a pas effleuré l'esprit que tes sources pouvaient être impliquées dans cette affaire ?

Je secoue la tête et m'adresse à ses deux collègues.

– Apparemment, vous êtes dotés d'une intelligence normale et vous savez lire. Mon article donne la parole au père de la petite et à son assistant, ces deux hommes confirment l'exactitude des renseignements. Vous ne voudriez pas avoir la gentillesse de lire tout ça à Jonas ? Il a visiblement oublié ses lunettes de lecture. Comme ça, il comprendra en quoi mes sources sont impliquées dans cette histoire.

Jonas inspire profondément.

– Ce n'est pas d'eux que je parle. Je parle de la source originelle.

Je me lève.

– Celle-là, je ne suis pas près de te la dévoiler ! Tu sais parfaitement les relations de confiance qui existent entre les journalistes et leurs informateurs. Enfin, qu'est-ce qui te prend ?

– Assieds-toi, nom de Dieu ! Je n'en ai pas terminé. Tu veux que je te colle au trou ?

Je sors mon portable.

– Si tu comptes réellement mettre cette menace à exécution, je vais devoir faire appel à l'avocat du journal. Tu cherches l'affrontement ? Ça servira les intérêts de l'enquête de mettre en prison un journaliste sous le simple prétexte qu'il a écrit un article ? Sans parler du fait que tu accomplirais une excellente opération de communication pour les services de police.

Je me rassieds en gardant mon téléphone à la main.

– Cela dit, étant donné que je tiens à coopérer, je peux vous garantir que mes sources ne sont aucunement impliquées dans l'enlèvement de la petite. Vous devrez vous contenter de mon jugement personnel.

Jonas continue de me fixer tandis que ses deux collègues se consultent du regard.

– Je propose, dis-je, que nous tirions un trait sur cette grande compétition et que la police tienne la presse un peu mieux informée de la progression de l'enquête autant que de la nature de l'affaire. Par exemple, ça nous aiderait pas mal si vous répondiez de temps en temps au téléphone et aux messages qu'on vous envoie. Vous pourriez même envisager de tenir des conférences de presse.

– Il est trop tôt pour ça. Nous allons rédiger un communiqué tout à l'heure.

– Y apprendra-t-on quoi que ce soit qui ne soit pas déjà dans le *Journal du soir* ?

Jonas ne me répond pas et se lève d'un coup, bousculant sa chaise.

– Je vais te dire une chose, Einar, et elle n'est pas dans ton canard tout juste bon à se torcher le cul, me lance-t-il en pointant vers moi un index menaçant. L'interview que tu as faite d'Ölver Margretarson Steinsson dans l'édition du week-end et la publication de la photo de sa fille pourraient bien être l'élément qui a mis le feu aux poudres.

Ses collègues se lèvent également. Je les imite.

– Comment ça ?

– Il n'est pas exclu qu'Ölver ait eu l'intention de se servir de cette interview pour attirer la compassion ou redorer son blason. Mais ça s'est retourné contre lui et aussi contre vous. Ton article a peut-être donné des idées aux ravisseurs. Débrouille-toi avec cette responsabilité, crétin !

12

Mercredi après-midi

Le communiqué qui nous parvient de la police en début d'après-midi est aussi indigent qu'on pouvait s'y attendre. La seule information supplémentaire par rapport à notre article est un avis où la police demande à être immédiatement contactée par toute personne susceptible de fournir des renseignements quant aux allées et venues de Margret Bara Ölversdottir dans la journée de lundi ou encore sur l'endroit où elle se trouverait.

La sainte trinité est à nouveau réunie dans le bureau du chef de la rédaction.

– Tu en sais un peu plus sur la direction que prend l'enquête ? me demande Hannes.

– Pas du tout. Cette réunion, si tant est qu'on puisse l'appeler ainsi, était comme je te l'ai décrite : entre brutalité gratuite et terrorisme intellectuel.

– C'est regrettable, glisse Asbjörn, qu'on ne puisse pas avoir une meilleure collaboration avec la police. Les combats de coqs auxquels vous vous livrez régulièrement avec Jonas sont d'une stupidité sans borne.

– Tout à fait d'accord, dis-je en soupirant. Heureusement, nous avons des exemples du contraire. Des exemples de collaboration fructueuse pour les deux parties. Olafur Gisli Kristjansson devrait être un modèle pour tous les flics. Les services de police devraient le cloner.

Je pense également à Alda Sif, commissaire principale de la police des fjords de l'Ouest, même si nos échanges ont été plutôt houleux au début.

Asbjörn rayonne :

– Ah oui, ce cher Oligisli !

– Avec Jonas, nous retombons systématiquement dans l'ornière de vieilles querelles personnelles.

– C'est comme au Parlement, répond le rédacteur en chef. Les députés passent leur temps à aboyer depuis le fond des ornières de leurs partis et n'arrivent jamais à sortir du trou. Pendant ce temps-là, à la surface, la société tout entière se consume.

– Au fil des ans, tu es tout de même parvenu à te dégoter quelques sources dans les rangs de la police. Tes fameux nounours, n'est-ce pas ?

Je pense en premier et en dernier lieu à Andrés que je me dois de préserver, même si mon oursonne voyageuse, celle qui m'a donné le scoop, me vient également à l'esprit.

– En effet, mais le plus important c'est la manière dont nous procédons au journal. Il faut que nous traitions cette affaire par travail d'enquête indépendant et que nous agissions en journalistes d'investigation.

Asbjörn : Plus notre enquête sera indépendante, plus nous risquons de déplaire à la police.

Moi : Bien sûr, nous sommes coincés dans un cercle vicieux.

Hannes : Mon cher, n'aurais-tu pas besoin de quelques renforts ? Nous manquons sacrément de bras et c'est une grosse affaire…

Asbjörn : Tout le monde est complètement débordé. Je charge et surcharge de boulot les quelques malheureux qui restent. Heureusement, l'homme que nous avons face à nous ne s'appelle pas Einar, autrement dit le Solitaire, pour rien.

Moi : Asbjörn, épargne-nous cette blague éculée.

Asbjörn : Eh bien, il y a toujours du vrai dans les clichés. Tu ne veux pas partager le boulot avec qui que ce soit, tu es comme ça, c'est tout.

Je secoue la tête.

– Puisque Sigurbjörg a jeté l'éponge, je ne vois personne qui pourrait convenir.

– Bon, observe le chef de la rédaction. C'est à vous deux d'évaluer la situation, et ce à chaque fois que les choses bougeront. Quelle piste allez-vous privilégier pour l'instant ? Où en êtes-vous, par exemple, de vos premières hypothèses selon lesquelles un pervers ou un pédophile aurait embobiné la gamine sur le Net ou à la piscine ? Je présume qu'elles sont caduques maintenant, non ? Puisque les parents ont reçu une demande de rançon.

– J'ai réfléchi à la question, dis-je. Cette hypothèse est peu probable, mais nous n'avons aucune raison valable de l'exclure complètement. On peut imaginer qu'un pervers ait attiré Margret Bara avec de mauvaises intentions et qu'ensuite il ait changé d'idée. Et puis, on ne peut pas oublier la somme astronomique exigée. D'une certaine manière, elle semble complètement irrationnelle et, d'une autre, elle ne l'est pas du tout. Cette somme précise a un sens. Combien d'argent Ölver doit-il ? Combien de milliards a-t-il perdu lors de sa chute ?

Hannes attrape le combiné pour passer un appel interne. Il pose la même question à son interlocuteur, écoute la réponse, puis raccroche.

– Hermann pense que les dettes d'Ölver s'élèvent à un strict minimum de vingt milliards. Il ajoute que personne n'en connaît le montant exact.

La trinité marque un moment de silence, bientôt rompu par Asbjörn.

– Mais comment le ravisseur peut-il penser qu'il parviendra à faire payer à cet homme une somme qu'il n'a plus ?

– En menaçant d'assassiner sa petite fille, dis-je, parcouru d'un frisson. Cette gamine est peut-être tout ce qui lui reste. Elle a d'ailleurs toujours été la seule chose qui aurait vraiment dû compter à ses yeux. Tout le reste de sa vie se résume à une course effrénée pour attraper le vent.

– Ce qui est surprenant, note Hannes, c'est que si le ravisseur veut amener Ölver à assumer ses actes, il choisit de recourir à un type de méthode comparable, c'est-à-dire, au chantage le plus abject qui soit. C'est très contradictoire.

Deux heures durant, j'appelle toutes les quinze minutes le portable d'Ölver Margretarson Steinsson. Soit il ne décroche pas, soit la ligne est constamment occupée. Vers l'heure du café, je décide de renoncer et de joindre Floki Hreinn. Il ne me répond pas non plus, mais ne tarde pas à me recontacter.

– Inutile de vous entêter à appeler Ölver, me précise le porteur de serviette. Il ne vous dira plus rien. La police lui a fortement déconseillé tout contact avec la presse. Devant son domicile, c'est l'état de siège. Le *Journal du soir* ne bénéficie plus du moindre traitement de faveur.

Je choisis d'agir comme si je ne l'avais pas entendu.

– Les ravisseurs vous auraient-ils fait parvenir de nouvelles exigences ? Ou des précisions sur les précédentes ?

– Vous avez entendu ce que je viens de vous dire. Nous ne voulons pas risquer d'envenimer nos relations avec le ravisseur de Margret Bara.

– Dans ce cas, je rapporterai vos propos. Mais pour le paiement de la rançon ? Quand devez-vous la verser ? Et comment ? Vous croyez que vous serez en mesure de la payer ?

– Je déclare à présent notre alliance politique dissoute ! conclut Floki Hreinn avant de me raccrocher au nez.

J'appelle notre service photo et, par je ne sais quel miracle, j'obtiens qu'ils aillent prendre des clichés du siège que les médias ont dressé devant la bâtisse du quartier Ouest. Puis je rédige un article boiteux sur la progression de l'enquête, je le pimente un peu par une brève description du voyage qu'a fait le journaliste sous l'escorte de la police jusqu'au commissariat central et j'y ajoute le titre le moins mauvais que j'ai pu trouver :

NOUS NE VOULONS PAS RISQUER D'ENVENIMER NOS RELATIONS AVEC LE RAVISSEUR DE MARGRET BARA

À proximité, j'aperçois Guffi qui rassemble ses affaires. Je me lève pour aller le rejoindre.

– Tu rentres ? dis-je en consultant ma montre qui indique très précisément dix-sept heures.

Il me répond avec un hochement de tête et un sourire qui dévoile ses grandes incisives.

– J'essaie de faire remonter les résultats scolaires des gamins. Ils ont beaucoup souffert pendant que je partageais le poste de rédacteur en chef avec Hannes.

– Une chose avant que tu n'y ailles : ce Floki Hreinn Jonsson, l'aide-cuisinier d'Ölver, tu le connais un peu par le biais de la rubrique économique ?

– Mouais, répond Guffi en se nouant autour du cou une écharpe aux couleurs du drapeau islandais. J'ai eu quelques contacts avec lui au fil des années, comme ça se fait dans le business.

– C'est quel genre de mec ?

– Plutôt fade, enfin, je trouve. Il a toujours été obligeant, courtois et a distillé les renseignements donnés par son patron en fonction des désirs et des besoins de ce dernier. Évidemment, c'était souvent plus ou moins de l'esbroufe, c'était habituel à l'époque et je suppose que c'est encore le cas. Floki Hreinn est un chien de chasse loyal qui va là où son maître lui commande d'aller.

– En résumé, c'est un béni-oui-oui qui ne manque pas d'imagination et ment pour son patron en cas de besoin ?

– Évidemment, c'est comme ça qu'il gagne son salaire, et le salaire en question a sans doute atteint des sommets. En revanche, étant donné la situation, je suis incapable de te dire combien de temps encore il le conservera.

– Et que sais-tu de sa vie privée ?

– Pas grand-chose.

Guffi me précède dans l'escalier.

– Il est célibataire, sans enfant et plutôt discret. Il n'a jamais fait beaucoup parler de lui, à ce que j'en sais. En fait, je l'ai vu une seule fois avec un petit coup dans le nez, il était au bar, juste après une de ces opérations de communication prétentieuses organisées par Ölver.

– C'est son secrétaire général. Il a une formation en économie et en commerce ?

– Non, répond Guffi tout en continuant de descendre les marches. Il est avocat.

Hannes et Asbjörn viennent de relire mon article auquel ils accordent leur bénédiction pour la première page. Je l'expédie dans le circuit et je téléphone dans le Nord, au-delà des montagnes.

– Tu as bien fait d'appeler, me répond, d'une voix détendue pour une fois, le commissaire principal.

– Et toi, de répondre.

– J'allais justement te passer un coup de fil, continue Olafur Gisli.

– Si seulement Jonas Palsson pouvait atteindre ta sagesse et ta maturité.

Je lui relate les événements de Reykjavik. Olafur Gisli s'abstient de tout commentaire concernant son collègue.

– Mouais. Mais dis-moi, pour ce qui est de l'enquête sur le décès d'Agla Sigridur, qui d'ailleurs n'avance pas plus qu'elle ne recule…

– Oui ?

– Nous avons reçu une photo aujourd'hui, envoyée depuis le numéro qui nous a appelés pour nous faire part de la présence de l'homme à la capuche sur les lieux du crime.

– Et qu'est-ce qu'on y voit ?

– Un type qui porte une cagoule. En fait, ce qui lui couvre la tête n'est pas une capuche, mais une cagoule[1].

– Hein ?

– Oui… La photo représente un homme qui court avec une cagoule sur la tête. L'arrière-plan est flou, par conséquent on ne peut pas savoir où elle a été prise. L'individu est d'ailleurs flou lui aussi, et sa cagoule lui cache le visage. Mais je voulais voir si Asbjörn et toi ne pourriez pas la publier dans votre édition de demain en précisant que l'homme qu'on voit sur le cliché ou ceux qui le reconnaîtraient sont priés de contacter la police.

– Ça va de soi.

– Ne mentionnez aucun lien avec l'enquête. Vous vous bornez à dire que la police cherche des informations sur cet homme et qu'elle souhaite entrer en contact avec lui. Tu as bien compris ?

– Oui, oui, j'ai bien compris. Vous comptez envoyer ce document à d'autres médias ?

Olafur Gisli éclate de rire.

1. Lors de son premier appel, le correspondant anonyme de la police utilise simplement le mot *hetta*, terme générique et donc, peu précis, qui désigne une capuche ou une cagoule. Ce n'est qu'en voyant la photo que le commissaire Olafur Gisli comprend qu'il s'agit en réalité d'un type de couvre-chef bien particulier, une *lambhúshetta*, c'est-à-dire, une cagoule.

– Enfin, Einar, évidemment ! Loin de nous l'idée de privilégier certains médias. Mais j'ai bien peur qu'on ne puisse leur communiquer ce document que tard dans la soirée. On est tellement débordés, tu sais…

– Aïe, aïe, aïe, dis-je, complice et tout sourire. En tout cas, nous l'aurons assez tôt pour la publier dans nos pages. Comment vous l'avez reçue, cette photo ?

– Par courrier électronique envoyé au commissariat depuis le portable avec lequel je suppose qu'elle a été prise.

– Et le propriétaire du numéro n'est toujours pas rentré de l'étranger ?

– Non. J'espère que nous réussirons à le joindre demain. Cela dit, le téléphone est visiblement en mode débloqué pour l'envoi du courriel, qui a donc été envoyé sans problème.

Quelques instants plus tard, la photo arrive dans ma boîte mail. Conformément à la description que m'en a donnée Olafur Gisli, elle a été prise à plusieurs mètres de distance. L'individu n'est vraiment pas identifiable, si ce n'est à sa tenue vestimentaire : un pull-over à col roulé noir, une cagoule, des gants en cuir, un jean et une écharpe à pois bleue. Asbjörn et moi décidons de lui réserver une place de choix en deuxième page.

Je ne saurais dire les sentiments que m'inspire mon travail de la journée, mais je le considère comme achevé.

Ils ne lui ôtèrent pas le bandeau. À chaque fois que l'un d'entre eux montait pour veiller à ses besoins physiologiques, elle le suppliait de le retirer. Elle avait eu l'impression qu'un des gars avait hésité avant de lui répondre : « Pas encore. Tu vas devoir le supporter plus longtemps. » Alla passa une fois. « Ça me fait tellement mal, lui dit la gamine. J'ai tellement mal aux yeux. » « Tu devrais plutôt être reconnaissante que ça soit pas pire, rétorqua Alla. Il y a des gens qui souffrent bien plus que toi. Et ça pourrait aller plus mal.» Ils semblaient avoir organisé des tours de garde pour la surveiller et venir s'occuper d'elle, deux à trois fois par jour. Ils étaient plus gentils quand ils venaient seuls que lorsqu'ils étaient tous ensemble. Elle s'était plainte d'avoir froid à l'un d'eux et, un peu plus tard, ce dernier était revenu en rapportant trois couvertures élimées et un duvet qui sentait le moisi. Elle continuait de trembler de peur, mais au moins, plus de froid. Ils étaient tous présents quand ils vinrent lui donner son hamburger du soir. Elle les entendait également manger. «Elle est bonne, cette pizza», déclara l'un des gars. «Je pourrais en avoir aussi ? demanda la gamine. J'en ai assez de tous ces hamburgers.» Alla éclata de rire et certains des gars l'imitèrent. Quand ils furent repartis et qu'elle se retrouva à nouveau seule, elle fondit en larmes. Elle s'était retenue de pleurer à chaque fois qu'ils montaient. Elle ne voulait pas qu'ils la voient sangloter. Quand elle s'allongea dans le noir, elle repensa à la colère de cet homme qu'elle avait vu insulter son père sur le perron le week-end précédent. Il l'avait traité de criminel et d'escroc. Escroc ? Qu'est-ce que ça voulait dire ?

– Enfin, mon petit Einar ! Tu faisais peur à voir ! Tu aurais quand même pu être un peu mieux attifé !

Ce sont les propos que me tient mon adorable mère, qui me téléphone en plein journal télévisé du soir, dès la fin du reportage sur mon passage au commissariat. Je me maudis d'avoir oublié de la prévenir. Mais elle n'a pas tort : je ne risque pas d'obtenir le prix du meilleur acteur dans le rôle principal ni celui du maquillage, de la coupe de cheveux ou encore du costume.

Je lui demande de faire la bise à mon père qui est une fois de plus souffrant.

– Je suis presque soulagée qu'il ne se soit pas levé de son lit pour venir voir un tel spectacle, précise maman.

À peine notre conversation terminée je reçois un autre coup de fil.

– Il y a des gens qui passent mieux à l'écran qu'ils ne sont en réalité, ironise Sigurbjörg.

– Tu veux parler de Trausti Löve ?

– Et il y en a d'autres pour qui c'est le contraire.

– Merci bien, dis-je.

Elle m'appelle pour que nous nous fassions un rapport de nos activités mutuelles. Je lui demande comment ça va.

– Très bien. Je passe cinq à six heures par jour à écouter Rikki qui parle sans relâche. Nous sommes encore loin dans le passé.

– Tu devrais être contente puisque le présent te fatigue à ce point. Alors, à quoi se consacre le bonhomme en ce moment ?

– Il essaie de travailler pour subvenir à ses besoins dans l'univers impitoyable de la musique. Il chante et joue du synthé ici et là, dans des bars, des fêtes privées, enfin, ce genre de trucs.

– Ça doit rudement le changer de la grande époque où il était la star d'un groupe à succès, non ?

– Oui, il le reconnaît parfaitement. Il a soixante-trois ans et avoue qu'il commence à en avoir sa claque.

– Mais que pourrait-il faire d'autre ?

– Rikki ne m'a l'air ni amer ni blessé. Il raconte simplement les choses telles qu'elles sont. Aujourd'hui, il m'a confié ça : il y a très longtemps, quand j'étais jeune, je vendais du sexe. Mais ceux qui m'écoutent ont vieilli avec moi et maintenant, je leur vends des souvenirs.

– Hmm… joliment dit. C'est quoi le vrai nom de Rikki des Rokkhundar ? Je ne l'ai jamais su, je crois bien.

– Rikhardur, même s'il n'est plus ni riche ni rigide[1],

1. C'est le sens du prénom en islandais : *ríkur* = riche et *harður* = dur, rigide, inflexible.

comme il le dit lui-même. Il a un sacré sens de l'humour. Son nom complet, c'est Rikhardur Hansson. Alors, quelles nouvelles du temps présent ?

Je lui relate les difficultés de l'enquête sur l'enlèvement.

– Et pour la mort de la postière dans le Nord ? demande Sigurbjörg.

Je lui rapporte les difficultés de l'enquête sur le décès de la factrice d'Akureyri.

Elle n'a rien à ajouter, nous prenons donc chaleureusement congé l'un de l'autre et prévoyons de nous voir au plus vite. Je m'arrache au canapé en m'aidant de mes bras, puis je monte frapper à la porte de Solveig.

– Nous allons rester encore un petit moment en ville, m'annonce Alda Sif qui m'invite à entrer dans un salon où tout est à nouveau dans un ordre impeccable. Et en dehors de cette histoire avec maman, de toute façon, il n'y a aucun vol vers les fjords de l'Ouest.

Elle sourit d'un air las. Ses cheveux ne sont pas attachés et lui retombent dans le dos, ce qui en fait une femme séduisante. Si son visage ne se contractait pas de temps à autre, avec l'expression familière, butée et dure de la commissaire principale, elle serait jolie. Grimsi est, quant à lui, plongé dans une série policière américaine à la télévision.

Je prends des nouvelles de la vieille dame.

– Toujours maintenue dans un coma artificiel. Les médecins m'ont expliqué que les prochains jours seraient critiques. En fait, ils ne m'ont rien dit d'autre.

– Et ses comptes en banque ont tous été vidés ?

– Pas complètement, mais presque. J'ai demandé à son conseiller bancaire d'examiner les virements et autres opérations. Comme elle n'avait pas d'ordinateur, elle allait en agence et ne passait pas par la banque à domicile. Elle avait trois comptes créditeurs d'un montant total de trois millions cinq cent mille couronnes. Apparemment, cet argent a été consacré à des paiements pour des livres, des magazines, des dons aux œuvres de bienfaisance de toutes sortes, et même des disques laser alors qu'elle n'a pas de lecteur CD. Certaines dépenses ont été réglées au guichet, d'autres par virement.

– Pour un total de plus de trois millions ?! dis-je, ahuri.

– Les paiements s'étalent sur plusieurs années. Un autre point : maman a placé plus de deux millions dans un fonds en actions de la banque.

– Non, ce n'est pas vrai !

Je doute que Solveig ait eu la moindre idée des activités répréhensibles auxquelles se livrait cette mafia.

Alda Sif s'apprête à me répondre, mais s'interrompt et regarde tout à coup la fenêtre du salon.

– Attendez un peu, dit-elle en s'avançant vers la vitre. Non, mais qu'est-ce que c'est que ça ?

Je la rejoins et découvre trois individus encagoulés qui fouillent les poubelles sous les escaliers de la porte d'entrée.

Je me précipite dans le vestibule, je sors et descends les marches quatre à quatre.

– Non mais, qu'est-ce que vous fabriquez ?

Ils lèvent les yeux vers moi. Leurs visages sont dissimulés sous leurs cagoules. Deux d'entre eux tiennent à la main de grands sacs en plastique noir. En chemise et en chaussettes, je les poursuis aussi vite que je peux sur le trottoir recouvert d'une fine couche de neige. Je parviens à arracher la cagoule de l'un d'eux qui est ralenti par le poids du sac qu'il porte sur le dos. Il fait volte-face et m'assène un coup de boule droit en pleine figure. Je tombe à la renverse. Lorsque Alda Sif se précipite vers moi pour me relever, les trois hommes sont déjà loin.

13

Jeudi après-midi

– La religion c'est ce qui empêche les pauvres d'assassiner les riches. C'est Napoléon qui a dit ça et il faisait autorité, mon cher.

– Je ne sais pas trop, Hannes. Ölver a étudié l'Histoire en plus du commerce. Tu crois qu'il est tombé sur cette citation et qu'il y a cru ?

Le chef de la rédaction fume un cigare à la fenêtre de son bureau. La pluie et le vent fouettent la capitale. Le mont Esja hulule sous un rideau de neige opaque et mouillée derrière la haute tour élevée à la gloire de ce qui n'advint pas.

– Les gens n'ont pas besoin d'étudier l'Histoire pour se transformer en petits Napoléons. Le monde en regorge.

Asbjörn a quitté cette réunion en comité restreint destinée à déterminer la suite des opérations pour ce qui est des actualités liées au présent. Je suis resté parce que j'ai envie d'en savoir plus sur les problèmes de propriété de la société d'édition maintenant que les actions d'Ölver sont tombées aux mains de la banque.

– Mais pourquoi donc Ölver a-t-il investi et parié sur Hermann ? Pour se rapprocher de Dieu ?

Hannes s'efforce de chasser sa fumée vers l'extérieur, mais les bourrasques la ramènent à chaque fois dans la pièce.

– Oui, je crois bien que tu as visé en plein dans le mille. Hermann est un homme de Dieu extrêmement habile, je ne t'apprends rien.

Je tente de résumer le processus.

– Il a convaincu Ölver qu'il devait acheter à la congrégation protestante de Ljosid la radio chrétienne du même nom. Cette dernière servirait de parure spirituelle au consortium médiatique. Ölver l'a acquise pour une bouchée de pain et a pu constater qu'Hermann l'avait dirigée d'une main de maître. Alors que notre journal était confronté à de graves difficultés il y a quelques années, tu as persuadé Ölver d'acheter la moitié des parts de l'entreprise.

– Là, c'est Hermann qui a joué un rôle déterminant, précise Hannes. Pas moi. Évidemment, il y avait aussi ce besoin compulsif d'Ölver d'acheter tout ce qui lui passait à portée de main, surtout s'agissant de médias.

– Et Hermann l'a convaincu de le nommer au poste de directeur de la publication. Quelle influence a-t-il précisément sur la personne d'Ölver ? Voilà une question qui pique ma curiosité.

– Tu oublies un détail, mon cher. Il s'agit de ton rôle à toi. Tout ça a commencé avec l'interview que tu as faite d'Hermann pour une édition du week-end. Il y retraçait le parcours qui l'avait conduit à se détacher du matérialisme et de l'unique souci qu'il avait eu d'amasser les richesses ainsi que la manière dont il avait trouvé la rédemption alors qu'il purgeait sa peine en prison pour le meurtre de son épouse infidèle.

On se retrouve décidément toujours face à soi-même, me dis-je. Je revois l'homme de Dieu dans son appartement spartiate où le seul ornement présent sur les murs blancs était un tableau du Christ. Hermann était de taille moyenne, maigre comme un clou, vêtu d'un costume noir et d'une chemise blanche. Ses épais cheveux blancs soigneusement rabattus vers l'arrière rendaient les pupilles de ses yeux bleu clair presque phosphorescentes. Il m'avait raconté son étrange parcours et sa sombre histoire en faisant preuve d'une rare honnêteté. Ses lèvres fines arboraient un doux sourire à chaque fois qu'il citait les Saintes Écritures pour clarifier sa pensée ou justifier ses actes, sa vision de la société et de la grandeur humaine. Cet homme avait une présence hypnotique. Cela dit, la plupart des choses qu'il racontait me semblaient être des divagations, si elles n'étaient pas tout bonnement le signe de sa folie, et je m'étais senti mal à l'aise pendant cette interview. Aujourd'hui, je ne suis plus si sûr.

– On ne le voit pratiquement jamais à la rédaction. Il te laisse les mains libres ?

– Il respecte strictement la ligne de partage entre finances et politique éditoriale. Nous avons abordé ce sujet une seule et unique fois et je n'ai pas eu besoin de me répéter. Comme je te l'ai dit l'autre jour, il dirige notre journal de manière rationnelle et ne l'a jamais engagé dans des investissements hasardeux pas plus d'ailleurs qu'il ne l'a couvert de dettes. Il n'interfère pas dans la rédaction et se contente de me faire part d'observations qu'il entend ici et là. En revanche, je suis bien obligé de me mêler des questions financières dans les réunions de la société d'édition, puisque j'y représente une partie des actionnaires.

– Mais que retire Hermann de tout ça ? Le *Journal du soir* n'est quand même pas un organe qui donne dans le prosélytisme religieux ?

– Il semble considérer que le rôle du journal est de refléter la réalité de notre société, comme nous y engage notre bon vieux slogan. Je crois simplement qu'il est heureux de pouvoir lui assurer cette place. Il a peu à peu augmenté ses parts en rachetant des actions aux petits porteurs en manque de liquidités. Ce qui est étonnant, c'est qu'il n'a jamais penché du côté d'Ölver, mais s'est plutôt rangé du nôtre, que ce soit comme directeur ou comme actionnaire.

– Ölver a-t-il tenté d'influer sur la politique éditoriale à travers Hermann ?

Fait rarissime, Hannes éclate de rire.

– Il a essayé sans arrêt. Il a passé son temps à abreuver Hermann de SMS pleins de recommandations et d'appels du pied concernant la défense de ses intérêts. À chaque fois, Hermann lui a répondu en citant les Écritures. Ton interview le montre clairement, la peur du lendemain est profondément ancrée dans la personnalité d'Ölver et elle se manifeste par une véritable addiction à la sécurité, un besoin irrationnel d'accumuler les richesses et de tout contrôler. Cela, Hermann l'a bien compris et il s'en est servi à sa façon.

– Et maintenant ? Qui va se retrouver à la tête des parts d'Ölver ?

Hannes balance le mégot de son cigare par la fenêtre et reprend place à son bureau.

– Tout ça c'est du ressort de la banque maintenant. Elle attend une offre intéressante. Einar, je vais te dire une chose, mais c'est confidentiel. J'ai entendu parler d'un rassemblement autour du parti socialiste. Ces gens-là s'apprêtent à faire une offre.

– Ah, Hannes, par pitié, pas Sigurdur Reynir et compagnie !

– Comme tu sais, le leader du parti s'apprête à quitter son poste dans les semaines qui viennent.

– Et toute la clique caresse bien sûr le projet de se servir du journal comme organe de propagande contre les conservateurs !

Le chef de la rédaction fronce les sourcils.

– Oui, ils considèrent qu'il est nécessaire d'assurer un contrepoids pour que les divers discours soient représentés dans les médias de manière équilibrée. Ce n'est pas ce que tout le monde souhaite ?

– Quelle est la position d'Hermann là-dessus ?

– Il trouve raisonnable de miser sur des gens plus ou moins fortunés qui ont pour point commun d'avoir remis en question leur propre matérialisme après l'effondrement de l'économie. Des gens dont le souci exclusif est de préserver leur bien-être et leur tranquillité d'esprit. Des gens qu'il considère comme aptes à défendre la vérité et la liberté d'expression. La défense de la démocratie représenterait pour eux une forme de rédemption et elle leur permettrait de réparer leurs péchés et leurs errances.

Il me toise d'un air narquois.

– En résumé, il s'agit d'individus qui sont au bord du gouffre, mais n'y sont pas encore tombés, contrairement à Ölver ?

L'air narquois d'Hannes se transforme en sourire.

– Exact. Cela dit, tous ces tâtonnements ne manqueront pas de prendre un certain temps. N'est-ce pas une merveilleuse perspective que de se trouver face à deux options aussi réjouissantes l'une que l'autre quant à ceux qui nous prendront sous leur aile ?

– Et les investisseurs étrangers ? Où sont passés tous ces charognards qui ont accouru ici avec leurs valises pleines de fric pour acheter tout ce qui leur tombait sous la main à des prix ridicules ?

– Rien ne nous plaît plus que de voir le monde s'intéresser à nous et nous inonder d'argent, mon cher. Cela dit, nous ne supportons pas que les étrangers viennent nous enculer. Dans ce cas, nous faisons bloc au moins sur un point. Mais si on parvient à les baiser par-derrière, alors là, on pousse de quadruples hourras en agitant la médaille du mérite.

Je n'aurais pas pu exprimer l'idée plus clairement, ni plus élégamment.

– J'ose espérer que ceux qui, comme toi, décident de l'avenir, savent ce qu'ils font.

– Je vais revenir au point de départ de la discussion en citant à nouveau ce brave Napoléon : la meilleure manière de tenir parole est de ne rien promettre.

Un riche chasse l'autre.

Et ils peuvent adopter toutes sortes d'apparences. Hier soir, Alda Sif m'a immédiatement conduit aux Urgences où on m'a bien vite réconforté et délivré un certificat attestant de mes blessures. Juste après, j'ai été traîné, encore à moitié assommé, jusqu'au commissariat où la commissaire principale d'Isafjördur a reçu de ses collègues un traitement de choix. J'ai fait une déposition et n'ai eu aucune peine à identifier mon agresseur dont j'avais arraché la cagoule parmi les photos de cambrioleurs notoires et d'individus réputés violents qui m'ont été présentées. La police connaissait donc l'un de ces minables. Elle a envoyé des hommes à son repaire qu'il partage avec deux autres de son espèce. Ils ont été appréhendés sur-le-champ, au milieu des tas de canettes en ferraille, en verre et des bouteilles en plastique qu'ils ont ramassées ou volées dans les poubelles çà et là en ville. Tous trois sont originaires de Pologne.

– Dans d'autres conditions, on pourrait peut-être parler d'un moyen de débrouille tout à fait innocent qu'ont trouvé des chômeurs ou des immigrés pour arrondir leurs maigres revenus, m'explique Alda Sif par téléphone aux alentours de dix heures. Mais on a également découvert dans leur appartement un véritable butin : des appareils électroménagers, des ordinateurs, des téléphones portables et ainsi de suite. Parmi tout cela, il y avait les tableaux de ma mère.

– Tiens donc, dis-je. Et ils n'ont pas souffert ?

– Non. Ils les avaient juste accrochés aux murs.

– Et l'argenterie ? Les bijoux ?

– Aux dernières nouvelles, on n'en a pas trouvé trace. Cela dit, ils avaient aussi chez eux pas mal d'argent en liquide.

– Eh bien, on dirait que votre mère a été victime du crime organisé, non ?

– Nous sommes en présence d'un gang de cambrioleurs. Une enquête sera ouverte pour vérifier s'ils font partie d'un réseau plus important. Ça n'a pas été de la tarte de les interroger hier soir. Ils ne maîtrisent pas bien l'anglais et encore moins l'islandais, mais surtout, ils ne se sont pas montrés très coopératifs. Aujourd'hui, nous allons les cuisiner un peu plus, avec l'assistance d'un interprète. Espérons que nous parviendrons à tirer au clair ce qui est arrivé à ma mère.

– Pour autant, on ne peut pas mettre le vidage de ses comptes en banque sur le dos de la mafia polonaise, n'est-ce pas ? Et sinon, comment va-t-elle ?

– Heureusement, elle reprend peu à peu conscience. Sa santé est et restera sans doute vacillante, mais quand elle sera remise, elle pourra nous raconter ce qui s'est passé. Et vous, comment vous sentez-vous ?

– J'ai encore mal au front, merci.

Après avoir envoyé un SMS à Margret Karlsdottir, quel que soit le lieu où elle se trouve actuellement, j'appelle dans le Nord pour savoir quel résultat a donné la parution de la photo de l'homme à la cagoule.

– Nous avons recueilli un certain nombre d'indices, m'annonce Olafur Gisli, nous commençons tout juste à les examiner. Je suppose que d'autres nous parviendront au fil de la journée. Ça va être long de vérifier si certains d'entre eux se recoupent et renvoient à un seul et même homme.

– Je me fais peut-être des idées, mais j'ai l'impression que les encagoulés sont sur le point de prendre les rênes du pays. Celui de la photo ressemble pas mal aux trois hommes que j'ai croisés hier soir pour mon plus grand plaisir.

Je raconte au commissaire principal d'Akureyri mes démêlés avec le gang polonais des poubelles dans le quartier de Thingholt.

Olafur Gisli hausse le ton.

– Incroyable ! On dirait que tout le monde porte des cagoules et des capuches dans ce pays bizarre. Les Islandais, les Polonais, les Lituaniens, tout le monde !

– Jusqu'aux enfants et aux adolescents.

– Oui, j'ai bien dit : tout le monde ! Sauf peut-être la police et les petits vieux qui n'ont rien à cacher, ont reçu une bonne éducation et s'habillent comme il faut. Personne ne peut donc plus se montrer sous son vrai jour en Islande ? Et regarder ses compatriotes en face sans porter de masque ?

Je souris à part moi.

– Je me trompe peut-être, mais il me semblait pourtant me rappeler qu'en situation d'urgence, la police agit en se cachant derrière des masques ou des cagoules.

– Ah, ne viens pas me parler des Forces d'intervention spéciales !

– À part ça, quelles nouvelles du propriétaire du portable depuis lequel vous avez reçu cet appel, puis la photo ?

– Je ne veux pas que tu parles de ça dans tes articles.

– J'attends ton feu vert, Oligisli. Tu sais à quel point j'apprécie le bon esprit dans lequel nous collaborons. Je te préviendrais si je me voyais forcé d'agir d'une manière qui y serait contraire.

– Ton attention est vraiment touchante. Bon, le propriétaire du numéro est rentré en Islande et nous l'avons interrogé. Il vit à Akureyri. Il était sorti s'amuser dans les bars de la ville au cours de la soirée précédant l'agression d'Agla Sigridur. Le lendemain matin, il s'est rendu compte qu'il n'avait plus son téléphone. Il a déclaré la perte auprès de son opérateur et de la police. Il devait partir pour New York le jour même. Il dit n'avoir aucune idée de l'identité de celui qui s'est servi de l'appareil pendant son absence ni de ce que l'intéressé a pu faire avec. Et il ignore également si son téléphone lui a été volé ou s'il l'a simplement posé quelque part et oublié pendant qu'il errait de bar en bar.

– Il dit la vérité ? Vous avez une trace de cette déclaration de perte ?

– Hmm, oui, elle existe bien, chez nous et chez son opérateur. Nous l'avons mise, disons, eh bien, sur la pile. Des gens perdent ou se font voler leur portable tous les jours.

– Quelqu'un peut corroborer sa version sur sa beuverie et son voyage à New York ?

Olafur Gisli éclate de rire.

– On peut dire qu'il a eu chaud ! Il était en compagnie de sa maîtresse à chaque fois. Il a réussi in extremis à éviter qu'on aille poser des questions à son épouse. Mais sa maîtresse a confirmé son récit.

– Et ça t'a complètement satisfait ?

– Je ne suis pas satisfait de voir des hommes mariés partir à New York avec leurs maîtresses. Mais ce n'est pas du ressort de la police. Si j'allais à New York, ce serait avec Sirry. D'ailleurs, ce ne serait pas de refus. Est-ce qu'on me le propose ? Eh bien, non !

Une pluie froide vient frapper la surface de l'eau tiède. Des cris et des rires d'enfants traversent les volutes de vapeur qui montent des bassins de Sundlaug Vesturbaejar, la piscine du quartier Ouest. Les gamins courent sur les bords et sautent à l'eau en éclaboussant. Quelques jeunes femmes musclées rivalisent entre elles au crawl.

Les plus âgés se contentent de nager la brasse ou le dos crawlé, avec une lenteur mesurée, et soufflent comme des baleines. Dans les petits bassins d'eau chaude les discussions et les ragots priment.

J'ai posé au personnel une foule de questions sur la fillette disparue. Tous ont eu vent de l'affaire, certains m'ont dit connaître la petite de vue, car elle venait souvent, en général seule. L'un des employés s'est souvenu qu'il y a quelques semaines, il l'a aperçue en compagnie d'une jeune femme et d'un homme du même âge. À en juger par la description qu'il m'a fournie, il s'agissait d'Agnes, la nourrice ou plutôt l'employée de maison, à moins qu'elle n'assume d'autres tâches au domicile d'Ölver Margretarson Steinsson. Quand j'ai demandé si les pervers étaient des habitués des lieux, les réponses ont été un peu confuses. Si le personnel soupçonnait quelque chose, il s'en tenait aux règles et informait les autorités compétentes. Le jour où Margret Bara a disparu, aucun événement n'a justifié qu'on recoure à ce dispositif.

Devant la piscine, je cherche des yeux les caméras de surveillance, mais je n'en vois aucune. J'appelle le 118 pour demander les numéros de téléphone associés au domicile d'Ölver, situé quelques rues plus haut dans le quartier Ouest. Tous figurent sur liste rouge à l'exception d'un seul, celui du portable d'Agnes Kwiatkowska.

On la réveilla à coups de pied. Elle était tout engourdie à force de rester immobile, les articulations meurtries par les liens et les cordes. Son cœur se mit à battre à toute vitesse. Elle poussa des hurlements en sentant ces coups de pied. « Lève les yeux, petite conne ! » lui commanda l'un des types. « On lui laisse le bandeau ? » interrogea un autre. « Il vaut mieux que ses yeux soient visibles, non ? Ça leur prouvera qu'elle est en vie. Si elle est couchée par terre, ficelée comme un sac à patates, ils pourraient croire qu'elle est morte. » « Ok, déclara Alla. Enfilez vos cagoules. » L'instant d'après, on lui ôta le bandeau des yeux. Pour la première fois depuis longtemps, elle vit autre chose que les ténèbres. Pourtant, il faisait sombre. Peu à peu, elle s'habitua à la pénombre, la lumière était extrêmement faible. Les quatre la surplombaient, tous portaient des cagoules noires qui ne laissaient voir que les yeux et la bouche. L'un des gars avait à la main un téléphone portable qu'il orienta vers elle tandis qu'un autre fumait une cigarette. « Smile *», ironisa Alla. Il lui semblait reconnaître son propre portable. Elle lança quelques furtifs regards alentour. Il faisait sombre à l'intérieur et sombre à l'extérieur. La pièce était grande et vide, si l'on exceptait la boîte dans laquelle elle faisait ses besoins, son sac à dos, un monticule de sacs en plastique et d'emballages de hamburgers dans un coin. On aurait dit que des planches avaient été clouées aux fenêtres. Alla la secoua vigoureusement. « Regarde le portable, petite connasse, hurla-t-elle. Et souris ! T'as qu'à t'imaginer que t'es Hannah Montana, la pop star, et que tu reviens de chez le coiffeur qui t'a permanenté les cils. »*

Elle a le visage plus marqué que je ne l'avais cru en l'apercevant à distance. Elle plisse le front et me regarde de ses yeux las, aussi noirs que ses cheveux longs. Elle semble toutefois nettement plus sympathique que les trois représentants issus de la minorité polonaise d'un millier d'individus présente en Islande et avec lesquels j'ai eu maille à partir hier soir. Chaque troupeau a ses brebis galeuses.

J'ai expliqué à Agnes que notre journal désirait en savoir un peu plus sur Margret Bara. Il fallait que nos concitoyens restent en état de veille au cas où ils l'apercevraient. Je lui ai promis de ne pas citer son nom dans mon article et précisé que nous avions avant tout à cœur de défendre l'intérêt de celle sur qui elle veillait. Notre journal s'en faisait un devoir, surtout après avoir publié l'interview d'Ölver, accompagnée de la photo du père et de sa petite fille. Je n'ai pas eu l'impression de lui mentir et elle a paru me croire. En tout cas, elle a consenti à venir me retrouver vers midi dans le centre-ville.

– Depuis combien de temps travaillez-vous pour Ölver ?

J'allume sa cigarette par-dessus la table à laquelle nous sommes installés dans l'espace fumeur du café Hresso. Les jeunes clients sont penchés sur les écrans de leurs ordinateurs portables et les plus âgés, plongés dans la lecture des journaux. La pluie rebondit sur la toiture en plexiglas et frappe les bâches en plastique qui séparent la terrasse du reste de la cour intérieure.

– Quatre ans, répond-elle d'une petite voix.

Elle a un fort accent, mais fait très peu de fautes.

– Depuis votre arrivée en Islande ?

– Non, je suis arrivée il y a six ans pour chercher du travail. J'ai une formation d'assistante sociale, dit-elle avec une certaine fierté avant d'ajouter d'un air amer en rejetant sa fumée vers le plexiglas : je n'ai bien sûr pas réussi à trouver un emploi en rapport avec mes compétences. J'ai suivi beaucoup de cours d'islandais, j'ai cherché, encore et encore, mais je n'ai rien trouvé. Alors, j'ai travaillé comme femme de ménage dans l'une des sociétés d'Ölver et je l'ai dépanné plusieurs fois en soirée, quand il avait besoin de faire garder sa fille.

– Ensuite, il vous a employée à plein temps ?

Elle répond d'un hochement de tête et avale une gorgée de café *latte*.

– Oui, j'occupe le petit appartement qui se trouve au sous-sol de sa maison.

– Et en quoi consiste votre travail ?

– Je suis… ah, comment est-ce qu'on appelle ça, aide ménagère multitâches. Je m'occupe de Magga, de la cuisine, de la lessive, enfin, je fais ce qu'il y a à faire. Ölver et Elisabet étaient souvent absents, en déplacement à l'étranger, par exemple. Et maintenant elle a déménagé.

Je l'observe. Agnes est une belle femme, de dix ans la cadette d'Elisabet, elle-même plus jeune qu'Ölver. Je ne parviens pas à m'ôter de l'idée qu'il a pu se passer quelque chose entre la gouvernante et le maître de maison. Ce ne serait ni la première ni la dernière fois.

– Ça vous plaît de travailler pour eux ? Je veux dire chez Ölver ?

Je ne sais si c'est à cause de la fumée qui lui entre dans l'œil, mais elle grimace.

– Est-ce que j'ai le choix ? J'ai un appartement et un salaire correct.

– Mais c'est un emploi très prenant, non ?

– Ils me donnent deux jours de congé par semaine et me versent un complément si je dois revenir travailler ces jours-là.

– Ok. Comment décririez-vous Margret Bara ? La croyez-vous capable de suivre un inconnu à la sortie de la piscine ?

Agnes me fixe de son regard perçant.

– C'est une petite fille comme les autres, à la différence que son père est riche…

– Ou plutôt, était riche.

– … et qu'elle a une mère très exigeante.

– Ah ? Ah bon ? Elisabet est très exigeante ?

Elle jette un œil vers les deux adolescents qui engloutissent leur hamburger à la table voisine.

– Ce n'est pas à moi d'en juger. Mais si j'avais un enfant, je l'élèverais autrement.

– Mais vous n'avez pas répondu à ma question : Margret Bara suivrait-elle un inconnu ?

– Cette hypothèse n'est pas exclue, répond-elle d'un ton sec en vidant sa tasse. Elle est très seule, voyez-vous.

– Peut-on imaginer qu'elle ait fugué afin d'attirer l'attention ?

Mon interlocutrice fait non de la tête.

– Jamais elle n'irait envoyer ce genre de SMS à son père ou sa mère. Ni d'ailleurs exiger une rançon.

– Duquel de ses parents est-elle la plus proche ? Son père ou sa mère ?

Agnes se raidit.

– Ni l'un ni l'autre ne lui consacrent beaucoup de temps.

– Que croyez-vous qu'il lui soit arrivé ?

Elle se lève et écrase sa cigarette.

– Je n'en sais rien et j'ai du travail qui m'attend.

– Nous aurons peut-être l'occasion de discuter un peu plus longuement plus tard. Je la suis dans le restaurant et règle l'addition. Encore une petite chose, dis-je en lui serrant la main. Vous êtes allées avec Margret Bara à la piscine du quartier Ouest, il n'y a pas très longtemps.

Elle m'adresse un regard qui me répond : et alors ?

– Vous étiez accompagnée par un homme de votre âge. Qui était-ce ?

– Mon petit ami, répond-elle en tournant les talons. Össur, mon petit ami.

Arrêté à un feu rouge alors que je remonte vers la rédaction, je consulte mon portable. Un nouveau message de Margret Karlsdottir m'est parvenu :

Ö a reçu une photo de MB. Délai de trois jours pour payer. Sinon, la fillette est morte.

14

Jeudi après-midi

Je suppose que si j'en avais le temps, je m'interrogerais sur le point suivant : comment Margret apprend-elle des détails censés être connus uniquement des deux parents, de leurs proches et, je suppose, de la police ?

En fait, j'ai finalement écarté l'idée, mais je me suis aussi demandé si je ne devais pas rédiger une brève où je parlerais d'une vieille dame qui semble avoir été dépossédée de tout et se trouve en ce moment, de surcroît dans un état critique, à l'hôpital. Mais j'en ai ma claque des informations qui me touchent de près. Sans doute l'état actuel de la société est-il tel que la plupart des actualités nous touchent de près.

En parcourant les médias sur Internet, je tombe sur quelques entrefilets consacrés à l'arrestation d'un gang de cambrioleurs d'origine polonaise.

Dès que je me retrouve assis à mon bureau, j'appelle la police, je me présente et demande à être mis en relation avec Jonas Palsson. Et comme tout peut arriver, il décroche son téléphone, même s'il prend bien soin de me faire mariner pendant cinq bonnes minutes.

– Je n'arrive pas à croire que tu aies changé d'avis et que tu acceptes de me dévoiler tes sources, déclare-t-il froidement.

– Tant mieux, dis-je, il ne faut pas croire au père Noël. Je voulais juste obtenir confirmation d'une information que nous publierons demain. Comme tu vois, je tiens sincèrement à collaborer.

Avant qu'il n'ait le temps de me répondre, je lui expose ce que je viens d'apprendre. Jonas garde le silence un long moment.

– Je ne confirme pas, répond-il.

– Mais tu n'infirmes pas non plus ?

– Autre chose ?

– Oui. J'aimerais bien que tu m'envoies la photo que vous avez reçue de Margret Bara en captivité.

– Hors de question !

– Ha, ha ! Je t'ai eu ! Tu confirmes que vous avez bien reçu cette photo puisque tu refuses de me la communiquer.

Jonas me raccroche au nez. J'appelle Ölver. Il ne répond pas. J'appelle Floki Hreinn. Il ne répond pas. Pour me consoler de mes déboires, j'appelle Olafur Gisli dans le Nord.

– On a trouvé le bonhomme.

– Lequel ?

– L'encagoulé.

Je me redresse sur ma chaise.

– Donc, la publication de la photo vous a permis de coincer l'assassin ?

– Oh que non ! L'individu semble n'avoir rien d'autre à se reprocher que d'avoir enfilé une cagoule par temps froid.

– De qui s'agit-il ?

– Eh bien, nous avons comparé tous les indices qui nous ont été communiqués et cinq d'entre eux concernaient le même homme, l'une de nos infos émanait du commissariat de Blönduos. C'est là-bas qu'il habite, c'est un petit gars du fjord de Skagafjördur de la tête aux pieds et il travaille dans un garage. La police de Blönduos est allée l'interroger à notre demande. Il affirme qu'il était au boulot au moment de l'agression d'Agla Sigridur, à Akureyri. Ses collègues et son épouse confirment ses dires.

– Mais c'est quand même lui qu'on voit sur la photo ?

– Il s'est reconnu. Il n'avait pas lu le *Journal du soir*, mais a subitement remarqué qu'un certain nombre de villageois le regardaient bizarrement. Quelqu'un lui a montré la photo et il a confirmé que c'était bien lui, d'ailleurs, il n'y avait aucun doute.

– Il n'avait pas remarqué que quelqu'un le photographiait avec un téléphone portable ?

– Non. D'ailleurs, le cliché est pris depuis une certaine distance. Rien de plus facile que de sortir un portable de sa poche et de prendre une photo à l'insu du sujet. C'est tout aussi facile de l'envoyer ensuite en laissant entendre qu'elle a été prise ailleurs, dans un autre contexte, dans un autre lieu, à un autre moment.

– Donc, celui qui vous l'a communiquée voulait brouiller les pistes ?

– Tout porte à le croire.

– On peut supposer que celui qui se livre à cette manœuvre est le meurtrier, non ?

– Eh bien, tout du moins, il s'agit sans doute de celui qui a volé ou trouvé le portable.

– En tout cas, ça nous apprend que l'individu en question est passé par Blönduos alors qu'il revenait d'Akureyri et qu'il allait à Reykjavik. Ou peut-être à Borgarnes, voire Stykkisholmur.

– Ou n'importe où. Mais ta première hypothèse est la bonne. Il était en route vers la capitale, parce que c'est là qu'on a fini par retrouver l'appareil.

– Où donc ?

– Des gamins sont venus le rapporter au commissariat de Hafnarfjördur ce matin. Ils étaient allés s'amuser dans le petit jardin public de Hellisgerdi et ont trouvé un téléphone posé sur un mur. Ils ont appelé leurs parents sur leurs portables et ces derniers leur ont dit d'aller porter leur trouvaille au commissariat.

– Des portables, des portables, toujours et encore des portables.

– On se demande parfois si la seule chose qui unit cette nation ne se résume pas à un ensemble de signaux GSM, de conversations téléphoniques, de SMS, de photos ou de vidéos prises avec des portables et je ne sais quoi encore. Qui a besoin de liens familiaux alors qu'il possède un portable ? Mais bon, laissons tomber. Pour couronner le tout, nous devons maintenant consacrer un temps précieux à chercher si quelqu'un essaie de nuire à cet homme de Blönduos en l'impliquant dans l'affaire de cette façon.

– Est-ce qu'il aurait une idée ?

– Il ne nous l'a pas dit. Nous voilà maintenant contraints de publier un communiqué précisant qu'il n'est soupçonné de rien et nous n'avons plus qu'à prier Dieu, les avocats et la bonne fortune pour qu'il ne nous mette pas un procès sur le dos.

– Putain de bordel de merde !

– Putain de bordel de merde, c'est effectivement l'expression qui convient.

Je passe au service économique pour demander à Guffi de me dresser la liste des partenaires, créanciers, concurrents, employés et de tous ceux avec lesquels Ölver s'est montré le plus impitoyable d'un point de vue financier.

– Et si tu penses à quelqu'un qui aurait des raisons de se venger de lui pour des motifs privés, je veux bien des noms, là aussi.

Guffi consulte sa montre. Il doit rentrer retrouver sa famille d'ici deux heures.

– Je vais faire de mon mieux, mais il me reste encore un tas de trucs à rédiger pour la rubrique économique. Tu n'auras pas tout ça avant demain.

– Dis-moi, Guffi, c'est quoi la profession d'Elisabet Bergsdottir ? Elle avait peut-être une activité, même si elle était mariée à ce Crésus.

– Elle a étudié l'anthropologie. Je crois me rappeler qu'elle travaille à l'université.

Je le remercie avant d'aller me rasseoir à mon bureau pour chercher cette femme dans l'annuaire. Aucun numéro de fixe ou de portable n'est répertorié au nom de l'épouse en partance. J'appelle l'université et je demande à lui parler. On me répond qu'elle est en congé.

Elisabet a quitté l'imposante bâtisse du quartier Ouest il y a quelques semaines. Je consulte le site du registre de la population sur lequel son nouveau domicile officiel est mentionné. Elle vit dans la rue Njalsgata, à un jet de pierres de ma tanière. C'est également là qu'est enregistré le domicile de Margret Bara Ölversdottir.

Comment le couple a-t-il réglé la question de la garde de la petite ? me dis-je tandis que je longe la rue Eiriksgata pour rejoindre Njalsgata. Est-ce que tout se passe bien de ce côté-là ?

Je me gare sur une place de parking au pied de l'immeuble, un cube moderne de quatre étages qui jure un peu avec les antiques maisons en bois recouvertes de tôle ondulée. Ce quartier arboré semble pour moitié constitué de maisons délabrées et de chantiers de construction à l'arrêt.

Face à la sonnette de l'étage supérieur sont inscrits les noms d'Elisabet et Margret Bara. J'appuie. Aucune réponse. Et le fait que je me déchaîne sur cette satanée sonnette n'y change rien.

Agacé et bredouille, je remonte au journal, et je commence par appeler Alda Sif, car même dans un foyer de taille restreinte, il y a toujours à faire.

– La bonne nouvelle c'est que maman est sortie des soins intensifs, me répond-elle depuis l'hôpital. Mais, pour l'instant, elle ne peut pas s'exprimer.

– Et les Polonais ? Ils ont réussi à s'exprimer avec leur interprète ?

– Eh bien, oui. Ils reconnaissent avoir volé des objets chez ma mère, mais nient catégoriquement être les auteurs de l'agression.

– Tiens donc ! Et quelle est leur version ?

– Ils disent qu'ils traînaient dans le quartier, comme ils le font régulièrement, pour ramasser des bouteilles et des canettes vides qu'ils peuvent revendre avec d'autres objets de valeur, trouvés dans les poubelles. C'est ce qu'ils faisaient aux abords de notre maison très tôt le dimanche matin. Ils ont remarqué que la porte d'entrée de chez ma mère était entrouverte. Ils déclarent qu'ils ont jeté un œil à l'intérieur et qu'ils l'ont vue, allongée sur le sol. Ils ont constaté qu'elle était inconsciente, mais n'ont pas osé appeler les secours. Ils affirment ne pas connaître le numéro et ne pas maîtriser assez bien notre langue pour se faire comprendre. Ils ont donc emporté ce qu'ils pouvaient et sont repartis au plus vite.

Pendant ce temps-là, je dormais du sommeil du juste au sous-sol.

Après cette conversation, je reste un moment songeur. Mon regard tombe tout à coup sur un courriel de Sigurbjörg qui m'envoie ce qu'elle présente comme la première partie de ses brouillons sur les mémoires de Rikki des Rokkhundar :

Je me permettrai de t'envoyer des textes de temps à autre, au fur et à mesure que j'avance. Si tu voulais bien regarder ça au plus vite et me dire ce que je pourrais améliorer. En fait, tu as déjà accepté cette mission. Te voici donc forcé de tenir parole. J'espère que tout ça ne t'ennuiera pas trop.

Puisque je n'ai rien de mieux à faire pour l'instant, je me plonge dans la lecture. Sigurbjörg commence par demander à Rikki de comparer les deux époques que sont, d'une part, son âge d'or à lui, les années 60 et 70 du XXe siècle et, d'autre part, le prétendu âge d'or de la société islandaise, les années 90 et la première décennie du nouveau siècle. L'interviewé s'exprime à la première personne et les questions posées par l'intervieweur n'apparaissent pas dans le résultat final. Le texte est joliment fluide, comme il fallait s'y attendre, venant de Sigurbjörg.

Entre deux phrases, j'entre le nom de Rikhardur Hansson « qui n'est plus ni riche ni rigide » dans la base iconographique du *Journal du soir*. La photo la plus récente que nous avons de lui date d'à peu près dix ans. On le voit au milieu d'un groupe de gens, entouré par Runar Juliusson et Pétur Kristjansson, ses deux principaux acolytes, aujourd'hui décédés. Le cliché a été pris à l'occasion de la parution de la compilation intitulée : *Rokkhundurinn, le chien du rock – Meilleur ami de l'homme*. Le Chien du rock en question a l'air bien frétillant. Il porte une barbe de trois jours grisonnante, ses cheveux gris, mi-longs, sont en bataille et son visage rond serait sans doute plus ridé s'il n'était pas aussi bouffi. Il tient devant sa bedaine le disque dont la couverture montre une photo de lui datant de l'âge d'or : jeune, svelte et beau comme un dieu avec ses épais cheveux noirs retombant sur ses épaules et le signe de la paix sur la poitrine. La différence est tellement frappante qu'on a l'impression d'avoir affaire à deux hommes totalement différents.

Je continue à lire l'introduction concernant les deux périodes. À l'époque austère de l'autosubsistance où l'argent ne coule pas à flots, la société avance lentement sur la voie de l'indépendance et de l'autonomie. Elle passe d'un mode de vie paysan à une culture citadine inaboutie. Elle abandonne sa peur ancestrale du monde extérieur et renonce à son isolement pour se transformer en une société moderne, ouverte à tous les courants et influences venus de l'étranger, à la grande joie des jeunes générations. Il en résulte une société d'abondance, inconsciente de la fragilité de ses fondements. Sa génération à lui, qui a aujourd'hui atteint l'âge mûr, croule sous le poids de sa surconsommation et de son matérialisme :

La génération de nos parents a bâti sur les mottes d'herbe et la morue une société qui était tout de même quelque chose. Ma génération a voulu transformer ce quelque chose en tout. La génération suivante a transformé ce tout en rien.

Sigurbjörg écrit ensuite quelques chapitres qui retracent dans l'ordre chronologique l'enfance et la jeunesse de son interlocuteur dans le quartier des Vogar, parmi les échafaudages, les planches pleines de clous, ponctuées par l'émission de radio où on pouvait dédicacer des chansons aux malades.

La comparaison entre les deux époques est claire et l'expression concise. Cela dit, j'ai déjà lu ou entendu presque tout cela. Je me garde d'en faire part à l'auteur et lui envoie un court message d'encouragements :

Beau travail. Bravo ! Vas-y, fonce !

Lorsque j'ai terminé ma lecture, il est cinq heures passé. C'est le moment d'effectuer une nouvelle tentative.

Ils n'étaient que deux cette fois-ci. Ils lui apportèrent une pizza, comme elle l'avait demandé, et lui ôtèrent le bandeau des yeux pendant qu'elle mangeait. « C'est Alla qui a le portable », déclara l'un d'eux. « Ces connards ne vont pas répondre ou quoi ? » s'agaça l'autre. Elle leur lançait de temps à autre quelques regards furtifs. Celui qui venait de poser la question était plus maigre que l'autre, vêtu d'un jean, d'un anorak gris à capuche et, derrière sa cagoule, elle crut distinguer à travers la pénombre qu'il portait des lunettes. « Ils vont répondre », rétorqua le plus grassouillet des deux, qui portait un pull islandais et un pantalon de camouflage avec des poches latérales. « Et ils vont aussi payer ? » interrogea le gars à lunettes. « Ils ont plutôt intérêt », fit le grassouillet en s'approchant très près d'elle. « Ton père et ta mère ne veulent pas payer pour toi ? » lança-t-il. « Payer quoi ? » demanda la gamine. Alors, il en arriva un troisième avec une cigarette aux lèvres : « Payer pour que tu puisses vivre, petite crétine ! Pour que tu puisses continuer à manger et à chier, ce qui est la seule chose que font les saletés de votre espèce. » Celui qui portait le pantalon de camouflage regarda son copain et agita son bras pour le calmer. Elle perçut d'une manière presque palpable la colère et la haine qui habitaient le type à la cigarette quand il ajouta : « Tout ce que les ordures de votre espèce savent faire, c'est chier votre merde sur les autres ! »

– Veuillez m'excuser pour le dérangement, Elisabet, ai-je annoncé à l'interphone, je suis Einar du *Journal du soir*. J'aurais besoin de m'entretenir brièvement avec vous au sujet de votre fille.

Elle me répondit d'une voix maussade :

– Je n'ai aucun besoin de vous parler.

Elle avait raccroché. À ce moment-là, une immigrée indienne arriva avec ses deux enfants, composa le code d'entrée et rejoignit son appartement du rez-de-chaussée qui sentait bon les épices venues d'ailleurs. Je me suis faufilé derrière elles, j'ai pris l'ascenseur jusqu'au dernier étage et frappé à la porte où figurent les noms de la mère et de sa fille.

– Il est urgent d'impliquer la population dans la recherche de votre fille, dis-je dès qu'elle m'ouvre. Vous ne pouvez pas vous en remettre uniquement à la police.

Elisabet se tient dans l'embrasure. C'est une grande femme svelte, blonde, vêtue d'un tailleur.

– Décidément, vous êtes coriace, marmonne-t-elle en me fixant de ses yeux bleus perçants, marqués de cernes. D'après le registre de la population, elle a quarante-deux ans, mais on lui en donnerait un peu plus. À l'exception d'une touche de brillant à lèvres pâle, elle n'est pas maquillée. Ses cheveux courts sont négligés et un épi se dresse au-dessus de son front.

Je ne prends pas le temps de réfléchir au couple plutôt mal assorti qu'elle formait avec Ölver et je continue d'exposer mes arguments.

– Votre ex-mari refuse tout contact avec la presse sur recommandation de la police. Vous croyez vraiment que c'est raisonnable ?

Voyant qu'elle referme sa porte, je débite à toute vitesse :

– Surtout maintenant qu'on vous a communiqué ce délai de trois jours pour le paiement de la rançon.

Elisabet rouvre.

– Où donc vous procurez-vous ces informations ? Ölver refuse pourtant de vous parler, non ?

Je lui réponds par le silence.

– Si seulement il l'avait fermée et s'était abstenu de cette confession débile dans vos pages l'autre jour.

La police dit que l'idée est très probablement venue au ravisseur en lisant cette interview. C'est vous qui l'avez écrite ?

Je suis désarçonné.

– Je ne saurais le nier.

Son visage déjà peu jovial s'assombrit encore un peu plus.

– Ça lui ressemble bien de se faire photographier avec sa fille. D'essayer de jouer le père célibataire aux yeux de tous. De se faire plaindre.

Elisabet grimace et ses larmes se mettent à couler, que ce soit de douleur, de colère, d'amertume ou de stress.

– Ah, le pauvre Ölver. Il a vraiment une gentille petite fille et, mon Dieu, qu'il avait une méchante épouse. Rendez-vous compte, elle l'a abandonné quand il n'a plus eu d'argent. Le pauvre, ce qu'il peut souffrir, quand même !

Je balaie du regard la cage d'escalier aux murs blancs.

– Ok, je vous permets d'entrer quelques secondes, à cause des voisins, consent-elle en s'essuyant les yeux d'un revers de main et en s'effaçant pour me laisser passer. Mais je vous interdis de citer mon nom.

– Oui, oui, dis-je humblement, puis j'entre vite avant qu'elle ne se ravise.

– Restez là !

Elle m'indique le paillasson et avance le long du couloir parqueté. L'appartement ressemble à une garçonnière plutôt spacieuse. Les murs blancs sont percés sur chaque côté de trois portes, toutes fermées. Droit devant moi, au fond, j'aperçois un grand salon dont les baies vitrées donnent sur un grand balcon, équipé d'un jacuzzi. Le sol est encombré de cartons empilés.

– Tout ce qu'Ölver attend, me dit-elle depuis l'intérieur de l'appartement, c'est que la fiesta recommence.

On ouvre un réfrigérateur.

– N'est-ce pas ce qu'attend la majorité des Islandais ? Que la fiesta reprenne ? dis-je, mal à l'aise, toujours debout sur mon paillasson.

Pschitt d'une canette en ferraille.

– Cette fiesta, j'y étais, je veux dire l'ancienne fiesta, dit-elle. Je sais comment ça se passait.

Bruit de liquide qu'on verse.

Et tout le monde sait qui l'a payée, me dis-je, bien que je m'abstienne de tout commentaire puisque le tour que prend la conversation me semble plutôt inapproprié.

Quelqu'un boit dans un verre.

À quoi cette femme pense-t-elle donc ? N'est-elle pas inquiète pour sa fille ?

– Mais, déclare-t-elle en contournant l'angle du couloir, un grand verre à bière à la main, le fait qu'Ölver ne soit qu'un minable loser complexé ne signifie pas pour autant qu'il ne s'intéresse pas à Margret Bara. Si seulement il avait pu en prendre conscience plus tôt.

Elle se poste au milieu du couloir, s'adosse contre un des murs et me toise d'un air inquisiteur.

– Je vois beaucoup de rouge et de vert dans votre aura, remarque-t-elle.

Cette femme est sans doute ivre, bien qu'elle n'en ait pas l'air.

– Je croyais que vous aviez une formation d'anthropologie, dis-je en m'efforçant de sourire.

– L'anthropologie n'apporte pas toutes les réponses en ce qui concerne les hommes. Pas plus d'ailleurs que l'étude de leur aura.

Elle continue de me fixer.

– Vous pensez peut-être que je suis soûle ou que je délire ?

Je pointe mon index vers son verre de bière.

– Le fait que les gens cherchent un peu de réconfort en s'accordant un petit verre ne me choque pas. J'imagine que vous êtes très malheureuse.

– Pourquoi êtes-vous venu ici ?

– J'ai besoin que vous me confirmiez le délai fixé pour le versement de la rançon. L'idéal serait que je reparte avec la photo de Margret Bara que les ravisseurs vous ont envoyée. Elle pourrait susciter des réactions chez nos lecteurs. Elle porte sans doute toujours les vêtements qu'elle avait le jour où elle a disparu. Peut-être qu'ils rappelleront quelque chose à quelqu'un. Il n'y a aucun intérêt à ne pas la publier.

Elisabet boit lentement son verre.

– Vous avez une idée de qui aurait pu faire ça ? Ou de l'endroit où votre fille pourrait être ?

Elle secoue la tête aussi lentement qu'elle boit sa bière.

– Vous allez verser cette rançon ? Vous en avez les moyens, la possibilité ?

– Une aura qui contient du vert est le signe d'une maturité grandissante et d'une harmonie entre le corps et l'âme.

– Ah bon ?

Je me fais la réflexion que cette femme ne doit pas être très équilibrée, mais bon, chacun a ses béquilles pour lutter contre le désespoir.

– Et le rouge, alors, qu'indique-t-il ?

– Le rouge indique que vous êtes tendu, mais que vous avez beaucoup d'énergie. Le vert et le rouge conjugués l'un à l'autre montrent que vous êtes tiraillé intérieurement.

Elle baisse les yeux et fixe le mur blanc, pensive.

– Quel est votre numéro de téléphone portable ? me demande-t-elle soudain en sortant le sien de la poche de sa veste.

Déconcerté, je lui dicte les chiffres.

Elle les tape sur son clavier, s'approche de moi, m'ouvre la porte et m'indique la sortie.

À peine suis-je sorti que mon portable laisse échapper un petit bip. L'écran affiche que je viens de recevoir un MMS.

Je me pose une question : que lirait-on dans les couleurs dominantes de l'aura d'Elisabet Bergsdottir ?

15

Vendredi matin

Les grands yeux terrifiés de la petite sont un appel de détresse muet, elle a les paupières rouges et gonflées. Le gros titre

MORBIDE COMPTE À REBOURS DE TROIS JOURS

ne parvient à dépasser ce regard en intensité. Ces yeux crient à tous ceux qui liront la une du *Journal du soir* : aidez-moi ! N'y a-t-il personne qui puisse me secourir ?

Elle tient un exemplaire de l'édition d'hier à quelques centimètres de son visage. La photo est prise de près ; il n'y a aucun moyen d'identifier l'environnement.

Et voilà que tout s'emballe.

Le téléphone me réveille aux aurores. Jonas Palsson, chargé de l'enquête, est le premier sur la liste de mes correspondants et se décharge sur moi en me reprochant des pratiques journalistiques contraires à l'éthique, et qui ne poursuivent qu'un unique objectif : s'engraisser sur le malheur d'une fillette et de sa famille. C'est ensuite au tour du chef de la rédaction qui a reçu une foule d'appels comparables des hautes sphères de la police et, il s'en est fallu de peu, du ministère de la Justice. Mais le journal a sans doute aussi reçu un certain nombre de coups de fils émanant de points de vente qui demandent à être réapprovisionnés. Bien que la nation ne manque pas de raisons pour se mettre en colère, exprimer son mécontentement ou sa consternation, il semble que rien ne la captive autant que le sort de Margret Bara Ölversdottir. Les bulletins d'information, les débats à la télé ou à la radio et les bloggeurs ne parlent pratiquement de rien d'autre.

– Cela dit, mon cher, je ne te réveille pas pour des motifs aussi banals, mais plutôt parce que Ölver nous invite à passer chez lui à huit heures trente. Monte immédiatement à la rédaction pour qu'on puisse accorder nos violons.

Mon passage éclair sous la douche ne parvient pas à éradiquer l'odeur de merde que je sens sur moi. J'ai conscience qu'elle n'est ni contournable ni négociable. Mais je n'en ai aucune autre en stock.

– La police refuse de me croire. À cause des liens qui me rattachaient autrefois au journal, elle est persuadée que c'est moi qui vous ai communiqué ces informations et la photo de ma fille.

Dès qu'Ölver Margretarson Steinsson se tait, un silence de mort s'abat à l'intérieur de la grande bâtisse du quartier Ouest. À la place du roi de la finance aux airs posés et détendus, nous avons face à nous un quadragénaire brisé aux yeux cernés qui tire nerveusement sur les poils de sa barbe. Le voir arpenter son salon, chancelant, les bras ballants, et s'éponger régulièrement le front à l'aide de son mouchoir de soie ne peut qu'inspirer la pitié.

Hannes et moi sommes assis sur les mêmes fauteuils que l'autre jour et, les mains derrière le dos, Floki Hreinn se tient, imperturbable, à côté du piano droit.

– Qu'est-ce que ça change que la police ne vous croie pas ? dis-je.

Le visage d'Ölver s'empourpre en un clin d'œil.

– Qu'est-ce que ça change ? Qu'est-ce que ça change ?

– En effet, qu'est-ce que ça change ? Le plus important n'est-il pas qu'on retrouve votre fille saine et sauve ?

Ölver s'approche de moi, tremblant, et me hurle au visage :

– C'est à la police d'enquêter sur sa disparition ! C'est à la police de mener les recherches !

Je m'efforce de conserver mon calme.

– La police islandaise a très peu d'expérience dans ce genre d'affaires. Au lieu d'impliquer tout le monde, les gens et les médias, elle déploie toute son énergie pour maintenir le secret de l'enquête. Ölver, ça n'a aucun sens.

Il se remet à faire les cent pas dans le salon.

– À moins qu'il ne règne une absolue confiance entre la police et moi, la vie de ma fille est menacée. C'est aussi simple que ça. Il n'y a donc aucun moyen de vous le faire comprendre ?

– Et où en est la confiance entre vous et le ou les ravisseurs ? Vous n'avez plus que deux jours pour verser la rançon, autrement dit, jusqu'à dimanche.

Au lieu de me répondre, Ölver soupire et souffle comme un bœuf.

– Tout ce que veut le ravisseur, c'est de l'argent. Il se fiche éperdument des médias. Vous aurait-il par hasard interdit de communiquer avec la presse ?

Ölver ne me répond toujours pas.

Je regarde discrètement ma montre. Celle que j'attends ne devrait plus tarder, pour peu qu'elle vienne effectivement.

– Ce n'est pas la première fois que nous publions des articles dans le cadre de cette affaire. Apparemment, ils n'ont pas le moindre effet sur le ravisseur. D'ailleurs, ce dernier utilise la une du *Journal du soir* pour prouver que Margret Bara est en vie.

On entend du bruit dans le hall d'entrée.

Je continue sur ma lancée.

– L'homme qui dirige l'enquête de police semble surtout vouloir ne pas se couvrir de ridicule face à ses collègues et ses supérieurs. Et bien sûr face aux autres médias qui l'accusent de fuites auprès du *Journal du soir*. Voilà les intérêts qui sont en jeu pour eux en ce qui concerne la publication de nos articles. Et ils n'ont rien à voir avec ceux de Margret Bara.

Je fixe intensément Ölver qui s'immobilise au centre du salon. Il jette un regard furtif vers la porte. Elisabet Bergsdottir, sa future ex-épouse, se tient dans l'embrasure et nous écoute.

– Surtout, faites comme si je n'étais pas là, déclare-t-elle.

– Qu'est-ce que tu fous ici ? Nous sommes en pleine réunion.

– Je vois ça, répond-elle, glaciale.

J'adresse un sourire complice à Hannes qui demeure imperturbable. C'est moi qui lui ai suggéré de s'arranger pour qu'Elisabet soit au courant de cette réunion pour avoir tous les points de vue sur l'enquête et sur nos articles. J'ai donc envoyé à Elisabet un petit SMS.

– Je vois que tu discutes de l'enquête sur la disparition de notre fille. Tu t'imagines peut-être que ça ne me concerne pas ?

– Dites donc…

Ölver nous fusille du regard, Hannes et moi.

– Tu penses peut-être pouvoir maîtriser son destin comme tu l'as fait avec tout un tas de choses sans que je n'aie jamais mon mot à dire ?

Hors de lui, Ölver continue de nous tenir en joue.

– Nous devons prendre en compte ce qu'Einar a dit, déclare d'un ton calme le chef de la rédaction. La police islandaise a une solide expérience quand il s'agit d'enquêter sur les disparitions, de rechercher des gens qui quittent leur domicile et ne donnent ensuite plus aucune nouvelle. Mais elle n'en a aucune en matière d'enlèvements, et heureusement, dirais-je. Nous devons traiter cette affaire en gardant cela à l'esprit. Un peu partout à l'étranger, les autorités de police sont fortes d'une expérience de plusieurs décennies et, là-bas, sauf exception, il est très fréquent qu'elles impliquent la population dans les recherches, y compris par voie de presse.

Ölver reste figé au centre du salon et regarde sa femme s'asseoir dans un fauteuil à côté de la porte.

Hannes continue de s'exprimer dans l'espoir d'apaiser les esprits.

– La police islandaise manque d'effectifs. Malgré cela, elle accomplit un excellent travail. L'homme chargé de l'enquête semble s'être mal engagé et il lui importe apparemment plus de s'isoler que de collaborer. Tout le monde sait pourtant parfaitement que, dans notre petite société, il est impossible de dissimuler les informations concernant une telle affaire sur le long terme. En tant que parents de la petite, vous n'avez aucune raison de vous conformer à de telles méthodes de travail ou de les faire vôtres.

– Prenons par exemple l'histoire de cette jeune Anglaise, Madeleine McCann, qui a disparu au Portugal, dis-je. La police du pays s'est totalement enlisée et semble prête à coffrer les parents.

Ölver est aussi menaçant qu'un ciel d'orage, Elisabet semble tendue, mais plus difficile à cerner. Le regard haineux qu'elle lance à son époux ne laisse toutefois planer aucune ambiguïté.

– Le policier qui menait l'enquête était convaincu que les parents, ou tout du moins l'un d'eux, étaient responsables du décès de leur fille et avaient caché son cadavre. Il n'est pas parvenu à le prouver. Les parents, quant à eux, se sont fait aider par les médias et la population avec lesquels ils ont entrepris des recherches de grande envergure à travers plusieurs pays. Malheureusement, ils n'ont pour l'instant obtenu aucun résultat. Mais il existe un grand nombre de contre-exemples.

– D'ailleurs, reprend Hannes, ni vous ni la personne chargée de l'enquête n'avez pu empêcher, à titre d'exemple, le *Journal du soir* de recevoir la photo que nous avons publiée aujourd'hui. Elle a été prise par les ravisseurs eux-mêmes à l'aide d'un téléphone portable, elle a été envoyée par téléphone portable également et il est possible qu'elle ait été plus largement diffusée.

– Dans cette affaire, dis-je, il est plus important de collaborer avec nous que de s'employer à éviter les fuites d'informations.

– Ölver a justement l'habitude de contrôler toutes les informations, déclare Elisabet, le regard perçant, toujours rivé sur son époux. Il ne connaît pas d'autres méthodes de travail. Il est capable de s'arranger pour que la presse, la police et n'importe qui s'imagine qu'il est sincère et honnête, mais c'est simplement parce que ça lui sert à orienter le discours des autres. C'est lorsqu'il semble le plus sincère qu'il est le plus perfide.

– Serais-tu en train de m'accuser de coups tordus alors que je fais tout pour retrouver ma fille ? interroge Ölver, excédé.

– Notre fille, corrige Elisabet. Je t'accuse surtout d'une chose : tu penses en premier et en dernier lieu à ta petite personne.

– Il t'a fallu un putain de temps pour le comprendre ! hurle Ölver. Alors quoi ? Tu ne l'as pas vu dans les couleurs de mon aura, de mon flux d'énergie ou d'une de tes balivernes quelconques en ce jour lointain où je t'ai ramassée au bar ?

– Je ne te permets pas de te moquer de ma sensibilité !

– Ta sensibilité ?! Allons, Elisabet, tu n'es sensible qu'à une seule chose : l'odeur du fric !

Ölver se précipite vers elle, menaçant.

– Ça te ressemblerait bien de cacher Margret Bara quelque part simplement pour me provoquer et me soutirer de l'argent.

Son expression laisse toutefois transparaître qu'il ne croit pas un mot de ce qu'il dit.

– Mon pauvre, tu perds la tête, lance Elisabet. Tu t'imagines sans doute que je fonctionne de la même façon que toi ?

Il regarde son ex-femme avec une colère sans borne et tend la main vers elle :

– Rends-moi la clé. Tu n'as aucune raison d'avoir la clé de cette maison !

Elisabet demeure inflexible.

– Tant que nos affaires ne seront pas réglées, je garde la clé de cette maudite baraque ! Tu n'as qu'à changer les serrures. Voilà qui mettrait fin à tous tes problèmes.

– Je ne le ferai pas tant que Margret Bara n'est pas rentrée. Tu veux peut-être que j'implique la police ? Tu veux qu'elle te reprenne cette clé de force ?

Elle nous regarde, Hannes et moi, d'un air victorieux et déclare :

– Qu'est-ce que je vous disais ? Le voilà qui se prend pour le chef de la police. Et il s'imagine qu'il peut la lancer à mes trousses !

Ölver perd son sang-froid, il la saisit par les épaules, l'arrache au fauteuil et la secoue vigoureusement. Elisabet lui assène une claque. Il retire ses mains. Hannes et moi nous levons par réflexe tandis que Floki Hreinn regarde la scène, interloqué.

– Et maintenant vais-je devoir porter plainte contre toi pour violences en présence de témoins ? interroge-t-elle. À moins que tu ne t'imagines que, là encore, tu peux commander la police !

Ölver se détourne et se prend le visage à deux mains.

L'épouse est impitoyable.

– Saloperie de serpent de merde ! Tu t'imaginais pouvoir t'acheter la liberté, le respect et toutes les chattes que tu voulais !

– Et toi, tu crois que tu as réussi à te faire troncher par tous ces braquemarts depuis des années pour ta beauté ? marmonne-t-il.

– Tu n'intéresses plus personne, continue-t-elle comme si de rien n'était. Personne ! Tu es un prisonnier paranoïaque dans ta propre vie, un pauvre petit bonhomme méprisable souffrant d'un complexe d'infériorité que tu as caché sous ta mégalomanie. Tu n'as plus aucun avenir, juste un passé honteux. Et si ma fille, qui est la plus belle et la meilleure des choses que tu aies jamais approchées, venait elle aussi à n'avoir aucun avenir par ta faute, alors, je te tuerais.

Elle nous regarde. Je reste figé. Même Hannes est choqué. Puis, elle s'intéresse à Floki Hreinn :

– Et toi, la serpillière, lance-t-elle au secrétaire général pâle comme un suaire. Combien de temps vas-tu continuer à nettoyer la merde de ton patron ? Tu peux absorber la crasse éternellement ?

Elisabet Bergsdottir quitte le salon et claque la porte d'entrée derrière elle. Nous restons un instant stupéfaits, pétrifiés dans le silence.

Ölver se laisse retomber dans l'un des fauteuils anciens. À nouveau, je me surprends à éprouver pour lui une forme de compassion.

– Il faut absolument que je la récupère, dit-il. Je vais faire tout ce qui est en mon pouvoir pour la récupérer.

Je ne pense pas qu'il parle de sa femme. C'est la couleur de son aura qui me le dit.

« Ton père commence à discuter le tarif, déclara Alla. Tu n'es donc pas plus intéressante que ça. Même ton père

essaie de faire baisser ton prix. » Ils étaient venus tous les quatre, Alla et les trois types : celui qui avait des lunettes, le grand musclé qui fumait sa cigarette ainsi que celui qui portait un pantalon de camouflage et lui avait ôté le bandeau des yeux. Ce dernier répondit à Alla : « Arrête de terroriser cette pauvre gamine. Elle n'y peut rien si son père n'est qu'un sale radin. » « Radin ? renvoya le gars à la cigarette. Cette petite salope ne vaut pas plus, c'est tout. C'est son prix. Vingt putains de millions, et pas de milliards. » « Voilà pourquoi, reprit Alla, tu n'auras rien d'autre à manger qu'un bout de pain. » Elle enfonça dans la bouche de la petite une tranche de pain de mie tellement sèche qu'elle se bloqua dans sa gorge et l'étouffa presque. » Alla et le gars à la cigarette riaient derrière leurs cagoules, mais le « militaire » lui offrit un peu de boisson à l'orange dans une bouteille en plastique afin de l'aider à déglutir. « Il leur reste encore deux jours, observa-t-il. Ils vont bien comprendre que nous ne marchanderons pas. Il va falloir qu'ils le comprennent. » La « cigarette » s'approcha alors d'elle pour lui rejeter sa fumée au visage. « Sinon, menaça-t-elle, sinon, la prochaine photo que nous lui enverrons de toi sera d'un autre genre. Tu ne seras pas belle à voir. » Elle sentit son impuissance se muer peu à peu en une colère bouillonnante. Mais elle ignorait contre qui elle était dirigée.

Alors que je retourne avec Hannes jusqu'à sa voiture, nous croisons Agnes. Elle fait semblant de ne pas me reconnaître tandis qu'elle gravit les marches et sort ses clés. Je me retourne pour la suivre du regard et j'aperçois une gigantesque jeep bleue devant le garage. Je n'avais pas remarqué sa présence lorsque nous sommes arrivés dans l'obscurité matinale pour venir à cette réunion. J'ai comme l'impression d'avoir récemment entendu parler d'une jeep bleue de crâneur dans un autre contexte. Mais lequel ?

16

Vendredi matin

– Derrière chaque grande fortune, il y a un grand crime. Alors, qui a dit ça ?

– Je l'ignore, Hannes. On est lancés dans une nouvelle partie de Trivial Pursuit ?

– Balzac, mon cher.

– Et toi, tu sais qui a déclaré que le crime payait ?

Il s'accorde un moment de réflexion, son cigare mouillé au coin des lèvres.

– Non, ça ne me revient pas.

– Le directeur de la publication de notre journal au soir d'une journée qui a vu exploser les ventes.

Après cette réunion au domicile d'Ölver Margretarson Steinsson dans le quartier Ouest, nous avons bien besoin d'un peu de détente. Nous nous tenons côte à côte, penchés à la fenêtre, afin de rejeter notre fumée vers l'extérieur. Hannes refuse de sortir du bâtiment pour assouvir notre vice commun. Il considère qu'il s'agit d'une oppression et d'une humiliation et que cela revient à s'exposer sciemment au rhume et à la crève. Je suis d'accord avec lui, même si je cède à ladite oppression, sauf lorsqu'il m'accorde l'asile dans son bureau. Une bruine opaque et déprimante est collée sur la ville.

– On pourrait tout aussi bien dire, Hannes, que derrière chaque grande fortune se cache toujours une grande douleur.

– Mouais, bon. En tout cas, on avait un peu l'impression d'être en plein milieu d'une représentation de *Qui a peur de Virginia Woolf ?*

– Pendant ce déballage, je revoyais dans ma tête les photos du couple harmonieux, souriant et élégant, publiées dans le magazine *Sed og Heyrt*. Était-il possible qu'il s'agisse des mêmes personnes ?

La porte du bureau s'ouvre. Asbjörn entre, les pieds chaussés de pantoufles vertes qu'il vient de recevoir d'Akureryi. Il porte un pull-over rouge à col roulé et fait irrésistiblement penser à une tomate sur pattes.

– Qu'est-ce qu'il peut y avoir comme brouillard là-dedans ! s'exclame-t-il en agitant les mains pour chasser la fumée qui entre par la fenêtre. On se croirait purement et simplement dans une chambre à gaz !

Nous nous abstenons de tout commentaire quant à la pureté ou à la simplicité des chambres à gaz : d'autres affaires plus urgentes sont au programme.

Asbjörn se laisse tomber sur l'une des chaises devant le bureau d'Hannes.

– Alors, commence-t-il en se frottant les mains. Quoi de neuf ? Qu'avons-nous pour demain ? Pour l'instant, nous avons une bonne longueur d'avance sur tous nos concurrents. Allons-nous la conserver ?

Je balance mon mégot par la fenêtre. Hannes continue de pomper sur son cigare.

– Ce ne sera pas facile, Asbjörn. Le délai dont Ölver et compagnie disposent pour le versement de la rançon expire dimanche soir. Il n'a pas voulu nous dire ce qu'il envisage. En revanche, Elisabet, son ex-femme, l'a prévenu que si, par sa faute, leur fille venait à n'avoir aucun avenir, elle le tuerait. C'est ce qu'elle lui a déclaré mot pour mot.

– Ah ? Eh bien, elle ne rigole pas ! marmonne Asbjörn. On ne va tout de même pas publier ça.

– Bien sûr que non. Mais ces propos ne laisseraient-ils pas entendre qu'Ölver n'a pas l'intention ou pas les moyens de payer cette rançon ?

Asbjörn lève les bras au ciel.

– Comment voulez-vous qu'il puisse ? Vingt milliards ?!

– Je suppose qu'ils préparent un coup de bluff avec la police, dis-je. Ils vont sans doute essayer de faire sortir le ravisseur de sa tanière en l'attirant avec un appât. Je veux dire, le ou les ravisseurs.

– Qu'en disent tes nounours ? interroge Hannes.

Je lui réponds qu'en réalité j'ai contacté toutes les sources dont je dispose dans la police au cours des heures qui viennent de s'écouler. Soit elles ne veulent rien me dire, soit elles ne savent rien. J'ajoute toutefois qu'il reste une personne qui n'a pas répondu à mes messages : mon Nounours Numero Uno.

– Ce que nous avons, mes chers, ce sont les propos d'Ölver, qui affirme vouloir faire tout ce qui est en son pouvoir pour récupérer sa fille. Il nous autorise à les citer. Nous allons donc publier dans l'édition du week-end un article plutôt discret où nous les reprendrons et nous en resterons là si nous n'apprenons rien de neuf avant ce soir et la deadline du tirage. Pour ce qui est de l'édition de lundi, nous surveillerons la manière dont les choses évolueront dimanche soir à l'expiration du délai fixé par les ravisseurs.

Hannes revient à son bureau, s'assoit et croise les mains.

– Entre-temps, Einar, tu continues à creuser les diverses pistes autant que possible.

– Ok.

Je sens tout à coup mon portable vibrer au creux de ma paume. C'est Andrés. Je lève mon index pour imposer le silence à Hannes et Asbjörn, je m'approche de la fenêtre et je décroche.

Le ronronnement de la circulation à l'autre bout de la ligne m'indique qu'Andrés est sorti pour m'appeler. Il en vient droit au fait.

– Je ne sais pas grand-chose. En tout cas, on dirait que la terre a englouti cette malheureuse gamine. Jonas et compagnie ont mis sur pied un important dispositif de recherches, aussi bien dans la région de Reykjavik que dans les campagnes environnantes. Les commissariats de province ont tous reçu la consigne d'ouvrir l'œil et les oreilles, car on n'a absolument aucune idée de l'endroit où le ravisseur la cache.

– Il n'y a aucun moyen de remonter jusqu'à elle grâce aux SMS ou en localisant le portable depuis lequel ils sont envoyés ?

– On a tout essayé, on a même fait appel à une aide technique de l'étranger. Ölver n'a pas acheté le portable de la petite en Islande et n'a plus aucun des documents qui s'y rapportent. Il nous manque par exemple le numéro IMEI, qui est la clé nécessaire pour mettre ce genre d'appareil sur écoute ou pour localiser l'antenne relais utilisée lors de l'envoi des SMS. Quand, par-dessus le marché, le téléphone est éteint entre chaque utilisation qui dure tout au plus une minute, c'est encore plus compliqué.

– Comment se présente ce dispositif de recherches ?

– Je ne peux pas te donner de détails. Évidemment, ils ont recouru à des chiens policiers. Mais il s'agit d'une véritable enquête et non de recherches lancées avec l'aide de sauveteurs et de la population pour retrouver une personne disparue. La nature de l'affaire exige que les choses restent secrètes. Ou, en tout cas, aussi secrètes que possible compte tenu de l'étendue du périmètre et des articles publiés dans votre journal. Je te fais donc, comme d'habitude, confiance pour faire un usage raisonnable de ces informations. L'enquête est dans une phase extrêmement délicate.

– Je suppose que les enregistrements des caméras de sécurité et de surveillance placées en ville ont été épluchés avec soin, non ?

– Bien sûr. On m'a dit que ça n'avait rien donné. En plus, il n'y a aucune caméra de ce type devant la piscine du quartier Ouest.

– Vous avez convoqué les pédophiles et pervers sexuels notoires ?

– Oui, et là encore, aucun résultat.

– Mais les recherches doivent quand même s'appuyer sur une liste de suspects ? Je veux dire, vous ne cherchez pas à l'aveuglette, mais avec une certaine précision, non ?

– Je ne connais aucune liste de ce genre. Disons que nous nous intéressons pas mal au crime organisé qui a pris un essor considérable après l'effondrement de l'économie et ne recule devant rien quand il s'agit d'obtenir de l'argent facile.

– Pas plus que ne le faisait le crime organisé dirigé par les petits-bourgeois propres sur eux avant ledit effondrement.

– Oui, oui, répond Andrés, un peu irrité. Ces réseaux criminels organisés se sont rudement développés. Ils sont fondés sur une étroite collaboration entre quelques Islandais et des truands souvent originaires des anciens pays d'Europe de l'Est, comme tu sais. Ils sont spécialisés dans le trafic de stupéfiants, ce qui inclut fabrication et vente, mais aussi dans le blanchiment d'argent, la prostitution, les escroqueries aux assurances, les vols et cambriolages, les encaissements, ce qu'ils appellent les services de protection et tout ce que tu veux. Et pourquoi pas, les rapts d'enfants ou les enlèvements de personnes dans l'intention de faire chanter la famille ?

– C'est assez étrange, le rapt de la fillette semble être dirigé contre le père, un homme qui a sans doute perdu l'ensemble de ses biens et de son argent, dis-je. Or le montant de la rançon semble justement correspondre à la valeur de ses pertes.

– Je n'ai rien à te dire là-dessus. Évidemment, on peut envisager un certain nombre d'autres hypothèses, qui auraient à voir avec la vie privée de ces gens. C'est l'une des enquêtes les plus complexes de la police islandaise. Il faut que je te laisse, je dois me pencher sur le casse d'un distributeur de billets de banque.

– Vous avez mis en place des dispositifs de protection particuliers pour les enfants des autres nouveaux Vikings ruinés ?

Andrés laisse échapper un soupir agacé.

– Même si on le jugeait nécessaire, la police n'en aurait pas les moyens humains. Leur progéniture compte plusieurs dizaines, si ce n'est quelques centaines de gamins. Ils ont peut-être pris eux-mêmes leurs précautions en recrutant des gardes du corps.

– S'ils en ont encore les moyens. Juste une dernière chose : tu sais quelle stratégie est prévue pour le paiement de la rançon ? Le délai expire dimanche soir. À moins qu'on ne retrouve la petite avant.

– Non, et tu t'imagines bien que ce genre d'information n'est connu que d'un cercle très restreint.

Je résume dans les grandes lignes cette conversation à Hannes et Asbjörn.

– Il y a plusieurs théories. On peut par exemple envisager que l'enlèvement de la petite est pour le ravisseur une sorte d'opération d'encaissement.

Dubitatif, Hannes penche la tête d'un côté puis de l'autre, mais Asbjörn attrape la balle au vol :

– Tu veux dire que des créanciers d'Ölver auraient pu faire appel à des encaisseurs et que ceux-ci auraient opté pour cette méthode effroyable ?

– Eh bien, elle est sans doute plus efficace que celle consistant à lui briser les rotules avec une batte de base-ball.

Une heure plus tard, j'ai ficelé comme j'ai pu un article prudent à partir des informations dont nous disposons. Le chef de la rédaction et le rédacteur en chef le relisent et considèrent qu'il préserve les intérêts de l'enquête, pour ce qu'ils en connaissent. Je laisse de côté toutes les interrogations et questions sans réponse.

Mes nerfs sont à bout, mais je prends mon courage à deux mains pour appeler Elisabet Bergsdottir.

J'entends au ton de sa voix qu'elle est nettement plus déprimée que ce matin.

– Je vous remercie de m'avoir informée de cette réunion. C'est insupportable de savoir qu'Ölver joue aux apprentis sorciers avec la vie de ma fille sans que j'aie mon mot à dire.

– Il a l'intention de payer la rançon ?

Je l'entends qui avale une gorgée.

– Les vingt milliards ? Je crois savoir qu'il a mis à l'abri une certaine somme d'argent, mais il y a peu de chance pour qu'il ait autant que ça en liquide.

– Pourquoi avez-vous dit qu'il mettait la vie de Margret Bara en danger ?

– Ce n'était pas une affirmation, mais une mise en garde. Je le connais trop bien. Il essaie sans doute de marchander. C'est dans sa nature.

– Et il ne vous consulte pas pour définir une stratégie ?

Le soupir qu'elle pousse a quelque chose d'un tremblement.

– Il dit que je ne me suis jamais occupée de ses finances et que je me contentais de dépenser l'argent. Voilà pourquoi d'après lui cette rançon ne me concerne pas.

– Le divorce ne sera pas une partie de plaisir, apparemment.

– J'ai un avocat intraitable.

– Je souhaiterais vous poser une question : Agnes Kwiatkowska travaille chez vous et s'occupe, entre autres, de Margret Bara. Que pouvez-vous me dire à son sujet ?

– Elle s'est toujours consciencieusement acquittée de ses tâches, d'après ce que j'ai pu voir. Margret Bara n'a jamais été très attachée à elle, mais elle n'avait rien contre elle non plus. Agnes a toujours fait ce qu'on lui demandait sans jamais rechigner. Elle avait l'intelligence de se tenir à l'écart. Je n'ai jamais été proche d'elle d'un point de vue personnel. Je la trouve assez fermée et plutôt fade. Son aura est presque blanche.

– Hmm… Ce qui signifie ?

– Que c'est une personne équilibrée, dotée d'une forte volonté.

– Elle n'aurait aucune raison de vouloir se venger d'Ölver, de vous ou même de vous deux ?

Ma question la déstabilise.

– Pas que je sache. Pourquoi vous me demandez ça ?

– Je ne sais pas, c'est une simple question. Il n'y a rien d'autre entre elle et Ölver qu'une relation de nature professionnelle ?

La tension nerveuse presque palpable d'Elisabet se transforme subitement en un éclat de rire.

– Non, non, non. Je dirais plutôt qu'à mon avis, Agnes éprouve pour Ölver un certain mépris. C'est mon impression, même si elle n'a jamais rien montré. En plus, elle a un petit ami.

– Exactement : Össur. Comment est-il ?

– C'est un gros lard plutôt minable qu'elle a rencontré avant d'être employée chez nous et d'emménager dans l'appartement du sous-sol. Tout ce que je sais, c'est qu'ils travaillaient tous les deux à la Caisse d'épargne de Hveragerdi, elle faisait le ménage et il était conseiller, si je me souviens bien.

– Il vit au sous-sol avec elle ?

– Non, nous avons refusé. J'ignore où il habite.

– Quel est le nom de son père ?

– Il s'appelle Vilhelm ou Vilhjalmur, le deuxième nom du petit ami est donc Vilhelmsson ou Vilhjalmsson, je ne sais plus trop. Pourquoi cette question ?

Je ne sais pas.

Elle les entendait se disputer, mais ne parvenait pas à distinguer les paroles. Les voix fortes lui rappelaient les scènes entre ses parents. Elle tentait de faire abstraction du bruit, comme à la maison. Mais là, elle n'avait pas de casque et, même si elle en avait eu un, elle n'aurait pas pu le mettre. « Et pourquoi pas quelques photos d'elle à poil sur le Net ? cria le grand à la cigarette. En quoi c'est gênant ? » « Là, ils ne mettraient pas longtemps à cracher ! » confirma Alla. « No fucking way ! » *hurla le « militaire ». Elle s'efforçait de se boucher les oreilles, de s'empêcher d'entendre, mais elle avait les pieds et les poings liés. Ils l'avaient libérée pendant qu'elle avalait goulûment la pizza et le Coca, puis l'avaient à nouveau attachée. L'un des gars, celui qui portait des lunettes, avait dit aux autres que les liens lui causaient des blessures qui risquaient de s'infecter.* « So ? So what ? » *avait rétorqué le grand en rejetant un nuage de fumée. Juste avant de redescendre, ils lui avaient remis le bandeau sur les yeux. C'était presque ça, le pire. Si on excluait la peur et la colère qui lui emplissaient le cœur et la tête. Et maintenant qu'elle entendait des bruits indiquant que tous quittaient les lieux, elle allait à nouveau se retrouver seule dans le noir. Elle savait que la nuit ne tarderait plus à tomber. Il fallait qu'elle tente quelque chose. Que ferait Hannah Montana dans sa situation ?*

Elle était fermement décidée à appeler à l'aide pendant toute la nuit. Elle ouvrit la bouche, mais aucun son n'en sortit. Il n'y avait rien que ce silence glacial.

La monstrueuse jeep bleue patine sur le verglas et zigzague sur la route. J'essaie de redresser, mais je perds le contrôle. Je suis complètement ivre. Sur la banquette arrière est assise une fillette inconnue. Brusquement, la jeep fonce à toute vitesse à travers un champ de lave couvert de mousses épaisses et se dirige droit vers une faille vertigineuse. Je jette un œil par-dessus mon épaule pour voir si la petite est bien attachée. Elle a disparu. Je tends le bras vers la bouteille de Jim Beam au pied du siège passager, je la vide et j'attends qu'advienne mon destin.

Je m'éveille en sursaut, ruisselant de sueur, allongé sur le canapé du salon. Je me suis assoupi devant la télé. Sur l'écran, Michael Douglas fait l'apologie de l'appât du gain dans *Wall Street*. Je m'allume une cigarette d'une main tremblante pour me débarrasser des restes de mon cauchemar. J'appelle Gunnsa pour savoir si tout va bien.

– Ben sûr, répond-elle, surprise. Qu'est-ce que tu crois ?

Pourquoi me pose-t-elle à chaque fois cette question ? Enfin, me voilà rassuré. Elle me dit qu'elle est chez Runa avec Raggi, qu'ils revoient leurs cours et s'apprêtent à faire un tour dans un café. Nous décidons de rendre visite à mes parents demain, si ma mère est d'accord.

– Faites bien attention aux voitures, dis-je en guise d'au revoir. Les rues sont pleines de cinglés, de conducteurs avinés et je ne sais quoi encore.

Puis, je me lève nonchalamment pour aller chercher la bouteille de Coca au réfrigérateur. Une monstrueuse jeep bleue de frimeur ? J'attrape le téléphone pour appeler mon ami, le commissaire principal d'Akureyri.

Olafur Gisli mange en compagnie de son épouse Sirry dans un restaurant animé, au bruit de verres qui s'entrechoquent. Il me répond sur un ton léger et je suis empli d'un sentiment qui ressemble fort à de l'envie. Je le prie de m'excuser pour le dérangement et lui dis qu'il m'est subitement venu à l'idée de l'interroger sur la grosse jeep bleue de frimeur que Mme Bergthora Benediktsdottir a pensé voir dans les rues du quartier d'Eyri quand elle a découvert le chariot abandonné de la postière.

– Que veux-tu que je t'en dise ? me répond-il, tout guilleret.

Je lui explique avoir vu le même genre de véhicule devant le garage d'Ölver Margretarson Steinsson à Reykjavik.

– Bon, Einar, mon vieux, me dit-il en riant, tu ferais mieux d'aller te coucher.

– J'en viens.

– Tu dois être sacrément fatigué.

– Eh bien…

– Cette jeep que la dame en question a pensé voir fait partie des centaines d'autres semblables qui existent en Islande. Les gens ont conservé ces signes extérieurs de richesse aujourd'hui désuets et ridicules.

– Oui, mais…

– Les jeeps de frimeurs, fussent-elles bleues, il y en a pour ainsi dire une garée devant chaque maison. Autant que de portables, d'encagoulés et de toutes ces conneries qu'on voit tous les jours.

Je comprends que je suis allé un peu vite en besogne.

– Je suppose que je me trompe et que je vois le mal partout.

– Deux enquêtes se mélangent dans ta tête, deux enquêtes qui n'ont rien à voir l'une avec l'autre. Allez, recouche-toi.

– À part ça, quoi de neuf du côté de la postière ?

– Bah, absolument rien. Toutes nos pistes mènent à des impasses. Je commence à croire que cette affaire ne sera jamais élucidée.

Sur quoi, il retourne à sa pièce de viande de renne et à sa magnifique épouse.

Je repense à la fillette dans cette jeep bleue et cauchemardesque. Et à mon subconscient qui noue des fils divergents dans mon esprit.

Tout est sens dessus dessous à cause du rapt de la gamine d'un riche. Une enquête sur le meurtre d'une postière pauvre, fille d'un métallier handicapé, est en passe d'échouer dans l'indifférence générale. Le décès de Michael Jackson est à l'origine d'un deuil planétaire qui dure des mois, si ce n'est des années. Des milliers de gens périssent dans des inondations, des tremblements de terre ou des typhons et tout le monde les a oubliés dix jours plus tard. Une chanteuse entreprend une cure de désintoxication, en sort, retombe dans son travers et retourne en cure. Ce genre de choses, on en parle, et beaucoup. Une famille entière d'immigrés est assassinée en Espagne : l'information franchit à peine les frontières du pays. Il suffit qu'un pickpocket dérobe le sac à main d'une star de la télé et là…

Le monde est incroyablement fou.

Devant moi, sur la table de la salle à manger, est posée la liste fournie par Guffi concernant les gens et les entreprises qui auraient eu le plus à se plaindre de leurs relations et transactions commerciales avec Ölver. Elle couvre une page et demie de format A4, interligne simple. Mon regard tombe en arrêt sur la mention : Caisse d'épargne de Hveragerdi.

– Assez, ça fait combien ? interroge l'un des personnages de *Wall Street*.

Je m'endors sur cette question, la liste à la main. Entre le sommeil et la veille, la gamine sur la banquette arrière m'apparaît à nouveau. Ce n'est pas Gunnsa, mais la fillette qui voulait que son père la conduise à l'école. À moins qu'il ne s'agisse de la postière malentendante d'Akureyri ? Je n'arrive pas à voir si elle a attaché sa ceinture.

17

Samedi

Il y avait toujours de quoi s'amuser à bord du bus, dans les coulisses des bals et dans les chambres d'hôtel. Des filles adorables, certaines jolies, d'autres laides, mais toujours partantes pour n'importe quoi. Tout ce qu'elles voulaient, c'était approcher la queue d'un type célèbre et populaire, ne fût-ce que pour un bref moment. Certaines voulaient autre chose, une relation plus durable et plus longue. Mais ça ne nous intéressait pas, pour la plupart. On se comportait comme des marins, des hommes d'affaires au long cours, toujours en route vers un ailleurs, le prochain bal, le prochain port. On refusait de voir cette liberté se transformer en une prison. Évidemment, on n'était que des lourdauds et on profitait de la situation. Ça n'effrayait pas nos groupies. La politique concernant l'égalité des sexes n'en était qu'à ses balbutiements, peut-être n'est-elle finalement jamais allée plus loin que ça. Peut-être la vie consiste-t-elle à profiter des situations diverses qui se présentent à nous, en général, aux dépens d'autrui. J'affirme que lorsqu'une personne se retrouve dans une position dominante, elle en abusera immanquablement, qu'elle soit homme ou femme.

Le sommeil permet au subconscient d'exprimer toutes sortes de fantasmes, y compris sexuels. En prenant mon café matinal, tandis que je lis le courriel le plus récent de Sigurbjörg où elle résume ses derniers entretiens en date avec Rikki des Rokkhundar, je suis envahi par une pensée : les fantasmes des uns constituent la réalité des autres.

Un jour, dans le bus de la tournée, une groupie m'offrait ses services. Elle était aussi douée avec sa bouche qu'avec sa main, mais pour une raison ou une autre, je n'arrivais pas à jouir. Elle commençait à fatiguer, elle avait soif et a tendu le bras jusqu'au verre qu'un autre membre du groupe tenait à la main. Il l'a saisie par le poignet en lui disant : « Pas après ce que tu viens de faire… »

Pourquoi Sigurbjörg perd-elle son temps à consigner ces sornettes ? Et les anecdotes de cet acabit s'enchaînent. Certaines sont distrayantes et drôles, d'autres relèvent tout bonnement de divagations et de vantardise machiste du plus mauvais goût. Soit, elles décrivent une certaine réalité. Mais qui donc a envie ou besoin de lire tout ça ? Je n'en sais rien. Bien sûr, le marché apportera sa réponse à ma question lorsque sortira le flot de livres publiés avant Noël. J'appelle l'auteur et nous convenons d'un rendez-vous le lendemain en fin d'après-midi.

Il faut maintenant que je m'occupe de la liste communiquée par Guffi. Elle comporte tellement de personnes, de sociétés et d'entreprises que je ne vois pas franchement par où commencer. Si je procédais en fonction de la valeur financière des biens en jeu, il faudrait sans doute que je me penche d'abord sur les dirigeants et coactionnaires des grandes entreprises qu'Ölver a sucées jusqu'à la moelle avant de les abandonner après faillite ou couvertes de plaies béantes. On trouve ici des sociétés anonymes comme Öl S.A., Ver S.A.,

Öl2 S.A., Öl3 S.A., Ver1962 S.A., Crystal Clear Holdings, la chaîne de matériel de bricolage Spytur Og Naglar, autrement dit Planches et Clous, la société de bâtiment et travaux publics Bumm og Bamm, l'entreprise d'accessoires de mode Toppur, Sonartorrek S.A., dont l'activité n'est pas mentionnée, Transnorth Investments, Jolly Good Show Holdings et ainsi de suite. Viennent enfin des noms d'investisseurs et d'hommes d'affaires, dont certains me sont connus et d'autres pas. Cela dit, comme Guffi me l'a précisé, il est tout à fait probable qu'un grand nombre de ces entreprises aient changé de main et soient tombées dans le labyrinthe d'autres sociétés par actions ou de sociétés-écran. Et, dans ce cas, il manque à la liste les noms d'un certain nombre de concurrents d'Ölver dans divers domaines économiques, des concurrents qu'il a rudement malmenés afin de s'assurer une position dominante.

Je pourrais tenter d'appeler ou d'aller voir la plupart de ceux qui figurent sur la liste en leur demandant s'ils savent quelque chose de Margret Bara. Je pourrais, mais il y a peu de chance que cela ait le moindre effet. Je suppose que Jonas et ses acolytes se sont procuré une liste semblable à la mienne et qu'ils se sont efforcés de circonscrire leurs recherches. Et si la police l'a déjà fait, ce qui semble évident, cette méthode ne l'a mise sur aucune piste. Je préfère donc consacrer mon énergie limitée à explorer d'autres pistes. Et là, je n'ai d'yeux que pour la Caisse d'épargne de Hveragerdi, sans doute parce que j'ai connaissance des liens de nature privée qui l'unissent à Ölver.

J'appelle Margret Karlsdottir sur son portable. Les informations qu'elle m'a données concernent les exigences financières auxquelles Ölver doit faire face, la rançon et le délai de versement. Cela me semble normal ou, en tout cas, logique, étant donné le rôle qu'elle joue dans la liquidation de ses biens. Il me semble tout autant normal et logique qu'Ölver ait du mal à rassembler une somme aussi colossale sans une collaboration rapprochée avec ceux qui sont chargés de la liquidation de son patrimoine. Cela dit, on dirait que plus quelqu'un est endetté auprès d'une banque, plus il a de pouvoir sur ladite banque, en d'autres termes : si vous devez un peu d'argent à la banque, c'est elle qui vous possède alors que si vous lui en devez beaucoup, c'est vous qui en êtes le propriétaire. Mais peut-être Ölver a-t-il réussi à mettre bien plus d'argent à l'abri sur des tas de comptes bancaires ouverts à l'étranger ou dans des paradis fiscaux qu'on ne l'imagine. Je suppose que Margret est justement occupée à suivre et à remonter cette piste-là.

Au bout de quelques sonneries, je tombe sur le répondeur. Étant donné le caractère sensible de l'affaire et la position délicate de Margret, il serait imprudent de prendre contact avec ceux qui sont chargés de la liquidation en passant par le cabinet d'avocats Lögmaeli. D'ailleurs cela n'apporterait sans doute pas grand-chose. J'opte donc pour envoyer un SMS à Margret :

Le délai expire demain soir. Que comptent faire Ö et la police ?

– Össur Vilhelmsson ?

– Lui-même.

– Bonjour, ici Einar, je travaille pour le *Journal du soir*.

Je n'ai eu aucune peine à trouver dans l'annuaire le petit ami d'Agnes Kwiatkowska. Il n'y a qu'un Össur qui soit fils de Vilhelm et corresponde aux indications qu'Elisabet m'a fournies. Il est domicilié dans le quartier d'Arbaer.

– On m'a dit que vous étiez le petit ami d'Agnes.

Il me répond par un marmonnement.

– Je vous appelle à propos du rapt de Margret Bara dont Agnes assurait la garde.

– Que voulez-vous que je vous en dise ?

– Vous connaissez cette petite ?

– Évidemment !

– Vous alliez à la piscine ensemble, non ?

– Hein ? Oui, et alors ?

– Comment la décririez-vous ?

– Eh bien, c'est une gentille gamine.

– Est-il vrai que vous avez fait la connaissance d'Agnes pendant que vous travailliez tous les deux à la Caisse d'épargne de Hveragerdi ?

– En effet.

– Agnes a trouvé un emploi chez l'actionnaire principal, c'est-à-dire Ölver, et vous avez perdu votre poste quand la Caisse a fait faillite l'an dernier, c'est bien ça ?

– Je ne vois pas du tout où vous voulez en venir.

– Vous auriez un certain nombre de raisons de vous venger d'Ölver, non ?

– Non, mais qu'est-ce que ça veut dire ? Même si je peux lui reprocher la perte de mon emploi, imaginer que j'ai une raison de me venger de lui dans ce contexte est ridicule. En plus, c'est l'employeur d'Agnes. C'est quoi, ces conneries ?

– Hmm… vous accepteriez de me rencontrer pour discuter un moment ?

– C'est hors de question !

Il me raccroche au nez.

Je me demande comment les choses se passent pour la police.

Tout à coup m'apparaît comme en mirage la chaîne de montagnes limpides et calmes qui entourent Akureyri.

Les cheveux gris de Solveig viennent d'être lavés et sont en bataille. Elle est assise sur son lit et sa fille Alda Sif, armée d'un peigne, démêle sa chevelure. Debout à côté du lavabo, Grimsi ouvre et ferme le robinet. Dans un fauteuil dans le coin de la chambre, un adolescent boutonneux et taciturne feuillette un magazine de musique pop. Alda Sif me présente son fils Atli, qui vit à Reykjavik chez son père, qui est également le père de Grimsi. Il me salue d'une poignée de main molle sans même me regarder. De l'autre côté du paravent, on entend les ronflements d'une vieille femme qui partage la chambre de ma voisine. Je suis venu avec un bouquet de fleurs, une boisson au malt et quelques friandises.

– Merci, mon petit Einar, déclare Solveig d'une voix lasse et faible.

Je m'efforce de lui faire la conversation, mais elle est trop fatiguée pour me suivre vraiment. Au bout d'un quart d'heure, elle s'est endormie. Je me prépare à partir et demande à Alda Sif de m'accompagner vers la sortie. Grimsi et Atli restent au chevet de leur grand-mère.

– Elle a pu vous dire ce qui s'est passé ?

Autour de nous, des malades arpentent le couloir. Certains sont allongés sur des lits d'hôpital.

Alda Sif hoche la tête.

– Elle a sorti ses poubelles tôt le matin et, en remontant chez elle, elle a trébuché sur une chaussure dans l'entrée et s'est alors cogné la tête contre le guéridon. Elle n'a pas eu le temps de refermer sa porte. Son récit se recoupe avec celui des Polonais. Toujours en quête d'objets de valeur, ils ont sauté sur l'occasion et ont ramassé ce qu'ils pouvaient.

Elle regarde d'un air absent les malades allongés dans le couloir. Il n'y a eu nul besoin de cette crise pour que « l'un des meilleurs systèmes de santé au monde », comme le décrivent les décideurs à chaque occasion solennelle, soit confronté à la pénurie de moyens. Même pendant la prospérité et la croissance, les hommes politiques se sont employés à en saper les fondations.

– Les gens comme eux ne laissent pas une telle aubaine leur passer sous le nez, ajoute Alda Sif.

– Les gens comme eux ? Vous voulez parler des Polonais. Et pour ses comptes bancaires ?

La colère lui monte au visage.

– C'est la banque elle-même qui l'a dépouillée. Maman m'a raconté qu'un homme affable et tout à fait charmant l'avait appelée plusieurs fois en lui expliquant qu'il voulait lui indiquer la meilleure façon de faire fructifier l'argent qui dormait sur ses comptes. Elle a fini par accepter de placer les quelques millions qu'elle possédait dans un fonds en actions qui s'est aujourd'hui évaporé. Elle m'a dit qu'elle avait voulu faire plaisir à ce brave homme qui était vraiment adorable de veiller sur elle et sur ses intérêts de manière aussi sincère.

– Et le reste ? Comment explique-t-elle les abonnements aux revues et aux livres, les versements aux associations caritatives, aux collectes diverses et je ne sais quoi encore ?

– Même histoire. Des gens très polis l'ont appelée depuis des plateformes téléphoniques.

Le visage d'Alda Sif s'assombrit encore un peu plus.

– Maman est victime de sa vieillesse. Elle a été bernée et il n'y avait rien d'illégal dans tout ça. Elle affirme que ça la changeait un peu et que c'était plutôt agréable de voir que des gens lui téléphonaient pour discuter avec elle.

Nous échangeons un regard. Personne ne pourrait dire, je crois, lequel de nous deux a l'air le plus furieux, le plus triste ou le plus honteux.

Après avoir pris un café et des crêpes avec Gunnsa chez mes parents dans le quartier des Hlidar, je sors dans le froid glacial de ce samedi après-midi. Maman n'a pas arrêté de se lamenter sur les turpitudes de notre société tandis que papa se bornait le plus souvent à se mordiller la lèvre supérieure. Il plissait le front et fronçait les sourcils par intermittence comme s'il avait mal quelque part. Je lui ai demandé si quelque chose n'allait pas. Il m'a répondu non de la tête. Lorsque je l'ai serré dans mes bras pour lui dire au revoir, ses joues mal rasées m'ont semblé aussi râpeuses que du papier de verre.

Ça m'a fait du bien de les voir, juste pour les voir.

– Ma petite Gunnsa, dis-je, une fois dans la voiture que le journal continue de me prêter. Je compte prendre l'avion pour Akureyri tout à l'heure. Il faudrait que je voie Joa, Heida et peut-être aussi Olafur Gisli. Je dois prendre quelques trucs dont j'ai besoin et je rentrerai sans doute ici dans mon vieux tacot demain matin. Je n'ai pas vraiment eu le temps de faire mes bagages quand on m'a rappelé à Reykjavik l'autre jour et je préfère avoir ma voiture personnelle. Ça te dirait de m'accompagner ?

– Ok, me répond-elle, enthousiaste.

– On sera de retour ici en début d'après-midi, dis-je, tout guilleret.

Pendant que Gunnsa appelle Gulla, sa mère, et Raggi, je réserve deux places sur le prochain vol pour Akureyri et je préviens Joa et Heida de notre arrivée. Elles me proposent immédiatement de nous héberger.

Une heure plus tard, nous sommes installés à bord d'un avion de Flugfélag Islands. Au décollage, je me sens tout à coup libéré de cette atmosphère pesante et oppressante. Pendant les trois quarts d'heure de l'histoire humaine qui s'écoulent ensuite, jusqu'au moment où apparaissent les lumières de la ville sur la rive du fjord d'Eyjafjördur, je discute avec ma fille des livres qu'elle lit, des films qu'elle regarde et de la musique qu'elle écoute. Pas un mot sur la délinquance, sur la perte des repères moraux ou sur la crise.

– Nom de Dieu, qu'est-ce que ça fait du bien de laisser tout ça derrière soi pour quelques heures, déclare Gunnsa, la tête appuyée contre mon épaule.

Et moi qui pensais qu'elle vivait dans la plus parfaite insouciance.

– Je commençais à être en manque, dis-je. Je me demande parfois si l'agitation et le désespoir qui règnent à Reykjavik ne finiront pas par avoir ma peau.

Heida remplit les verres des convives de vin blanc à l'exception du mien tout en agitant sa crinière rousse.

– Si tu t'imagines que tout ça ne va pas contaminer la province, tu te trompes ou alors tu rêves.

– Malheureusement, je suis loin d'atteindre ton résultat en termes de journalisme et d'information, ici à Akureyri, m'annonce Joa, radieuse. En tout cas, pour l'instant.

Le stress, le désespoir et les soucis ne sont pas apparents sur le visage de celle qui est à la fois éditrice du *Courrier d'Akureyri* et bonne à tout-faire du *Journal du soir*. Plus tôt dans la soirée, les deux femmes se sont promenées avec Gunnsa et moi dans la quiétude glaciale du centre-ville où elles nous ont fait visiter le siège unifié des deux journaux, hébergé dans les locaux du *Courrier d'Akureyri*, situé rue Skipagata. C'est le jour et la nuit par rapport à notre ancienne succursale de la place de l'Hôtel de Ville. Les pièces exiguës où s'entassaient les vieux meubles en bois disparates rassemblés par Asbjörn ont été remplacées par des locaux clairs et spacieux aux murs blancs et le mobilier, tout de verre et d'acier, est homogène. Il n'y a aucun doute que la collaboration entre Joa et Heida fonctionne aussi bien que leur relation amoureuse.

Joa, qui mincit et se raffermit à chaque semaine qui passe, n'a pratiquement d'yeux que pour le joli visage et la forte poitrine de sa petite amie. Nous sommes assis dans l'appartement sous les combles qu'occupe Heida dans Adalstraeti, la rue principale, non loin de chez Brynja, la boutique de glaces mondialement célèbre. De la musique de chambre accompagne le dîner en sourdine.

– Einar a des capacités hors pair, déclare l'invité d'honneur de la soirée, le commissaire principal Olafur Gisli Kristjansson tout en reprenant une portion de truite saumonée. Eh oui, des capacités tout à fait exceptionnelles : le crime et le malheur le suivent où qu'il aille.

Ma fille, qui vide un peu rapidement son verre de blanc à mon goût, me lance un regard malicieux :

– Ces capacités seraient-elles inscrites dans les gènes, comme tant d'autres ?

– Que voulez-vous que j'y fasse ? dis-je, les bras levés au ciel. Voilà que cet enfant caresse le désir de devenir journaliste.

– Eh bien, en voyant les photos que tu as prises l'autre jour pendant l'interview d'Ölver, j'ai eu l'impression que ma place était menacée, confesse Joa à Gunnsa.

Le commissaire principal toise ma fille d'un air sévère.

– Loin de moi l'idée d'être désagréable, mais qui aurait envie de passer sa vie plongé dans tout ce chaos et cette déliquescence ? Il n'y a vraiment que les hommes comme ton père et moi.

– Que voulez-vous dire ? interroge Gunnsa.

Olafur Gisli se penche en avant au-dessus la table.

– Bon, je travaille dans la police et je représente le système. J'aime bien la police et l'idée que mes concitoyens lui fassent confiance me plaît. Mais moi aussi, je suis un citoyen et je suis vraiment désolé de devoir poser la question suivante : notre État de droit est-il encore digne de cette appellation ? Un rapport sur les causes de l'effondrement de l'économie a été publié par la commission d'enquête de l'Althingi, notre Parlement national. Tout le monde est d'accord pour dire que ce document dévoile la vérité dans ses grandes lignes. Mais dès qu'il a été question de déterminer les responsabilités, toutes les personnes impliquées sont bien vite rentrées se cacher chez elles, elles s'y sont enfermées à double tour, ont tiré les rideaux et montré du doigt la maison de leur voisin.

– Ils nous avaient pourtant convaincus qu'il en irait tout autrement, précise Heida en ouvrant une seconde bouteille. Or, c'est exactement le contraire.

Oligisli s'enflamme.

– Pouvons-nous avoir confiance et respecter ce genre de personnes ? Les honnêtes gens sont poursuivis parce qu'ils n'arrivent plus à payer leur maison ou leur voiture et, pendant ce temps, ceux qui ont conduit la nation à la ruine en lui faisant perdre des centaines, si ce n'est des milliers de milliards, voient leurs dettes effacées et se pavanent avec le butin. Un grand nombre a fui vers l'étranger et a déjà repris du poil de la bête. Ils sont protégés par le pouvoir politique, les banques et les cabinets d'avocats alors que monsieur tout-le-monde doit se débrouiller tout seul. Une société qui a laissé et laisse encore de tels événements se produire est à peine viable. Est-ce le genre de choses qui donne envie à nos jeunes intelligents et prometteurs ?

– Certains jeunes sont tout à fait prêts à s'y attaquer, objecte Gunnsa.

– D'autres personnes ne le sont pas et fuient le pays à toutes jambes, glisse Joa.

– Nous avons tout de même encore une police, des procureurs et des cours de justice qui s'efforcent de coincer cette clique, ajoute Heida. Quant à vous, Olafur Gisli, vous veillez au grain.

Le commissaire principal avale une grande lampée de vin blanc.

– On a taillé dans les effectifs de la police comme dans un jambon qu'on réduit en chiffonnade. Nous sommes dans l'incertitude la plus totale quant aux dotations financières, aux moyens humains, au redéploiement d'effectifs, à la diminution du nombre de commissariats et Dieu seul sait quoi encore. Les cours de justice sont asphyxiées. Les prisons débordent et les condamnés attendent pour purger leurs peines. Pendant ce temps, le crime prospère et la faune des malfrats se développe comme jamais. Nous restons avec des gangsters étrangers endurcis sur les bras tandis que d'autres étrangers, totalement irréprochables, repartent dans leur pays car ils ne trouvent plus de travail ici.

Le silence s'abat sur l'assemblée.

– Vous vous rendez compte, poursuit Olafur Gisli, un quart des détenus incarcérés en Islande et soixante-dix pour cent des personnes placées en détention provisoire sont d'origine étrangère. On peut se demander quand les Hells Angels vont devenir l'un des partis politiques du pays. D'ailleurs, verrons-nous la différence avec les autres ?

Les convives échangent des regards. Les bougies projettent une clarté vacillante sur les visages dubitatifs. Ces propos sont un peu rebattus. Ils ont été tenus dans chaque maisonnée, chaque entreprise et chaque réunion. Mais je ne m'attendais pas à les entendre de la bouche d'Oligisli.

– Le pire, reprend-il, ce serait que le crime soit banalisé dans les esprits. L'absence de morale, le mépris de l'humain, l'irresponsabilité et le déni de réalité sont comme des virus qui contaminent toute la vie sociale. Il n'y a qu'à voir les escroqueries aux allocations de toutes sortes. Enfreindre la loi devient partie intégrante de la survie et de la débrouille. Et les enfants ne tarderont plus à avoir des parents qui détestent le monde entier.

– En effet, dis-je, les mots justice et droit n'ont plus beaucoup de sens pour une grande partie de la nation. Ces constantes sont devenues aussi fluctuantes que floues.

– Et quelles en sont les conséquences ? poursuit-il. La loi et l'ordre ne sont plus qu'une plaisanterie. Une mauvaise plaisanterie.

Je romps le silence des autres convives :

– Décidément, on n'est plus à l'abri nulle part. On se croirait revenus à Reykjavik.

– Ah, pardonnez-moi, nous prie Olafur Gisli en levant son verre avec un grand sourire. Je me mets à tenir de grands discours comme ces prédicateurs de la fin du monde. Et si on trinquait ?

– À quoi donc ? interroge Gunnsa.

Je lève mon verre de Coca.

– À la nouvelle Islande, non ?

« Évidemment, les flics seront là, déclara Alla quand ils montèrent tous les quatre pour lui balancer un sandwich au jambon ramolli. Et, bien sûr, ils vont essayer de nous faire un coup de bluff. » La gamine percevait la tension et la fébrilité qui régnaient dans le groupe. Il doit se passer quelque chose, pensa-t-elle. Je vais bientôt pouvoir rentrer à la maison. « Alla, ne t'inquiète pas, déclara le gars qui portait habituellement un treillis, aujourd'hui remplacé par un jean noir. J'ai un plan. » Alla se mit en colère : « Puisque tu as un plan, Friddi, tu pourrais peut-être nous l'exposer ! » C'était la première fois qu'elle entendait le prénom d'un autre membre du groupe, à l'exception de celui d'Alla. « Ne crie pas comme ça, répondit Friddi. Je vous expliquerai le moment venu. » Le gars à la cigarette était resté à l'écart. Il tenait une bouteille de bière qu'il buvait à petites gorgées. Il

s'approcha de la petite et la poussa de sa main libre alors qu'elle était assise sur sa boîte. « Demain, tu vas nous rapporter deux millions, petite salope, vociféra-t-il. Et si tu t'imagines que tu vas pouvoir t'échapper, tu rêves ! » « La ferme, s'écria Friddi. Fous-lui la paix ! » « Oh, oh, oh ! s'exclama l'autre. Tu la défends ? Tu as peut-être envie de la prendre par-derrière ? » À ce moment-là, le gars qui portait des lunettes l'attrapa sous les bras, lui rattacha les mains et les pieds, puis lui remit le bandeau. Elle les entendit continuer à se disputer tandis qu'ils redescendaient. Vingt milliards ? Vingt millions ? Deux millions ? Déconcertée, elle était à nouveau seule avec son désespoir.

Tout au long de la soirée, j'ai régulièrement consulté mon portable, mais je n'ai reçu aucun message de Margret. Avant d'aller me coucher, je vérifie mon courriel sur l'ordinateur de Joa. Voici la réponse de l'avocate voyageuse :

Ölver s'efforce de gagner du temps. Le ravisseur a accepté qu'il verse un « acompte » de deux millions de couronnes en coupures de cinq mille et de mille, en échange de quoi il lui accorde un délai supplémentaire pour rassembler le reste de la somme. La police prévoit de coincer l'intéressé lorsqu'il ira chercher le colis, et de clore ainsi cette affaire. Le problème c'est que le ravisseur n'a toujours pas dit où, comment et à quelle heure il veut que la rançon lui soit remise dimanche. Cela complique la tâche des flics pour monter leur opération. J'en saurai peut-être plus d'ici peu, mais je suis toujours au Luxembourg. La somme sera réunie demain midi et je suppose qu'on recevra d'autres instructions. On a tout fait pour convaincre le ravisseur par SMS que vingt milliards représentent une somme irréaliste et qu'une telle quantité d'argent ne saurait exister en liquide, mais uniquement sous forme de virements bancaires électroniques. Hélas, il semble ne pas le comprendre.

Et qui saurait l'en blâmer ?

18

Dimanche

– Quand nous revoyons-vous ? me demande Heida lorsque Gunnsa et moi prenons congé d'elle et de Joa.

– Je n'en sais rien. Au plus vite. Enfin, espérons.

– Au plus tard ce printemps, répond Joa, radieuse. Nous vous lançons une invitation.

Mon visage se transforme en point d'interrogation.

Heida prend ma vieille amie dans ses bras.

– Il y a du mariage dans l'air, annonce-t-elle.

Pendant un long moment, mon tacot refuse de quitter Akureyri. Il finit toutefois par renoncer à toute résistance et consent enfin à démarrer. Nous passons voir Karolina qui occupe encore l'appartement qu'elle habitait avec Asbjörn au dernier étage des anciens locaux du *Journal du soir* sur la place de l'Hôtel de Ville. Les bureaux ont été loués à une société qui conçoit des logiciels informatiques et ma maison jumelée du quartier de Hlidahverfi abrite désormais une petite famille. La dame nous réserve bon accueil, Snulli sautille et frétille. Snaelda se perd en trilles, puis s'envole de sa cage pour venir se poser sur mon col de chemise. Karo offre un Coca et une part de gâteau à Joa pendant que je farfouille dans la remise et balance quelques frusques, livres et autres objets nécessaires dans un grand sac. Snaelda rechigne à retourner dans sa cage et à quitter mon col sur lequel elle laisse quelques crottes tire-bouchonnées en guise d'au revoir. Je nettoierai ça plus tard.

– Je dois rendre une petite visite à quelqu'un avant de retourner à Reykjavik, dis-je à ma fille alors que nous quittons le centre-ville.

Je me gare devant l'immeuble de Jens Tryggvason. Gunnsa préfère m'attendre dans la voiture. À peine suis-je sorti du véhicule qu'elle allume une cigarette.

Je le prends au saut du lit. Jens jette un œil par la porte entrouverte et fronce les sourcils. Les plis de l'oreiller, imprimés sur sa joue, dessinent un motif graphique en relief. Le teint gris et les yeux cernés, il semble ne pas me reconnaître. Mais il reprend bientôt ses esprits et m'ouvre sa porte. Vêtu d'un pyjama bleu à carreaux, il m'a l'air de tenir une sacrée gueule de bois. Je le prie de m'excuser pour le dérangement avant de le suivre au salon où des canettes de bière sont entassées sur la table ainsi qu'à côté de l'évier du coin cuisine.

– Alors, c'était la fête, hier soir ?

Il se frotte le crâne d'une main tremblante.

– Mouais, pas vraiment. J'ai bu quelques bières. J'ai l'impression d'être en lambeaux.

– À cause de ce qui est arrivé à votre amie Agla Sigridur ?

– Je n'ai plus grand-chose à attendre de la vie, marmonne-t-il en s'installant sur le canapé et en se frottant les yeux.

– Dites-moi, Jens, apparemment, l'enquête est mal partie. La police est au point mort et les indices ou les informations qu'elle reçoit sont aussi inutiles que contradictoires.

Il me regarde, les yeux rougis.

– Avez-vous réfléchi à ces mots qu'elle m'a dits avant de mourir ? Je sors mon calepin pour lire à haute voix :

« Il… m'a parlé… sans me parler vraiment. Il… m'a parlé… depuis… une autre… direction. »

– Oui, répond-il après avoir réajusté son appareil auditif. J'y ai réfléchi. La seule chose qui m'est venue à l'esprit c'est qu'elle a peut-être rencontré quelqu'un qui lui a parlé sans qu'elle puisse voir ses lèvres : soit parce qu'il plaçait sa main devant, soit parce qu'il les bougeait très peu, soit parce qu'elles étaient cachées sous ses moustaches. Elle n'est pas parvenue à lire sur les lèvres de cette personne et a donc essayé d'entendre ce que cette dernière lui disait.

– À un moment, elle a perdu son appareil auditif. On peut se demander si c'est arrivé avant ou après cette conversation.

– Après, obligatoirement. Sinon, elle n'aurait rien entendu du tout.

– Mais elle aurait quand même pu lire sur les lèvres de l'intéressé ?

– Oui, si elle les a vues. Tout ce que je peux dire, c'est que l'individu en question s'est exprimé d'une manière qui a perturbé son oreille et brouillé ses perceptions.

– On peut, dans ce cas, imaginer qu'ils étaient plusieurs ? Je veux dire, peut-être en regardait-elle un alors qu'un autre lui parlait et qu'il était placé, euh, à l'extérieur de son champ visuel. Et cela l'aurait empêchée de faire la distinction entre les deux ? C'est envisageable que de telles circonstances aient pu la perturber ?

Jens se frotte à nouveau les yeux et garde un instant le silence.

– Oui, c'est tout à fait possible, mais je ne sais pas si c'est le cas.

Il se relève péniblement et se prend la tête à deux mains.

– Je crois que je vais devoir me recoucher. J'ai un mal de crâne pas possible.

– Encore une chose : imaginons qu'Agla Sigridur soit montée à bord d'une voiture à l'endroit où le chariot de la poste se trouvait et qu'ensuite on l'ait balancée par la portière non loin de là où je l'ai découverte. Puisque vous la connaissiez bien, qu'est-ce qui, à votre avis, aurait pu la conduire à abandonner son chariot ?

– Rien, me répond-il sans la moindre hésitation. Elle a été agressée, c'est la seule explication.

– Pouvez-vous imaginer un événement particulier susceptible de piquer sa curiosité ou de susciter son intérêt ? Si une voiture est passée à proximité, quelle raison aurait pu la pousser à engager la conversation avec le conducteur ou l'un des passagers ?

Il secoue la tête.

– Évidemment, elle l'aurait fait si elle avait connu les personnes concernées. Aggasigga était extrêmement prudente, presque méfiante, comme un grand nombre de malentendants.

Je lui lance un coup d'œil pénétrant.

– J'ai cru comprendre qu'elle ne fréquentait pas grand monde. De qui aurait-il bien pu s'agir ?

– Je n'en sais rien, mais ce n'était pas moi, si c'est ce que vous insinuez.

– Et vous n'avez vraiment aucune idée ?

Jens Tryggvason s'avance vers la porte. Il a manifestement envie de se débarrasser de moi au plus vite.

– J'en ai des tas. Il peut s'agit d'un de ses collègues, d'un de ceux chez qui elle distribuait le courrier, de quelqu'un qui était à l'école avec elle à Reykjavik ou simplement d'une personne qu'elle connaissait de vue.

Hier, je regardais d'un œil concupiscent les verres de blanc de Joa, d'Heida, d'Olafur Gisli et, hélas, de ma fille. Aujourd'hui, le spectacle de Jens, tremblant devant moi, me console plus que je ne saurais dire.

– Arrestation d'un groupe d'étudiants pour culture intensive de cannabis dans une ferme abandonnée à proximité de Reykjavik.

Gunnsa lit les titres du *Gratuit* à haute voix, histoire de nous distraire un peu tandis que nous roulons vers la capitale.

– Augmentation de la natalité depuis l'effondrement de l'économie.

– Quoi ?

Nous traversons la vallée d'Öxnadalur, presque entièrement dissimulée derrière un rideau de pluie. La température est subitement remontée depuis hier soir.

– Eh oui, répond Gunnsa, pleine d'entrain. C'est écrit là. Les Islandais seraient-ils la seule nation au monde à oublier la crise en tirant leur coup ?

La formulation me déplaît.

– Hmm… Ce serait tout à fait leur genre de faire plus de mômes au moment où les finances s'effondrent. C'est là le signe de leur sens inné des responsabilités.

– Tiens, en voilà une bien bonne : une femme condamnée à trois mois de prison ferme pour avoir volé deux côtelettes dans un supermarché ainsi qu'un vibromasseur dans une boutique spécialisée.

– *Now, you're talking*, Gunnsa. Tu viens de me redonner foi en l'État de droit, version islandaise.

Mon tacot hoquette régulièrement et cale par deux fois. Il n'a décidément aucune envie de retrouver Reykjavik. En traversant le bourg de Blönduos, je m'arrête à un garage qui a la particularité d'être ouvert le dimanche. L'homme à la cagoule plongé dans son travail a quelque chose de familier, mais je suppose qu'il a simplement froid aux oreilles. Pendant qu'il tripote le moteur et que Gunnsa discute avec lui comme s'ils avaient gardé les cochons ensemble, je m'éloigne pour fumer une cigarette.

Mon Dieu, que ce pays peut être petit !

Mais pourquoi diable est-il donc si difficile à cerner ?

Quelques instants plus tard, mon tacot ronronne à nouveau et je paie à l'encagoulé une somme plutôt raisonnable, l'air aussi gêné que je lui suis reconnaissant.

Nous faisons halte au relais routier de Stadarskali dans le fjord de Hrutafjördur et avalons un hot-dog avant d'affronter la lande. Je consulte mon portable. Aucun message de Margret. Il est plus de midi. J'essaie de joindre Floki Hreinn, mais il ne décroche pas. J'appelle la police. On me répond qu'aucune information supplémentaire ne sera communiquée aujourd'hui. Devrais-je tenter ma chance auprès de Jonas Palsson ? Non, j'en ai un peu marre de me faire raccrocher au nez.

Il est manifeste que je ne parviendrai pas à honorer le rendez-vous pris avec Sigurbjörg, je l'appelle donc, debout sur le trottoir du relais routier. Le voyage sera plus long que prévu. La visibilité est mauvaise et la route de plus en plus verglacée au fur et à mesure qu'on progresse vers le sud-ouest du pays.

– Ok, dit-elle dès que je lui ai exposé la situation. En tout cas, merci beaucoup pour tes relectures. Quoi de neuf dans l'enquête sur la postière ?

Je lui communique les dernières nouvelles, pour autant qu'on puisse les qualifier ainsi.

Elle se contente d'écouter en silence.

– Et ce travail te plaît toujours autant ? C'est agréable d'écrire tout ça ? Tu apprécies le bonhomme ?

J'ai l'impression de l'entendre réfléchir.

– Disons que c'est intéressant parce que ça change un peu du reste. Au fait, ça te plairait de m'accompagner pour rencontrer Rikki ?

Je suis désarçonné.

– Eh bien, j'ai vraiment d'autres chats à fouetter. Mais on verra. Essayons de nous voir demain pour comparer nos agendas.

Les lumières de la ville s'étendent à perte de vue dans la pénombre vespérale. Je n'ai toujours reçu aucun message de Margret. Gunnsa me montre comment vérifier mes courriels depuis mon portable. Pas un mot de Margret là non plus. Ça ne me plaît pas. Nouvelle tentative auprès de Floki Hreinn, en vain. Que faire ? Le guet devant la maison d'Ölver ou me planquer à côté du commissariat ?

Je longe le boulevard Miklabraut et m'apprête à déposer Gunnsa chez Raggi et sa mère, sur le boulevard Haaleitisbraut, quand mon portable émet un bip.

Dépôt rançon dans poubelle verte au milieu du parc de l'église de Landakot vers 18h.

– *Holy shit* ! Vers dix-huit heures ? Mais c'est dans une demi-heure.

– Qu'est-ce qui est dans une demi-heure ? s'inquiète Gunnsa.

Et que signifie ce « vers dix-huit heures » ? me dis-je avant de mettre ma fille dans la confidence.

– Je viens avec toi, décrète-t-elle.

– C'est hors de question !

– Papa, ne perds pas ton temps. D'ailleurs, tu auras besoin d'un photographe.

Je sais qu'en ce dimanche de crise, je risque d'avoir sacrément du fil à retordre pour en dégotter un au pied levé.

– Tu as ton appareil ?

Elle tend le bras vers la banquette arrière avec un sourire victorieux.

Au lieu de prendre le boulevard Haaleitisbraut, je continue sur Miklabraut en appuyant à fond sur l'accélérateur.

– Il commence à faire drôlement sombre, dis-je quand nous arrivons dans le quartier Ouest, à proximité du carrefour du boulevard Hringbraut et de la rue Hofsvallagata. Tu crois que tu réussiras à prendre des photos ?

– On verra bien, répond ma collaboratrice d'un ton détaché, son appareil entre les mains.

Nous voilà coincés à un feu rouge.

– Gunnsa, il s'agit d'une opération de police. On ne sait jamais comment ça peut tourner. Prends des photos de tout ce que tu peux, mais obéis à tout ce que je te dis. À part ça, sers-toi du zoom, et pas qu'un peu.

Elle me répond d'un hochement de tête en préparant son matériel. Le feu passe au vert. Je tourne à droite et remonte en trombe la rue Hofsvallagata puis j'oblique à gauche sur Havallagata où je suis forcé de ralentir. L'étroite voie bordée d'imposantes et respectables maisons individuelles ou jumelles est calme et pour ainsi dire déserte. Aux fenêtres des cuisines, leurs occupants se concentrent sur le repas du dimanche. Je gare ma bagnole en contrebas du parc de Landakot.

La pleine lune trône au-dessus de la ville et les lueurs d'un soleil couchant rose et orangé enflamment l'horizon. Le soir glacial et sec est l'exact opposé de la douceur et de l'humidité qui règnent maintenant dans le Nord.

L'église catholique s'élève au centre du parc. Je ne vois aucun signe de l'opération de police qui se prépare. Mais c'est bien sûr le propre de la préparation d'une telle opération que d'être invisible.

Je consulte ma montre : dix-huit heures moins vingt-trois minutes.

– Attends un moment, Gunnsa chérie, dis-je en descendant de voiture.

De là où nous sommes, la vue sur le parc est plutôt mauvaise. Il est entouré de buissons nus mais épais et partiellement occulté par la pente de la rue. Je rejoins le trottoir d'en face, puis m'avance sur le sentier dallé qui traverse le parc. Le gazon autour de la majestueuse Église du Christ est illuminé et des projecteurs diffusant une clarté pâlotte sur le terrain de jeu, situé à droite. Les vitraux multicolores me font penser à un arbre de Noël décoré.

Je m'immobilise pour scruter les lieux. Pourquoi le ravisseur a-t-il choisi cet endroit en plein centre-ville où il y a constamment du passage ? Sans doute justement pour cette raison-là. C'est sans doute aussi parce qu'il pense que la police s'est parfaitement préparée qu'il a attendu le dernier moment pour communiquer ce lieu plutôt fréquenté, afin de compliquer les opérations.

Le sentier dallé se divise en deux branches. La première descend directement vers la rue Tungata et la seconde oblique à droite pour rejoindre la résidence de l'ambassadeur de Russie, située à l'angle de Holavallagata, qui borde le parc sur le côté est. Une femme emmitouflée dans une fourrure, tenant son chien au bout d'une laisse interminable, arrive de là-bas. L'animal court de tous les côtés et sa propriétaire peine à maintenir le cap. J'aperçois alors la poubelle verte : un cylindre d'acier percé de trous sur le côté et attaché par une chaîne à l'un des projecteurs. Le chien saute et flaire la poubelle jusqu'à ce que la femme tire d'un coup sec sur la laisse. Comment faire entrer deux millions en billets par ces trous ? C'est pour moi un mystère.

Il est dix-huit heures moins dix-huit minutes. Je fais volte-face et retourne en courant jusqu'à ma voiture. En chemin, je tombe nez à nez avec ma photographe qui, au lieu d'obéir à mes recommandations, a rejoint le sentier dallé où elle prend quelques photos du parc et de l'église. Je l'attrape par le bras et la pousse à l'intérieur du tacot. Je descends les quelques mètres qui me séparent de l'angle de Holavallagata où je m'engage avant de me garer devant la résidence de l'ambassadeur de Russie.

– Dehors, dis-je, et tiens-toi prête à faire feu.

Il y a pas mal de circulation sur Tungata. Nous nous postons à la limite du parc. Tout à coup, les cloches de l'église retentissent et résonnent de toute leur puissance au-dessus du vieux centre-ville. En haut du sentier, j'aperçois le chien qui détale, entraînant la femme à sa suite. Gunnsa se met à mitrailler. En un clin d'œil, la pelouse est envahie de formes noires lancées au pas de course, et dont les ombres immenses sont projetées sur la nef. Les abords de la poubelle sont toutefois déserts. Nous avançons vers l'église et les hommes en noir nous filent sous le nez. Ils se précipitent de l'autre côté de la rue, en direction du vieil hôpital de Landakot. Je saisis Gunnsa par le bras, nous sautons dans la voiture et remontons la rue Tungata. L'escadron a disparu.

– Non, mais c'est quoi ça ? dis-je, arrêté à l'angle d'Aegisgata, au pied de l'hôpital.

– Les voilà ! s'écrie Gunnsa en brandissant son appareil. Ils sont là-bas !

Deux gros véhicules de police et un troisième plus petit quittent le parking situé à l'arrière de l'hôpital et, tous gyrophares dehors, mais sans sirène, descendent en trombe la rue Hofsvallagata. Je n'ai d'autre choix que de les suivre. Au carrefour du boulevard Hringbraut, trois voitures nous séparent des véhicules de police qui tournent à droite en grillant le feu rouge, lequel, heureusement, ne tarde pas à passer à l'orange, puis au vert. Quand nous approchons du bâtiment de JL, ils franchissent le rond-point face à la mer et foncent à gauche sur le boulevard Eidsgrandi, puis prennent un virage à quatre-vingt-dix degrés pour entrer dans la rue Öldugrandi avant de s'immobiliser devant le centre commercial d'Eidistorg. La rue est bloquée par leurs véhicules, garés au beau milieu. Je me perds en imprécations et je m'entête. Je prends la rue Sudurströnd qui longe la mer, puis tourne à droite sur la rue Nesvegur. Quand je gare enfin mon tacot sur le parking spacieux et peu encombré du centre commercial, tout est calme. Il n'y a pas foule en ce dimanche. Les lieux sont loin d'être aussi bien éclairés que les abords de l'église de Landakot. Je me gare au plus près de la rue. Les véhicules de la police sont droit devant nous, immobiles et plongés dans l'ombre, en file indienne. Ceux qui étaient à leur bord y sont-ils encore ou sont-ils entrés dans le centre commercial ?

J'observe Gunnsa qui semble tendue, l'œil collé au viseur de son appareil. Puis j'inspecte les alentours. À droite, un chemin goudronné débouche sur une rue résidentielle paisible. Juste à côté de nous s'élève un cube de béton couvert d'échafaudages, dont la construction est à l'arrêt. Au coin, sur le petit terrain de jeu, deux garçons jouent au ballon. En contrebas, le long de la rue Nesvegur, un homme âgé d'une cinquantaine d'années bichonne sa voiture à la station d'essence. À gauche, on a le bâtiment du centre commercial lui-même : le supermarché Hagkaup, le magasin d'alcool Vinbud, monopole d'État, une agence d'Islandsbanki, la banque d'Islande, la bibliothèque du quartier de Seltjarnarnes et quelques autres entreprises islandaises d'utilité publique. Il me semble déceler du mouvement à l'intérieur. Au milieu du parking, on voit un caddie vide et, non loin de là, deux grandes bennes à ordures montées sur roulettes, l'une verte, l'autre bleue. Sans doute est-il plus facile de caser deux millions là-dedans que dans la petite tirelire en ferraille du parc de Landakot. Cela dit, je ne parviens pas à me représenter le volume qu'occupent deux millions en liquide.

– J'ai l'impression que ce ravisseur est un petit malin, dis-je à Gunnsa. Il déstabilise complètement les flics en changeant le lieu du dépôt au tout dernier moment.

Elle se met tout à coup à mitrailler à travers le pare-brise. J'aperçois sur le côté un petit homme barbu et rondelet vêtu d'un imperméable noir. Il remonte la rue Öldugrandi, dépasse les voitures de police et se rapproche du parking. Ölver Margretarson Steinsson marche d'un pas pesant, un sac en plastique noir gonflé et distendu à la main. Il s'arrête à proximité des bennes, se met à piétiner en regardant régulièrement sa main libre. Sans doute y tient-il son téléphone portable, dans l'attente de nouvelles instructions. Tout à coup, il lève le bras pour consulter l'écran de l'appareil. Il se dirige vers la rangée d'imposantes maisons individuelles situées au nord du parking. Le jardin de certaines d'entre elles est fermé par d'assez hautes palissades en bois. Il s'immobilise à nouveau et attend. Mais pas longtemps. Il reçoit un nouveau SMS et s'avance vers la palissade d'une autre maison.

Je descends de voiture, suivi par Gunnsa. L'homme de la station-service s'en va et les garçons abandonnent le terrain de jeu, ils remontent en courant l'allée goudronnée. Deux femmes d'âge mûr quittent le centre commercial. Ölver marche lentement le long de la clôture. Les planches qui la constituent sont si serrées qu'on ne voit même pas le jardin qui se trouve derrière. Il regarde une fois encore son téléphone. Gunnsa se démène avec son appareil photo comme avec une mitraillette quand Ölver attrape le sac à deux mains pour le balancer, non sans mal, par-dessus la clôture. L'instant d'après, les portières des véhicules de police s'ouvrent et les ombres noires se précipitent vers Ölver. Il agite les bras en désignant la palissade qui, bien que pas très haute, est suffisamment élevée et compacte pour empêcher de voir tout mouvement de l'autre côté. Quelqu'un donne des ordres et les hommes des Forces d'intervention spéciales se séparent en trois groupes. Certains courent et longent la maison sur le côté gauche, d'autres s'engagent sur le sentier, à droite. Trois d'entre eux se précipitent vers Gunnsa et moi, menaçants et armés, vêtus de noir avec des casques qui scintillent, des cagoules et des boucliers.

En un clin d'œil, je me retrouve le visage plaqué contre le goudron. Je lève les yeux et vois ma fille les mains en l'air en signe de reddition.

– Hé oui, papa, dit-elle. Voilà l'Islande d'aujourd'hui !

Je reprends à mon compte son expression favorite :

– Et alors, Gunnsa, qu'est-ce que tu crois ?

Je n'ai pas envie de plaisanter, mais lorsque je regarde le canon béant du fusil à pompe qui me toise, j'éclate de rire comme un imbécile.

Ce furent les cris qui la réveillèrent. Quelqu'un l'attrapa par le haut de son pantalon. Elle eut l'impression qu'on tentait de lui ôter sa ceinture. « Höddi ! Tu es malade ou quoi ? » Elle reconnut la voix de Friddi, les entendit se battre, puis sentit Friddi lui ôter le bandeau. Dès que ses yeux se furent habitués à la pénombre, elle constata que le grand à la cigarette avait reculé. « J'avais juste envie de la baiser, déclara Höddi avec un rire. Juste de la sauter, histoire de fêter la journée ! Mais t'as peut-être une putain d'envie de la dépuceler toi-même ? » « Tais-toi, rétorqua Friddi, tu n'as jamais baisé aucune fille et ce n'est pas avec elle que tu vas commencer ! » Il secoua la tête, l'index pointé vers le grand sac-poubelle noir et tout gonflé, posé sur le sol. Nous sommes riches, espèce de débile. » « Et bientôt, nous le serons encore plus », précisa Alla. Une cigarette au coin des lèvres et une bière à la main, Höddi s'approcha du sac. Il tendit la canette à Alla, attrapa le sac et le souleva au-dessus de la gamine. Puis il vida le contenu sur elle en poussant des cris de Sioux. Les liasses se déversèrent longuement sur la petite. Elle avait des billets sur la tête, sur les jambes et tout autour d'elle, sur le parquet. « Qu'est-ce que ça t'apporte de faire ça ? demanda celui qui portait des lunettes et dont elle ignorait encore le prénom. T'es vraiment qu'un crétin. » Höddi s'approcha de lui, prit la canette en ferraille des mains d'Alla et parut s'apprêter à l'enfoncer sur le visage de celui qui le défiait. Friddi était prêt à intervenir, mais Höddi éclata tout à coup de rire et se mit à danser dans la pièce. « On les a eus ! jubila-t-il. Putain, ouais, on les a bien eus ! » « L'idée du caddie était super géniale, renchérit Alla. Ils n'avaient aucune chance de nous coincer. » « C'est toi qui vas recompter tout ça et le remettre dans le sac ? » interrogea Friddi. « Sûrement pas, rétorqua Höddi. On se partage le fric tout de suite. » « Pas question », répondit Friddi. Le gars à lunettes secoua la tête. « Pas un seul de ces billets n'ira dans nos poches avant que tout ne soit fini. On va attendre tranquillement qu'il n'y ait plus aucun danger. » Alla s'accroupit et ramassa quelques liasses. « Ok, déclara-t-elle, et si nous faisions un peu travailler the hostage *pour qu'elle paie sa bouffe ? » Elle balança les billets au visage de la gamine, puis lui libéra les mains et les pieds. « Allez, compte-moi tout ça ! » lança-t-elle. « Et préviens-nous à chaque fois que tu atteins les cent mille. » «* Yes *! triompha Höddi. Vas-y, compte la menue monnaie que ton méga malfrat de père a daigné payer pour toi. De toute façon, tout ce fric, il l'a volé ! »*

19

Lundi matin

– Einar, j'ai toujours cru dur comme fer que tu n'avais aucun sens des responsabilités…

– Merci bien, ma chère Gulla.

– … cela dit, je ne savais pas que ta bêtise relevait de la folie furieuse.

– Merci, merci, merci !

– Comment une idée pareille a-t-elle pu germer dans ton esprit ? Comment as-tu pu mêler notre fille à une intervention policière et à cette sombre affaire ? Non mais, c'est quoi, ton problème ?

– Si seulement je le savais, dis-je avec un soupir à la mère de ma fille. Vois-tu, Gulla, tout simplement, les choses ont tourné comme ça.

– Tourné comme ça ! hurle-t-elle au téléphone.

Je regarde Gunnsa, encore endormie sur le canapé du salon, épuisée par nos aventures d'hier soir. Son irresponsable de père est tout autant assommé, après une nuit des plus courtes.

– Parfaitement, elles ont tourné de cette manière. Les événements se sont enchaînés à toute vitesse. J'étais incapable d'imaginer la tournure qu'ils allaient prendre. Mais le plus important, c'est peut-être que Gunnsa elle-même avait envie de vivre ça. À seize ans, elle est aussi mûre que si elle en avait vingt et un. C'est une adulte.

Je n'avance ces arguments que pour la forme.

– Adulte ? renvoie Gulla, plus calme. Eh bien, oui, en tout cas, elle l'est plus que son père, c'est sûr !

Je ne peux tout de même pas lui dire que l'origine de mon irresponsabilité est sans doute à rechercher dans le sentiment de culpabilité que j'éprouve après avoir négligé mon rôle de père pendant de longues années. Et qu'une forme d'irresponsabilité en chasse une autre. Qu'en réalité, je suis prêt à tout pour que ma fille ait envie de passer du temps avec moi. Une telle confession n'aurait aucune grâce aux oreilles de Gulla.

– Ce n'est pas la peine de s'énerver comme ça. Tout s'est très bien passé. Gunnsa s'est comportée en héroïne. Tu n'as qu'à regarder la une de notre édition d'aujourd'hui.

Quand Gulla a raccroché, j'attrape le *Journal du soir* sur la table du salon et j'admire longuement les photos prises par ma progéniture. Leur grain est un peu grossier à cause de la pénombre, la distance leur donne un côté flou, mais elles en disent long, surtout pour ce qui est de la plus grande, qui représente Ölver Margretarson Steinsson lançant un sac-poubelle noir par-dessus la palissade : un homme d'affaires richissime au bord du gouffre, un sac-poubelle, de l'argent, une fillette en danger.

Les choses ne sauraient être plus claires, même si les développements futurs de cette affaire ne le sont pas.

Après avoir réveillé Gunnsa, je lui ai offert un café en la regardant contempler le fruit de son travail de la veille avec une certaine fierté. Puis, je lui ai dit au revoir et l'ai déposée chez Runa qui m'a lancé un regard accusateur et silencieux tandis que Raggi, tout heureux, serrait sa bien-aimée dans ses bras. Je remonte maintenant à la rédaction.

Les événements de la veille au soir défilent dans mon esprit. Pendant que Gunnsa et moi étions embarqués d'une manière déterminée, mais pas vraiment violente, dans l'un des véhicules, j'entendais les cris des policiers et des membres des forces spéciales qui se déployaient partout dans le périmètre et se lançaient aux trousses de celui qui avait réceptionné le sac-poubelle dans le jardin. Ils revinrent bredouilles, en proie à la surprise, à la déception et à une juste colère. Au terme de quelques tergiversations, on nous conduisit au commissariat où on nous installa dans une salle d'interrogatoire. L'appareil de Gunnsa lui fut confisqué, en dépit de ses vigoureuses protestations. Comme je m'y attendais, Jonas et ses acolytes ont passé un certain temps à exiger que je leur dévoile mes sources d'information concernant le lieu et l'heure du rendez-vous fixé par le ravisseur. J'ai exigé en retour qu'ils appellent Hannes ainsi que l'avocat retors et intraitable du *Journal du soir*, surtout pour que la police ne confisque pas les photos.

Petit florilège :

Jonas, agacé : Tu as décidément l'intention de continuer à mettre en péril notre enquête et la vie de cette gamine ?

Moi : Non, je ne vois pas comment je continuerais une chose que je n'ai jamais commencée. Je passe mon temps à essayer de vous contacter, toi et tes collègues, pour qu'on collabore. Vous ne feriez pas mieux de mettre tout en œuvre pour essayer de comprendre comment diable le ravisseur a bien pu vous échapper avec la rançon ?

Jonas : C'est ce qu'on fait, bien entendu.

Moi : On peut imaginer qu'ils sont plusieurs, non ?

Jonas : Ici, c'est moi qui pose les questions !

Moi : Certes, mais tu vois, Jonas, tes questions sont idiotes. Et quoi que tu puisses en penser, il est indéniable qu'il a été très malin de la part des ravisseurs de changer de lieu au dernier moment pour vous compliquer la vie. Tu crois que ça pourrait indiquer que nous avons affaire à des professionnels ?

Jonas, avec un soupir las : Je refuse de répondre à ça.

Moi : Il est vrai qu'il n'est pas facile de parlementer avec quelqu'un qui envoie des SMS quand ça lui chante et qui éteint le téléphone immédiatement après. Voilà un genre de négociations plutôt unilatéral. Il faudrait plutôt parler d'instructions, envoyées par le ravisseur.

Jonas : Autrement dit, toi aussi, tu reçois ce genre de messages ?

Moi : Oh non, je ne suis pas en contact avec le ravisseur. Vos multiples recherches ne vous ont pas permis de découvrir le moindre indice sur l'identité de celui ou de ceux qui sont derrière tout ça ?

Jonas : On n'en serait pas là si c'était le cas, pauvre crétin !

Moi : Vous avez envisagé l'hypothèse que l'un des deux parents ou peut-être même les deux en accord essaieraient de récupérer de l'argent dans la procédure de liquidation ? Et qu'ils aient pu engager des professionnels pour faire ce boulot ?

Jonas : Pourquoi cette question ?

Moi : Eh bien, je ne fais que m'interroger et réfléchir à l'ensemble des hypothèses. Quelqu'un de ma connaissance a été témoin d'une dispute entre les deux époux. Il a dit qu'on aurait pu se croire dans une scène de *Qui a peur de Virginia Woolf ?*

Jonas : Ah bon ?

Moi : Il s'agit d'un drame psychologique classique, Jonas. Autrement dit : on peut imaginer qu'ils aient joué la comédie.

Jonas : Tes comédies tirées par les cheveux ont peu de chance d'appartenir un jour au registre classique.

Nous n'avons été libérés qu'aux alentours de dix heures du soir. Nous sommes montés directement à la rédaction pour mettre sous forme imprimée cette tragédie familiale tirée par les cheveux. Alors que je me gare maintenant au parking devant notre siège, je suis envahi par la pensée désagréable que ce drame, peu importe la manière dont il a débuté et celle dont il se terminera, n'a aucune chance de se transformer en une sympathique comédie.

Après une rapide réunion avec Hannes et Asbjörn, je m'installe à mon bureau pour appeler Andrés, mon nounours principal.

– Tout ce que je peux te dire, c'est que l'équipe chargée de l'enquête est en ébullition.

– Tout de même pas à cause de mes articles ?

– Non, plutôt parce qu'on ne voit aucune issue après l'échec de l'opération d'hier soir.

– Vous avez reçu d'autres messages du ou des ravisseurs ?

– Pas à ma connaissance. Je ne sais rien de plus.

J'essaie en vain de joindre les autres nounours dont je dispose dans les rangs de la police. Si les flics ne voient aucune issue à cette situation, cela vaut également pour moi. Je décroche à nouveau mon téléphone pour appeler Agnes Kwiatkowska. Elle me répond après un long moment.

– Je vous prie de bien vouloir laisser mon petit ami tranquille, me dit-elle sans ambages.

– Je ne saurais promettre de laisser qui que ce soit tranquille, hélas. Mais plus vous me communiquerez d'informations sur les autres pistes à explorer, moins il y aura de risques pour que je me voie dans l'obligation de vous déranger à nouveau ou d'importuner Össur.

– Les autres pistes à explorer ? Comment voulez-vous que j'en aie une idée ? Ils ne me disent rien.

– Comment est la situation ?

– Elle est simplement terrifiante. Ölver est complètement brisé.

– À moins qu'il ne fasse semblant de l'être.

– Non, il ne fait pas semblant.

– Et pour le reste de la rançon ?

– Ça ne sert à rien de me poser cette question. Je ne suis au courant de rien.

– Vous ne pouvez vraiment rien me dire sur les jours et les heures qui ont précédé la disparition de Margret Bara ? Il ne s'est rien passé ? Aucun événement particulier ?

Elle s'accorde un instant de réflexion.

– Non, rien de spécial. Il y a juste cet homme qui est passé samedi soir et s'est disputé avec Ölver. Mais ce genre de chose n'est pas inhabituel.

– Cet homme, qui c'était ?

– Je n'en sais rien. J'étais dans la cuisine et j'ai entendu des éclats de voix par la porte entrebâillée. Puis Ölver a refermé.

– Et qu'est-ce qu'il a dit, cet homme ?

– Je l'ignore. Je l'ai entendu traiter Ölver de criminel et de je ne sais quoi. Je n'ai pas compris le mot et je l'ai oublié.

– Vous avez mentionné cet événement à la police, n'est-ce pas ?

– Non, bien sûr que non. Je travaille pour Ölver. S'il a voulu qu'elle soit au courant, il en a parlé lui-même. Mais comme je viens de vous le dire, ce genre de chose n'est pas inhabituel. Il y a souvent du bruit et de l'agitation autour d'Ölver depuis la crise.

J'appelle l'université et demande à être mis en relation avec Elisabet Bergsdottir. On me répond qu'elle est en congé. Je décide de tenter ma chance. Je saute dans ma voiture et, quelques minutes plus tard, je me retrouve devant la porte de son appartement, rue Njalsgata. Sans maquillage, vêtue d'un jean et d'une nuisette à carreaux, elle a les cheveux en bataille et les yeux cernés.

– Votre flux d'énergie est encore plus rouge et plus vert que l'autre jour, m'annonce-t-elle, adossée au mur du couloir, une tasse de café à la main.

Comme lors de ma précédente visite, elle me fait poireauter sur le paillasson.

– Ça ne me surprend pas, dis-je. Et vous, comment va votre aura aujourd'hui ?

– Comme moi.

– C'est-à-dire très mal ?

Elle ne me répond pas.

– Que voulez-vous ? interroge-t-elle au bout d'un moment.

– Comment les choses vont-elles se passer pour le reste de la rançon ? Que va-t-il arriver maintenant ?

Elisabet secoue la tête.

– Je l'ignore.

– Vous savez si votre fille est en vie ?

Son visage se brouille tout à coup et elle éclate en sanglots.

Elle n'est tout de même pas si bonne actrice ? À moins qu'elle ne pleure parce que son projet a lamentablement échoué. N'ayant pas le courage de lui poser la question, je me contente de lui dire :

– J'ai cru comprendre que la police était dans l'attente de nouvelles instructions. Ce n'est donc pas terminé. Mais il est vrai qu'elle est dans l'embarras pour réduire le champ des recherches. Vous n'auriez pas une idée de qui pourrait vous en vouloir à ce point, à vous ou à Ölver ?

Elisabet essuie ses larmes.

– À moi ?

– Oui, vous avez peut-être des ennemis, tout comme lui ?

– Je travaille à l'université. Qui voudriez-vous qui ait des raisons de me nuire ?

– Ölver a suggéré que vous aviez eu plus d'une liaison l'autre jour.

Elle s'efforce de sourire.

– Que voulez-vous, il faut bien que les femmes de marins se distraient. Ce n'est quand même pas le fric qui les baisera, non ?

– Et vous ne soupçonnez personne de ce côté-là ?

– Oh que non, répond-elle d'un ton las. Tous ces types n'étaient que de pauvres minables.

– Et pour ce qui est des liaisons d'Ölver ?

– Même si ces nouveaux Vikings, entre guillemets, ont pas mal conquis en maniant le bout de leur queue, je n'ai pas assez d'imagination pour soupçonner les dames d'une chose pareille.

Je lui raconte ce que m'a dit Agnes en négligeant de protéger ma source.

– Cet homme est détesté par tellement de gens que je suis incapable de vous dire qui cela pouvait être.

– Vous savez s'il en a parlé à la police ?

Elle hausse les épaules et me renvoie ma question :

– Quel motif aurait-il de ne pas l'avoir fait ?

– Peut-être que c'est le cas.

– Je ne vois aucune raison. Il a subi tellement de reproches de la part de tellement de gens que cet incident n'a pour lui rien d'exceptionnel.

– Si ce n'est le moment où il s'est produit, dis-je. Juste deux jours avant la disparition de Margret Bara.

Elle me passe devant pour retourner à son appartement.

– Excusez-moi, mais je crains de n'avoir pas la force de poursuivre cette conversation.

– Que vous a dit la police concernant la fuite du ou des ravisseurs ?

– Ils ont fouillé les maisons voisines, sans résultat. Apparemment, aucun habitant du quartier n'est considéré comme suspect. Ils ne sont pas certains, mais ils pensent que les ravisseurs se sont probablement servis d'un caddie de chez Hagkaup pour s'enfuir aussi vite que ça avec l'argent. Ils en ont retrouvé un, un peu plus loin.

En fait, les gens abandonnent ces chariots de supermarché n'importe où, me dis-je. Certains les ramènent même jusqu'à chez eux.

– Pourquoi les policiers ont-ils attendu dans leurs véhicules au lieu de se déployer sur le périmètre ?

– Parce que Ölver a reçu la consigne qu'ils devaient se tenir à distance. En plus, ils n'ont pas disposé d'assez de temps pour réorganiser leur opération.

– Encore une chose. Quelles relations Ölver entretient-il avec Steinn, son père ?

La tristesse cède la place à l'étonnement sur le visage d'Elisabet.

– Quelle drôle de question !

Je lui parle de la réponse qu'Ölver m'a donnée quand je lui ai demandé la première chose qu'il avait achetée lorsqu'il est devenu riche et de sa tentative pour me la faire retirer de l'interview.

Elisabet se frotte les yeux et j'ajoute :

– Il a racheté à la banque les terres de son père, la ferme de Fagraholl. Il a permis à la famille de continuer à occuper les lieux à titre gratuit, bien que Steinn ne lui ait jamais témoigné beaucoup d'intérêt au fil du temps.

– Vous ne comprenez donc pas ? s'étonne-t-elle en ouvrant sa porte. Il voulait obtenir la reconnaissance de son père, qui est d'ailleurs un spécimen encore plus particulier que le fils, et il s'est servi du seul moyen qu'il connaissait. L'argent.

– Il voulait donc acheter l'amour paternel ?

– Mais il ne l'a pas eu. Et il n'a toujours pas compris pourquoi.

– Elisabet, ce qui m'échappe, c'est la raison pour laquelle vous l'avez épousé, dis-je, alors que je m'apprête à descendre l'escalier.

Elle me dévisage.

– Il représentait tout ce que je ne voulais surtout pas devenir. Et pourtant, je suis tombée dans le panneau. Avec lui, je suis entrée dans un autre univers.

– Et vous avez mis longtemps à en ressortir ?

– J'ai étudié l'anthropologie. Mais n'allez pas vous imaginer que je comprends toujours mes actes. Et vous, vous vous comprenez ?

« J'en ai marre », déclara Höddi en ôtant sa cagoule. Il s'alluma une cigarette et défia les trois autres du regard. « Tu n'es qu'un idiot », observa Friddi. Alla les regarda à tour de rôle et retira également sa cagoule : « De toute façon, elle me connaît déjà. Ça n'a plus aucune importance. » Le gars à lunettes qui lui avait ôté le bandeau des yeux et donné le Coca ainsi que son sandwich du matin semblait hésitant et inquiet. Elle percevait les tensions et les désaccords au sein du groupe. Friddi se mit à arpenter le grenier avec le téléphone de la petite à la main. Höddi s'approcha et lui arracha brutalement sa cagoule. Puis, il rejoignit le gars à lunettes. « Asi, lança Höddi, tu n'es qu'un pauvre type ! » Elle connaissait maintenant leurs prénoms à tous. Höddi poussa Asi qui perdit ses lunettes. Friddi se précipita vers Höddi et lui asséna un coup de boule. « Aïe, aïe, aïe », hurla ce dernier en tenant sa tête à deux mains. « Maintenant, on arrête toutes nos putains de conneries et on garde le cap », déclara Friddi. « Moi, je trouve qu'on devrait la baiser et, après, s'en débarrasser », répondit Höddi. « Arrête de jouer les gros durs comme au cinéma, s'agaça Friddi. Mais tu as peut-être envie de tout bousiller à cause d'une petite embrouille dans notre bande, tu as dû voir ça des tas de fois dans tes films préférés. » Höddi ne répondait rien et continuait de se frotter le front. Friddi s'approcha d'elle, sortit le Journal du soir *de la poche de sa doudoune et le tendit à Asi qui le plaça à côté de son visage. Puis, Friddi orienta le portable vers elle. «* Smile, *ordonna Alla, maintenant, il ne reste plus que deux jours à ton père pour finir le truc, ensuite, ce sera aussi fini pour toi. »*

Je prends la liste de noms communiquée par Guffi sur mon bureau et je réfléchis à la suite des opérations. Sur l'écran de mon ordinateur, je constate l'arrivée d'un nouveau rapport de Sigurbjörg. Ces sollicitations répétées me portent sur les nerfs. J'ai autre chose à faire que de réfléchir sur les divagations du Chien du rock. Malgré cela, je me plonge dans la lecture :

Quand je regarde en arrière, j'ai l'impression d'être le reflet des transformations et de l'histoire de la nation. J'ai traversé tant d'époques. Tous les changements dans la mentalité, la mode, les questions sociales ou mondiales, la culture, la politique et la musique, impriment leur marque sur les individus d'une manière ou d'une autre, soit parce qu'ils les suivent, soit parce qu'ils s'y opposent. J'ai connu ma période mystique. J'avais l'impression d'être en communication directe avec le Tout-Puissant, je passais mon temps à prier et je considérais que j'avais la grâce. Ça se sent clairement dans ma musique et mes textes de l'époque, si tant est que les gens, ils sont sans doute peu nombreux, aient envie de s'intéresser à la question. J'avais alors une relation avec une des nombreuses femmes que j'ai connues. Elle se plaignait de ne pas obtenir de ma part assez d'attention. « Je veux que tu me dises que tu m'aimes, me reprochait-elle. Mais tu passes ton temps à prier et à répéter ces mots à Dieu. » Je l'ai quittée.

Aïe, *so what* ? me dis-je en continuant à lire.

J'ai rencontré un certain nombre de collègues auxquels la célébrité a posé beaucoup de problèmes, bien plus qu'à moi. L'un d'eux était tellement obsédé par l'idée d'être constamment dans la presse que j'ai fini par lui dire : « Tu ne vis que par ton image. » Il n'a pas compris ce que je voulais dire. Un peu plus tard, il était tout fier de me montrer une interview de lui avec une photo dans un magazine. Je lui ai dit : « Tu as le malheur de croire que l'homme sur cette photo, c'est toi. » Il a continué à ne pas comprendre ce que je voulais dire jusqu'au moment où il a disparu des journaux et cessé d'intéresser la presse. Depuis, il a sombré dans l'alcool et la drogue.

Je ne sais pas exactement ce que c'est, mais une idée imprécise, ou plutôt un sentiment naît en moi à la lecture de ces lignes. À moins qu'il ne s'agisse de souvenirs et de réminiscences ? J'envoie à Sigurbjörg un SMS où je lui demande de passer me voir dans l'après-midi et je reprends la liste des ennemis potentiels d'Ölver Margretarson Steinsson. Ne devrais-je pas tenter de joindre Jonas ou quelqu'un d'autre à la police pour lui parler de l'homme en colère venu rendre visite à Ölver peu de temps avant la disparition de sa fille ? Au moment où je me pose la question, mon téléphone m'informe de l'arrivée d'un nouveau message. Ce n'est pas Sigurbjörg qui me confirme notre rendez-vous, mais Floki Hreinn Jonsson qui m'écrit :

Rendez-vous à 12h, Café Paris.

Il est installé à une petite table dans le coin. Son costume gris sorti du pressing a été remplacé par un jean usé et une doudoune noire. Ses épais sourcils bruns sont en broussaille et il est mal rasé. Sur la table devant lui : un whisky.

À peine me suis-je installé qu'il m'annonce à voix basse et sans préambule :

– Je refuse de prendre part à ça plus longtemps.

20

Lundi après-midi

– Je ne supporte plus tout ça. Cet homme a perdu la raison.

– Qu'est-il arrivé ? dis-je en commandant un café.

Les yeux injectés de sang, Floki Hreinn plonge son regard par la vitre du Café Paris derrière laquelle on voit les parlementaires se démener pour garder l'équilibre sur le verglas et rejoindre leur lieu de travail de l'autre côté de la place d'Austurvöllur.

– Ölver s'en est violemment pris à la police hier soir après l'échec de l'intervention. Et, évidemment, c'est moi qui trinque.

– Vous avez l'habitude, non ?

– J'ai dû fermer les yeux sur beaucoup de choses. Je n'ai fait qu'essayer de faire mon travail de mon mieux, et avec une loyauté qui me paraît normale.

Ses jérémiades m'agacent.

– Contre un salaire des plus élevés, je suppose.

Il avale une gorgée de whisky et plonge ses yeux dans les miens.

– Est-il possible de payer quelqu'un suffisamment pour qu'il accepte d'être piétiné ?

– Vous devriez dire ça aux prostituées !

– Eh bien, rétorque-t-il, esquissant un sourire narquois, vous me voyez donc comme une prostituée ?

– Elisabet vous a bien traité de serpillière.

Il fixe le vieux bâtiment de basalte qui abrite la fragile indépendance de notre nation.

– Ok. On m'a plus souvent surnommé le porteur de serviette.

– Certes, Ölver était à la tête de la société mère Ölver S.A., c'est lui qui avait tout et décidait de tout. Mais c'est vous qui occupiez le poste de secrétaire général. Je suppose que votre rôle ne se résumait pas à trimballer des serviettes et des attachés-cases ?

– En effet. Je croyais en la cause qui se trouvait dans ces serviettes et je me battais pour elle.

– Cela dit, c'était surtout la grosse enveloppe que vous receviez en fin de mois qui expliquait l'ardeur de votre foi, non ?

– Et alors ! Je suis le seul dans ce cas ? répond-il d'un air grave. Mais ça n'avait rien à voir avec ça. Pendant longtemps, je me suis épanoui dans mon travail. Pas à cause du montant de mon salaire, mais plutôt de la proximité que j'entretenais avec le pouvoir de l'argent.

– En tant que bras droit d'Ölver, vous disposiez indéniablement d'un certain pouvoir sur la destinée des autres, qu'il s'agisse de personnes physiques ou d'entreprises.

– Je me chargeais souvent de ce que beaucoup de gens appellent le sale boulot. Je forçais ma nature, je m'employais à être impitoyable et intraitable pour accomplir ces basses besognes tout autant que pour y survivre.

– Vous avez pourtant cet air courtois et poli du gentil.

Il ne sourit pas à ma remarque.

– Je me considère encore aujourd'hui comme le gentil dont vous parlez, même si je l'ai relégué depuis un certain temps sur la banquette arrière. J'abattais le boulot des deux mains avec un sourire doux, je feignais d'être l'ami de tous et de ne vouloir que le bien de chacun. Je considérais qu'il fallait bien que quelqu'un se charge de ces tâches. J'étais le serviteur, le militaire, le soldat qui obéissait aux ordres de son supérieur et de la froide réalité. Et je reconnais que ça me plaisait, je reconnais que j'y croyais.

Pour reprendre les paroles d'Elisabet, disons qu'il était entré dans un autre univers. Sa sincérité me surprend, mais je me demande vraiment pourquoi il me raconte tout ça.

Floki Hreinn fait la moue.

– Mais voilà, il arrive un moment où, parce qu'on accepte d'être impliqué dans quelque chose, on se transforme en salaud, en méchant.

– Vous voulez dire que vous n'auriez plus foi en la cause ?

– Je me suis consacré corps et âme à ce travail. Je n'ai ni femme ni enfants. Je me confondais avec le rôle que j'avais endossé.

– Et maintenant ? Le rideau est tombé et la pièce de théâtre terminée ?

Il vide son verre et en commande un autre.

– Elle s'est achevée avec la crise et l'effondrement de l'économie. Là, c'est l'homme pour lequel j'avais travaillé qui est devenu la cause que je voulais défendre. À mes yeux, il s'est maintenant effondré, lui aussi. Il ne me reste plus grand-chose, à part moi-même.

– En résumé, vous vous êtes retiré, vous avez démissionné, vous êtes parti ?

Son second verre de whisky passe sans cesse de sa main droite à la gauche.

– Tout à l'heure, il a reçu la dernière exigence des ravisseurs.

– Ah bon ?

– J'étais en train de lui expliquer ma décision de ne plus prendre part à ses conneries. À ce moment-là, il a reçu un nouveau message. Il a seulement jusqu'à demain soir pour payer le reste des vingt milliards. Le message en question était accompagné d'une nouvelle photo de Margret Bara. Il précisait que la petite serait exécutée si son père ne payait pas.

– Vous pouvez me communiquer cette photo ?

– Je ne l'ai pas. Madame ne manquera pas de vous l'envoyer, comme elle l'a fait pour la précédente.

Je ne vois aucune raison de le cuisiner sur cette affirmation.

– Quelle suite Ölver compte-t-il donner à cette exigence qui semble n'avoir aucune chance d'être satisfaite ?

Floki Hreinn avale une grande gorgée.

– Il ne possède pas une telle somme et n'a aucune chance de la réunir. L'argent de ses sociétés en liquidation est éparpillé aux quatre vents.

Il m'adresse un regard indéchiffrable.

– Ce genre d'actifs financiers passe facilement d'un voleur à l'autre. Et même, parfois, de la poche droite à la poche gauche du seul et même voleur.

– Donc… ?

– Donc, la situation est pratiquement désespérée. Depuis plusieurs jours, Ölver est au bord de la crise de nerfs et il perd son sang-froid à tout bout de champ. Je ne peux plus l'aider en quoi que ce soit étant donné la manière dont il me traite. Je ne peux plus rien faire pour lui.

Floki Hreinn vide son verre et paie l'addition.

– Vous connaissez l'histoire du clochard de génie qui s'est enrichi en demandant aux gens : pourriez-vous, je vous prie, me changer ces cent couronnes en deux cents ?

– Non, j'ai croisé pas mal de clochards, mais aucun n'était aussi poli ou malin que ça.

– Il me rappelle un peu Ölver. C'est sa nature. On peut éprouver une certaine compassion pour le clodo, mais rien ne nous force à boire avec lui. Je crois qu'il est préférable de picoler tout seul.

Il s'apprête à se lever, mais je l'arrête en l'interrogeant sur l'homme en colère.

Il est au courant de l'affaire.

– Ölver en a parlé à la police. Cet homme l'a menacé, comme tant d'autres. Les policiers nous ont dit qu'ils avaient enquêté et que rien n'indique qu'il soit impliqué dans l'enlèvement.

– Comment s'appelle-t-il ?

– Albert Albertsson, répond Floki Hreinn. Sur ce, il me tend la main pour prendre congé et sort du bar.

Je lui cours après.

– Dites-moi, Floki Hreinn. Pourquoi avez-vous tenu à me rencontrer et à me dire tout ça ?

Les mains plongées dans les poches de sa doudoune, il me regarde d'un air à la fois grave et malicieux.

– Je voulais juste que quelqu'un sache ce qu'il en est.

– Et vous ? Que comptez-vous faire ?

– M'offrir des vacances à l'étranger, conclut-il en tournant les talons. De longues vacances.

– Albert Albertsson, me dis-je à voix basse tout en parcourant la liste de Guffi. Ce nom n'y figure pas. Je vais donc voir mon collègue de la rubrique économique.

– Tu veux parler de l'entrepreneur ?

– Eh bien, je ne sais pas. C'est sa profession ?

– Il y en a un qui porte ce nom-là. Je ne vois personne d'autre. Mais je ne suis pas au courant de l'existence de liens entre lui et Ölver.

Je consulte à nouveau la liste.

– Il ne travaille dans aucune des entreprises mentionnées ici ? Ni chez Bumm et Bamm ?

– Pas à ma connaissance. Non, rien à voir avec ceux-là. Mais tu sais, il est souvent difficile de déceler les liens entre les sociétés de toutes sortes, elles forment une véritable jungle et ces relations sont plus faciles à dissimuler qu'à découvrir.

– Que peux-tu me dire d'Albert Albertsson ?

Guffi se caresse le menton.

– Pas grand-chose. Depuis la crise, comme tous ceux qui travaillent dans le secteur du bâtiment et des travaux publics, il est dans la panade. Mais je crois qu'il n'a pas eu besoin de ça pour faire faillite, il s'est mis dans la mouise tout seul. Il a acheté une ribambelle de vieux taudis dans le centre-ville dans l'idée de les démolir pour construire du neuf, du grand et du bétonné. Tu connais parfaitement les difficultés auxquelles sont confrontés ceux qui se sont livrés à ce type de spéculations.

– Pourrais-tu par hasard, mon petit Guffi chéri, te renseigner pour savoir s'il existe des liens, officiels ou officieux, entre cet Albert et Ölver ? Dès que tu pourras, c'est-à-dire au plus vite ?

Guffi lève les bras au ciel.

Un nouveau courriel de Sigurbjörg vient d'arriver sur mon ordinateur. Elle me propose de prendre un café en fin d'après-midi. Je jette à nouveau un œil à son message précédent ainsi qu'aux récits de Rikki le Chien du rock et je décide d'écouter mon pressentiment. Nous avons dans un coin de la rédaction un service baptisé Actualités culturelles. Il y a quelques mois encore, il employait quatre journalistes qui couvraient la musique, le cinéma, les jeux vidéo, la mode et les ragots sur les célébrités islandaises ou étrangères. Aujourd'hui, il n'emploie plus qu'une personne à plein temps et une autre à mi-temps. La journaliste qui y travaille à plein temps est une femme d'une bonne trentaine d'années, prénommée Silja. Je la connais très peu, à cause de mes longs séjours dans le Nord, mais j'ai remarqué qu'elle écrit sur la musique des articles intelligents et documentés.

– Salut, ça ne te dérangerait pas de me rendre un petit service ?

Le cheveu ras et le visage poupin, elle détache de l'écran son regard fatigué.

– Lequel ?

– Je voudrais t'envoyer un mail avec quelques pages de texte, ça ne te gênerait pas d'y jeter un œil et de me dire si ça te rappelle quelque chose ?

– Si ça me rappelle quelque chose ?

– Exact. Des trucs que tu aurais déjà lus en te plongeant dans l'histoire du rock.

Elle hausse les épaules.

– D'accord. Envoie toujours !

Dès que je m'en suis acquitté, j'appelle Elisabet Bergsdottir. Je la sens à bout de nerfs. Je lui annonce que je suis au courant des dernières exigences des ravisseurs et que je sais également qu'ils ont envoyé une nouvelle photo de sa fille. Je lui explique qu'il est plus important que jamais d'informer la population afin de la maintenir en état de veille et lui demande de me faire parvenir le cliché pour publication. J'ajoute que je perdrais mon temps si je m'adressais à Ölver et, plus encore, à la police.

– Vous n'avez pas besoin de donner des arguments pour me convaincre, me répond-elle d'une voix tremblante. Il va de soi que nous devons employer tous les moyens. C'est… C'est…

Je l'entends qui fond en larmes à l'autre bout du fil.

J'attends. J'éprouve un tel sentiment de culpabilité que mes oreilles bourdonnent.

– Le nom d'Albert Albertsson vous dit quelque chose ? dis-je, histoire de meubler.

– Non. Je vous envoie cette photo, répond-elle avant de raccrocher.

Je n'ai pas vraiment de temps à accorder à Sigurbjörg, mais après mon entrevue avec Floki Hreinn, je crains que les choses ne soient dans l'impasse pour Margret Bara. Je passe les deux heures qui suivent au téléphone. J'essaie de joindre Ölver, puis quelqu'un à la police qui daignerait me dire quelque chose ou simplement m'écouter, mais toutes mes tentatives échouent. Partout, la fatigue et le désespoir sont palpables. Je sors fumer une cigarette. Je n'en retire rien non plus. Quand je remonte à mon bureau, je cherche dans l'annuaire le numéro d'Albert Albertsson, entrepreneur. Ce dernier est domicilié rue Graenaskjol, pas très loin du stade du club de foot KR, dans Vesturbaer, le quartier Ouest. Une femme peu avenante décroche et me dit qu'il rentrera entre dix-sept et dix-huit heures. Elle refuse de me communiquer son numéro de téléphone professionnel ou celui de son portable.

– Einar !

Silja est debout à côté de mon bureau et tient quelques pages imprimées à la main.

– Dis donc, ces textes sont drôlement sympas !

– Ok. Et tu n'as rien trouvé qui te rappellerait quoi que ce soit ?

– Bien sûr que si. Il y a là un certain nombre d'anecdotes et de phrases célèbres.

– Comment ça ?

– Eh bien, explique-t-elle, l'index pointé sur l'un des paragraphes, cette histoire de groupies dans le bus est empruntée aux Rolling Stones. En réalité, elle a eu lieu à bord d'un avion.

Silja m'indique une seconde anecdote.

– Et celle-ci, à propos de l'amour et de Dieu, ce sont des paroles célèbres prononcées par Eric Clapton à propos de la relation de Patty Boyd et de George Harrison, quand ce dernier était tellement obsédé par le yoga qu'il n'avait pas de temps à consacrer à sa compagne. Quant à ce « Tu ne vis que par ton image », c'est une phrase que Warren Beatty a dédicacée à Madonna. Concernant le fait d'avoir le malheur de croire qu'on est l'homme ou la femme sur la photo, il s'agit d'une citation de Chrissie Hynde des Pretenders.

– Hein ? Tu es certaine ?

Elle sourit.

– Évidemment que je suis certaine. J'ai préféré tout vérifier, au cas où. C'est quoi, ce truc ?

– Justement, dis-je, à la fois surpris et conforté dans mes doutes, voilà la question.

– En tout cas, ça se lit bien. C'est intéressant, conclut Silja, prête à repartir à son poste de travail.

– Et cette phrase : « Autrefois je vendais du sexe, aujourd'hui je vends des souvenirs. » Ça te rappelle aussi quelque chose ?

Elle sourit à nouveau.

– Jolie citation tirée de l'autobiographie de Frank Allen qui jouait dans le groupe The Searchers dans les années 60.

– Sigurbjörg, cet homme est un voleur, un plagiaire. Il reprend les paroles et les anecdotes d'autres rockers à son compte.

Elle semble un peu dubitative, mais continue sans s'énerver à boire par petites gorgées son cappuccino dans le café situé à un jet de pierres du siège du *Journal du soir*.

– Je suis vraiment désolé, mais c'est toi qui m'as demandé de relire ces textes et de te faire part de mes impressions au cas où certains détails me frapperaient.

Elle me toise d'un air grave.

– Je veux dire… Enfin ! Dans quelle réalité ce type-là vit-il donc ?

– Une bonne histoire ne le reste-t-elle pas, quelle que soit sa provenance ? objecte Sigurbjörg.

– Certes, mais… mais…

– Ne passons-nous pas notre temps à mêler notre réalité à celle des autres ? Cela ne revient-il pas, en fin de compte, à une seule et même vérité ? Les mêmes expériences ? Les mêmes erreurs ? Les mêmes péchés ? Les mêmes paroles ?

L'espace d'un instant, la réponse adéquate m'échappe.

– Le fait que Rikki s'attribue les propos, les expériences et la vie d'autres personnes ne nous en apprend-il pas beaucoup sur sa propre histoire ? Tout cela ne devient-il pas également son histoire personnelle ?

Je la dévisage.

– Alors là, tu me surprends, Sigurbjörg. Tu ne veux tout de même pas servir à tes lecteurs un livre qui serait une falsification, une tromperie ?

– Je ne vois pas en quoi c'en serait une.

– Cet homme falsifie son existence. Il réécrit sa vie. Je comprends bien que tu veuilles défendre le travail que tu as entrepris, mais là, tu vas trop loin. En tant qu'auteur du livre, ton rôle est de veiller aux intérêts de ses lecteurs.

– Plus qu'à ceux de ma thématique et du narrateur ?

Je ne suis pas loin de perdre patience quand je l'entends ajouter :

– Einar, ne peut-on pas imaginer que Rikki a réellement dit ce qu'il affirme avoir dit et réellement vécu ce qu'il affirme avoir vécu même si des choses comparables s'appliquent à d'autres personnes ? Ne peut-il s'agir d'expériences communes ? Et de réactions communes face à ces situations ?

– Pourquoi diable ne te lances-tu pas dans la politique ?

Elle m'oppose un regard déterminé, presque buté. Je me rends brusquement compte que, finalement, je la connais très peu et je mesure tout à coup la superficialité de notre relation. Le moins qu'on puisse dire est que je ne lis pas en elle comme dans un livre ouvert.

– Bon, mon cher, rétorque-t-elle. Je te suis très reconnaissante d'avoir relu mes textes…

– Qui sont très intéressants et vivants.

– … d'être allé vérifier leur contenu auprès de Silja et de m'avoir fait part de tes observations. Je le suis d'autant plus que je sais bien que tu couvres une affaire capitale pour le journal et que tu as d'autres chats à fouetter. Je t'ai demandé l'autre jour si ça te plairait de venir avec moi chez Rikki pour le rencontrer. Je lui ai posé la question et il m'a répondu qu'il en serait enchanté.

– Vendu, dis-je.

– Que dirais-tu de demain matin ?

– Vendu.

Alors que je rédige mon article sur l'affaire Margret Bara pour l'édition de demain, des bribes de la conversation que je viens d'avoir avec Sigurbjörg me parasitent constamment l'esprit. Mais quand j'observe la photo reçue sur mon portable et cette fillette au visage hâve et terrifié, avec la une du *Journal du soir* placée à côté de son menton, il n'y a plus de place pour rien d'autre à l'intérieur de ma conscience.

Il est un peu plus de dix-huit heures trente et je gravis les marches qui montent vers la porte d'Albert Albertsson. La façade est peinte en blanc ; la maison, constituée de deux cubes en béton, l'un plus petit que l'autre, mais assez grand tout de même. Une immense baie vitrée donne sur la rue. Arrivé au sommet de l'escalier, j'ai vue sur une grande salle de télévision. Dans le fauteuil en cuir placé face à l'écran plat, un homme ridé et grisonnant, vêtu d'une chemise bleue et d'un jean noir, suit les informations, une tasse de café à la main. Derrière lui se tient un jeune garçon sans doute âgé d'une douzaine d'années et, à la porte, une fillette, plus jeune encore. Tous ont les yeux rivés dans la même direction.

– D'après les sources de l'agence islandaise de presse, déclare le présentateur dont j'entends la voix par la fenêtre entrouverte, au cours des interrogatoires menés par des procureurs spécialement nommés pour traiter les affaires concernant la crise et l'effondrement de l'économie, les directeurs de la banque et ceux des entreprises concernées ont nié l'existence de toute irrégularité dans les versements ou les prêts accordés auxdites entreprises ou à leurs patrons. L'agence de presse a tenté de manière répétée d'interroger les intéressés, sans parvenir à les joindre…

– Bande d'escrocs ! hurle Albert Albertsson, le poing brandi vers son écran plat. Quel ramassis d'ordures et de pourritures ! Nié l'existence de toute irrégularité !

N'osant rester plus longtemps à épier ainsi à la fenêtre, j'appuie sur la sonnette. Une femme âgée d'une petite cinquantaine d'années s'avance, vêtue d'un chemisier blanc et d'un jean trop ajusté.

– Bonsoir, dis-je, dès qu'elle m'ouvre la porte. Je suis Einar du *Journal du soir*, pourrais-je parler à Albert ?

Elle tourne la tête et crie par-dessus son épaule :

– Berti ! Il y a un type du *Journal du soir* qui voudrait te causer !

Elle retourne à l'intérieur et les deux gamins déboulent dans le couloir. Le garçon, un blond rondouillard coiffé en brosse, vêtu d'un jean et d'un pull noir en polaire, a une expression inquiète et inquisitrice. La fillette porte un T-shirt orné de papillons qui lui tombe jusqu'aux chevilles. Elle mange un gâteau sec au chocolat, penche la tête et me regarde d'un air candide. Elle suit son père qui se précipite dans l'entrée. L'homme est grand et voûté.

– Que diable me voulez-vous ? lance-t-il sur un ton aussi aimable que les mots qu'il prononce.

– Je… Eh bien… je voulais vous poser quelques questions concernant vos relations, ou plutôt, votre collaboration commerciale avec Ölver Margretarson Steinsson.

Ses yeux perçants lancent des éclairs.

– Occupez-vous de ce qui vous regarde. Cela dit, cet homme n'est qu'un escroc et un bandit, comme tout ce tas de criminels qui s'en est donné à cœur joie en Islande et a fini par conduire la société et les honnêtes gens à la ruine.

La porte des honnêtes gens me claque au nez.

Ils arrivèrent enfin. Le soir devait être plutôt avancé. Assise tremblante, glacée et mouillée sur le sol, elle n'avait pas pu se retenir. Une chose lui semblait étrange : maintenant, elle attendait leurs visites avec impatience. C'était le seul événement extérieur. Tout le reste ne se produisait que dans son esprit et elle ne parvenait plus tout à fait à distinguer l'imaginaire de la réalité. Elle devait recourir à toutes ses forces, à toute sa concentration pour ne pas devenir la proie de son imagination, de sa peur et de sa solitude. Et elle y parvenait le mieux quand elle se repassait encore et encore dans la tête les épisodes de Hannah Montana *les uns après les autres. Là, elle plongeait dans un autre univers, un monde meilleur et plus joyeux. Là, elle profitait de la vie, elle s'amusait. Mais ils venaient d'arriver. Ils n'avaient plus de cagoules. On aurait dit que, maintenant, cela ne leur importait plus. « On ne peut pas continuer comme ça », déclara Asi derrière ses lunettes. C'était lui qui lui avait ôté le bandeau et les liens avant de l'emmener sur la boîte. « Elle pourrait tomber malade, très malade », ajouta-t-il. Friddi se taisait et faisait les cent pas. « Et alors, qu'est-ce que ça changerait ? » s'agaça Höddi, une fois de plus une cigarette aux lèvres et une bière à la main. « Donne-lui le hamburger et le Coca », demanda Friddi à Asi qui s'exécuta aussitôt. « Demain, reprit Höddi en s'approchant d'elle tandis qu'elle mangeait sa pitance, nous aurons assez de fric pour payer toutes les dettes de cette saloperie d'Icesave ! » Friddi le tira par le bras : « Tu ne comprends rien. Tu mélanges tout ! » « C'est peut-être le moment de la violer maintenant », suggéra Alla. Friddi se tourna vers elle : « Quant à toi, Alla, tais-toi ! Ce n'est pas parce que vous passez votre putain de journée à regarder du porno que cette pauvre gamine doit en faire les frais ! Vous n'avez qu'à baiser tous les deux, puisque vous ne pensez qu'à ça. Et même si ton frère te saute régulièrement, là, t'es vraiment malsaine. Höddi est un crétin, mais toi, tu devrais quand même être plus maline. » Ce monologue jeta un froid sur l'assemblée. « T'inquiète pas, petite conne, marmonna Höddi en vidant sa bière. Ton temps touche à sa fin. Le nôtre ne fait que commencer. »*

21

Mardi matin

– *Greetings ! I am Dracula*, annonce-t-il d'une voix de basse exagérément théâtrale en m'attrapant la main avec sa grosse paluche. Venez vite vous mettre au chaud !

Il embrasse Sigurbjörg sur les deux joues. Il me semble qu'elle se raidit un peu, mais elle le salue tout de même gentiment.

Une fois encore, la tempête s'abat sur Reykjavik. Sigurbjörg et moi tapons nos pieds sur le paillasson du vestibule afin de les débarrasser de la neige, puis nous suivons Rikhardur Hansson dans un escalier qui grince, gravissons deux étages jusqu'à parvenir au palier de son appartement sous les combles dans le quartier de Nordurmyri. Devant le petit immeuble est garée une camionnette portant les initiales RR sous lesquelles on peut lire : *Rokkhundurinn, le chien du rock – Meilleur ami de l'homme*. En dessous figurent un numéro de portable destiné à la réservation des spectacles ainsi que l'adresse internet *www.rokkhundurinn.is*.

– Si ça ne vous gêne pas d'enlever vos chaussures, nous prie le Chien du rock, qui porte aux pieds des chaussettes grises en laine islandaise. Je suis plutôt soigneux de nature, mais je n'ai pas envie de passer la serpillière en ce moment. Avec le temps qu'il fait, ce serait un travail de titan.

Pendant que nous obéissons à ses recommandations, il nous observe, tout sourire, à la porte, les mains posées sur sa bedaine, les jambes légèrement écartées, vêtu d'un pantalon en velours brun et d'une chemise hawaïenne multicolore. Tout à coup, il nous gratifie d'un petit morceau d'Elvis accompagné des jeux de mains et déhanchements appropriés :

If you're looking for trouble
You came to the right place
If you're looking for trouble
Just look right in my face
I was born standing up
And talking back
My daddy was a green-eyed mountain jack
Because I'm evil, my middle name is misery
Well I'm evil, so don't you mess around with me…

J'avoue qu'il s'en tire plutôt bien et nous applaudissons avec un grand sourire.

– Alors, dit-il en nous invitant à entrer, j'ai du café frais dans la cafetière. À moins que je ne puisse offrir à monsieur le journaliste quelque chose d'un peu plus costaud.

– Le café me va très bien, merci.

– Dans ce cas, ce sera café pour tout le monde. Je me souviens d'une époque où on trouvait plus chic de commencer sa journée par une vodka et deux petits joints.

– Cette époque est révolue, dis-je.

Rikki m'observe, l'air enjoué, tout en caressant sa barbe grisonnante.

– Elle l'est pour certains, mais elle commence pour d'autres. C'est comme ça, il y a toujours quelqu'un pour remplacer les anciens.

Il nous fait signe d'entrer dans le salon à droite et se dirige en boitillant vers la cuisine, sur la gauche.

L'aménagement est daté : les placards et tiroirs sont peints en marron, la table en bois est couverte d'une plaque de formica et le mur, tapissé de liège au-dessus de l'évier en inox. Tout semble figé dans un ordre précis. Il en va de même du salon, spacieux, aux murs blancs et percés de plusieurs fenêtres à petits carreaux. Il est encombré de rangements à disques laser, de matériel de musique, d'un ordinateur équipé pour les prises de son et de guitares posées sur leurs supports. Les murs sont ornés d'affiches encadrées et de photos retraçant la carrière du Chien du rock dont on peut suivre l'évolution. L'incarnation du dieu de la musique, svelte et à longue crinière, habillé comme un hippie s'épaissit légèrement dans les années 80. Il porte alors les cheveux longs sur la nuque et des vestes à épaulettes avant de se transformer en ce vestige du passé, cet homme âgé d'une soixantaine d'années, rondouillard et aux cheveux clairsemés. Une vague odeur de pomme flotte dans l'air, sans doute a-t-il passé un coup de désodorisant.

– Eh oui, les temps changent et les gens aussi, déclare Rikki. Il pose trois tasses de café et quelques tranches de roulé à la confiture sur la table basse dont le large plateau noir est assorti au salon en cuir. Ils embellissent avec l'âge, ajoute-t-il, le visage illuminé par un sourire malicieux.

Je le lui rends.

Il propose que nous nous servions.

– Il y a quelques années, avec un copain, nous sommes allés jouer dans un bal au village de Grindavik. Il y avait une bonne ambiance et tout ça. Pendant l'entracte, quatre dames originaires de ce village de pêcheurs sont venues nous voir, elles étaient rudement bien en chair et voulaient se rappeler le bon vieux temps. Il m'adresse un clin d'œil appuyé. Quand elles sont reparties, j'ai dit à mon copain : eh bien, mon cher Fusi, nos groupies ont sacrément vieilli ! Il m'a regardé, tout étonné, puis m'a répondu : comment est-ce possible qu'une telle chose soit arrivée ? Et que nous soyons comme nous sommes ?

Je prends place dans le canapé à côté de Sigurbjörg et nous éclatons de rire tous les deux. Elle consigne l'anecdote dans son carnet. Je suis presque sûr de l'avoir déjà entendue. Elle était alors attribuée à un guitariste islandais mythique.

– Eh oui, ma petite Sigurbjörg, reprend Rikki en s'installant dans l'un des fauteuils en cuir. J'aperçois alors une zone dégarnie sous ses cheveux longs et gris. Il va falloir qu'on mette les bouchées doubles pour écrire notre petit bouquin. Le public ciblé risque de mourir avant que nous n'ayons le temps de dire ouf.

Jusqu'à présent, Sigurbjörg est demeurée étonnamment silencieuse.

– La cible pourrait être plus importante que tu ne l'imagines, observe-t-elle. Du reste, nous avons bientôt fini.

Il nous sourit avec bienveillance et me fixe du regard.

– Ma jolie biographe m'a confié que vous avez eu la gentillesse de relire le texte qu'elle a écrit jusque-là.

J'avale la moitié d'une tranche de roulé à la confiture.

– En effet, et c'était aussi agréable qu'intéressant.

Rikki sourit de toutes ses dents.

– Voilà qui fait plaisir à entendre !

– J'ai peut-être lu çà et là certaines choses plus ou moins semblables, mais le style de Sigurbjörg est magnifique.

Le regard de Rikki s'assombrit brusquement.

– Le plus important dans ce genre de livre est qu'aucun détail ne soit escamoté, dis-je. Ou, en tout cas, le moins possible.

– Ah oui, répond Rikki, changeant subitement d'expression. Mais il faut tout de même prendre garde à ne pas rebuter les lecteurs par trop de réalisme.

– La réalité dépasse la fiction, c'est le slogan du *Journal du soir*.

– Hmm, oui, tout à fait. Vous n'avez pas toujours été à la hauteur de cette devise, d'ailleurs.

– Mais nous persévérons dans cette voie. Peut-on être plus exigeant que ça en termes de vérité ?

Rikki avale une gorgée de café noir.

– Non, non, bien sûr que non. À ce que m'a dit notre amie commune, vous êtes un passionné de rock ?

– Le rock est la musique de l'éternel adolescent, dis-je, pillant sans vergogne les propos d'un autre.

Il me regarde d'un air pensif, puis déclare sur un ton enjoué :

– Vous savez que rock'n roll signifie « musique pour baiser » dans l'argot des Noirs américains ?

– J'ai entendu dire ça, en effet.

Rikki m'interroge sur mes goûts musicaux, mes musiciens, mes groupes et mes morceaux préférés. À mon arrivée, j'avais l'esprit plus ou moins occupé par le communiqué que je venais de trouver sur mon ordinateur. Il y était question de la tenue d'une conférence de presse conjointe des services de police et des parents de Margret Bara à midi, ainsi que de la couverture journalistique du jour et de ce qui se dit sur la blogosphère à propos du destin de la petite. Or, je me retrouve tout à coup en grande discussion avec Rikki. Nous parlons rock et pop et confrontons nos opinions pendant un long moment. Je comprends mieux Sigurbjörg. Il y a quelque chose de rafraîchissant à s'immerger dans ce monde révolu, où nous avions encore notre innocence, cette époque d'avant le paradis perdu. Cet homme est un océan d'expériences, un puits de savoir musical, un expert en autodérision et un conteur né. Qu'importe finalement qu'il enjolive un peu ses anecdotes ?

– Bon, dis-je en consultant ma montre qui indique presque onze heures. Je ne veux pas vous retarder plus longtemps dans les tâches importantes qui vous attendent. Pour ma part, je dois me remettre en quête de la vérité.

Rikki se lève en même temps que moi.

– Oui, nous aussi, nous allons repartir à sa recherche, disons, de notre manière particulière.

Sigurbjörg, qui a laissé son magnéto tourner pendant toute notre conversation, reste assise et hoche la tête.

– La vérité de ce livre sera votre vérité personnelle, n'est-ce pas ?

– Minute, que voulez-vous dire ? rétorque Rikki, déconcerté.

– Je veux dire que seuls vos propos y seront rapportés. Sigurbjörg n'interrogera pas d'autres personnes ? Ni vos amis ni les anciens membres de votre groupe ou votre famille ?

Il sourit d'un air bienveillant.

– Pff… Soit ils sont morts, soit ils sont tellement menteurs, bousillés et mythomanes que ça ne ferait qu'embrouiller l'histoire. Je laisse à Sigurbjörg libre accès à mes agendas et journaux intimes, à la liste de mes concerts, à mes photos, aux coupures de journaux, sans parler des lettres de mes admirateurs.

– Vos admirateurs, ah bon ? Ils doivent avoir une grande importance pour un artiste comme vous, non ?

Son sourire s'élargit.

– Que seraient les artistes en l'absence d'admirateurs ? Et si on va par là : que seraient les admirateurs en l'absence d'artistes ?

Je me demande bien où il a piqué celle-là. J'ai souvent été un peu méfiant envers les gens qui se présentent eux-mêmes comme des artistes.

Il ajoute :

– Les relations entre les musiciens et leurs admirateurs ressemblent un peu aux rapports sexuels. Parfois, ça fonctionne, d'autres fois pas.

Je souris, il éclate de rire et me raccompagne à la porte. Sigurbjörg reste plongée dans ses notes.

– *If you're looking for trouble you came to the right place*, me lance-t-il en guise d'au revoir.

Assis à mon bureau, je fixe l'écran de mon ordinateur. Il reste trois quarts d'heure avant la conférence. Je cherche dans l'annuaire le numéro de la maison d'édition Bokakastali, autrement dit, le Château à livres. J'appelle et je demande à parler à l'éditeur. Gulli officie depuis longtemps dans ce secteur. Quand j'ai commencé dans le journalisme, avant d'atteindre une certaine maturité et de me spécialiser dans la couverture des faits divers, il m'est arrivé d'être en contact avec lui à l'occasion de la publication d'un livre ou pour interviewer un écrivain. Il me salue chaleureusement et me demande si je ne vais pas bientôt lui apporter un véritable roman policier en vue d'une publication.

– Je ne peux rien te promettre. En revanche, on a appris au journal que tu avais une biographie très intéressante en préparation.

– J'ai beaucoup d'œuvres de génie dans les tuyaux, tu sais. Qu'as-tu en tête exactement ?

– La biographie de Rikki des Rokkhundar.

– Ah oui ! Ce truc a des chances d'être une vraie bombe. Mais allons, Einar, arrête ton cirque, l'auteur est une de tes collègues. Tu sais tout sur la question. Vous allez bien écrire un article élogieux sur ce bijou le moment venu, non ?

– Bien sûr ! Je rentre juste de chez Rikki où j'étais avec Sigurbjörg et je crois que vous tenez un bon truc, surtout pour les vieux hippies comme toi et moi. Je voulais juste m'assurer que nous aurions la primeur.

– Cela va de soi, vous êtes en terrain conquis. Tu m'appelais pour autre chose ? Tu as peut-être envie d'en savoir un peu plus sur les autres chefs-d'œuvre que nous publierons l'automne prochain ?

– Plus tard, Gulli, plus tard. À part ça, dis-moi, comment est né le projet ? Qui en a eu l'idée ?

– Eh bien, c'est Sigurbjörg Björnsdottir, évidemment. Elle est passée me voir pour me demander si ça m'intéressait. J'étais enthousiasmé, je suis depuis toujours fan de Rikki. Il a traversé des époques extraordinaires et son existence est insolite. Avec Sigurbjörg, nous avons décidé que ce serait moi qui soumettrais l'idée à Rikki. Au départ, il était très réticent.

– Ah bon ?

– En tout cas, c'est ce qu'il voulait que je croie. Quand je lui ai donné le nom de celle que se chargerait de rassembler le matériau du livre, il m'a demandé un délai de réflexion de quelques heures, puis m'a rappelé et donné son accord.

– Ah ? Ah bon ?

– Oui, il m'a dit qu'il s'était renseigné. Il a découvert que la personne en question était non seulement une brillante journaliste, mais aussi une très belle jeune femme et m'a confié qu'il ne résistait pas à la tentation de passer un peu de temps en sa compagnie. Les belles femmes se font trop rares aujourd'hui, quant au temps, c'est plus que jamais la pénurie, m'a-t-il dit. Rikki est un type impayable. Et vraiment très drôle. Ce livre promet d'être absolument génial.

La salle de conférence grouille de journalistes. La radio et la télévision ont opté pour une retransmission en direct, de même que quelques-uns des médias sur

Internet. Jonas Palsson est assis en uniforme au centre de la table placée sur l'estrade. Plusieurs chefs de service sont installés à celle-ci, où les parents sont placés de part et d'autre de Jonas. Vêtue d'un élégant tailleur noir et soigneusement maquillée, Elisabet semble, étrangement, prête à affronter le regard des autres. Le costume noir d'Ölver est en revanche un peu froissé et sa cravate tombe en biais sur sa chemise blanche. Tremblant de la tête aux pieds, le visage bouffi, il a des gouttes de sueur qui perlent sur son front et sur sa lèvre supérieure. Floki Hreinn est cette fois-ci absent, du reste, son rôle est terminé.

Jonas ouvre la conférence de presse par l'exposé des faits comme le veut l'usage, mais je vois bien qu'il a perdu son assurance habituelle. Il retrace le début et les développements de l'affaire, précise qu'au cours de son enquête la police a épluché les enregistrements des caméras de surveillance, auditionné un nombre incalculable de personnes, qu'elle s'est penchée sur d'éventuels liens avec le crime organisé, que ce soit en Islande ou à l'étranger, qu'elle a interrogé les délinquants sexuels notoires, les ennemis personnels de la famille, les activistes, anarchistes et autres membres de groupuscules qui se sont attaqués aux biens ou aux domiciles de ceux qui sont considérés comme étant les responsables de l'effondrement de l'économie. Et ainsi de suite.

– Malheureusement, ce travail gigantesque n'a fourni aucun résultat, regrette Jonas, pas plus que les recherches de grande envergure entreprises pour retrouver Margret Bara, y compris en recourant à des chiens policiers.

Il lance un regard noir vers le troisième rang où je suis installé.

– Comme cela a été signalé par les médias, la famille a maintenant reçu les instructions finales des ravisseurs. Cette conférence est, en partie, tenue conformément à leurs exigences et pour tenter une dernière fois de lancer un appel à la population afin qu'elle signale à la police tout renseignement ou indice, aussi infime puisse-t-il paraître, susceptible de lui venir en aide.

Il regarde Elisabet, puis Ölver.

– Je donne la parole au père de Margret Bara, Ölver Margretarson Steinsson.

Ce dernier reste figé quelques instants. Un silence pesant, pour ainsi dire pénible, plane sur la salle.

Il se penche en avant, comme s'il avait l'intention de s'allonger sur la table, puis se lève en fixant les caméras.

– À la demande de ceux qui détiennent Margret Bara, commence-t-il d'une voix tremblante, je m'adresse à eux et à l'ensemble de notre nation. Je présente ici toutes mes excuses et demande pardon pour tout le mal que j'ai, par mes actions et mon activité professionnelle, causé à un grand nombre de personnes. Le fait que j'aie pu considérer… considérer qu'elles pouvaient apporter des bénéfices et rendre service à la société islandaise n'a plus aucune importance. J'avais tort et j'ai commis de graves erreurs que je regrette infiniment. Des erreurs si terribles que la vie de ma fille est maintenant menacée.

Il marque une pause, sort son mouchoir et se sèche les yeux.

– Rien de ce que nous pouvons acquérir n'a plus de valeur que nos enfants. Sans eux, nous n'avons aucun avenir. J'avais perdu de vue cette vérité essentielle et évidente. Et maintenant…

Ölver est sur le point de s'effondrer.

Les journalistes gênés baissent la tête. Les policiers, eux aussi, sont embarrassés. Les regards haineux qu'Elisabet Bergsdottir adressait à son futur ex-mari n'expriment plus maintenant qu'une authentique compassion.

Il se reprend.

– … Et maintenant, on exige de moi qu'afin que ma fille ait la vie sauve, je verse ce soir une somme qu'il m'est impossible de réunir. Je n'ai pas cet argent, je n'ai aucun moyen de me le procurer et je ne sais pas où il peut être. Vous qui détenez Margret Bara : je vous supplie d'avoir un peu de pitié, un peu de clémence et d'épargner sa vie. Je ferai tout ce qui est en mon pouvoir pour réparer le mal que j'ai commis. Je promets solennellement de faire tout ce qui est…

« … en mon pouvoir. Mais pour l'amour de Dieu, ne me demandez pas plus que je ne peux. Margret Bara, mon petit ange… » Quand elle le vit s'effondrer, elle ne parvint plus à réfréner ses sanglots. Ses joues furent tout à coup baignées de larmes, ce n'était pas sur elle-même qu'elle les versait, mais sur la souffrance qu'endurait son père. Maintenant, elle pleurait avec lui et n'arrivait pas à détacher son regard de l'écran. Quand elle vit sa mère se lever, passer derrière le policier et serrer son père dans ses bras pour le consoler, toutes ses défenses cédèrent. Elle avait l'impression de porter une telle responsabilité, d'être à l'origine de toute cette douleur, de toute cette souffrance. Ses pleurs se muèrent alors en une déferlante de sanglots incontrôlables. Les quatre ravisseurs étaient rivés à l'écran de l'ordinateur que Friddi avait apporté. Alla et Höddi s'étaient moqués du discours du policier et avaient ri de voir son père humilié. Friddi et Asi avaient gardé le silence, anxieux. Friddi éteignit l'ordinateur dès la fin du direct. Tous se tournèrent vers la gamine.

22

Mardi après-midi

– Mais qui sont donc ces ordures ? Comment la société islandaise a-t-elle pu engendrer de tels prédateurs ?

– Comment ? rétorque Hannes. Eh bien, sans doute en baisant, mon cher monsieur.

Les questions d'Asbjörn me feraient presque rire. Même si sa colère est aussi légitime que sa surprise, il demeure que les réponses crèvent les yeux. Des monstres écument la ville et nous en sommes les géniteurs.

Mais je ne suis pas d'humeur joyeuse. En fait, je me sens plutôt mal à l'aise après cette conférence et je fume, absent, en compagnie de notre chef de rédaction, à la fenêtre de son bureau.

Asbjörn brandit la une du jour.

– Regardez donc cette pauvre gamine. Pourquoi tout cela retombe-t-il sur elle ?

Le chef de la rédaction tire sur son cigare.

– Il n'y a qu'une chose positive dans toute cette affaire. La couverture que nous lui assurons a considérablement renforcé notre position. Le directeur général m'a informé que, jour après jour, tous les exemplaires tirés sont écoulés. Il sera nettement plus facile de trouver des repreneurs et, si cela continue ainsi, on se battra bientôt pour acheter les actions. La banque est très optimiste et certaine que l'avenir est assuré.

Laissant tout à coup libre cours à mon humeur, je m'écrie :

– L'avenir ! La banque est optimiste ! Hannes, tu ne peux pas dire ça !

Je me précipite vers Asbjörn et lui arrache le journal des mains pour le coller sous le nez du chef de la rédaction.

– Qu'est-ce que ça peut bien faire à cette môme que la banque soit heureuse ? Ou que l'avenir du *Journal du soir* soit radieux ?

Hannes et Asbjörn me dévisagent, abasourdis.

Je continue sur ma lancée, bouillonnant de colère et d'un ensemble de vagues frustrations qui se sont accumulées :

– Et qu'est-ce que ses parents en ont à foutre ? Margret Bara pourrait être notre fille à tous !

Je me laisse tomber de tout mon poids sur la chaise à côté d'Asbjörn.

– Hmm, marmonne Hannes.

– Ce que je veux dire, c'est que ce genre d'égocentrisme est franchement indécent, dis-je, accablé. Il est du plus mauvais goût.

– C'est bien le problème, mon cher.

– N'est-ce pas à cause du même égocentrisme que le pays entier a bu le bouillon ? J'emmerde tout et tout le monde pourvu que je tire mon épingle du jeu, hein ?!

Asbjörn se passe la main sur le visage.

– Peu importe qui paie les pots cassés ! Et quel que soit le prix ! C'est cet aveuglement qui a entraîné la perte de tous les repères moraux.

– Parfait, déclare Hannes en levant son cigare comme si c'était un calumet de la paix. Je me bornais à évoquer quelques froides réalités. Comme tu es pris au jeu et dans le feu de l'action, elles te semblent peut-être un peu trop froides, mais elles n'en sont pas moins réelles.

Bien que je me sois légèrement calmé, je ne peux m'empêcher de poursuivre :

– Pris au jeu ? Cela n'a rien d'un jeu. Nous ne sommes pas dans une partie d'échecs.

– Je conçois bien, mon cher Einar, répond-il d'un ton un peu trop condescendant à mon goût, que tout cela t'affecte beaucoup. Mais garde-toi de prendre mes mots au pied de la lettre. Et ne perdons pas de vue que nous sommes ici pour faire un travail. Nous ne pouvons pas nous permettre de l'oublier.

Ma crise de conscience disparaît aussi vite qu'elle est apparue. « Et vous, vous vous comprenez ? » m'interrogeait Elisabet il y a peu. Parfois oui, parfois non.

– Ne t'inquiète pas, je ne l'oublie pas. C'est d'ailleurs sans doute pour cette raison que j'ai quelques remords.

Hannes balance son mégot par la fenêtre et s'approche de moi.

– La nature de notre travail implique que, parfois, notre conscience ne sache plus trop où elle en est, me dit-il, une main posée sur mon épaule. Ou qu'elle se demande de quel côté de la ligne elle se trouve.

Il me prend l'exemplaire que j'ai à la main pour me montrer notre vénérable slogan : *la réalité dépasse la fiction.*

– Et quoi qu'il en soit, poursuit-il, la meilleure feuille de route qu'on puisse respecter consiste en ces mots-là.

– D'accord, dis-je. Nous continuons notre quête de la vérité et de la réalité, quel que soit l'endroit où elle nous conduira.

– Et où nous mène-t-elle aujourd'hui ? interroge le rédacteur en chef qui a conservé un silence discret pendant ma discussion avec Hannes.

– Je n'en sais rien, dis-je avant de résumer brièvement la situation. Le destin de Margret Bara sera sans doute scellé ce soir.

Je leur parle de mon rendez-vous inattendu avec Floki Hreinn Jonsson et les informe de sa démission.

– C'est très étrange, observe Hannes, pensif, tandis qu'il s'installe à son bureau.

– En effet. Et c'est tout aussi étonnant qu'il ait souhaité me rencontrer pour me faire part de sa décision. Qu'est-ce que ça peut bien vouloir dire ?

Aucun de mes deux collègues n'a la réponse.

– On devrait peut-être en parler dans la prochaine édition ? suggère Asbjörn.

Je consulte Hannes du regard.

– Mouais, le moment est plutôt mal choisi, dis-je. Ça reviendrait à dévoiler que tout le monde prend la fuite dans l'entourage d'Ölver alors que la vie de sa fille est menacée, non ?

Hannes pointe une nouvelle fois son index sur le slogan inscrit dans le chapeau du journal.

– Soit ! La réalité dépasse la fiction, mais il convient d'abord de tirer au clair la réalité en question. Floki Hreinn n'a pas dit si nous devions ou non en parler. Attendons un peu.

– Après ton discours de tout à l'heure, mon cher, je veux bien attendre un moment, mais pas trop longtemps. Il s'agit d'une information, me répond Hannes.

Nous abordons brièvement les autres sujets d'actualité, parmi lesquels l'enquête de police que je néglige depuis quelques jours, et dont les autres journalistes n'ont pas non plus assuré la couverture tant leurs journées sont longues.

– Où en est-on dans l'affaire de la postière d'Akureyri ? me demande Asbjörn à la fin de notre réunion.

– Hélas, nulle part. Oligisli m'a confié qu'il avait l'impression que cette histoire allait rejoindre la pile des affaires non résolues.

Je passe un coup de fil dans le Nord au commissaire principal afin d'obtenir confirmation. Comme d'habitude, il est débordé après le week-end : affaires de drogue et menue criminalité, scrupuleusement couvertes par Joa pour notre journal.

– Et l'enquête sur la postière est au point mort, précise-t-il. Nous n'avons recueilli aucun nouvel élément susceptible de la faire progresser si nous avions les moyens humains que, de toute façon, nous n'avons pas.

– Tu saurais quelque chose sur Margret Bara par le biais de tes contacts ?

– Non. Je ne suis pas le conseiller personnel de Jonas. Mais ça fait froid dans le dos. J'ai vu la conférence de presse à la télé. J'avais l'impression de regarder une chaîne étrangère ou d'être devant un film. C'est la première fois que notre pays est le théâtre d'une chose pareille.

Après avoir raccroché, je médite sur l'étroitesse de la marge de manœuvre dont je dispose. Je suis découragé. Les questions n'étaient pas autorisées au terme de la conférence, mais la police a annoncé qu'elle communiquerait sans doute de nouvelles informations en soirée. Je compose le numéro de portable de Margret Karlsdottir. Je tombe sur une tonalité étrangère. Comme elle ne décroche pas, je lui envoie un SMS. Je passe voir Guffi qui lève les yeux de son téléphone et de son écran en secouant la tête. Je ne vois d'autre solution que d'aller récolter la matière à quelques entrefilets dans la flore variée qu'offre la délinquance purement islandaise. Sigurbjörg m'appelle alors pour me demander ce que j'ai pensé de l'oiseau rare.

– C'est un charmeur, Sigurbjörg. Quand je suis sorti de chez lui, j'étais aussi heureux qu'un gamin qui vient de passer un bon moment avec son grand-père. Mais…

– Oui ?

– Ah, il y a un truc qui me turlupine. Même si le sujet de ce livre n'est pas plus idiot qu'un tas d'autres choses, je ne comprends pas pourquoi tu as choisi de t'intéresser à ça.

– Ce n'est pas faute d'avoir essayé de te l'expliquer.

– Peut-être, mais je ne suis pas vraiment convaincu, tu m'excuseras.

Elle se tait.

– Il y a quelque chose que tu ne me dis pas.

– Il y a un tas de choses que je ne te dis pas sur des tas de sujets. Toi non plus, tu ne me dis pas tout.

– N'allons pas sur ce terrain. Bon, Rikki m'a expliqué que, selon les termes de votre accord, tu n'interrogerais personne d'autre que lui à propos de sa carrière et de sa vie, et que le livre ne contiendrait que son récit à lui, sa version personnelle.

– C'est ça, ce n'est d'ailleurs pas exceptionnel dans ce genre d'écrits.

– Non, mais il a passé cet accord avec toi, et pas avec moi. Je me demande si je ne devrais pas, avec ton autorisation, aller questionner un ou deux des collègues de Rikki qui le connaissent de longue date.

– Hmm… dans quel but ?

– Eh bien, étant donné sa bizarrerie, je considère ça comme une mesure de précaution. Quand on donne carte blanche à quelqu'un pour façonner sa propre image, il peut être utile, voire nécessaire, d'entendre d'autres sons de cloche.

– Ok, mais fais bien attention. Il ne faut surtout pas qu'il apprenne que je vérifie ses dires en catimini. Il m'a semblé un peu absent après ton départ.

– Je prendrai toutes les précautions. Tu aurais en tête les noms de quelques candidats prometteurs ?

– Tu n'as qu'à aller interroger Doddi, il a longtemps été l'impresario de Rikki et des Rokkhundar. Tu peux aussi t'adresser à Fusi, le bassiste, qui a joué avec lui pendant une brève période.

Elle me communique les noms et prénoms ainsi que les autres renseignements nécessaires et me dit qu'elle m'enverra de nouveaux textes pour lecture, plus tard dans la soirée.

– J'ignore quand j'aurai un moment pour me pencher dessus, dis-je, mais je ferai de mon mieux, si j'ai un temps mort.

Un temps mort ? Tiens, et si c'était maintenant ?

Doddi l'impresario, de son vrai nom Thordur Thorarinsson, semble un peu plus jeune que le Chien du rock et il est manifestement à un tout autre point que lui dans l'existence quand je passe le voir dans les locaux presque vides de l'entreprise de communication et de publicité Image. Elle occupe un étage entier dans un immeuble flambant neuf du quartier qui se trouve vers la place Höfdatorg, qui a été complètement transformé pendant le boom économique. Une grande partie du bâtiment semble inoccupée et celle-là ne tardera sans doute pas à l'être également. Fauteuils, cartons, tables et ordinateurs sont entassés dans le coin d'une vaste salle où plus personne ne travaille. Dans l'unique bureau fermé, le propriétaire et directeur furète dans un classeur, derrière une cloison en verre.

– C'est fini, soupire-t-il avant de m'inviter à m'asseoir dans le fauteuil tandis qu'il pose ses fesses sur le plateau de son bureau. Les contrats se sont évanouis et l'argent avec. Je m'en tire plutôt bien. J'ai eu le nez creux et j'ai fermé dès que j'ai vu la tournure que prenaient les événements.

Thordur a accepté sans rechigner que je passe le voir.

– Parler du bon vieux temps me reposera un peu de tout ce délire, m'a-t-il confié quand je l'ai appelé.

C'est un homme de taille et de corpulence moyennes, chauve, imberbe, vêtu d'un blaser et d'un jean de marque. Je lui répète que notre discussion doit demeurer confidentielle.

– Je ne fais que prêter main-forte à une collègue du journal qui rédige actuellement une biographie de Rikki. Rien de ce que vous allez me confier n'y sera cité et votre anonymat est garanti.

Thordur balaie mon observation d'un revers de main.

– Ne vous inquiétez pas. Je n'ai plus le moindre contact avec Rikki. Il ajoute au terme d'un bref silence : nous en avons eu assez comme ça dans le passé.

– Vous étiez amis ou c'était simplement une relation professionnelle entre un artiste et son agent ?

– J'ai débuté comme technicien et homme à tout faire avec les Rokkhundar à l'époque où ils étaient le groupe le plus populaire d'Islande. Je n'étais qu'un lycéen qui avait besoin d'un peu d'argent, je les admirais sincèrement et j'étais heureux de travailler pour eux. Peu à peu, j'ai commencé à m'occuper des réservations de salles et de l'organisation des concerts. Puis, parallèlement à mes études de commerce à l'université, j'ai dirigé une grosse agence de production qui gérait la carrière de divers artistes et de comiques, j'ai organisé des tournées et sorti des disques. J'ai vraiment été un pionnier et un touche-à-tout dans le monde de la pop.

Son large sourire un peu suffisant dévoile une dentition très blanche. *Pionnier*, voilà un mot qui m'a toujours beaucoup plu.

– Après avoir terminé mes études et purgé une peine de quinze années dans le milieu du spectacle, j'ai changé d'orientation pour me lancer dans la publicité et le marketing. Je commençais à en avoir ma claque de fréquenter tous ces musiciens égocentriques qui m'adressaient mille reproches dès que leur popularité déclinait.

– Rikki était de ceux-là ?

– Ce bon vieux Rikki, soupire Thordur. C'était lui le pire en la matière. Carriériste et sans-gêne, il s'imposait et devenait franchement arrogant dès que ça n'allait pas comme il voulait. J'avais parfois l'impression d'être face à un paranoïaque. Si on ne lui prouvait pas à tout bout de champ qu'on l'admirait et qu'on le vénérait, il boudait comme un gamin avant d'aller vous débiner par-derrière. Il était capable de tout pour arriver à ses fins.

– De tout ?

– Oui, je suis bien placé pour le savoir. Cela dit, c'était aussi parfois le plus drôle et le plus sympathique des hommes. Il était doté d'un sacré charisme dans ses meilleurs moments. Puis, en vieillissant, il s'est empâté et transformé en une véritable caricature de lui-même, mais ce n'est là que mon opinion personnelle. Il est très malin et il a vite compris que puisque le public ne le prenait plus au sérieux en tant que star du rock, le plus intelligent était de faire semblant que c'était également son cas. Extérieurement, il donnait l'image de ce rockeur boute-en-train. Il se livrait à toutes sortes d'imitations, de plaisanteries, de jeux de mots, et ne reculait devant aucun sacrifice pour rester sous les projecteurs.

– Et intérieurement ?

Thordur observe par la fenêtre le champ de ruines laissé par la prospérité triomphante.

– Intérieurement ? Il est toujours difficile de savoir ce que les gens cachent au fond d'eux-mêmes, je ne vous apprends rien. Et Rikki n'est pas transparent, c'est le moins qu'on puisse dire.

Doddi me regarde intensément.

– Lorsqu'il s'est trouvé sur la pente descendante et que les choses se sont compliquées pour lui dans le monde de la musique, je réussissais de mieux en mieux dans mon domaine et il passait son temps à venir me harceler avec ses idées de come-back, ses problèmes de fric et ses rêves d'un grand concert à la salle de spectacle de Laugardalshöll. J'ai tout essayé pour me débarrasser de lui en restant poli, mais j'ai fini par céder il y a quelques années et je l'ai aidé à sortir une compilation de ses vieux succès.

– *Rokkhundurinn, le chien du rock – Meilleur ami de l'homme* ?

– Exact. Ce disque a été un vrai flop. Je crois bien que Rikki ne me l'a jamais pardonné. C'est pourtant moi qui ai perdu de l'argent, pas lui. Il s'imagine sans doute encore que je lui ai volé tous les bénéfices. Depuis, on ne se parle plus. Je lui ai donné le stock pour me débarrasser à la fois des disques et de lui, histoire de tirer un trait définitif. Lui, il continue de vendre le CD à la sortie de ses spectacles.

– Il a toujours des admirateurs ?

Thordur se lève et se met à arpenter le bureau vide.

– La technologie compact-disc n'est à l'évidence qu'une escroquerie destinée à continuer de s'engraisser sur les anciens fans. C'est d'ailleurs le cas de la plupart des nouveautés technologiques dans l'industrie du divertissement. Ce ne sont que des moyens de fourguer encore et encore la même camelote à chaque nouvelle génération comme aux anciennes. Et le nom de Rikki n'est pas encore tombé dans l'oubli, la radio passe même certaines de ses chansons de temps à autre.

– Rikki semble accorder beaucoup d'importance à ses admirateurs.

Thordur se campe au centre de la pièce.

– Vous me demandiez tout à l'heure ce qu'il pensait vraiment, ce qu'il ressentait intérieurement. Je crois qu'au fond, il est encore persuadé d'être la star qu'il était à la grande époque. C'est comme ça qu'il se voit. Sa personnalité est complexe et pétrie de contradictions qu'il réduit en recourant à l'humour et aux traits d'esprit et, s'il le faut, à des fantaisies dont n'importe quel interprète serait fier.

– Il n'a jamais vraiment sombré dans l'alcool ou dans la drogue, non ?

– Rikki a essayé tout ce qu'on peut essayer. Il a surtout goûté aux femmes, comme le font les vraies stars avec leurs vraies admiratrices. Mais il a toujours contrôlé ses faiblesses. Il a toujours voulu tout contrôler.

Thordur me raccompagne jusqu'à l'ascenseur, qui est aussi vaste que le salon de ma tanière en sous-sol.

– Vous voyez, son biographe a du pain sur la planche. La tâche peut sembler aisée et distrayante, mais c'est loin d'être le cas.

Höddi arpentait la pièce, hors de lui. « Cette espèce de pourriture essaie de nous enculer ! » « Regardez-moi ce pleurnichard ! Il balance ses jérémiades à la gueule des gens et ose mendier la sympathie alors qu'il a encore les poches pleines de tout le fric qu'il a piqué, renchérit Alla, tout aussi furieuse. Putain, j'ai pris mon pied à le voir dans cet état, c'était quand même super cool ! Et si on le faisait un peu souffrir ? » La question d'Alla s'adressait à Friddi qui ne disait pas un mot et tenait l'ordinateur fermé entre ses mains. « Et si on essayait de le plumer un peu plus, il est plein aux as, il en a bien plus que ce qu'il nous a filé. Il essaie juste de faire baisser le prix, comme tous ces salauds d'hommes d'affaires », s'emporta-t-elle. Asi, celui qui portait des lunettes, déclara, hésitant : « Non, je veux qu'on arrête. On ne peut pas continuer comme ça. » Il pointa son index vers la gamine effondrée. « Asi, t'es qu'un nul ! » lança Höddi. Tous trois regardèrent Friddi. « Ok, on n'a qu'à la buter ! » proposa Höddi, tout excité. « Si c'est ce qu'il veut, c'est ce qu'on fera. On prend le fric qu'il nous a filé et on la liquide.» «On n'a qu'à foutre le feu à la baraque, suggéra Alla. On entend toujours parler de vieux taudis qui crament. Des tas de clochards et de pauvres types les squattent et finissent par y mettre le feu ou...» Elle s'interrompit. Asi regardait Friddi, terrifié. «Friddi, on fait quoi?» demanda-t-il. «Ouais, s'agaça Alla, l'index menaçant et pointé vers le visage de Friddi. Alors, qu'en dit notre chef? Quelle solution il propose?» Friddi lui attrapa le doigt et le tordit jusqu'à ce qu'elle pousse un cri. «Il est hors de question que nous nous comportions en criminels, déclara-t-il. Je vais réfléchir jusqu'à demain. Vous n'avez qu'à rentrer chez vous.» Höddi s'alluma une cigarette, comme pour se calmer, mais cela ne l'apaisa pas. «Nous voulons notre part, et tout de suite. En tout cas, moi, je veux la mienne.» Friddi s'avança vers lui. «Personne n'aura sa part tant que je ne l'aurai pas décidé. Rentrez chez vous!» Il regarda Asi. «Toi aussi, Asi.» Höddi lui grogna au visage en sortant. Alla lui adressa un doigt d'honneur en quittant la pièce avec Asi. «Höddi, cria-t-elle dans l'escalier. Laisse tomber, il va la violer lui-même!» Maintenant, elle était seule avec Friddi.

– Ah, mon pauvre Einar, je suis dans un drôle d'état.

– Ça va passer.

– Non, mon ami, ça ne passera pas. Me voilà sur la mauvaise pente.

Nous sommes assis tous les quatre autour du lit de Solveig, dans son appartement du quartier de Thingholt. Il y a Alda Sif, le petit Grimsi, l'adolescent taciturne et moi-même. L'hôpital a renvoyé ma voisine à ses pénates dès la première occasion. Le système de santé islandais ne saurait permettre que les coupes sombres et la pénurie financière empêchent ses usagers de jouir du plaisir d'être à la maison.

Solveig est faible et sa respiration lourde.

– Certes, mais personne ne peut se prononcer sur la longueur de la pente, dis-je sans conviction.

– Je refuse d'être une charge pour mes proches, marmonne-t-elle en levant à grand-peine les yeux vers sa fille. Ils ont assez à faire comme ça.

– Maman, arrête, répond Alda Sif. Je vais rester ici avec Grimsi jusqu'à ce que tu ailles mieux. Je t'ai déjà dit que j'avais plein de congés à prendre.

– Ce seraient de bonnes vacances, oui ! soupire Solveig. Passées à t'occuper d'une vieille femme comme moi qui ne se remettra jamais vraiment. Non, ma chérie, je veux qu'on me mette en maison de retraite au plus vite. Ce voyage est commencé et là-bas je pourrai attendre tranquillement qu'il arrive à son terme.

Grimsi renifle et proteste.

– Mais, grand-mère, nous voulons rester ici, avec toi !

La commissaire principale d'Isafjördur est aussi abattue que désemparée.

– On verra bien. De toute façon, tu sais que les listes d'attente sont très longues. On doit patienter et espérer, c'est tout.

– On n'a qu'à jouer au Rummy, comme avant, suggère tout à coup Atli de sa voix fragile en pleine mue.

Après être redescendu dans mon sous-sol, je regarde les informations du soir à la télévision. Elles ne m'apprennent rien sur le sort de Margret Bara Ölversdottir, si ce n'est que la police s'abstient de tout commentaire. La conférence de presse de ce midi est en revanche traitée dans un long reportage. Notre une de demain ne sera bouclée que vers vingt-deux heures et je commence à rédiger un article qui apporte très peu de nouveaux éléments.

Je n'ai toujours rien de Margret Karlsdottir, mais j'ai reçu un nouvel envoi de Sigurbjörg dans ma boîte mail. Je choisis de tuer le temps, j'allume une cigarette et me plonge dans les anecdotes et considérations plus ou moins heureuses du Chien du rock. Un paragraphe retient particulièrement mon attention :

J'ai eu beaucoup d'aventures au cours de ma vie, mais je me demande si je suis véritablement tombé amoureux, ne serait-ce qu'une fois. J'étais trop occupé par d'autres choses. En vieillissant, on est envahi par le doute et les regrets, voire une certaine solitude. Même si j'ai toujours été entouré par des femmes et que je n'ai jamais eu à me plaindre de manquer d'occasions ni d'admiratrices, il m'arrive de me poser la question suivante : et si... ? Certes, je balaie bien vite ce genre de considérations. La liberté a toujours compté plus que tout pour moi. Les obligations ne font qu'entraver vos capacités créatrices. La plupart de mes amis, copains et copines ont fondé des familles qu'ils affirment beaucoup aimer. Cela dit, c'est eux-mêmes qu'ils aiment le plus. Et la liberté leur manque. Je connais toutes les notes nécessaires à la composition d'une vie amoureuse équilibrée, mais je ne les ai pas jouées dans le bon ordre ni conformément aux conventions sociales. So be it. *Je continue à profiter de tout ce que la vie peut offrir. Et je peux vous dire qu'elle me gâte sacrément. Je crois toujours aux bons vieux idéaux des hippies : faites l'amour, pas la guerre. Peut-être surtout l'amour libre, étant donné la manière dont le monde et la société ont évolué.*

Peu après vingt-deux heures, je parviens enfin à entrer en contact avec le porte-parole de la police qui me dit que les ravisseurs de Margret Bara ne se sont toujours pas manifestés. Je tente d'appeler Ölver. Il ne répond pas. J'appelle Elisabet. Elle ne décroche pas non plus.

Je téléphone à Agnes qui m'affirme ne rien savoir, d'un ton qui montre clairement combien elle est affectée. Je n'ai d'autre choix que d'envoyer mon article, malgré ce flou total. Avant de me coucher, j'appelle Margret Karlsdottir sur son portable.

– Le numéro que vous demandez n'est pas attribué, me répond une voix enregistrée.

Étrange, me dis-je. J'envoie un bref courriel à l'adresse margretk@loegmaeli.is. Quelques instants plus tard, mon mail me revient avec la mention suivante :

Votre envoi n'a pu aboutir.

23

Mercredi matin

La déprime qui frappe la société est presque palpable. Les bulletins d'information de la matinée précisant qu'aucun nouvel élément n'est apparu en ce qui concerne Margret Bara ont un effet anesthésiant. Le silence résonne jusque dans la blogosphère.

Je suis à mon poste, devant l'ordinateur et le téléphone dès les premières heures du jour. La situation n'évolue pas.

Hannes, Asbjörn et moi-même étions comme assommés lors de notre habituelle réunion matinale. Je ne leur ai rien dit du silence soudain de Margret Karlsdottir. Son statut de source doit rester entre elle et moi. Mais que se passe-t-il donc de ce côté-là ?

J'appelle le cabinet d'avocats Lögmaeli et demande à lui parler.

– Malheureusement, me répond la standardiste, elle est absente.

– Elle se penche actuellement sur la liquidation des sociétés d'Ölver Margretarson Steinsson, n'est-ce pas ?

– Eh bien, oui, notre cabinet s'occupe de cette affaire.

– Margret est à l'étranger, c'est ça ?

Un silence gêné.

– Je ne peux pas vous répondre. Elle ne travaille plus chez nous.

– Ah bon ?

– Oui, elle nous a quittés.

– Et depuis quand ?

– C'est récent. Je ne saurais malheureusement vous en dire plus.

Je ne parviens pas à rationaliser les pensées que m'inspire ce subit revirement. Jusque-là, j'ai mis la sollicitude de Margret à mon égard sur le compte de notre vieille amitié, laquelle n'est finalement pas si ancienne que ça. J'ai cru que les renseignements qu'elle me fournissait étaient liés à la procédure de liquidation et qu'elle les obtenait auprès de collègues, étant donné que les finances d'Ölver sont, tout comme sa fille, prises en otage. Mais là, je n'y comprends plus rien. J'ai demandé à la standardiste de me passer le responsable de la procédure de liquidation ou toute personne susceptible de me renseigner, mais elle m'a dit, tout aussi gênée, que tout le monde était en réunion, et ce, jusqu'en fin de journée.

Est-il possible que Margret ait été mise à la porte pour m'avoir communiqué des informations confidentielles ?

Il n'y a décidément aucune limite à mon sentiment de culpabilité.

Alors que je rassemble mes armes : stylo, carnet, cigarettes et le peu de sérénité que j'ai en stock, Guffi arrive d'un pas pressé, suant par tous les pores l'actualité économique du jour. Il m'explique n'être parvenu à découvrir aucun lien entre Ölver et Albert.

– Mais je n'ai pas encore eu le temps de me pencher sérieusement sur la question, précise-t-il. Je me suis contenté de poser mes filets et j'espère qu'un de mes informateurs m'appellera en soirée. Je te tiens au courant.

C'est armé de ce maigre espoir que je pars honorer mon rendez-vous avec le plus proche collaborateur de Rikki des Rokkhundar au fil du temps.

– Je n'étais plus qu'un déchet, bon à balancer au tri sélectif, alors j'ai décidé de sauter le pas, me confie Vigfus Kristjansson en souriant de ses quelques dents jaunies.

Le sourire radieux et blanc de Thordur, l'ancien agent du groupe, me revient en mémoire. Ceux qui fréquentent l'univers de la pop connaissent décidément des destins très divers.

Fusi, l'ancien bassiste, porte une combinaison bleue, un gilet vert fluo réfléchissant et des jambières.

Assis devant le petit restaurant de Grandagardur où il prend toujours son café du matin pendant les pauses que lui accorde le service de collecte et de tri des ordures de la ville de Reykjavik, nous savourons tranquillement une cigarette.

– Et vous étiez en route vers quelle catégorie du tri sélectif ?

– Pff... je ne le savais même pas, me répond mon interlocuteur décharné, âgé d'une soixantaine d'années, dont le visage long est surmonté de quelques mèches de cheveux gris clairsemés. Je succombais à toutes les tentations possibles. Chaque année, je buvais et me défonçais de plus en plus. Je suppose que j'ai dû en passer au total une bonne dizaine complètement sous emprise. Le corps supporte tellement de choses quand on est jeune. Mais avec l'âge, ça devient une question de vie ou de mort. J'ai fait une désintox il y a huit ans et je n'ai rien touché d'autre depuis que de la vraie merde et de vraies saletés.

– Et vous avez arrêté de jouer ?

– Eh bien, j'ai essayé de continuer à suivre Rikki au début. Mais ça n'avait aucun sens de traîner sans boire une goutte avec une bande de soiffards dans les bars et les bals ici et là. Sans parler du fait que tout ça ne rapporte plus un sou. Je préfère mille fois travailler comme éboueur, même s'il y a des moments où on se les gèle et où on est crade. J'ai mon salaire, je peux m'occuper de ma femme et de ma famille. Je les ai négligées bien trop longtemps. Je ne comprends pas comment Rikki peut continuer à supporter ça.

– Quelle raison le pousse à le faire selon vous ?

Fusi s'allume une seconde Camel.

– Eh, c'est justement le truc. C'est tout le problème avec Rikki, reprend-il, d'un air mystérieux.

– Comment ça, le problème avec Rikki ?

– Il est comme il est. En fait, il n'a ni évolué ni mûri depuis que nous nous sommes connus, en 1965. Évidemment, il y a des avantages et des inconvénients. Et on est peut-être un peu forcé d'agir comme ça si on veut durer dans la profession jusqu'à ce que mort s'ensuive.

J'avale une gorgée de café froid.

– Mais ça ne dérange pas Rikki, surtout parce qu'il lui faut toujours quelque chose à se mettre sous la dent, me dit Fusi avec un sourire entendu. Un jour, il m'a raconté qu'il avait envie de se faire moine. Ah bon ? lui ai-je répondu, et pourquoi donc ? Parce que, dans un monastère, on n'a pas besoin de baiser, il m'a dit. Il passe son temps à essayer de retenir sa jeunesse. Hélas, elle est partie depuis belle lurette. Parfois, il me faisait pitié quand j'assistais à ses tentatives désespérées pour coincer des gamines complètement soûles ou droguées, tellement jeunes qu'il aurait presque pu être leur grand-père, voire leur trisaïeul.

– Et il y arrive ? À ce que j'ai lu de sa biographie, il n'a pas manqué d'occasions en la matière.

Fusi éclate de rire.

– Rikki ment comme il respire et au moins autant qu'il pisse. Ça a duré pendant des années, je dirais même plusieurs dizaines. Mais bon, on finit par décliner et le nombre des ouvertures aussi.

– En d'autres termes : les groupies ont sacrément vieilli ?

– Exactement, c'est un bon copain qui bossait avec nous qui nous a sorti ça un jour.

– Ah bon ? Rikki affirme qu'il vous a dit ce truc-là après un bal.

Fusi rit de plus belle.

– Non, non et non. Rien à voir avec lui, mais bon, Rikki ne s'embarrasse pas de ce genre de détails.

– Quelles techniques utilise-t-il pour séduire les groupies ?

– Bah, il fait feu de tout bois. Sa célébrité d'autrefois. Le souvenir de son charme. Il les amuse avec des plaisanteries, des chansons, des numéros de ventriloque ou des imitations, et même des tours de magie. Il faut reconnaître que c'est un vrai touche-à-tout doublé d'un bateleur très doué quand il est en forme.

– Il essaie de soûler les filles ? Il leur offre des verres ?

– Il ne préfère pas. Ce brave Rikki est très radin. En général, elles sont déjà complètement soûles ou en position de faiblesse pour une raison ou une autre.

– Et il a toujours soigneusement évité d'avoir des enfants pendant tout ce temps ?

– Eh bien, il a été confronté au problème dans les années 80. Une femme est tombée enceinte de lui, enfin, c'est ce qu'elle racontait. Je me souviens que ça l'a mis dans tous ses états, ça le rendait presque dingue. La fille n'arrêtait pas de l'emmerder, elle essayait constamment de le contacter. Un jour, elle est venue à un concert avec le bébé. Elle a débarqué tout à coup pendant qu'on prenait un verre en coulisse en lui disant qu'elle voulait que l'enfant voie son père le jour de son premier anniversaire. Rikki a très mal réagi, il a laissé entendre qu'il n'avait rien à voir avec ça et que ce mioche n'était pas de lui. Il a ajouté qu'elle devrait le traîner en justice si elle voulait qu'il reconnaisse sa paternité, mais que si elle essayait, elle le lui paierait cher.

– Il l'a menacée ?

Fusi jette sa cigarette, puis enfile ses gants de travail.

– Je suppose qu'on peut dire ça.

– Et ensuite ? Que s'est-il passé ?

– Je ne l'ai jamais su et je n'ai pas non plus revu cette femme. Chaque fois que je posais des questions à Rikki là-dessus, il me répondait de fermer ma gueule et de m'occuper de mes oignons. Après ça, il y a eu comme un bond dans les ventes de capotes.

– Vous appuyiez peut-être là où ça faisait mal ?

– Ce cher Rikki était un peu soupe au lait. Sa majesté n'aimait pas qu'on l'agace. Mais sa colère retombée, il retrouvait aussitôt sa gentillesse et sa drôlerie. La pire chose qu'on puisse lui faire est de lui manquer de respect. Et aussi de se moquer de lui. Évidemment, ça lui plaisait de voir les gens, surtout les femmes, rire à ses plaisanteries, mais quand c'était de lui qu'on rigolait, ça l'amusait nettement moins. Rikki est extrêmement vaniteux.

– C'est pour ça qu'il pratique autant l'autodérision ? Parce qu'il veut qu'on l'admire ?

Vigfus Kristjansson se lève et sourit à nouveau.

– Rikki est une star, il l'était et le restera. Je suppose que le but de cette biographie est de l'assurer qu'il continue de l'être, non ?

Une idée m'envahit tout à coup tandis que je me lève.

– Il a déjà été accusé de viol ou de tentative de viol ?

– Non, je ne crois pas. Mais je sais, parce que je l'ai fréquenté de près pendant des années, qu'il n'aime pas beaucoup qu'on lui dise non.

Je remercie Fusi de m'avoir accordé un peu de son temps.

– C’est le moment pour l’éboueur de retourner au boulot, commente-t-il joyeusement. Il faut bien que quelqu’un ramasse les déchets de cette société.

– Tu constates donc, ma chère Sigurbjörg, que les monologues du Chien du rock appellent commentaires. Le moins qu’on puisse dire c’est qu’il cache bien son jeu.

La biographe va me chercher un Coca dans le frigo et se sert un verre d’eau fraîche au robinet. Bien qu’elle donne l’impression d’être calme et impassible, je perçois en elle une vague inquiétude.

Je suis passé la voir juste après mon rendez-vous avec Fusi, sachant qu’elle était chez elle et qu’il n’y aurait rien de neuf de mon côté avant le début de la soirée. Lorsque nous sommes sortis en ville, ce samedi soir mémorable, je l’ai déposée au pied de cet immeuble de la rue Kaplaskjolsvegur et elle ne m’a pas invité à entrer. Jamais elle ne m’a invité chez elle. Tout à l’heure, quand j’ai appuyé sur la sonnette portant l’inscription *Sigurbjörg Björnsdottir 4e étage*, elle m’a immédiatement ouvert la porte.

Lumineux et soigné, son appartement compte trois pièces, une salle de bain et une cuisine. En réalité, il me semble aussi étrange de n’être jamais venu ici que de m’y trouver maintenant. Je perçois à son accueil un peu taciturne qu’elle est légèrement gênée. Le verre d’eau à la main, elle me précède dans le salon aux murs blancs, aménagé avec goût de meubles datant d’époques diverses. Un imposant écran plat est fixé à côté de la grande fenêtre orientée au sud et contre l’un des murs est installé un énorme bureau où reposent un ordinateur portable, une pile de papiers, des chemises, des livres et d’autres documents. Je m’approche et scrute avec attention les photos encadrées, fixées juste au-dessus. Les trois autres murs sont entièrement nus.

Je découvre Sigurbjörg en tenue de bachelière, plus jeune, le visage plus lisse qu'aujourd'hui, les cheveux courts et coiffée d'une casquette blanche. Sur une deuxième photo, sans doute prise pendant la grande fête du baccalauréat, elle serre dans ses bras un couple d'âge mûr. Tous les trois sourient. Quelques autres clichés ont été pris pendant des voyages à l'étranger ou en Islande. Au centre, une petite photo aux couleurs jaunies représente une femme âgée d'une trentaine d'années, un bébé dans les bras. Son visage est assez banal, avec ses longs cheveux bruns et ses grands yeux tristes. C'est la femme coiffée à la mode des années 80 dont j'ai trouvé la photo dans le tiroir de Sigurbjörg à la rédaction.

Ma collègue me tourne le dos. Debout à la fenêtre, elle semble regarder la mer.

– Ce que tu me dis de Rikki ne me surprend pas vraiment. Mais cela ne doit pas m'empêcher de l'amener à se confier encore un peu plus.

– Ce type est un véritable danger pour les femmes, dis-je. Il n'a jamais tenté de te séduire ?

Elle baisse les yeux sur son verre d'eau.

– Pas vraiment. Pas si on se refuse à interpréter les choses dans ce sens.

– Comment ça ?

– Je veux dire qu'il est très facile de prendre des plaisanteries salaces, du badinage et de la vantardise masculine pour de la drague. Ses tentatives d'approche se précisent peut-être un peu ces derniers temps.

Je l'observe sans parvenir à déchiffrer l'expression de son visage.

– Bon, je voulais juste te tenir au courant de ce que j'ai découvert en allant interroger Thordur et Vigfus.

– Merci beaucoup. Il faut que je me dépêche de retourner chez Rikki. Quant à toi, tu vas sans doute te replonger dans cette immonde affaire d'enlèvement ?

Je secoue la tête.

– Dans cette histoire, l'unique certitude, c'est que nous sommes dans l'incertitude.

Avant de descendre l'escalier, je lis les noms des voisins sur la porte d'en face : *Sigurbjörg Asgeirsdottir et Björn Valmundarson.*

Debout dans l'embrasure, Sigurbjörg déclare :

– Grand-père et grand-mère.

– Ceux qui t'ont élevée ?

Elle me répond d'un hochement de tête.

– C'est le couple qu'on voit avec toi sur cette photo pendant la grande fête du bac ?

– Oui, et je leur dois tout.

– Ok. C'est pour cette raison que tu tiens à rester auprès d'eux ?

– Ils sont âgés. Dès que cet appartement a été libre, je l'ai acheté.

Au moment où je m'installe au volant de ma voiture affleure tout à coup dans mon esprit une idée qui y sommeille depuis la fin de ma discussion avec Fusi le bassiste.

Il vint seul, défit tous ses liens et lui ôta le bandeau des yeux. « Tiens, il y a là plein de choses à manger, du lait et du Coca, dit-il en lui tendant un sac en plastique plein à ras bord. Tu ne peux pas sortir. N'essaie même pas. La maison est fermée à clé, les fenêtres et les ouvertures sont condamnées. » Elle regarda Friddi, surprise. « Je ne devrais pas être attachée ? » demanda-t-elle. « Non, répondit-il. Tu as des bleus et des blessures partout. Ça ne peut pas continuer comme ça. » Il attrapa le sac de la gamine, posé dans l'un des coins. « Tu peux faire tout ce que tu veux, sauf t'en aller. » La petite se sentait à nouveau au bord des larmes. « Mais qu'est-ce que je dois faire ? » interrogea-t-elle, les yeux embués. « Et moi, qu'est-ce que je peux faire ? rétorqua Friddi, les bras levés au ciel. Je n'en sais rien ! Il sortit l'ordinateur portable du sac qu'il portait sur son dos. Tiens, je te le laisse, tu peux le garder pour jouer. Il ouvrit l'appareil et le tripota un moment. Mais je coupe Internet, ce n'est pas la peine d'essayer de t'y connecter. » Elle avait une boule dans la gorge. « Merci, dit-elle, tu as plusieurs ordinateurs ? » Friddi lui sourit. « Celui-là est vieux. J'en ai un autre à la maison. Ne t'inquiète pas. » Il plongea à nouveau la main dans son sac à dos pour en sortir une lampe de poche. Tiens, comme ça, tu y verras clair. » Elle attrapa la lampe, l'alluma, l'éteignit, puis la ralluma. « Mais moi, qu'est-ce qui va m'arriver ? » demanda-t-elle. « Je ne sais pas quoi faire, répondit Friddi. Je ne sais pas du tout. » Dès qu'il eut quitté les lieux, elle se mit à écrire.

À peine ai-je entré le terme dans le moteur de recherche que s'affiche en anglais la description suivante : « Le ventriloquisme est un procédé par lequel un homme ou une femme (le ventriloque) utilise sa voix de manière à faire croire qu'elle provient d'une autre direction. »

Holy shit !

24

Mercredi après-midi

Les voix des morts.

Ventriloquism, ce terme anglais d'origine latine signifie « parler avec le ventre ». On considérait que ces voix sorties du ventre étaient celles des défunts, lesquels avaient élu domicile dans l'estomac du ventriloque.

Je me plonge dans la mine de savoir du Net sur l'origine probable de cette attraction comique qui a connu son heure de gloire au milieu du siècle dernier avant de perdre sa popularité, supplantée par de nouveaux trucages et moyens techniques. Ceux qui amusaient leur public en ne recourant qu'à leur intelligence et à leur voix pour l'illusionner ont alors disparu. Si on remonte un peu plus loin dans le temps, on apprend que les voyants et voyantes, magiciens et médiums ont également exploité cette technique avec succès. Le ventriloque pratiquait son art en s'accompagnant de musique et de numéros comiques, il se servait aussi parfois de marionnettes, comme Baldur et Konni, qui ont distrait plusieurs générations d'Islandais dans la seconde moitié du XXe siècle.

Le site web d'un ventriloque demeurant aux États-Unis, qui s'est retiré des voitures, faute de propositions, donne quelques explications sur « la manière dont il faut s'y prendre pour parler sans remuer les lèvres », celle dont la marionnette, la gestuelle ou les plaisanteries parviennent à capter l'attention du spectateur pour faire diversion et celle dont le ventriloque utilise son appareil phonatoire. De la même façon que le prestidigitateur illusionne l'œil, le ventriloque trompe l'oreille. En un rien de temps, me voici plongé dans la liste des sons les plus complexes à articuler pour le ventriloque. Je me surprends même à tenter les expériences proposées. Les quelques collègues encore présents à la rédaction lèvent les yeux de leur poste de travail en entendant les étranges borborygmes qui proviennent de mon bureau.

Parler sans remuer les lèvres.

Que cela signifie-t-il pour un malentendant habitué à la lecture labiale quand il communique avec autrui ?

Cela revient à contrôler sa voix de manière à ce qu'elle semble provenir d'une autre direction.

— Il… m'a parlé… sans me parler vraiment, m'a dit Agla Sigridur Berhardsdottir avant de rendre l'âme. Il… m'a parlé… depuis… une autre… direction.

Est-ce possible ?

Le sang se précipite à une telle vitesse dans mes veines que je préfère sortir dans le brouillard pour reprendre mes esprits et me rafraîchir un peu les idées. Je dois m'abstenir de toute conclusion hâtive. La seule supposition que je peux formuler à partir des capacités de ventriloque de Rikki ne peut être validée que si je la place dans un contexte bien précis. Et tandis que je m'abrite sous le porche du *Journal du soir*, je trouve le moyen de la vérifier. Je balance ma cigarette à demi consumée et remonte vite fait en salle de rédaction.

Elle écrivait depuis des heures. Elle avait noté sur l'ordinateur tout ce dont elle se souvenait et la manière dont les choses avaient débuté. Elle ignorait toutefois la raison pour laquelle elles avaient commencé. Cela, elle n'était pas capable de l'écrire. Elle savait que c'était sa faute, mais ignorait pourquoi. Il lui importait surtout que son père et sa mère comprennent qu'elle n'avait rien pu faire. Elle s'était efforcée d'agir au mieux. Elle avait voulu tout faire afin de leur éviter de souffrir. Elle voulait leur demander pardon d'avoir échoué. Elle entendit soudain du bruit à l'étage inférieur. Elle enregistra ce qu'elle avait écrit et referma l'ordinateur. Quand Friddi apparut, elle était en train de grignoter un autre sandwich et de boire du lait tiède directement à la brique. Il s'approcha et s'assit par terre à côté d'elle. « Comment ça va ? » demanda-t-il. « Bien », répondit-elle, même si elle savait cette réponse ridicule et déplacée. « Et toi ? » Friddi passa sa main sur le sol poussiéreux. « Pas très bien, observa-t-il. Je veux que tu saches que tu ne nous verras sans doute plus, ni moi ni les autres. » Elle le regarda avec de grands yeux qui ne tardèrent pas à s'emplir de larmes dont elle ignorait la raison. Des raisons, il y en avait tant qu'elle n'était même plus capable de dire laquelle était la bonne. « Mais… mais, bégaya-t-elle. Pourquoi… ? » « Tout ça n'avait rien à voir avec toi. On voulait simplement la justice. On voulait punir ton père pour tout le mal qu'il a fait. C'est un escroc ! » La petite ne comprenait pas le mot, mais répondit tout de même : « Oui… mais… mais… il a demandé pardon à la télévision. » « Ses excuses ne remplaceront pas tout ce qu'il a volé aux honnêtes gens qui n'ont rien fait de mal », objecta Friddi. « Mon père vous a volés ? » Friddi regardait les larmes couler sur les joues de la petite. « Il a volé toute la nation, et nous avec. » « Mais vous quatre, qui êtes-vous ? » interrogea-t-elle. Friddi hésita : « Peu importe. Ce n'est pas nous qui sommes importants. » « Vous êtes copains ? » Il se frotta les yeux, comme s'il était également au bord des larmes. « Asi est mon meilleur ami. » « Il est gentil », observa-t-elle. « Oui, il est gentil. Trop gentil. » « Et Alla et Höddi ? » « Alla est terriblement en colère. Ça va très mal chez elle. Höddi est stupide et il déraille complètement. Il se comporte comme un sale petit branleur ! J'ai l'impression qu'ils sont tous les deux complètement cinglés. » « Et toi ? » demanda la petite. Quand Friddi leva à nouveau les yeux vers elle, elle constata qu'ils étaient pleins de larmes. « Je… je voulais juste… je voulais juste aider les gens. Je voulais… servir à quelque chose. Mais maintenant je ne sais plus trop. Peut-être qu'on est tous devenus complètement dingues. » Il se leva tout à coup, s'avança vers la porte puis se retourna dans l'embrasure pour lui dire : « Pardonne-nous tout ça. »

Bienvenue au royaume du rock de Rikki. Tels sont les mots qui accueillent le visiteur du site www.rokkhundur.is. Juste en dessous, on peut lire : *If you're looking for trouble you came to the right place !* Tout en bas de la page, le visiteur est invité à acheter la compilation *Le Chien du rock – Meilleur ami de l'homme* à un tarif préférentiel, accompagnée de l'autographe de Rikki. Le fond de la page représente la vedette en pleine action, soigneusement retouchée sur Photoshop, les deux mains posées sur un synthé et un micro à la bouche.

La conception maladroite de la page suggère qu'elle est l'œuvre d'un amateur. En haut, on a quelques petites icônes rectangulaires sur lesquelles on peut cliquer : *Carrière, Concerts, Photos, Liens*. Je clique sur *Concerts*. La liste couvre toute l'année dernière et les quelques premiers mois de celle qui vient de commencer. Rikki semble parvenir à dégoter une moyenne de deux soirées par semaine. Ici sont mentionnés divers pubs disséminés dans tout le pays, ainsi que quelques soirées privées et fêtes annuelles d'entreprises ou d'associations. Je fais glisser mon index sur le mois de janvier et je m'arrête à la date du mardi soir, veille de l'agression d'Agla Sigridur Bernhardsdottir. Je lis : *Bullan, Akureyri.*

Cela prouve tout du moins que Rikki se trouvait à Akureyri la veille des faits. Il a très bien pu reprendre la route de Reykjavik le soir même, mais on peut également imaginer qu'il ait passé la nuit dans le Nord et ne soit reparti que le lendemain matin.

J'appelle Olafur Gisli et lui annonce sans le moindre préambule :

– Le portable volé à cet habitant d'Akureyri qui a servi à envoyer la photo du garagiste à cagoule de Blönduos…

– Minute, interrompt le commissaire principal. Rien ne dit que cet appareil a été volé. Le type en question l'avait peut-être simplement oublié au bar.

– Ok. Ok. Et le bar, c'était lequel ?

– Bullan. Pourquoi ?

– Tu le sauras bientôt. Je suis branché sur cent mille volts. Merci, merci.

Je raccroche avant qu'il n'ait le temps de protester. Voyons voir… À quel moment ces gamins de Hafnarfjördur ont-ils trouvé le portable dans le petit parc de Hellisgerdi ? Je feuillette mon calepin pour retrouver mes notes. C'était le jeudi matin. Je consulte à nouveau la liste des concerts de Rikki. Ça colle. Le mercredi soir, il animait une soirée de l'association sportive masculine de Hafnarfjördur.

Eh bien, nom de Dieu !

Je tapote nerveusement le plateau de mon bureau du bout des doigts. J'ai l'impression d'être calé sur le rythme de *Trouble* d'Elvis. J'attrape l'annuaire et je passe un second coup de fil dans le Nord. Bergthora Benediktsdottir me répond qu'elle se souvient bien de moi et me confie qu'elle est en train de garder les petits chez sa fille.

– Dites-moi, Bergthora. Vous pourriez essayer de vous souvenir de la matinée où vous avez découvert ce chariot de la poste abandonné ?

– Ah, Dieu tout-puissant, mais pourquoi donc ?

– Eh bien, de nouveaux éléments sont apparus. Quand je vous ai posé la question sur les voitures que vous aviez vues passer dans la rue, vous m'avez parlé d'une gigantesque jeep bleue de crâneur et d'une petite voiture rouge…

– En effet, mais je vous ai dit, à vous comme à la police, que je n'y connais rien en voiture.

– Je m'en souviens bien. Vous m'avez aussi parlé d'une petite camionnette, sans doute jaune, qui portait une inscription ou le logo d'une entreprise.

– Oui, oui.

– Est-ce que la camionnette jaune en question aurait pu porter les initiales RR en gros caractères, puis, en lettres plus petites, l'inscription *Rokkhundurinn, le chien du rock – Meilleur ami de l'homme* ?

Elle s'accorde un instant de réflexion.

– Eh bien, maintenant que vous le dites.

– Je ne me trompe pas ?

– Oh que non ! Ça y est, ça me revient ! D'ailleurs, j'ai trouvé ce truc-là complètement idiot. Je me rappelle m'être dit : qu'est-ce qu'on ne vendrait pas aujourd'hui ? Ça veut dire quoi d'aller raconter que le Chien du rock serait le meilleur ami de l'homme ?

– Justement tout le contraire, dis-je avant de la remercier chaleureusement.

Je me tourne à nouveau vers mon ordinateur où vient d'arriver un communiqué envoyé par la police à la presse, disant que les ravisseurs de Margret Bara Ölversdottir n'ont toujours donné aucun signe, ni aux enquêteurs ni aux parents. On prie une nouvelle fois toute personne susceptible de fournir le moindre renseignement de contacter la police sans délai.

J'ai beau réfléchir, je ne trouve aucun moyen d'agir de ce côté-là. La pendule franchit le cap des dix-sept heures. Ne voyant aucune trace de Guffi dans la salle de rédaction, j'en déduis qu'il est rentré chez lui. Que diable vais-je donc faire ?

Je relis mes notes et m'attarde sur les propos de Jens Tryggvason, l'ami d'Agla Sigridur, qui m'a confié dimanche dernier que jamais elle n'aurait abandonné son chariot sur le trottoir à moins d'avoir été agressée. Il a ajouté qu'elle était trop prudente pour engager la conversation avec des inconnus ou monter dans la voiture du premier venu. Elle devait connaître la personne en question, m'a dit Jens. Quand je lui ai demandé s'il avait une idée, il m'a répondu : j'en ai des tas. Il peut s'agir d'un de ses collègues, d'un de ceux chez qui elle distribuait le courrier, de quelqu'un qui était à l'école avec elle à Reykjavik ou simplement d'une personne qu'elle connaissait de vue.

Je décroche mon téléphone pour passer un troisième coup de fil à Akureyri. Jens semble d'humeur plus légère que lors de sa gueule de bois de dimanche.

Je lui rappelle ce qu'il m'a confié lors de notre entrevue.

– On peut imaginer qu'Aggasigga a parlé à quelqu'un qu'elle ne connaissait pas personnellement, mais qu'elle aurait vu dans les journaux, non ?

– Pourquoi pas ? Elle se tenait bien au courant de l'actualité.

– Elle s'intéressait aux célébrités, aux stars ?

– Oui, beaucoup, surtout aux musiciens et aux chanteurs.

– Ah, d'accord, dis-je tout en m'interrogeant sur ce qui peut bien pousser celui qui est « inconnu » à vouloir rencontrer celui qui est « connu ». Puis, je passe à autre chose et je reprends : vous m'avez dit qu'elle se passionnait pour la musique, qu'elle avait énormément lu sur le sujet et qu'elle aimait bien danser, c'est ça ?

– Oui, elle était très sensible au rythme.

– Dites-moi, Jens, connaissait-elle Rikki des Rokkhundar ?

– Oh que oui ! Elle l'appréciait énormément. Il jouait justement à Akureyri la veille de…

Il s'interrompt, puis reprend.

– Le week-end, nous avions évoqué l'idée d'aller l'écouter au bar Bullan le mardi soir. Mais elle a finalement décidé de ne pas venir car elle travaillait le lendemain matin. Elle était tellement consciencieuse.

– Donc, elle aurait sans doute pensé qu'il s'agissait d'un heureux hasard si elle l'avait croisé dans la rue le lendemain matin ?

– Où voulez-vous en venir ?

– Sans doute à ce vieux proverbe qui dit que les heureux hasards ne le sont pas toujours.

Sigurbjörg est-elle encore chez Rikki à cette heure ? Il faut que je lui dise au plus vite que les pièces du puzzle sont en train de s'assembler. J'espère qu'elle est prudente.

Est-ce par un de ces « heureux hasards » qu'elle a eu l'idée d'écrire la biographie du Chien du rock quelques jours après qu'il s'en est pris à une proie facile dans la ville d'Akureyri ?

J'ai eu beau faire de mon mieux, je n'ai pas été convaincu par son explication prétextant qu'elle n'avait plus envie de traiter du présent. « J'ai compris que j'en avais ma claque de toute cette criminalité, de ces horreurs, de cette corruption et de ce pessimisme. J'ai eu envie de me plonger dans une autre époque », m'a-t-elle alors confié.

Je sais au fond de moi que je n'ai jamais cru un mot de tout cela. Et même le charme du Chien du rock lors de notre entrevue n'a pas suffi à me convaincre. Mais j'ai fait de mon mieux.

Il me manquait une partie de l'énigme. Et, pour l'instant, la clé repose sur un faisceau de soupçons plutôt que sur les irréfutables preuves d'un crime.

Je me souviens que le jour où j'attendais dans le froid de voir surgir Bergthora Benediktsdottir, je discutais au téléphone avec Sigurbjörg. Je lui avais parlé du meurtre de la postière et elle avait eu une réaction surprenante quand j'avais mentionné la chanson sur l'iPod. «*Angel of the morning* ?» s'était-elle étonnée. Quand je lui avais demandé si ça lui disait quelque chose, elle m'avait répondu, pensive, comme si son esprit était ailleurs, que non, elle ne pensait pas. «À moins que le titre ne renvoie à moi au moment du réveil.»

Je l'appelle, mais son portable est éteint. Je cherche le numéro de Fusi le bassiste qui me répond depuis son domicile où il prépare le dîner en compagnie de son épouse. J'entends la poêle qui grésille, il y a du bruit dans la cuisine et je lui promets d'être bref.

– Dites-moi, Vigfus, la chanson *Angel of the morning* vous dit-elle quelque chose ?

– Si elle me dit quelque chose ?! Et comment ! C'est un morceau magnifique. Mais c'est aussi et surtout la chanson préférée de Rikki. Il a même essayé de la retranscrire en islandais en la rebaptisant *Ange du matin*. Mais sa version ne valait pas l'original. Il lui arrive de l'interpréter en live en anglais, parce que c'est sous cette forme que le public la connaît. Enfin, c'est surtout dans sa vie privée que ce morceau lui a réussi.

– Dans sa vie privée ? Comment ça ?

Fusi éclate de rire.

– Ah, ce bon vieux Rikki. Je vous ai déjà dit qu'il avait un tas de techniques pour séduire les femmes.

– Oui, avec des numéros de ventriloque et tout.

– Ha, ha ! Oui, en faisant le ventriloque. Mais il se servait aussi de cette chanson. Je ne saurais vous dire le nombre de fois où je l'ai entendu la susurrer aux oreilles des filles avec qui il voulait passer la nuit : « Tu ne veux pas être l'ange du matin de Rikki ? » Ensuite, il montait sur scène et, à la fin du concert, interprétait le morceau avec émotion en le dédicaçant à la belle.

– Et ça fonctionnait ?

– Ça marchait du tonnerre, le plus souvent. Enfin, ce n'était qu'un de ses trucs parmi une foule d'autres. Il s'en est surtout servi en début de carrière, le nombre des occasions se réduisant d'année en année.

– Vous m'avez dit qu'il s'en prenait souvent à des femmes ivres ou qui étaient déjà plus ou moins en position de faiblesse. Que vouliez-vous dire ?

– Eh bien, des filles naïves, enfin, ce genre de chose.

– Ou peut-être handicapées ?

– J'en ai malheureusement souvent été témoin. Quand je lui faisais remarquer que son comportement était déplacé, il me disait de fermer ma gueule et de m'occuper de mon cul.

– Vous m'avez confié qu'il n'aimait pas trop qu'on lui dise non.

– En effet, rien ne lui déplaît plus que d'être éconduit. C'est sans doute en partie dû au fait qu'il continue de se considérer comme une star, même s'il n'est plus qu'un vieux routard qui en bave. En fait, ce pauvre type a tout du loser minable.

Fusi éclate de rire.

– Et c'est l'éboueur qui le dit !

– J'ai encore une question : vous ne vous souvenez pas du nom de la femme qui voulait lui faire reconnaître son enfant ?

Fusi s'accorde un instant de réflexion.

– Mouais, je ne suis pas sûr. Ça remonte à au moins vingt-cinq ans, peut-être trente. Et je n'ai jamais vraiment connu cette fille. En fait, on la voit, parmi d'autres, sur une des photos que Rikki a mises pour je ne sais quelle raison sur son site. Ah, ça me revient, je crois bien qu'elle s'appelait Ragnheidur, enfin, un truc du genre.

25

Mercredi soir / nuit du mercredi au jeudi

Elle a ce regard pénétrant et mélancolique. Elle sourit, entourée d'une dizaine de personnes, et pourtant ce sont ses yeux tristes qui captent l'attention.

Quand j'ai cliqué sur l'icône *Photos*, une kyrielle de clichés récents ou anciens retraçant la carrière du Chien du rock est apparue sur l'écran. Rikki avec sa première guitare, Rikki reçoit un orgue en cadeau de Noël, Rikki dans le groupe de l'école, Rikki en compagnie de la première mouture des Rokkhundar, où Fusi le bassiste a rejoint le groupe, les Rokkhundar en concert à Glaumbaer, Rikki avec tel ou tel collègue célèbre, et j'en passe. Beaucoup de photos le montrent également avec les autres membres de son groupe, en présence d'admirateurs dans les bals, occupé à dédicacer ses disques ou pendant des soirées. Celui qui a déclaré « Les groupies ont sacrément vieilli » avait mille fois raison, quel qu'il soit.

L'une des photos montre Rikki et les Rokkhundar twistant sur scène à l'arrière-plan tandis que quelques couples dansent au premier plan. Les coiffures et les tenues vestimentaires des uns comme des autres, Rikki compris, suggèrent qu'elle a été prise au début des années 80. Une jeune femme se tient tout près de la scène, le visage tourné vers l'objectif. Ses yeux deviennent le point central du cliché lorsque je les regarde. La dernière fois que je les ai vus, c'était sur le mur du salon de Sigurbjörg. Ce regard profond et pénétrant, c'est le sien.

Il est surprenant que Rikhardur Hansson ait choisi d'exposer cet instantané sur son site. Il y a là comme une provocation. À moins que ce ne soit la fierté du chasseur qui exhibe crânement son trophée.

Je ne saurais me prononcer. Je consulte le site www.timarit.is qui est un peu la mémoire de la presse islandaise et, au terme d'une recherche rapide, je découvre un article nécrologique de Ragnheidur Björnsdottir, publié dans *Les Nouvelles du matin* en 1984. Les dates correspondent. Sigurbjörg a aujourd'hui vingt-sept ans, elle est née en 1983. Rikki était alors âgé de trente-six ans. D'après l'article, signé par Björn Valmundarson et Sigurbjörg Asgeirsdottir, Ragnheidur était âgée de trente ans au moment de sa mort. On précise qu'elle est décédée à son domicile, un immeuble de la rue Solheimar, et qu'elle était mère d'une petite fille, Sigurbjörg, alors âgée d'un peu plus d'un an. Le nom du père n'est pas mentionné. L'adoption a sans doute eu lieu plus tard.

Le texte est plutôt laconique. Il précise que Ragnheidur a arrêté sa scolarité après le brevet des collèges et qu'elle a ensuite travaillé dans une usine de vêtements pour marins où elle était considérée comme consciencieuse et soignée. Elle est décrite comme une jeune femme réservée et discrète, proche de sa famille. Ses principaux centres d'intérêt étaient la musique et sa petite fille, qui représentait tout pour elle. Comme souvent lorsque la cause du décès n'est pas mentionnée, le lecteur ne manque pas d'envisager l'hypothèse d'un suicide.

Je lève les yeux de mon ordinateur. Le silence règne dans la salle de rédaction. Tout le monde est rentré chez soi sans que je m'en rende compte. Il est plus de huit heures du soir. J'appelle à nouveau Sigurbjörg. Son portable est toujours éteint. Alors que je passe en revue les articles publiés sur le Net, cherchant en vain de nouveaux éléments dans l'affaire Margret Bara, mon portable sonne.

– Il y a bien des liens entre Albert Albertsson et Ölver, m'annonce Guffi, mais ils ne sont consignés nulle part de manière officielle.

– Ah bon ?

– Comme je te l'ai déjà expliqué, pendant l'euphorie économique, Albert a acheté un grand nombre de vieilles maisons du centre-ville dans l'intention de les démolir.

– D'accord, mais en quoi Ölver a-t-il quelque chose à voir avec ça ?

– Albert avait passé avec lui un accord sur l'honneur et il était censé construire sur ces terrains un grand nombre de bâtiments pour Ölver et ses sociétés.

– Aha ! Un accord sur l'honneur ?

– Je ne te le fais pas dire. Ölver a persuadé Albert qu'il valait mieux que leur arrangement demeure secret et ne soit officialisé que lorsque tout serait prêt et que les détails formels seraient réglés. Ce stratagème était censé éviter que sa personnalité controversée ne ralentisse le processus. L'affaire a ensuite traîné dans les bureaux de la municipalité suite aux protestations des riverains et à cause de désaccords sur la taille, le style et l'usage des bâtiments, sans parler des problèmes de cadastre, de places de parking et je ne sais quoi encore. Mais voilà, le projet est complètement à l'arrêt depuis l'effondrement de l'économie : manque d'argent, retards et frilosité de la banque, et surtout il y a la ruine d'Ölver et de ses camarades. Albert se retrouve désormais avec un investissement qu'il lui est impossible de rentabiliser, mais pour lequel il a injecté des sommes colossales et s'est endetté jusqu'au cou. Sa situation est désespérée.

– Je sais qu'il s'est attaqué personnellement à Ölver. Il est même allé jusqu'à le menacer. Mais il me semble que la police l'a lavé de tout soupçon pour l'enlèvement de la petite.

– Ça, je l'ignore, me répond Guffi. Ce que je sais par contre, c'est que cet homme nourrit une véritable haine à l'encontre d'Ölver, il considère qu'il a détruit sa vie et celle de sa famille. Voilà, je ne peux pas t'en dire plus.

– Merci mille fois, mon petit Guffi, je te suis d'autant plus reconnaissant que tu as dû sacrifier des heures précieuses avec ta famille. En guise de remerciement, permets-moi de t'apprendre qu'il y a quelque chose qui ne tourne pas rond dans la procédure de liquidation du patrimoine d'Ölver ou, tout du moins, qu'il y a un problème avec ceux qui en sont chargés.

Je lui dévoile les maigres informations que je détiens sur la question sans mentionner le statut de Margret en tant qu'informatrice personnelle. Il me répond qu'il compte se pencher là-dessus dès le lendemain matin.

Et là, voici que Sigurbjörg m'appelle.

– Eh oui, Einar, c'est mon père et c'est un assassin.

Je viens de lui faire part de mes découvertes en lui exposant la manière dont j'ai procédé. Elle me regarde de ses yeux pénétrants, parfois emplis d'une grande tristesse. Tandis qu'elle me raconte l'histoire de Ragnheidur Björnsdottir et de Rikhardur Hansson, assise dans le petit café juste à côté du siège du *Journal du soir*, son regard est alternativement glacial et brûlant, parfois il n'exprime que manque d'assurance, d'autres fois il n'est que détermination.

C'était une admiratrice, une groupie, ni spécialement belle ni vraiment sexy. La carrière du Chien du rock déclinait un peu à l'époque. Une nouvelle génération venait d'arriver, avec un nouveau son. Sa musique avait bercé son enfance et elle lui restait fidèle. Il l'avait séduite après un concert dans un bar à Reykjavik.

– Ma mère a dit à mon grand-père et à ma grand-mère qu'il l'avait forcée, mais que ce n'était pas grave car elle l'aimait et elle était heureuse d'avoir un enfant. Elle ne voulait surtout pas porter plainte, seulement qu'il reconnaisse son enfant. Il a catégoriquement refusé et a tout fait pour la fuir. Mes grands-parents savaient qu'elle était allée le voir en concert avec moi alors que je n'avais qu'un an. Là, il ne pourrait pas se dérober. Mais il l'avait rejetée une fois de plus en la menaçant. Ça l'a complètement brisée, elle était désemparée. Une semaine plus tard, on l'a retrouvée au pied de l'immeuble de la rue Solheimar dans lequel nous occupions un appartement au huitième étage. La police a trouvé de l'alcool à la maison et supposé qu'elle s'était jetée du balcon. Ce soir-là, grand-mère et grand-père me gardaient. Maman leur avait dit qu'elle attendait une visite importante et que bientôt tout serait réglé. Elle était donc apparemment à des lieues de penser à se donner la mort. Mais on n'a pas trouvé le moindre indice attestant qu'elle aurait reçu un invité et on n'a jamais pu prouver que Rikki était passé chez elle, même si grand-mère et grand-père ont tout essayé.

Quand Sigurbjörg a atteint sa majorité, ses grands-parents lui ont raconté toute l'histoire. Pendant une dizaine d'années, elle s'est jetée à corps perdu dans les études puis dans son travail tout en suivant de loin la carrière de son père. C'est l'agression d'Agla Sigridur Bernhardsdottir, postière malentendante à Akureyri, qui l'a conduite à affronter un passé qu'elle fuyait depuis si longtemps.

– C'est la chanson du baladeur numérique qui a éveillé tes soupçons ?

Elle hoche la tête.

– Maman adorait ce morceau. Il le lui avait chanté en lui disant qu'elle était son ange du matin.

La mélodie résonne dans ma tête, le texte parle d'amants qui se séparent au lever du jour. Ils sont les victimes de la nuit et le péché les exempte de toute obligation.

There'll be no strings to bind your hands
not if my love can't bind your heart…

– Donc, elle n'a été son ange du matin que le temps d'une nuit ?

– Oui, il avait eu ce qu'il voulait. Quand tu m'as parlé de cette chanson sur l'iPod, je me suis dit qu'il ne pouvait s'agir d'un simple hasard, car ce n'est pas le genre d'air que tout le monde fredonne aujourd'hui. Je suis allée vérifier la liste de ses concerts sur son site et j'ai compris qu'il était sur les lieux. Je me suis alors sentie obligée d'agir. Cet homme continuait de nuire. Il abusait toujours des femmes et de leurs sentiments et, cette fois-ci, il s'en était pris à une jeune handicapée sans défense. Il n'avait jamais cessé d'utiliser sa célébrité. Combien tu crois qu'il y a de femmes dont nous ignorons toi et moi l'existence, mais dont l'âme porte encore des traces après avoir été ses anges du matin ? On peut imaginer qu'un certain nombre d'entre elles sont mortes, non ?

– Mais pourquoi tu ne m'as rien dit ? Pourquoi t'être lancée seule dans cette aventure ?

Sigurbjörg m'oppose son regard profond et pénétrant.

– Je devais m'en charger seule et selon mes propres méthodes. Je n'avais aucune certitude. Je veux dire, il n'était pas impossible que tout cela ne soit que le fruit de mon imagination. En réalité, j'étais très perturbée à ce moment-là, tu te rappelles peut-être à quel point j'étais bizarre, le samedi soir que nous avons passé au restaurant Thorvaldssen.

Elle marque une pause, puis reprend le fil de ses explications.

– Peut-être ai-je eu besoin de me cacher pour me trouver, si tu vois ce que je veux dire. Tout ce que je savais, c'est que je voulais découvrir si mon pressentiment était juste. Et…

– Quoi donc ?

– J'avais aussi envie de le connaître, d'en apprendre un peu plus sur sa vie et sa façon de voir le monde. En réalité, je voulais essayer de le comprendre et de percer à jour mes origines, peut-être même de faire la paix avec lui, aussi ridicule que ça puisse paraître. En l'approchant de l'extérieur par les méthodes que j'avais apprises et que je mets en pratique dans mon travail, j'y suis parvenue. Certes, le procédé était plutôt malhonnête. Je me suis penchée sur son personnage comme on se penche sur un objet de recherche. Je me suis amusée avec lui de la même manière qu'il se choisissait des proies avec lesquelles il jouait. Mais ne t'imagine pas que ma tâche ait été facile. Le temps que j'ai passé en sa compagnie, son absence de sens moral, son cynisme, son hypersensibilité au regard des autres, sa vanité et sa folie, soigneusement dissimulés sous un masque charmeur, tout cela constitue l'une des pires expériences que j'aie vécues, mais sans doute aussi l'une des plus intéressantes. C'était un défi auquel je n'ai pas su résister.

Me voilà une fois de plus aussi surpris qu'admiratif.

Elle esquisse un sourire.

– Ce n'est pas pour rien si je t'ai demandé ton aide, tu remarqueras. Ce n'est pas un hasard non plus si j'ai tenu à ce que tu relises mes textes, si je me suis arrangée pour que tu le rencontres et ainsi de suite.

– Et ainsi de suite ? Je constate que tu m'as mis sur la piste dans mon enquête avec une grande perfidie. Tu connais ma curiosité et tu sais à quel point je t'estime. Moi aussi, tu m'as manipulé.

Elle saisit immédiatement que ma mine vexée n'est que du cinéma et laisse échapper un petit rire.

– Évidemment, j'avais envie de tout te raconter dès le début, de prendre conseil auprès de toi et de te demander ton aide. Mais il me semblait que ce comportement aurait été un peu égocentrique. C'était le branle-bas de combat au journal et tu avais franchement d'autres chats à fouetter. Et même si j'ai emprunté ces chemins de traverse, je savais que tu finirais par me rattraper. Il suffisait que je te donne A pour que tu en déduises B. Et maintenant, nous en sommes tous les deux au même point.

Je médite quelques instants sur la situation.

– Qu'est-ce qu'on fait ? Tu comprends bien que je devrais contacter Olafur Gisli sans tarder pour l'informer que tout porte à croire que Rikhardur Hansson est l'agresseur d'Agla Sigridur Bernhardsdottir. Je n'ai pas le choix. Ça ne peut pas attendre.

Le regard qu'elle me renvoie s'emplit subitement d'un désespoir qui, de manière tout aussi subite, se transforme en détermination.

Elle voyait une lueur d'espoir. La sueur ruisselait sur son front en dépit du froid qui régnait dans la maison. Elle frappait et frappait encore. Cela venait lentement, mais cela venait tout de même. Après s'être en vain attaquée à la porte, elle s'était tournée vers les planches qui condamnaient la fenêtre, et dont les clous cédaient un à un. Les ciseaux que son père lui avait offerts pour sa première rentrée étaient encore dans sa trousse d'écolière. Ils étaient solides et coupants. Elle ne comprenait pas pourquoi Friddi lui avait ôté tous ses liens, rendu son sac d'école et laissé son vieil ordinateur. À en croire ce qu'il lui avait dit, il ne le comprenait pas lui-même. Tant de choses lui échappaient, mais elle comprenait maintenant qu'il y avait de l'espoir. Quand elle eut ôté les trois premières planches, les suivantes cédèrent facilement. Le murmure de la circulation, les klaxons, les cris du centre-ville lui parvinrent et résonnèrent dans ses oreilles depuis si longtemps habituées au silence. Pour un peu, ce silence lui aurait presque manqué. Mais lorsqu'elle plongeait son regard dans l'obscurité par l'ouverture, elle n'avait qu'une chose en tête : bientôt, elle pourrait dire à son père et à sa mère de ne plus s'inquiéter. Les maisons voisines étaient comme des géants nocturnes qui attendaient, menaçants, tapis dans l'ombre. Elle se pencha et vit en contrebas une surface plane qui ressemblait à un parking ou à un trottoir. Le sol semblait loin, très loin d'elle. Peut-être que j'ai cette impression parce que je suis petite, pensa-t-elle. Elle écrivit la dernière phrase sur l'ordinateur, enregistra l'ensemble de ses textes sur la clé USB qu'elle avait dans sa trousse, éteignit l'appareil et le referma. Elle posa ensuite la lampe de poche dessus et rangea le sac en plastique avec ce qui restait de nourriture et de Coca à l'intérieur. Tout cela appartenait à Friddi et elle n'en voulait pas. Elle mit son sac sur son dos, s'approcha de la fenêtre et monta sur le cadre. Elle serra la clé USB dans sa main. Au lieu de baisser les yeux, elle regarda droit devant. Il y avait une lueur d'espoir. Alors, elle sauta dans le vide.

J'entends leurs voix depuis la chambre. Assis, immobile dans le noir, je scrute par la porte entrouverte le salon de Sigurbjörg.

– Enfin, Sigurbjörg, c'est quoi ces âneries ? lance Rikki, aussi sympathique et détendu qu'à son habitude. À Akureyri ? Je ne vois vraiment pas de quoi tu parles.

– Ah bon ? répond-elle, imperturbable. Ça crève pourtant les yeux !

Elle se tient debout au milieu de la pièce, inflexible, tandis qu'il trône confortablement, assis dans un fauteuil. Elle avance quelques indices et lui présente un faisceau qui n'aurait aucune chance d'être validé dans le cadre d'un procès. Au fur et à mesure qu'elle progresse dans son récit, elle hausse le ton, peut-être à cause du dictaphone que nous avons placé sous la table du salon, peut-être simplement parce qu'elle perd peu à peu contenance.

C'est elle qui a tenu à cette entrevue. Elle voulait en finir avec cette histoire avant que nous n'allions en parler à la police. Et elle tenait à en finir seule. Elle avait envisagé de faire irruption chez Rikki comme une furie, dans le quartier de Nordurmyri. L'idée me déplaisait franchement et je lui ai suggéré de l'appeler pour l'inviter à prendre le café afin de bavarder. J'étais certain qu'il succomberait à la tentation. C'est à contrecœur qu'elle a accepté ma présence, au cas où. Je me sens complètement idiot d'être assis là à écouter leur conversation, mais je n'avais pas le choix.

– Arrête un peu tes conneries, ma chérie. J'ai lu dans les journaux que cette nana de la poste est morte d'un éclatement de la rate.

– Et tu n'as peut-être pas lu qu'elle avait été agressée ?

– Les journaux racontent n'importe quoi. C'est ton copain journaliste décérébré qui t'a intoxiquée avec un tas de mensonges et de calomnies ?

La voix de Sigurbjörg augmente en intensité comme en tension au fil des protestations de Rikki.

– Tu n'as pas entendu ce que je t'ai dit ? Un témoin a vu ta voiture sur les lieux au moment de l'agression.

– Un témoin ? Quel témoin ? renvoie Rikki, imperturbable.

– Ne compte pas sur moi pour le dire !

– Si la police avait réellement un témoin, il y a longtemps qu'elle m'aurait contacté, pas vrai ?

– Ce n'est qu'une question de temps. Je tenais, avant, à te faire mes adieux.

– Tes adieux ? Allons, nous venons tout juste de faire connaissance.

Rikki se lève brusquement et s'approche de Sigurbjörg qui recule d'un pas.

– C'est pour m'accuser que tu m'invites chez toi, tard le soir ?

Je le vois sourire, me semble-t-il, d'un air amical. Il hausse les épaules, puis déclare :

– Je vais te dire comment ça s'est passé, puisque tu as gobé ces conneries. Après tout, c'est toi qui écris l'histoire de ma vie. Voilà donc : ce matin-là, je m'apprêtais à quitter Akureyri pour rentrer à Reykjavik après un concert très réussi, la veille au soir. J'ai vu cette postière qui semblait avoir un problème avec son chariot. J'ai baissé la vitre du passager pour lui demander si elle avait besoin d'aide. Elle m'a répondu avec un grand sourire : « Hé ! Pas possible ! Salut, Rikki ! » Je suis toujours heureux de rencontrer mes fans, c'est normal. Je lui ai donc proposé de monter dans ma voiture. Voyant qu'elle hésitait, je lui ai fredonné un petit couplet. Elle s'est approchée, puis s'est installée à la place du passager en me montrant son chariot du doigt. Je suis descendu et j'ai balancé le machin dans le coffre. Puis j'ai redémarré et je l'ai distraite en poussant la chansonnette, en lui racontant des blagues, enfin, ce genre de trucs. Elle m'a dit avec sa voix bizarre que j'étais plus banal, plus gros et plus dégarni qu'elle ne l'aurait pensé. J'ai trouvé qu'elle y allait un peu fort, mais j'ai préféré laisser tomber. Je lui ai fait un petit numéro de ventriloque et là, j'ai vu qu'elle était complètement perdue, elle ne savait plus où donner de la tête. Elle a essayé de remettre son appareil auditif. Je ne l'avais pas remarqué, mais il tombait constamment de son oreille.

C'était avec ce truc-là et pas avec son chariot qu'elle se débattait quand j'ai arrêté ma voiture. Et là, elle m'a posé une main sur la cuisse.

– Tu mens, interrompt Sigurbjörg.

Rikki lève les bras au ciel.

– Ce geste pouvait signifier qu'elle me demandait d'arrêter la voiture. Je l'ai compris après. Mais il pouvait aussi vouloir dire autre chose. Je me suis garé dans un coin désert, un peu à l'écart, et j'ai arrêté le moteur. Disons que j'ai essayé de lui être agréable. Elle a commencé à rire de moi. S'il y a bien un truc que je ne supporte pas, c'est qu'une femme m'humilie comme ça. Elles viennent t'allumer, se frottent à toi et ensuite jouent les saintes nitouches !

– Tu as baissé son pantalon et essayé de la violer !

– Non, non, non. Il n'y a aucun risque de ce côté-là, même si j'en avais eu envie. J'essayais juste de la calmer, mais elle s'énervait de plus en plus et elle s'était mise à crier. Qu'est-ce que je pouvais faire ? Il fallait bien que je l'en empêche.

– Et tu l'as étranglée ! hurle Sigurbjörg.

Rikki se caresse la barbe.

– Bon, j'y suis peut-être allé un peu trop fort. Elle est tombée dans les pommes. J'ai redémarré, je l'ai éjectée quelque part et j'ai continué à rouler. Au bout d'un moment, je me suis souvenu de ce maudit chariot resté dans mon coffre et je l'ai balancé dans la rue lui aussi.

Il marque une pause et toise Sigurbjörg.

– Mais il n'y a pas la moindre preuve de tout ça. Et le fait que quelqu'un dise avoir aperçu ma bagnole ne prouve pas que j'aie ne serait-ce que porté le regard sur cette donzelle.

Les paroles prononcées par Rikki l'autre jour se colorent de cynisme à la lumière de ces confidences : « Les relations entre les musiciens et leurs admirateurs ressemblent un peu aux rapports sexuels. Parfois, ça fonctionne, d'autres fois pas. »

– Oh, mais si ! s'exclame Sigurbjörg. Tu as malencontreusement fait tomber ton iPod de ta voiture en éjectant cette jeune femme.

Il prend l'air penaud d'un joueur de poker.

– Quel iPod ?

– Ce sera un jeu d'enfant pour la police d'y retrouver tes empreintes. Et, bien sûr, elle ne manquera pas de découvrir dans ta voiture d'autres indices qui établiront un lien direct entre toi, Agla Sigridur et les lieux de l'agression.

Rikki la dévisage, debout devant la fenêtre du salon.

– Sans parler de cette chanson qui se trouve dans la mémoire de l'appareil, et dont tu te sers depuis longtemps pour séduire les femmes, ajoute-t-elle.

– Dis donc, Sigurbjörg, rétorque-t-il en s'approchant tout doucement. Tu ne devrais pas être de mon côté ? Après tout, tu écris mon histoire, hein ?

Brusquement, il l'entoure de ses bras. Elle se dégage et recule.

– Tu me fais des avances ! hurle-t-elle, folle de rage. Je ne suis pas celle qui écrit ton histoire ! Je suis ta fille !

– Raison de plus de prendre parti pour ton vieux papa ! rétorque-t-il avec un sourire en lui tendant la main.

Désarçonnée, Sigurbjörg reste interloquée quelques instants.

– Alors, reprend Rikki, ça te la coupe, pas vrai ? Évidemment, je sais qui tu es. J'attends depuis longtemps que tu sortes de ta cachette. Quand Gulli, l'éditeur de Bokakastalinn m'a contacté pour me parler de ce projet de livre, je lui ai demandé un petit délai de réflexion. Il ne m'a pas fallu longtemps pour savoir qui tu étais. Un petit tour sur le site Internet du registre de la population, un autre sur celui d'Islendingabok et voilà le travail ! Évidemment, cette idée a piqué ma curiosité. Mais surtout, je te trouvais tellement mignonne.

– Tu es encore plus pervers que je ne l'imaginais.

– Pervers ? J'avais tout simplement envie de te connaître.

Il s'approche du bureau et du mur orné de photos.

– Celle-là, observe-t-il, l'index pointé sur le cliché de Ragnheidur avec sa fille dans les bras, c'était une sacrée emmerdeuse. Elle n'était pas bien méchante, mais drôlement casse-couilles.

Sigurbjörg explose de plus belle.

– Tu vas peut-être me soutenir que ma mère était l'une de ces femmes qui se serait frottée à toi avant de jouer les saintes nitouches !

– Non, pas du tout, rétorque Rikki.

– Ce n'est tout de même pas pour ça que tu l'as poussée du balcon ?

Il passe ses doigts à travers les mèches grises de ses cheveux clairsemés, s'approche à nouveau d'elle et lui tend la main.

– Ma petite Sigurbjörg, arrêtons nos bêtises. Nous allons continuer à écrire cette biographie passionnante et pittoresque tous les deux.

– Ne me touche pas ! hurle-t-elle.

– Je te déconseille d'aller me dénoncer, ma chérie. Tu ne vas quand même pas livrer ton père à la police ?

– Ne me touche pas !

Rikki s'apprête à la reprendre de nouveau dans ses bras.

– Allons, allons…

Les freins que s'imposait jusque-là Sigurbjörg cèdent brusquement. Elle attrape la lampe posée sur le guéridon et l'abat de toutes ses forces sur le visage de Rikki. Il chancelle, recule et se prend la tête à deux mains en gémissant. Je bondis hors de ma cachette et ordonne à

Sigurbjörg d'arrêter. Elle le frappe une nouvelle fois, le fait tomber à terre et continue de le battre comme plâtre avec la lampe cassée, tandis qu'il repose sur le dos, le visage en sang.

Je n'éprouve pour lui aucune compassion. J'attrape mon portable et compose le numéro qu'Olafur Gisli m'a communiqué plus tôt dans la soirée.

Quelqu'un frappe à la porte. Je vais ouvrir, le téléphone collé à l'oreille. Je découvre face à moi un couple âgé, totalement terrifié.

Sigurbjörg est assise par terre, en larmes, désemparée. Vient-elle de prendre conscience qu'elle a presque réussi à tuer son objet d'étude ? Ou peut-être a-t-elle compris que, l'espace d'un instant, elle est devenue son père ?

26

Jeudi matin

Légitime défense. Qu'entend-on exactement par là ? Les gens ne passent-ils pas leur temps à se défendre ? Ou à considérer qu'il est légitime qu'ils le fassent ?

Je ne dis pas que ce sont ces considérations philosophiques ou juridiques qui ont pesé le plus lourd dans la balance pendant les heures que j'ai dû passer en compagnie de Sigurbjörg au commissariat. Sa déposition, mon témoignage et le dictaphone ont suffi à faire arrêter Rikhardur Hansson pour agression sur la personne de Sigurbjörg, mais surtout sur celle d'Agla Sigridur Bernhardsdottir. Le commissaire principal Olafur Gisli Kristjansson, qui pilote l'enquête depuis Akureyri en collaboration avec la police de Reykjavik, pense qu'il y a de fortes chances pour qu'elle se solde par une inculpation pour meurtre. Les autres crimes que Rikki a peut-être commis sur d'autres femmes seront examinés plus tard, dès qu'il sera remis des actes de légitime défense de Sigurbjörg.

Lorsqu'elle a pris congé de moi à quatre heures du matin devant le commissariat, elle m'a dit avec un sourire fatigué : celui qui n'a jamais été en butte à la haine de son enfant n'a jamais été parent.

– Tu as piqué ça à qui ?

Son sourire s'est alors élargi.

– Bette Davis.

Sur ce elle est rentrée chez elle avec ses grands-parents.

Les événements de la soirée, de la nuit, des jours et des semaines passés s'agitent dans ma tête. Vers six heures du matin, je renonce à chercher le sommeil. Je quitte le lit et je m'habille pour aller prendre un café et fumer une cigarette dans la cuisine. Je pense à Sigurbjörg et à Rikki et à cette phrase à propos de la haine. Je pense à Margret Bara, à Ölver et à Elisabet. Et je pense à mes relations avec Gunnsa.

Je me débats encore avec ces considérations quand j'allume la radio et l'ordinateur dans le salon. Tous les médias annoncent que la fillette demeure introuvable. Je fais un tour dans le vestibule pour aller chercher les journaux. Même chose. Le *Journal du soir* n'a pas encore été livré, mais je suis bien placé pour savoir que ses pages ne m'apprendront rien sur le sort de Margret Bara, pas plus qu'elles ne contiendront le récit de mes aventures nocturnes. Ne devrais-je pas concocter en début d'après-midi un petit article qui rendrait compte en quelques mots de la nature de cette affaire ?

À la demande de la police d'Akureyri, les services de police de Reykjavik ont appréhendé la nuit dernière un homme âgé d'une soixantaine d'années, soupçonné d'être responsable du décès d'Agla Sigridur Bernhardsdottir, postière à Akureyri…

Mon portable sonne. Qui donc est déjà debout à cette heure matinale ?

– Papa, me dit ma fille. Excuse-moi de t'appeler si tôt.

Ce coup de fil tombe à pic étant donné la situation.

– Ne t'inquiète pas, ma Gunnsa chérie. J'étais réveillé. Je n'ai pas réussi à m'endormir. Mais toi, comment ça se fait que tu sois levée aux aurores ?

– Moi aussi, j'ai eu une insomnie. C'est bizarre de penser qu'on a tous les deux passé la nuit à se retourner dans le lit.

– Hmm, en effet, il y a des tas de trucs bizarres, dis-je en m'abstenant, pour cette fois, d'entrer dans le détail. Alors, qu'est-ce qui t'a empêché de dormir ?

– Je n'ai pas arrêté de penser à la petite, je veux dire à Margret Bara.

– Je te comprends. Moi aussi, cette histoire m'obsède.

– Pourquoi est-ce qu'on ne la retrouve pas ?

– Ça, je n'en sais rien, Gunnsa chérie.

– Et pourquoi est-ce qu'on ne trouve pas non plus ses ravisseurs ?

– Je l'ignore aussi. L'enquête n'a pas du tout progressé et c'est assez étonnant, surtout quand on pense que nous vivons dans une société aussi restreinte.

– Et les gamins ?

– Les gamins ? Quels gamins ?

– Bon, commence-t-elle, fébrile. Tu te rappelles lorsqu'on attendait sur la place Eidistorg avant que la police ne vienne nous arrêter ?

– Un peu, que je m'en souviens !

– Ölver a balancé le sac par-dessus la clôture, ensuite le quartier s'est mis à grouiller de flics et de gars des Forces d'intervention spéciales, n'est-ce pas ?

– Exact.

– Malgré ça, les ravisseurs ont pu leur échapper avec le sac.

– On pense même qu'ils se sont servis d'un caddie du supermarché Hagkaup pour prendre la fuite.

– D'accord. Mais, dans ce cas, comment tu expliques que ni nous ni la police ne les ayons vus ? Je veux dire, cette palissade n'était pas si haute que ça.

– Il faisait sombre, mais tu as raison, on aurait dû voir quelque chose. À moins que les ravisseurs ne soient des nains.

– Des nains ? Et pourquoi pas des enfants ?

L'espace d'un instant, je reste sans voix.

– Tu te souviens de ces deux mômes qui jouaient au ballon sur le terrain de jeux, pas très loin de là où on était. Ils sont partis en courant sur l'allée goudronnée qui longe les maisons juste avant qu'Ölver ne jette le sac dans le jardin.

Je me raidis et ne peux rien articuler d'autre que ce simple :

– Oui.

– Ölver a reçu un SMS sur son portable et, là, ils ont détalé.

– Maintenant que tu le dis, Gunnsa, c'est vrai. Mais ils n'avaient pas de chariot de supermarché, non ?

– Non. Tu ne comprends pas, ou quoi ? Ils surveillaient la place et les mouvements d'Ölver tout en lui envoyant des instructions par SMS. Pendant ce temps-là, il y en avait un autre, ou peut-être plusieurs autres qui étaient dans le jardin derrière la palissade où ils attendaient le sac contenant la rançon. C'est là que se trouvait le caddie. Ensuite, ils ont pu facilement se sauver dans l'une des allées entre les maisons.

Je parviens enfin à réfléchir vite et bien. Le domicile d'Albert Albertsson dans la rue Graenaskjol se trouve à peu près au centre du quartier. La place d'Eidistorg est en bordure, mais il ne faut que quelques minutes de marche pour rejoindre Graenaskjol. Les habitants connaissent bien sûr les lieux comme leur poche.

– Ce que tu me dis là a du sens, Gunnsa. Et tu as raison, qui donc irait s'intéresser à des gamins qui courent dans le quartier en s'amusant avec un caddie de supermarché ?

– Exactement, observe fièrement ma fille. Exactement. Mais j'ai aussi repensé à autre chose pendant la nuit : au moment où j'étais dans la cuisine avec Margret Bara pendant que tu interviewais Ölver.

– Quoi donc ?

– Elle m'a dit qu'elle était toujours angoissée à l'idée d'aller à l'école, qu'avant elle avait plein de copains et de copines, mais que maintenant tout avait changé. Les autres ne lui parlaient plus. Tu te souviens ?

– Tu es douée.

– Sur le moment, je n'ai pas réfléchi à tout ça. J'avais l'impression qu'elle était victime d'une forme de harcèlement. Mais, cette nuit, tout m'est revenu en mémoire.

– Elle n'était pas sur le chemin de l'école lorsqu'elle a disparu, mais à la piscine. Cela dit, des gamins auraient pu faire le guet devant chez elle pour la suivre lorsqu'elle est sortie.

– Et dis-moi, mon petit papa, qu'est-ce qui, à ton avis, est le plus probable ? Qu'une fillette de cet âge suive des adultes ou qu'elle parte avec d'autres enfants ?

– Pfff…

– Une petite fille solitaire, harcelée à l'école ou mise à l'écart, suivrait évidemment d'autres gamins. Parce qu'elle a envie de compagnie.

– Tout le monde soupçonne les pédophiles et les pervers. Mais personne n'irait soupçonner des mômes.

– Eh bien, papa, qu'est-ce que tu en penses ?

Je suis assommé après cette conversation avec ma fille. Les pervers et pédophiles fréquentant les piscines, le crime organisé, les ennemis que les parents s'étaient faits en amour ou en affaires, les malfrats des pays de l'Est, les activistes encagoulés, le père, la mère, les autres proches et même jusqu'à la victime : tous les scénarios étaient envisageables.

On n'a aucune raison de passer à côté des évidences, si ce n'est précisément parce qu'elles crèvent les yeux.

Mais dans une société de suspicion généralisée, où chacun soupçonne son voisin, il n'y a qu'un groupe qui ne soit pas suspect : les enfants.

Je sursaute quand mon portable sonne à nouveau. Il est plus de huit heures.

– Einar, c'est Guffi ! Bienvenue dans le monde des lève-tôt !

– Merci, dis-je, encore un peu sonné.

– Au fait, il y a effectivement un truc qui cloche sacrément dans la procédure de liquidation. Je peux t'assurer que je tiens un sacré scoop !

– Ah bon ?

– Mon article ressemblera à ça : une avocate, travaillant sous l'autorité des liquidateurs judiciaires du patrimoine d'Ölver Margretarson Steinsson, est soupçonnée d'avoir, avec la complicité du secrétaire général et bras droit de l'homme d'affaires, détourné une somme d'au moins cinq cents millions de couronnes islandaises. L'escroquerie, réalisée en plusieurs virements, a été dissimulée et enregistrée sous la forme d'une série de prêts accordés à des sociétés offshore, réputées appartenir à l'homme d'affaires, bien que cette dernière question ne soit pas tranchée. L'avocate avait tout pouvoir pour enquêter sur les transferts de fonds en provenance des sociétés d'Ölver et en direction de l'étranger. Elle a usé de ses prérogatives et des connaissances approfondies du bras droit de l'homme d'affaires sur les arcanes du réseau d'entreprises qu'il dirigeait, les relations entre un tas de sociétés anonymes, de filiales et de comptes en banque pour transférer les fonds par le biais d'un maillage complexe de virements et de sociétés basées à Londres, au Luxembourg et jusqu'aux îles Tortola dans la mer des Caraïbes. Sur ces îles « officient », comme chacun sait, des centaines de sociétés-écran, pour certaines fondées par les nouveaux Vikings islandais de la finance, désireux d'échapper au fisc, mais dont il est difficile de prouver qu'ils en sont les propriétaires réels, et qui échappent à la législation islandaise. L'avocate et le secrétaire général ont démissionné de leur propre chef. On pense qu'ils se trouvent actuellement à l'étranger où ils ont disparu sans laisser de traces, tout comme les cinq cents millions.

Je ne sais quelle attitude adopter. Mon étonnement se mue en rictus, puis en consternation, puis en stupeur, avant de se transformer en lassitude.

– Eh bien, nom de Dieu, dis-je, dès que mon humeur se stabilise. Ce n'est pas une plaisanterie, au moins ?

Guffi éclate de rire.

– Je n'aurais jamais pu inventer une histoire pareille. Mais bon, tout est possible avec un peu d'imagination.

Le pauvre type que je suis aurait-il joué un rôle dans le tour de passe-passe fort lucratif concocté par Margret et Floki Hreinn ? Et si oui, lequel ? Il me revient en mémoire qu'il était avocat de formation. Peut-être étaient-ils camarades de promotion à la fac de droit ? Margret aurait-elle déniaisé Floki Hreinn dans tous les sens du terme ? À moins que ce ne soit lui qui l'ait décoincée dans un autre domaine ? Ou peut-être se sont-ils rencontrés à mi-chemin, à cause de leur communauté d'intérêts ?

– Il arrive un moment où, parce qu'on accepte d'être impliqué dans quelque chose, on se transforme en salaud, en méchant, m'a confié Floki Hreinn. Mais il m'a également dit ceci : ce genre d'actifs financiers passe facilement d'un voleur à l'autre. Et même parfois de la poche droite à la poche gauche du seul et même voleur.

Longtemps, il n'a été qu'une marionnette aux mains d'Ölver Margretarson Steinsson, le ventriloque. Un ventriloque en aurait-il chassé un autre ? Comme c'est notre cas à tous, qui ne sommes que des marionnettes sociales ?

Quand, avant qu'elle ne parte pour son périple à l'étranger, j'ai demandé à Margret si elle avait un nouvel amant, elle s'est contentée de me répondre : soyons amis.

Guffi toussote. J'avais complètement oublié qu'il était au bout du fil.

– Bon, je voulais juste te tenir au courant, dit-il. Merci pour le tuyau.

– De rien. Au fait, juste une question : à quel endroit du centre-ville sont ces vieux taudis qu'Albert Albertsson a achetés pour le compte d'Ölver ?

Je m'imagine un gamin blond et rondouillard coiffé en brosse, vêtu d'un jean et d'un pull noir en polaire. Il regarde la télévision par-dessus l'épaule de son père. Il l'entend se révolter contre l'injustice de la société et insulter les traîtres. Jour après jour, il perçoit la tension qui grandit au sein du foyer familial, il entend la colère et la haine de ses parents qui ne voient pas d'issue à leur situation désespérée. Alors il décide d'agir, de faire une chose qu'on fait à l'étranger et qu'il a vue à la télévision, dans un jeu vidéo ou dans un film. Avec l'aide de ses copains, il décide de secourir les siens et de punir les autres.

Je romps le silence qui règne dans la voiture depuis que nous avons quitté le commissariat de la rue Hverfisgata.

– Il s'appelle Fridjon Albertsson. J'ai trouvé son nom sur le site du registre de la population. Il n'a que douze ans.

Jonas Palsson, inspecteur à la Criminelle, est assis au volant, silencieux et grave, pendant notre court trajet.

– On va bien voir, marmonne-t-il, incrédule.

Je me suis dit qu'il était temps de renoncer à faire cavalier seul. Quand j'ai appelé le commissariat, on a bien sûr refusé de me mettre en relation avec Jonas. Mais quand je suis arrivé en personne sur les lieux, il a cédé. Il est venu me rejoindre à l'accueil et m'a écouté. Aussi dubitatif que moi au début, il a fini par reconnaître que nous n'avions d'autre choix que de vérifier où cette hypothèse nous mènerait, pour peu qu'elle nous mène quelque part.

Nous nous garons à proximité des vieilles maisons et descendons de voiture. Autrefois, avant l'époque de l'abondance, suivie par l'actuel zéro absolu, ces bâtiments servaient honorablement les besoins de leurs propriétaires. Mais ce ne sont plus que des taudis, rouillés, délabrés, défoncés et orphelins, qui semblent n'attendre que le coup de grâce que leur assènera le retour de la croissance.

Deux gros véhicules de police se garent derrière Jonas. Il en sort un tas de flics en uniforme, accompagnés de quelques-uns de mes amis des Forces d'intervention spéciales.

Jonas observe les lieux. La maigre clarté matinale se mue peu à peu en lumière diurne.

Il me donne une pichenette et fait signe à ses hommes de le suivre.

Les maisons sont toutes fermées et les fenêtres condamnées par des planches ou des plaques de contreplaqué. Ni l'œil ni l'oreille ne perçoivent le moindre signe de vie.

Nous empruntons une étroite allée qui mène à un jardin jonché de toutes sortes de détritus, de planches, de poutres, de plaques de tôle ondulée, de tessons de bouteilles, de seringues, de vieilles flaques de vomi et d'excréments humains.

Je lève les yeux et j'aperçois une fenêtre sous les combles qui sort du lot car elle ne semble pas condamnée. Je la montre à Jonas et nous nous frayons un chemin à travers les ordures pour rejoindre le trottoir dallé devant la maison.

Des cahiers, des crayons de couleur, des stylos, des crayons à papier, une serviette, un maillot de bain noir sont éparpillés à côté d'un sac à dos bleu.

Allongée dans une mare de sang séché sous la fenêtre, elle serre dans sa petite main une clé USB.

27

Dix jours plus tard

Je suis arrivé trop tard. Une fois de plus, le temps a contredit la théorie selon laquelle sa raison d'être serait d'empêcher que trop d'événements se produisent simultanément. Il a été trop long pour elle, trop court pour moi.

– Papa, murmure Gunnsa, qui pose sa serviette sur la table pour me prendre la main. Tu es encore dans la lune. Arrête donc de penser à ça.

Comment sait-elle à quoi je pense ?

– Personne ne sort glorieux d'un truc comme ça, me glisse-t-elle à l'oreille. Tu as fait de ton mieux. Je veux dire, tu ne pouvais pas faire plus. Tu ne crois pas ?

Ces derniers jours, j'ai bien souvent eu envie de pleurer. Mais rarement autant que maintenant. Et ce pour une autre raison, un peu plus réjouissante.

– Personne n'en sort glorieux, sauf peut-être toi, dis-je à voix basse avec un sourire, et en me frottant les yeux du dos de la main.

Elle secoue la tête.

– J'ai compris trop tard.

– Mon petit Einar, déclare ma mère, qui a visiblement mal interprété mon geste. Je t'assure que ce plat est délicieux, même s'il est un peu épicé.

Assis en bout de table, à sa place habituelle, mon père toussote et picore quelques morceaux de viande.

– Tu n'aimes pas, mon chéri ? demande-t-elle, penchée vers lui.

Il tripote sa moustache.

– Il était une fois deux hommes partis sur la lande pour y ramasser des simples, déclare-t-il, le regard fixe.

– Exactement, acquiesce ma mère comme si de rien n'était.

Assis face à moi et à Gunnsa, Raggi tente de réfréner un sourire malicieux.

Ma mère se tourne vers lui :

– Ragnar, est-ce que c'est une recette africaine ?

C'est la première fois que Raggi vient ici, dans le quartier des Hlidar, rendre visite à mes vieux parents. Et même s'il y a longtemps qu'avec Gunnsa, nous avons annoncé à ma mère que l'amoureux de sa petite-fille était noir de peau, elle semble plutôt mal à l'aise et ne sait pas quelle attitude adopter.

– Non, répond Raggi. C'est une recette indienne et tout l'honneur revient à Einar.

– Je l'ai piquée dans un magazine, dis-je.

– Une nuit, ils étaient allongés tous les deux sous la tente. L'un dormait, l'autre veillait, poursuit mon père.

Je regarde les convives de ce repas que j'ai organisé avec l'aide de Gunnsa et Raggi, qui baissent les yeux sur leurs assiettes.

– Alors, mon petit Einar, comment ça va au journal ? interroge maman en reprenant de l'agneau.

– Ça n'a jamais aussi bien marché.

Il est parfois difficile de regarder en face la froide réalité. L'une de ces réalités est que le malheur des uns fait le bonheur des autres et, dans le cas présent, on peut véritablement le dire. Les finances du *Journal du soir* sont au plus haut. Les bretelles rouges d'Hannes sur sa chemise en jean ne sont plus des poids qui le lestent en lui donnant cet air vieux et fatigué. À chaque jour qui passe, il me semble se redresser et être plus combatif que jamais. La question de nos repreneurs est toujours en suspens. Pour l'instant nous sommes nos propres maîtres. Hermann, notre directeur général, continue d'avancer sur l'échiquier quelques hommes d'affaires pris d'un remords chrétien tandis qu'Hannes y place des politiciens au bout du rouleau. J'ai bien quelques idées sur la question, mais voilà, personne ne me les demande. Et même s'il est parfois difficile de regarder la réalité en face, je ne peux que me réjouir du fait que la santé de nos finances a permis à Hannes de reprendre ce bon vieux Valgeir pour qu'il puisse continuer à écrire sa rubrique « À pas de Sioux ». Valgeir apporte chaque jour son texte dactylographié, incapable qu'il est de se servir d'un ordinateur. Quelqu'un n'a-t-il pas déclaré que nous devions partir en quête de nos origines ? Asbjörn assure sa fonction de rédacteur en chef avec application, si ce n'est inspiration. Il nage dans la félicité et se rend presque tous les week-ends dans le Nord pour aller retrouver Karo, Asbjörg et le chien Snulli dont on m'a dit qu'il dormait maintenant avec ma perruche Snaelda, perchée sur son oreille. On est bien peu de chose !

– Le second vit tout à coup le premier ramper vers l'extérieur et le suivit, sans toutefois parvenir à courir assez vite pour ne pas se laisser distancer, reprend mon père.

– Ces affaires criminelles sur lesquelles tu écris sont vraiment terrifiantes, mon petit Einar, observe ma mère.

Brandur Brandsson m'a appelé d'Isafjördur il y a quelques jours, principalement pour réitérer son invitation.

– Alors, je ne vous l'avais pas dit ?

– En effet, vous me l'aviez dit.

– D'abord un kidnapping, puis des meurtres en série. La totale. En fait, ce n'est pas vraiment nouveau. Dans ce pays, les enfants sont enlevés aux parents depuis des temps immémoriaux. Pour être dans l'air du temps, cette fois-ci, les ravisseurs ont exigé une rançon. Quant aux meurtriers en série, Axlar-Björn fait figure de pionnier national. Il a exterminé dix-huit personnes au XVIe siècle, si je me souviens bien, il avait un petit faible pour les touristes.

J'ai alors repensé à la série de meurtres, certes moins impressionnante, qui s'est produite dans les fjords de l'Ouest à la fin de l'année dernière. Mais c'est là une autre histoire.

– Cela dit, nous sommes encore épargnés par les actes de terrorisme et les massacres perpétrés par les tueurs de masse.

– Et à part ça, mon cher ? m'a demandé le brigadier-chef avant de me demander des nouvelles d'Alda Sif, de sa mère et du petit Grimsi.

Je lui ai expliqué qu'on était parvenu à trouver à Solveig une place en maison de retraite à Isafjördur, à deux pas de chez sa fille et son petit-fils. Solveig a protesté, objectant qu'elle ne se sentait pas la force de déménager à l'autre bout du pays, même si c'était la meilleure solution. Je sais qu'elle va me manquer. Il existe en ce qui concerne les maisons une réalité incontournable : elles abritent pour un temps des personnes qui, un jour, s'en vont.

– Ah bon ? s'est étonné Brandur. Quand cette place lui sera-t-elle attribuée ?

– Je crois savoir qu'ils seront tous les trois chez vous d'ici deux semaines. Vous ne pouvez pas vous passer plus longtemps de la présence de la commissaire, n'est-ce pas ?

Fidèle à lui-même, Brandur m'a répondu :

– Cette clique ne recule décidément devant rien. Il y a des listes d'attente de plusieurs mois, voire de plusieurs années, et il suffit que quelqu'un arrive sa casquette sur la tête pour avoir tout ce qu'il demande et immédiatement. Et croyez-moi, il en demande !

– Oui, mais ici, nous sommes tous plus ou moins parents et il y a très peu de place pour le hasard. Nous sommes tellement imbriqués les uns dans les autres, mon cher Brandur.

– Et nous nous retrouvons avec nous-mêmes sur les bras, forcés de nous supporter.

– Que ferions-nous si nous n'avions pas de vieux amis, de la famille ou des collègues pour nous tendre une main secourable lorsque nous en avons besoin ? lui ai-je fait remarquer en pensant à mes nounours et à toutes ces autres relations qui se développent avec le temps au sein de cette petite société qui est la nôtre, que ce soit dans les écoles, les services d'alcoologie ou les partis politiques.

– Ici, c'est cliques contre cliques, corps contre corps, m'a-t-il répondu. Et que tout ça aille au diable. N'est-ce pas cet esprit de corps qui nous a précipités tout droit en enfer ?

– C'est lui qui, à la fois, nous cimente et nous désunit.

– Ouais, et c'est un filet de sécurité drôlement fiable. Dès que les grosses fortunes et les incapables politiques sont tombés, nous nous sommes tous engouffrés avec eux dans le trou.

– L'autre aperçut alors une géante assise à califourchon sur le sommet du glacier. Elle tendait les bras, puis les ramenait à chaque fois sur sa poitrine afin d'attirer l'homme, marmonne mon père.

– Oui, mon chéri, élude ma mère en le resservant. Tu reprendras bien un peu d'agneau.

– L'homme courut droit dans les bras de la géante qui l'emporta avec elle en bondissant.

Ma mère s'adresse à nouveau à moi.

– Mon petit Einar, dis-moi, où en est-on avec cet infâme saltimbanque ? Il a vraiment assassiné toutes ces femmes ?

– Eh bien, pour l'instant, nous savons qu'il a tué ces deux-là, mais c'est possible qu'il ait fait d'autres victimes.

Olafur Gisli m'a raconté que Rikki était passé à table au fur et à mesure qu'on lui exposait les preuves : ses empreintes digitales sur le baladeur numérique, les fibres des vêtements d'Agla Sigridur retrouvées dans la camionnette du Chien du rock, l'enregistrement de la discussion qu'il a eue avec Sigurbjörg à l'instant de vérité. L'enquête s'oriente maintenant sur des décès inexpliqués de femmes qui ont eu lieu aux quatre coins du pays depuis plusieurs décennies. Elle s'appuie sur une étude croisée des dates de concerts du Chien du rock et des photos de ses fans, présentes sur son site Internet. Mais le commissaire principal d'Akureyri m'a également confié que l'accusé n'avait pas tardé à reprendre de sa superbe. Il a demandé une entrevue avec sa fille et biographe. Sigurbjörg réfléchit à la question et bénéficie en ce moment de l'aide aux victimes. En discutant avec elle ce matin, j'ai cru comprendre que la biographie de Rikki des Rokkhundar verrait tout de même le jour. Ce sera toutefois avec quelques bémols que ni lui ni l'éditeur n'avaient prévus. Le titre de travail *Le Chien du rock – Meilleur ami de l'homme* est définitivement écarté. Il pourrait se transformer en *Mon père, ce meurtrier*. Personnellement, je pencherais pour *L'Ange du matin*, car ce livre parlera d'espoir, d'illusions, de mort, et aussi d'innocence perdue.

Je ne nierai pas que j'ai hâte de revoir l'auteur.

Peut-être que ce qui a causé la perte d'Agla Sigridur Bernhardsdottir et de Margret Bara Ölversdottir est le fait qu'elles étaient seules, recluses dans leur univers, et qu'elles ont voulu rompre leur isolement pour accéder à un autre monde. Elles ont été abusées par des réalités qu'elles ne connaissaient pas. Chacune à sa manière en position de faiblesse, elles ont été trompées et manipulées par de plus forts qu'elles. « J'affirme que lorsque quelqu'un se retrouve dans une position dominante, il en abusera immanquablement », a confié Rikki à sa biographe. Ce « minable loser » autrefois « winner » en connaissait un rayon sur la question.

Et Ölver, dans quelle catégorie se range-t-il : « winner » ou bien « loser » ?

Peut-être exploitons-nous tous notre position. Peut-être sommes-nous tous victimes d'abus, y compris de la part de ceux dont on s'y attend le moins ou de nos proches. Peut-être les parents qui ont perdu pied…

– Tu as vraiment l'air ailleurs, mon petit Einar, déclare ma mère d'un air inquiet.

– Il est obsédé par cette petite fille morte, explique Gunnsa.

– L'année suivante, des gens montèrent au même endroit sur la lande pour y cueillir des herbes, reprit mon père en avalant une grosse cuillerée de sauce. Il les rejoignit, passa un moment avec eux, mais se montra austère et taciturne. Les gens lui demandèrent en quoi il croyait et il leur répondit qu'il croyait en Dieu.

Je l'observe et m'étonne de constater combien il décline vite. Pourtant, il donne l'impression de tout voir et de tout entendre.

– Margret Bara a été sacrifiée, dis-je, elle a été victime de la situation.

Fridjon a immédiatement avoué et exposé l'enchaînement précis des faits, sauf ceux qui concernaient ses camarades qu'il a catégoriquement refusé de dénoncer.

– Quand on pense, s'exclame ma mère, que ce sont des enfants qui ont fait ça !

Ce n'est que lorsque son meilleur ami, Asmundur Höskuldsson, également âgé de douze ans, est venu se rendre à la police, accompagné par ses parents, que les noms des deux autres ravisseurs ont été connus. Tous sont copains depuis la plus tendre enfance et fréquentent l'école située à côté de celle de Margret Bara.

– Des âneries de gamins qui tournent mal, évidemment, philosophe ma mère.

Jonas Palsson, qui s'est montré raisonnablement coopératif, m'a affirmé que ni Albert Albertsson ni son épouse n'avaient eu le moindre soupçon sur les agissements de leur fils. Ils étaient trop occupés pour le surveiller. Fridjon est un élève appliqué, mais son esprit a été pollué par les prises de position et les problèmes financiers de son père. Le souhait puéril qu'il a formulé de voir les deux millions réclamés en rançon avec ses camarades remis au Comité de l'aide aux mères n'a pas été pris en compte. Le sac contenant l'argent a été retrouvé dans le placard de sa chambre, parmi les CD et les jeux vidéo.

– Pourquoi ont-ils exigé une rançon de vingt milliards ? ai-je demandé à Jonas. Comment ont-ils eu l'idée d'une telle somme ?

– Le père de Fridjon a déclaré devant la télé qu'Ölver avait volé au moins vingt milliards à la nation islandaise et son fils a voulu récupérer le butin.

Outre Fridjon et Asmundur, décrit comme un garçon intelligent, sensible, très influencé par Fridjon et affecté par des difficultés familiales, le groupe des ravisseurs est constitué de Hördur Karl Jonsson, lui aussi âgé de douze ans, mais un peu plus avancé sur le chemin de l'adolescence et de la révolte, qui a déjà commencé à fumer et à boire de l'alcool et dont l'intelligence semble un peu limitée. Le dernier membre de la bande est Adalbjörg Marta Gudmundsdottir, une gamine de treize ans débordant de haine et de révolte, malmenée par le naufrage de sa famille, lequel ressemble à beaucoup d'autres : ses parents sont criblés de dettes, le père a une maîtresse, la mère est portée sur la boisson et le frère aîné, soupçonné d'avoir sexuellement abusé de la petite sœur. On a l'impression d'avoir entendu ce genre d'histoire un peu trop souvent.

Voilà donc le gang des ravisseurs. Jonas m'a confié que Fridjon et Asmundur ont immédiatement exprimé leurs regrets profonds et sincères et qu'ils sont désolés que la petite soit morte. Hördur Karl et Adalbjörg Marta ont d'abord frimé. Aucun des quatre n'avait réfléchi à la manière dont ils achèveraient leur opération.

Les quatre gamins risquent de poser un sacré problème au système judiciaire. Ils seront bien sûr envoyés dans un centre psychiatrique où ils subiront un traitement. Cela devrait régler certaines choses. Leurs actes ont déjà été qualifiés par les médias comme ceux de gamins qui ont perdu pied, en proie au désespoir, à l'influence de leurs parents, et qui ont réagi de manière immature à la crise morale qui frappe la société.

– Parfois, les criminels sont innocents, observe Gunnsa.

– Innocents ? rétorque Raggi. Comment ça ?

– Je veux dire que certains d'entre eux ne savent pas ce qu'ils font alors que d'autres en ont tout à fait conscience.

– Elle a complètement raison, Ragnar, observe ma mère, d'un ton un peu cassant. Les autres sont sous l'emprise du mal. Comme cet ignoble saltimbanque. Ils sont endurcis par la méchanceté, la corruption et le mépris des autres.

– Tu n'as qu'à voir ces banquiers et ces hommes d'affaires, reprend Gunnsa. Ils savaient exactement ce qu'ils faisaient.

– Certes, mais ils n'ont tué personne, objecte Raggi en me regardant.

– En effet, dis-je. Mais je connais un homme dans les fjords de l'Ouest qui déclarerait sans doute qu'ils ont vampirisé toute la nation.

– Ah, mes petits, et si nous parlions d'autre chose, suggère maman.

Papa repose ses couverts.

– La deuxième année, il revint les voir alors qu'ils ramassaient leurs simples sur la lande. Il ressemblait tellement à un géant qu'ils prirent peur. Ils lui demandèrent en quoi il croyait, mais il ne leur répondit rien. Cette fois-là, il ne s'attarda pas.

J'ai assisté aux obsèques de Margret Bara. L'église était bondée, le prêche du pasteur vous prenait aux tripes et les larmes de l'assistance venaient droit du cœur. Malgré cela, toute chose semblait vide, vaine, tellement inutile et insignifiante. Tandis qu'Ölver et Elisabet suivaient le cercueil de leur fille, j'ai vu cette écorce vide que deviennent ceux dont l'âme est ailleurs. Ils ressemblaient à deux morts vivants.

Trois jours plus tard, j'ai tenté de joindre Ölver. Je voulais lui demander l'autorisation d'écrire cette histoire en m'inspirant des textes que Margret Bara avait enregistrés sur sa clé USB avant de mourir. Je me suis demandé s'il y avait là quelque chose d'indécent, mais je suis parvenu à la conclusion que, puisque ce témoignage existait, il fallait que quelqu'un le mette en forme. Ölver ne m'a pas répondu. Agnes m'a expliqué qu'il était parti se ressourcer. Je suis donc allé voir Elisabet qui m'a accueilli en disant que mon aura avait bien meilleure mine. Je n'ai pas pu, hélas, en dire autant de la sienne.

– Ça ne me gêne pas que les gens sachent ce que Margret Bara a enduré, a-t-elle répondu d'un ton posé quand je lui ai fait part de ma requête.

Je lui ai demandé si Ölver était parti en maison de repos.

– Jusque-là, je n'avais pas envisagé la ferme de Fagraholl sous ce jour, a ironisé Elisabet.

– Fagraholl ? Il est parti chez son père ? Je croyais qu'ils ne se parlaient pas, pourtant.

– Pendant la retransmission de la grande conférence de presse à la télévision, Steinn a vu l'épave qu'était devenu son fils et, quand Margret Bara a été retrouvée morte, je suppose qu'il a soudain éprouvé des sentiments tout autres que son habituelle indifférence.

– C'est incroyable ce qu'il faut parfois pour unir une famille désunie.

– Et, parfois, rien ne peut le faire, a-t-elle observé.

La réponse d'Elisabet à ma question concernant la raison pour laquelle elle a épousé Ölver me revient une nouvelle fois en mémoire : « Avec lui, je suis entrée dans un autre univers. »

Et elle n'a pas été la seule.

Je suis arraché à mes réflexions par mon père qui se lève subitement et déclare d'une voix forte :

– La troisième année, il revint à nouveau les voir. Il était alors devenu un véritable géant, imposant et menaçant. Quelqu'un se risqua toutefois à lui demander ce en quoi il croyait. Il répondit qu'il croyait en « Trunt, trunt et aux trolls des montagnes » avant de disparaître. Après cela, on ne le vit plus. Du reste, personne n'osa aller ramasser des simples à cet endroit plusieurs années durant.

– Oui, mon chéri, répond ma mère, souriante. L'erreur est humaine. Les gens se perdent quelquefois entre les mains des géants. Rendez-vous compte, les enfants, il se souvient de ce conte mot pour mot. J'espère bien, mon petit Einar, que ta mémoire sera toujours aussi vaillante que celle de ton père. Il t'a tellement lu cette histoire quand tu étais petit.

– Qu'est-ce qui arrive exactement à grand-père ? me demande Gunnsa tandis que je la raccompagne chez Raggi.

J'essaie de chasser de mon esprit l'inquiétude grandissante que m'inspire le vieil homme.

– Je suppose qu'il est en route vers un autre monde.

– Et grand-mère fait comme si de rien n'était.

– Les illusions sont souvent notre planche de salut. Jusqu'au moment où nous les perdons.

– Tu crois qu'il va mourir ?

– Quand même pas. Enfin, espérons, pas tout de suite.

Elle garde un instant le silence puis reprend :

– Il a des dettes ?

Je lui lance un regard interrogateur.

– Des dettes ? Pourquoi cette question ?

– Non, je me disais simplement que ça ne doit pas être très confortable de mourir quand on est endetté.

Raggi et moi éclatons de rire.

– Ni ton grand-père ni ta grand-mère n'ont la moindre dette envers qui que ce soit.

Elle sourit.

– Mais nous en avons envers eux, non ?

– Exact, ma petite Gunnsa. Nous avons une dette envers eux.

De retour à mon sous-sol, j'ai l'impression de sentir en moi un vague espoir quant à la nouvelle Islande. J'ai reçu sur mon ordinateur un courriel en provenance de l'adresse maggakarls@gmail.com :

Salut Einsi le glaçon !

J'ai le corps brûlant, j'ai chaud. Oh là là ! Ce qu'il peut faire chaud ici ! Je suis allongée en string sous un palmier l'ordinateur devant moi et la sueur dégouline littéralement sur le clavier. Un indigène me masse le cou, le dos et les cuisses. Je ne l'autorise pas à me masser le reste. J'ai à portée de main une piña colada glacée (version sans alcool). On m'a dit qu'ici, le rhum était absolument délicieux. Il porte le nom de Pusser et me rappelle les miens.

Je suis à Smuggler's Cove, la meilleure plage. Le sable est d'un blanc immaculé, la mer limpide et verte comme l'émeraude. Ici, ça grouille de surfeurs et de super yachts. La cuisine est à se damner, surtout les fruits de mer. Le homard, Einar, il te fond dans la bouche. Si tu veux goûter un vrai carry, c'est aussi ici que ça se passe. La seule chose qui soit un peu envahissante à mon goût, c'est le reggae. My god, *ce que cette musique peut me fatiguer.*

Je sais, tout ça fait un peu ambiance 2007, mais au fond, qui n'a pas adoré 2007 ?

Il ne faut pas s'étonner que le tourisme soit l'activité principale de l'île, sans parler, bien sûr, des services financiers.

À propos, je te recommande chaleureusement ceux de Road Town. Tout a marché comme sur des roulettes depuis que nous nous sommes quittés, je pourrais même dire comme dans un conte de fées. Je connais Floki Hreinn depuis la fac de droit, le meilleur endroit où apprendre comment contourner les lois, comme tu sais. Dommage que tu aies arrêté tes études à l'époque, justement pour cette raison. Quant à moi, je suis à fond pour la répartition des tâches. Il faut bien que certains se tapent le boulot de merde pour un salaire tout aussi merdique. Pourvu que ce ne soit pas moi. Voilà pourquoi j'ai fait ce que je rêvais de faire. Je regrette seulement de n'avoir pas été un peu plus gourmande. Tu sais, je ne suis pas simplement accro à l'alcool, à la drogue, au sexe et à tout le reste, mais aussi à l'action et à l'adrénaline. Et, nom de Dieu, je me suis bien éclatée. J'ai pris un pied phénoménal à faire ce coup-là, bien plus qu'en tirant mon meilleur coup. En parlant de coup, Floki Hreinn n'en est pas un bon, enfin, pas dans ce sens-là. Comme tu es curieux, je dois t'informer que je l'ai consommé quelquefois, histoire d'entériner notre collaboration. Il est allé s'imaginer que ça laissait présager un peu plus. Ce malentendu a maintenant été dissipé et il est parti je ne sais où avec sa part du gâteau et sa mine dépitée, espérons, le plus loin possible. Parfois, les mecs intelligents sont chiants à mourir. Mais, que veux-tu, il me fallait bien un cheval de Troie, et il a été parfait dans le rôle.

Au cas où tu te poserais des questions sur ton rôle à toi, je dois également t'avouer que je t'ai communiqué tous ces renseignements pour que tu fasses diversion pendant que Floki Hreinn et moi faisions nos petites affaires. Ça a très bien fonctionné, merci beaucoup. Je suis en revanche désolée de ce qui est arrivé à cette pauvre gamine, même si je reconnais que ces événements ont eu lieu au moment idéal. Je suis dure, mais j'ai quand même des sentiments et encore un peu de morale, sauf quand je dois les mettre entre parenthèses. Ça ne m'a d'ailleurs pas déplu de t'aider un peu dans ton travail parce que en parlant de sentiments, j'en ai encore pour toi.

Ne t'avise pas, mon cher Einsi, d'aller informer les flics de mon lieu de résidence pour soulager ta conscience. Ce ne serait pas très gentil de ta part, mais surtout parfaitement inutile. Que ce soit le fric ou les gens, rien ne s'attarde bien longtemps ici. Et le flux est sans fin, que vogue la galère et cætera...

Le nom de Tortola signifie Pays des tourterelles. Je trouve dommage qu'il ait perdu son sens originel. N'aurais-tu pas besoin d'un peu de vacances pour t'extraire de la routine désespérante de ce glaçon flottant qu'est l'Islande ? Tu trouves ça marrant de vivre dans un pays en révolution ? Tu as envie de faire partie d'une nation en guerre civile ? De vivre au sein de cette tribu que nous constituons : une bande de petits rois opportunistes parfois charmants mais très rarement géniaux d'un point de vue créatif ? J'opte pour l'exclusion inclusive et l'inclusion exclusive. Exclude me in, but include me out.

Et je franchis le pas.

Alors, à toi de voir. Je peux t'envoyer un billet grand luxe en moins de deux.

Je suis brûlante. Viens.

Ta Magga.

Et moi qui ai réservé une placc pour Isafjördur sur le vol de demain matin.

Que voulez-vous ? Tout ne peut pas toujours se produire en même temps.

RÉALISATION : IGS-CP À L'ISLE-D'ESPAGNAC
IMPRESSION : CPI BRODARD ET TAUPIN À LA FLÈCHE
DÉPÔT LÉGAL : NOVEMBRE 2013. N° 113796 (3001971)
Imprimé en France